Heibonsha Library

夢ひらく彼方へ　ファンタジーの周辺

平凡社ライブラリー

Heibonsha Library

夢ひらく彼方へ　ファンタジーの周辺

渡辺京二

平凡社

本書は亜紀書房より刊行された『夢ひらく彼方へ――ファンタジーの周辺』（上下巻、二〇一九年）を合本して一冊にまとめたものです。

目次

第一講　読書について

今回は第一回でありますので、このたび「講義」というのもおこがましいんですけれど、皆さんにお話をするようになった動機など、全体の前置きになる話をしようと思います。

私はずっと、一口で言うと日本の近代の独特の性格について本を書いて来ました。去年本にしました『バテレンの世紀』もその一環でありましたが、十年にわたるその仕事をやっと終えて、次に開国史つまり維新史をやろうと文献を読みかけてみて、異変に気づきました。もちろん維新史についてはずっと以前から、いろいろと文献は読んでいる訳ですけれど、これは私のとって置きのテーマ、いつかやろうと考えていた最終テーマですので、買い集めた文献もかなりの分量に達しておりまして、その大半は未読のままになっていたのです。そこで未読の分を読み始めたところ、どうも気が乗らない。これには愕然としました。

私はある主題について書こうとすると、文献の読破から始めます。もちろんこれは誰でもそうする訳でしょうが、この点では私はちょっと自信があるのです。数十冊、いや数百冊に達する文献を、各個撃破するように読み進めるという点では、忍耐も集中力も人には負けないつもりでいました。中野重治さんがむかし、俺の頭はよくないが、強いんだとおっしゃったことがありましたけれど、私自身よくない頭をぎりぎり働かせる強さという点では自信があったのです。ところが今回は頭がもうしんどい、いやだと音をあげるのです。こんなこと初めてです。自分が心身ともに衰弱しているのにやっと気づきました。

まあ八十八歳でありますから、老衰も当然かと思いますけれど、ひとつには石牟礼道子さんが亡くなられたということもあります。病を抱えた彼女の老後の世話をする責任がなくなって、楽になりそうなものなのに、逆にどっと疲れが出て来たのでしょう。とにかくこの一年でにわかに歩行が困難になり、耳が遠くなり、声が出にくくなりました。老人ホームの彼女の部屋には、発声訓練をするために、ラリルレロ、タチツテト、パピプペポと大書した紙が張ってありました。それを思い出して、ラリルレロとやってみるんですが、まあ言えぬことはない。彼女はよく高い美しい声で唄を歌っておりました。私に小言を言われたあとなど、「叱られて叱られて、あの子は町へお使いに」なんて歌うんです。亡くなる前には「園の小百合撫子垣根の千草」というドイツ民謡をよく歌っていらっしゃった。私は唄は下手くそで、小学校の時も唱歌は「乙」でしたけれど、彼女の真似をして「園の小百合……」なんて、夜中ひとりで歌っています。これもまあ音程がはずれたりするけれど歌えぬことはない。とにかくのどの具合が悪いのがひどく気持ち悪い。

文献を読みあげつつ、考えがまとまるにつれ書いてゆくというこれまでのやり方がどうもできなくなっているらしい。書く方も十枚二十枚のエッセイならまだ書けるけれど、何百枚という歴史叙述は考えただけでしんどい。というのは、私たちの世代にとって、書くというのは何か構えて作り出すものなんです。三島由紀夫は文は意識して作るものだということを強調した人で、思ったように書きなさいとか、お喋りするように書きなさいという作文教育に大反対だった。今の物書きはまるでふだんのお喋りみたいな文章を書くけれど、私たちの世代までは文とはスタイルを持つもので、当然お手本を意識して構築するものだった。これは焼物師であれ指物師であれおなじことで、モノを作るということは意識して形を造りあげるということです。だから、修練と辛苦が要る。当然、心身ともにエネルギーを要する。そのエネルギーが八十八歳にして枯れて来たんでしょうね。

ところが喋るほうならまだ出来そうです。喋ると言ったっていろいろある訳で、いつぞや亡き鶴見和子さんが語られるのをテレビで見ましたが、これは実に整って言い損じが一句とないみごとな語りでした。そういう語りには準備や工夫が要りましょうが、一方ではかなり散漫に出たとこ勝負みたいに喋り散らすやり方もある訳で、これなら大変楽です。文章を書く労苦とは較べものになりません。私はそういう喋り方をするほうだし、大体言わなくてもよいことまで言ってしまう生来のお喋りであります。丸山眞男、鶴見俊輔、あと一人はいいだ・ももだったかな、その三人を日本三大お喋りと言うんだそうで、私はそんなえらい方々に列する者ではないけれど、お喋りという点では加えてもらってもいいようです。

しかしさっき言いましたように、どうものどが弱って来ている。人様にお話をするには、それなりの大声を出さねばなりませんから、のどのトレーニングになる。そういう次第で、文章を書くのがしんどくなって、喋るのならまだ出来そうだと虫のいいことを考えた結果、オレンジ（橙書店）で定期的に話をしてくれという田尻久子さんのご要望にお応えすることに致しました。

しかも実は大した「講義」ができる訳ではありません。私は一九八〇年ごろから十年ばかり、真宗寺というお寺で、最初は「日本近代史講義」ついで「人類史講義」というのを月二回やったのです。このたび「人類史講義」のためのノートにざっと目を通して見て驚きました。こんなに広汎で本格的な話が出来ていたのか。むろんそのためには勉強もしているのですが、よくもまあこれだけ勉強したものだとわれながら感心しました。そして、もうこんなことは出来ないと悟りました。私の「橙書店講義」は私というゴミ箱の残り屑にしかなりますまい。「人類史講義」がもう一度やれるのなら、聴衆の方々に申訳ないということはない。しかしこのたびの講義は老人が語り残したことを思い出し思い出しつぶやくようなものにしかならないと思います。従ってわざわざ来て下さる方々に何だか申訳ない気がする。しかしこの点は、それも承知で来て下さるのだというふうに考えさせていただきます。

ファンタジーについてのお話

さて、まずはファンタジーについてお話をしたいと思います。というのは石牟礼さんが亡くなったあと、心身ともに何か暗い穴蔵に拘束されているようにしんどかったのですが、思い立ってC・S・ルイスの『ナルニア国物語』を読み返してみたのです。このシリーズは一九六六年から翻訳が出始めていて、出るたびに長女に買ってやったので、私自身早くから読んでいたのです。ストーリーは大体覚えておりましたし、読み返して新しい発見がある訳でもなかったのですが、驚いたことに心がとても癒されました。体までちょっと楽になりました。私は、「癒す」という言葉は好きじゃないのですけれど、そう言うしかない経験でした。そして本物のファンタジー、すぐれたファンタジーのすごさを今更のように痛感したのです。私はハリー・ポッターものも全巻読んでおりますけれど、ハリー・ポッターを読み直してもこうは行かなかったでしょうね。その本物のファンタジーとして『ナルニア国物語』、トールキンの『指輪物語』、ル＝グウィンの『ゲド戦記』の三つを取り上げたいと思います。

ところで、ファンタジーと言うとすぐ現実逃避だと反応する人がいます。私は共産党系の文学運動の経験者ですから、現実逃避という批判には耳にタコが出来ていて、何だ今どきまだそんなことを言うのかと笑ってしまいます。しかしこういう批判は、英米の児童文学研究者の間には今でも聞かれるらしく、彼らが書いた児童文学史でもそういう批判がとりあげられています。そもそも現実というのは逃避して然るべきものです。いい歳してそんな人生の基本事実もわからないのでしょうか。現実というのは世間ということです。それは逃げられない所与としてあります。われわれはまず子ども時代に学校生活という形で世間を知ります。

クラスには必ずボスみたいなのがいて、その取り巻きとともにクラスの主流を形作っています。あなた方はボスあるいはその取り巻きでおありでしたか。私は一度もそんなものに属したことはありません。表面は主流に逆らいはしなかったけれど、いつも心はひとりで、数人の仲良しがいれば十分でした。つまり私という少年は、クラスという現実から心は逃避しておりました。現実つまり世間というのは没入しなければならぬものでは決してありません。だから昔から世捨て人、隠者の伝統があるのです。人間には仲間とともにいたい、仲間に受け入れられたいという欲求と同時に、群れから離れたいという欲求を持っております。この離群の衝動をとても重視していらっしゃったのが吉本隆明さんです。だからいわゆる引き籠り現象が問題になったときに、引き籠って何が悪い、それは決して病気じゃないと主張なさいました。ファンタジーは強烈な現実嫌悪の所産であることは間違いありません。人間という社会的動物であることにおける欠損感から、アナザワールドへの郷愁が生れて来るのは確かなことです。だからアナザワールドへの絶えざる郷愁の表現というべきファンタジーは、この人の世にひとり立ち向う個＝孤にとって、勇気の源泉でもありうるのです。

　ファンタジーは一九六〇年代以降、世界的に流行のジャンルでして、ひと頃はミヒャエル・エンデが評判でした。ですが私はエンデはどうもダメなんです。ある種の思想的主張をファンタジーの形で絵解きしているみたいで、あれが大学の先生の間でもち上げられたのももっともですけれど、私はそういう思想の絵解きはきらいなんです。ひとつも楽しくありません。自分の鬱屈を救ってくれるところもありません。文学というのは、この世の悲しみ苦しみを負わされた者を、束の間であれ救済してくれるものでなければなりません。ところがファンタジーと言えば、想像力と言えば態がよろしいけれど、奇想天外なアイデアをこれでもかこれでもかと繰り出すのが、今日の主流となっているようです。たとえばフィリップ・プルマンの『黄金の羅針盤』。と言ってもピンと来ない方もアーマードベア（装甲熊）が出てくる奴と言うと、映画になっておりますから、「ああ観た」とおっしゃる方もあるでしょう。私は原作を読んでみましたけれど、ただのエンタテインメントにすぎません。こんなものを絶讃する「児童文学研究者」もいるんですから、私は今日のファンタジー・ブームを信用する気にはなれないのです。

　ファンタジーの取り柄は、幼少期からの何かなつかしいものが訪れて来る経験、現実世界の向こうに何かもうひとつの世界があって、そこから断片的なイメージやら音や声やら、匂いやら手ざわりなどがやって来て、それもほんの一瞬のことでとらえようとしたり思い出したりしようとすると、するりと抜け出してしまう、そういう経験があると思うのですが、そういった原初的なあこがれ、なつかしい感覚を、物語の形で定着してくれるところにあると思います。また自分の一生を振り返って茫漠たる感に拍《う》たれるとき、その一生の核心は何だったのか暗示してくれるところにあると思います。それはファンタジーでなくとも偉大な文学ならみんな備えている特性ですが、ファンタジーは神話・伝説・民話・英雄叙事詩と言った人類の意識の古層の産物とじかにつながっておりますので、少くとも本当のファンタジーはそこから出て来ているので、その訴求力も強大なのだと考えられます。つまりファンタジーは現代における神話の再創造でなければならない。そういうものとして、私はルイス、トールキン、ル＝グウィンの作品を挙げたいのです。

ただし、これはトールキンひとりとっても大変なんですよ。トールキンの『指輪物語』その一つ前のお話である『ホビットの冒険』あたりはスラスラ読めますけれど、このふたつの物語は「中つ国」の歴史でいうと、第三紀の末の出来事なんです。つまりトールキンはこれらの物語を書くずっと以前から、「中つ国」というアナザワールドの歴史を、エルという神が音楽の形で世界を創造するところから、ずっと創り上げているのです。その歴史について述べた草稿は彼の没後『シルマリルリオン』というタイトルで発表されましたが、その歴史は実に複雑混沌としていて、いろんな出来事、物語を含んでいます。トールキンは第一紀以来の詳細な年表まで作っていた。それによるとフロドが旅立ちますのは、第三紀の三〇一八年九月二十三日です。地図もむろん作っています。『指輪物語』にはそういう中つ国の古い物語が背景として各所に顔を出しますから、『シリマリルリオン』も読んでおきたいところですが、実はこれは未完の草稿でありますから、通読困難な本で、日本でも訳本をちゃんと読了した方は数えるほどしかいないんじゃないかと思います。

つまりトールキンは、地球とは違うもうひとつの世界をまるごと創造しているのですよ。こういった空想の国の歴史を作り上げる、むろんその地図も作るというのは、実はブロンテ姉妹がやっているんです。ブロンテ家には男の子一人と女の子三人の子どもがいたんだけれど、このうち娘のシャーロット、エミリー、アンはみな作家になりました。男の子がグレちゃったんだけれど、少年のころは彼も加わって四人で架空の国の物語を書いて楽しんでいたのです。シャーロットはそれを豆本に仕立てて、それで眼を悪くしたといわれています。エミリーに至っては作家として世に出たあとまで、その架空の国の歴史に執着しています。同じようなことをルイスは少年の頃、兄さんとやっています。そのことはルイスの伝記をお話しするときにゆずりますが、こうなると架空の国の歴史を地図つきで作るというのは、英国の少年少女の伝統なのかなと思ってしまいます。スティーヴンソンの『宝島』にも地図がついていますしね。でもあなた方の中にも、小さいころ秘密の島の地図を作ってみた方があるんじゃないですかねえ。

この三人の仕事と生涯を検討したあと、今申し上げたような、彼らの創造の源泉となっている神話・伝説・民話・英雄叙事詩についてお話ししてみたい。しかしこれは広汎かつ厖大な世界で、神話ひとつとっても今日の研究業績を総括しようとすると一年はかかりそうです。ですからあくまでも、上記三人との関わり、私の現在の関心から対象・問題を選んでお話しすることになるかと思います。とくにゲルマン・北欧系統の神話・英雄叙事詩、サガやアーサー王伝説、それにケルト系の妖精物語をとりあげるつもりです。

さらにトールキンやルイスより少し先輩になりますが、G・K・チェスタトンという作家に『ノッティングヒルのナポレオン』という変った小説があります。彼にはその外有名なブラウン神父ものとか、推理小説風のシリーズをいくつか書いておりますが、私はチェスタトンからトールキン、ルイスへの流れは英文学史上、重要な要素を代表していると思うのです。そしてジョージ・オーウェルもこの流れの中でとらえ直すことができます。さらにさかのぼるとウィリアム・モリスがこの流れの中にいます。この流れをさらにさかのぼると、ラングランドの『農夫ピアズの幻想』まで行ってしまいます。これは一四世紀の作品です。

実はこの潮流は文学上にとどまらず、一四世紀のワット・タイラーの乱、このとき司祭のジョン・ボールが「アダムが耕しイヴが紡いでいたころ、どこにジェントルマンがいたか」という有名な煽動をやっていて、ウィリアム・モリスが『ジョン・ボールの夢』という作品を書いています。ジョン・ボールの背後には例の宗教改革の先駆と言われるウィクリフ派が存在するわけですし、民話でいうとロビン・フッド伝説もある。これは要するにヨーマンと呼ばれる独立自営農民の情念の表現であって、のちの市民革命中のレヴェラーズ、一九世紀初頭のチャーチストにつながってゆく。この潮流の重要性を指摘なさったのは京大の越智武臣さんですが、そういう英国史の一側面にも触れてみたい。

ヨーロッパ文学とロシア革命思想史と

さて、以上のような話が終って、まだ生きているようでしたら、というよりまだ喋れそうであれば、ヨーロッパ近代文学について私が書き漁らしているものについて、私の考えを披露したい。私はロシアであれフランスであれ、どの国の外国文学研究者でもありませんけれど、十代から一生かけてヨーロッパ文学をずっと読んで参りました。つまり、いろんなことをやって来たけれど、ずっと一貫して読んで来たのはヨーロッパ文学で、世の中から私の専門と思われている日本近代思想史の仕事の外に、ヨーロッパ文学について三冊本を書いている訳なんです。それでもまだ書いておきたい作家が何人か残っていまして、この際彼らを片付けておきたい。それはシュティフター、ジョルジュ・サンド、ホフマン、ラーゲルレーフなどです。

シュティフターは『水晶』という短編集で知られていますし、私も彼の主著『晩夏』については書いていますけれど、作品集も持っていることだし、もう一度そのよさについて語っておきたい。ジョルジュ・サンドは『歌姫コンシュエロ』というのがすごいんです。ホフマンは昼間は謹厳な裁判官で、夜になるととほうもない幻想小説を書いた人ですけれど、有名な『黄金の壺』にせよ『悪魔の霊酒』にせよ、一流のファンタジー作家なんですね。ラーゲルレーフはあなた方には縁遠いかもしれませんが、児童向きの『ニルスの不思議な旅』の作者といえば、「それなら読んだ」という方もありましょう。この人の小説にはお化けが出て来るんです。まあ私のヨーロッパ文学体験余録みたいなもので、文字通り私という屑箱の中味をひろうようなものですね。

それからプリーシヴィンという二〇世紀のロシア作家についてお話ししたい。この人のものはぜひ読んでほしい。ソビエト体制下で、露顕したら死刑という日記を書き続けた人でその日記の第一巻の訳本がこないだ出ました。

しかしここで一言しておきたいことがあるのです。「ヨーロッパ中心主義批判」というのはもう四十年くらい前から始まっておりまして、特に八〇年代九〇年代は、これを一言しないとすべてが始まらないみたいに流行った言説であります。もちろんその意義は重大ですし、言説内容も当然出現してしかるべきであります。ですが、そういうことを踏まえて、なおかつヨーロッパの文化的精神的形成物は偉大であることを私は再確認しておきたいのです。そんなことは、これまでに人類が残して来たすべての文化遺産を見返してみれば瞭然であります。ヨーロッパ中心にならざるを得ない理由・根拠は覆しがたいのです。

さて、それがすんでまだ生きているというのでしたら、一九世紀から二〇世紀初頭のロシア革命思想史をやりたいと思います。これは私としては年季のはいった領域ですし、文献も少くとも熊本では随一と言えるくらい集めています。実はつい二年ほど前ですが、私は「アゼーフとサヴィンコフ」というタイトルで論文を書きかけて、未完のまま放っているのがあるんです。ロシアの革命運動はいわゆるナロードニキ主導であったのですけれど、共産党系の政党出現後はナロードニキ系統は結局エス・エル（社会革命党）に結集してゆく。このエス・エルの戦闘団は政府要人を暗殺するテロリスト組織なんですが、その戦闘団のトップがアゼーフであったわけです。ところがこれがその後、政府のスパイであったことが判明した。サヴィンコフはロープシンという筆名で『蒼ざめた馬』とか『黒馬を見たり』という作品を書いていて、日本でもよく知られた人ですけれど、やはりエス・エル戦闘団でアゼーフを補佐する立場にあった。アゼーフの正体暴露はサヴィンコフにとっても大ショックであったのです。このアゼーフの話は大佛次郎さんが『地霊』というタイトルで戦後すぐに書いているんですけれど、今ではアゼーフを摘発した人物の手記もアゼーフの伝記も日本語で読めます。書くのはしんどくてやめちゃったけれど、お話しするのならいつでもできます。

またチェルヌィシェフスキーというのはナロードニキの理論家で、シベリアへ流されてまるで革命の聖者みたいになった人物ですが、『何をなすべきか』という小説も書いている。英国のロシア研究者ヒングリーは、自分の恋人をノシつけて他の男に押しつけようというバカ気た小説だと冷やかしていますけれど、当時は圧倒的に人気のあった小説でした。レーニンも若いときいかれたとみえて、後年スイスに亡命中、友人がこの小説を二流と酷評するのを聞いて激怒して反論したという話が残っています。ところがこのチェルヌィシェフスキーを、こともあろうにあの純粋芸術派のナボコフが、『賜物』という小説でとりあげているんですね。それも作中人物がチェルヌィシェフスキー伝を執筆中という趣向で、その伝記そのものにまるまる一章あてております。つまりナボコフ自身がこんな手のこんだ形でチェルヌィシェフスキー伝を書いてみせた訳です。むろんパロディ化したチェルヌィシェフスキーであるのは言うまでもありません。チェルヌィシェフスキーをめぐるこんな話も一度してみたいところです。

本を読む行為について考える

最後に本を読むというのはいったいどういう行為かということを若干考えてみたいと思います。学者とか評論家にとって、本を読むのは仕事である訳です。そういう立場の方が、自分にとって書物は研究や批評の対象であって、純粋で無償な読書のよろこびが味わえなくなってしまったと嘆く文章を、いくつか読んだ記憶があります。そうすると読書には楽しみのための読書と、仕事としての読書があることになります。もうひとつ、勉強としての読書というのも考えられます。これは仕事としての読書と結びついております。研究にせよ批評にせよ、一定の知識を前提としておりますから、仕事と勉強は一体化しています。しかし中には、仕事の必要、学者や評論家としての職業的必要から離れて、ただいろいろなことを知りたいという知的好奇心に導かれる勉強ということもあります。これは知的ディレッタントとしての読書ということになりますが、今日そういう知的ディレッタントは、知の巨人なんて呼ばれる習慣になっているようです。

私自身のことを考えてみますと、私はどういうものか文字を大変早くおぼえてしまったので、小学校にあがる二年くらい前から本を読むのが習慣化しておりました。私の家の前に中学生のいる家があって、そこに上りこんでお兄ちゃんのとっている『少年倶楽部』を読んでいたのです。江戸川乱歩の『少年探偵団』、海野十三の『浮かぶ飛行島』、高垣眸の『快傑黒頭巾』、山中峯太郎の『敵中横断三百里』なんて類いのものです。もっとも今あげたものは、単行本になったのをもう少しあとに読んだのかも知れません。とにかくそんな類いのものということです。

小学二年から北京で暮らすようになりましたが、その頃兄が買ってくれた鶴見祐輔の『プルターク英雄伝』、平田晋策の『われ等の海戦史』、メーテルリンクの『青い鳥』は、いずれも心に刻みこまれました。小学四年に大連に移りまして、中学にあがるまでの三年間は、当時講談社が出しておりました『世界名作物語』のおかげをもっぱら蒙ったのです。この辺の経験は一度語った浸ってどっぷりものを本にも入れていますので、詳しくは申し上げませんが、とにかくこういう読書にどっぷり浸っておりました。それはもちろん全く純粋な楽しみのための読書です。とにかくこういった物語を読むこと以上に楽しいことは世の中にないと思っておりました。勉強は学校でするもので、家に帰って読む本は全く勉強でなくて楽しみそのものです。それで中学に進んだとき母親から、「これからは本ばかり読んでちゃダメよ、勉強なさい」と言われました。

ですから、中学にはいってからはあまり本も読んでいない気がします。中学生というと、自分なりに大人になった気がして、今さら冒険小説や軍事小説でもないと思ったんでしょう。ところが二年生の秋になって俄かに、世の中には、文学というものがあると気づいたんです。それまで漱石の『坊っちゃん』とか『吾輩は猫である』は読んでいて、それなりに面白かったのですが、それが「文学」だなんて思っていなかった。忘れもしませんが二年生、つまり昭和十九年の十一月三日、これは当時「明治節」という祝日だったんですが、その日に蘆花の『不如帰』を読んで感動しちゃった。これは武男・浪子の大悲恋物語ですからね、恋愛ということを本当に意識させられたのはこのときだと思うんです。私は北京時代家が映画館で、毎日映画を観ていました。上原謙と田中絹代の『愛染かつら』だって観ましたし、女性に対する憧れは早くから知っていたと思うんです。大連時代は『アンクル・トムの小屋』に出て来るエヴァンジェリン・セントクレアが恋人でした。しかしその頃はいわゆる色気づいてはいない訳で、リアルな恋愛感情は『不如帰』で初めて知ったんだと思うのです。

そしてこれはこれまで語ったことはないんですが、翌年三学期になって私は人生で初めて挫折経験を味わいました。自分で言っちゃ身も蓋もないけれど、私はずっといわゆる優等生だったんです。優等生なんて掃いて捨てるほどいるわけだから、自慢する訳じゃなくただ事実を述べるだけです。中学に入ってもずっと区隊幹部、つまり級長でした。大連一中というところは、試験ごとに学年の上位十名の名を張り出すんですね。一学期の中間考査以来、私はずっとその中に入っておりました。二年の三学期、海軍兵学校が予科兵学校というのを設けて、最初の入試があったのです。兵学校に進学できるのは四年生修了からですが、これは二年修了で進学できるんです。書類選考があって、大連一中からは三人だけ受験を認められました。私もその一人だったんです。二年生のときは私は学年で二番くらいでしたから。ところが受験のために課外の特訓が始まって、こりゃダメだと思いました。受験科目は数学と理科だけ。数学は私の最大の苦手で、二年のときは辛うじて優を保つだけ。優は八〇点以上だったかな。ほかの課目は全部「秀」だったんです。当時は九〇以下の点数とったら恥と思っていましたけれど、数学はとれない。特に二年生になって対数がはいって来てからダメで、つくづく自分には数学的アタマが欠如していると痛感しました。特訓受けていてもついてゆけないで、どうも落ちるぞと予感がしていました。

昭和二十年の二月でしたか、江田島まで行って試験を受けました。だから私は原爆投下以前の広島の街を知っているんですよ。広島の古本屋では蘆花の文集を買いました。三人のうち通ったのは一人でした。もう一人は身体検査で落ちたということで、学科で落ちたのは私一人です。さあ、これは恥です。優等生根性が初めて打ち砕かれたんです。ところがちょうどその時に救済が訪れたんですね。文学です。蘆花には『寄生木』という小説があって、優等生と見こまれた少年がだんだん転落してゆく話なんですね。身につまされましたね。またヘッセにも『車輪の下』という小説があって、将来をみこまれた少年がだんだん学校に反抗してゆく話です。これにも共感しました。

この予科兵学校に落ちたというのは、今思うと神の采配だったんですね。というのはその頃ちょうど文学に出会ったからです。文学は学校での成績を誇りとするようなアイデンティティのありかたを、木葉微塵に打ち砕いてくれたんです。まあこれは予科兵学校に落ちなくても起ったことでしょうけれど、もし通って二十年の四月から江田島暮しをしていたとしたら、文学に対する本当の目ざめも少し遅れたことでしょう。

いったん文学に目覚めてからは、まるで革命が自分の身に生じたみたいでした。世界が一切変貌しました。親に対しても、先生に対しても、同級生に対しても、みんな距離がとれるようになりました。学校での成績なんて、全くつまらぬことだとわかりました。とにかく目茶苦茶に読みました。学校にも岩波文庫を二冊くらい持って行って、授業中もかくれて読みあげておりました。大連には敗戦の翌々年の春まで、つまり一九四七年の三月まで居たんですけれど、文学に目ざめて二年半の間、ヨーロッパ文学の有名な作品はかなり読んでしまったと思います。たとえばドストエフスキーにせよ、『未成年』を除いて、主要作品は全部読んでいました。ジイドも主要作品は全部読みました。

さて、これはどういう種類の読書だったんでしょう。むろん面白いから読むわけだけど、その面白いというのは小学生の頃『ロビンソン・クルソー』が面白いとか、『巌窟王』にわくわくするというのと違うんです。小学生の頃の読書は全く勉強じゃなく、むしろ勉強に反するもので、だから親は本ばかり読んで勉強はどうなってるのと心配するのです。まあ私の場合、学校の成績は問題なかったから、母親も小言は言いませんでしたけどね。文学の場合は、やはり一種の知識として勉強するという面がある。子どものときは『宝島』の作者がどういう人か問題にはならない。ところが文学となるとその作者が問題になり、それは文学史につながる。だから最初のうち私は、ヨーロッパ文学についての基本的知識を文学史を含め勉強することになった訳で、たとえばドイツロマン派の詩人とくれば、アイヒェンドルフ、ノヴァーリス、シャミッソーなど作品は読んでなくともまず名前を覚えちゃうんです。子どもの頃は『三国志』を読んでも、これぐらいは読んどかないとみたいな気持ちで読む訳じゃない。ところが文学の場合あれを読まなくちゃ、これも読まなくちゃとなる訳で、これはすでに勉強ということですね。

しかも中学四年生の秋にマルクス主義文献と接触するようになると、これは確実に勉強ということになります。最初に読んだのはエンゲルスの『空想から科学へ』でしたけれど、むろんこれは入口で、読まなくちゃならん文献、当時学習文献なんて言ってましたけどね、マルクス・エンゲルスのほかレーニンもあれば毛沢東もある。私が大月書店版の『マルクス・エンゲルス選集』二十四巻を読みあげたのは、昭和二十七年、結核療養所で大手術して、半年ほどベッドから起き上がれないときでした。毎晩八度九度の熱が下らないのに、ねたきりで書見器使って読みあげました。

当時むろん共産党員だったんですけれど、今や時代が変りに変って、共産党員であるとは当時の青年にとって何であったのか、もう想像もつかぬし興味ももたれぬ問題になってしまいましたので、ひと言だけ申し上げておきたい。マルクス主義というのはいろんな側面を持つ訳ですけれど、大事な一面は信仰心ということです。マルクスは共産主義社会の到来をもって人類の本当の歴史が始まる、それ以前は人類史の前史だと言っているんです。つまり前史たる資本制までは階級社会であり、とくに資本制社会は人と人との関係が商品と商品の関係になっている、つまり本来あるべき人間の天性が歪められている。マルクスはその天性のことをナトゥール、つまり自然と呼んでいる。これは英語でいうヒューマン・ネイチュアだけれど、英語でそう呼ぶ場合と違って、マルクスにとってのナトゥールは途方もない可能性を秘めたものであるのに、階級社会によってその発現が抑えられているのです。共産主義社会になって初めて、人間のナトゥールは全面開花する、すなわち人間は初めてほんとうの人間になるという次第です。だからこのような人類の前史を終わらせるべく奮闘している人間のことを、アラゴンは「共産主義的人間」と呼んだ訳で、つまり人間は共産主義者に自己を改造することで、初めて人類史の王道に立つことが出来るのです。私もそうですが、当時の共産党員はみんなそういう共産主義的人間になりたいと思っておりました。

これはイグナチオ・デ・ロヨラが開設したイエズス会の会士理念に著しく似ております。イグナチオは人間＝クリスチャンと考えたのです。これは当時のヨーロッパ人が異教徒を蔑視したのと同じことだと思われるかも知れませんが、それ以上のもので、イグナチオはクリスチャンでなければ人間は人間じゃないと考えていた。だからいまだ人間以前の存在にとどまっている異教徒を救済してやらねばならない、従って宣教ということが単にキリスト教を普及するというのじゃなく、異教徒を人間化する重大事業になる訳です。そしてその事業に挺身する人間はアラゴンの共産主義的人間じゃないが、自己をそのような任務にたえる人格として改造せねばならない。そのためにイグナチオが考えたのが「霊操」という自己改造プロセスです。共産主義者と同様、イエズス会士が殉教を屁とも思わなかったのはそのためです。

以上のような次第ですから、私の十代の終わりから今まで続いている読書には、マルクス主義文献を一種の求道書として読んだ最初の志向がずっと続いている気がします。もっともそれはマルクス主義から脱離するプロセスでもありましたから、知的興味にひかれていろんな分野に手をだすことになっています。その過程をいちいちお話しする余裕はとてもありませんが、第一に私は歴史、とくにヨーロッパの歴史について、ギリシャ史イスラエル史から始まり、特に中世・ルネサンスあたりを持続的に勉強して来たと思います。また中国史については、白川静さんと宮崎市定さんに教えられて、その著書はほとんど読んでいます。もちろん人類学からも多くを学びました。またポランニーとかウォーラーステインからも学びましたし、これはちょっと角度が違うのですがイリイチからも学びました。サル学をやったり、ローレンツを読んだり、生命科学も学習したのは、ポストモダンの言説を吟味するためでした。ロシア・ソ連史については文学も含め、これも持続的に読んで来ました。同時代の日本の思想家・文学者の仕事も七〇年代までは大体フォローしていました。以上は楽しみの読書じゃなく、お勉強ということになるのでしょう。

ですが、私は単に知的興味にひかれてこういう読書を続けて来た訳ではないと思うのです。むろん知的関心は人並みにあるわけで、何の得になるかわからぬけれど知りたいということもあったと思うのですが、私の場合自分が生きてゆく方向を見定めるという動機がずっと一貫して強かったのです。これは自己の修養ということとは違います。自分が置かれた歴史的状況にどう対応してゆけばよいのか、それがはっきりしないと生きてゆけないという思いからいろいろ本を読むことになっているようです。自分はどういう時代に生きているのか知りたい、それを知った上で自分の生き方を定めたいのです。博識になってそれを誇りたいというのでは全くありません。

しかし、それとともに学びはまた楽しみでもあったのでした。特に歴史は学ぶのが楽しみです。なぜなら一番人間くさい学問だからです。結局私は人間が好きなのです。もちろん嫌いな人間は沢山いますけれど、人間はイヤだなあとも思いますけれど、結論を言えば好きになれる人が沢山いて、その人たちがいなければ寂しいです。私は長年、思想的孤立に慣れて来たのです。それは友人たちが離れてゆくということでもあるのですが、そういう場合私は孤立に強かったと思います。しかし歳のせいか、今ではそういう自分をいたらなかったなあと思うようにもなりました。自分が好きな人々、そういう人は沢山いるのだから、精一杯心を尽くしたいと思うのです。先程、修養じゃないと申しました。事実私は修養ということがきらいだったのです。しかし、この歳になってオレは本当に修養が足りなかったなと思うようになりました。そのときどき出会う人に、心を尽くして対応して来なかったなあと思い返します。まだ死ぬにはいくらかいとまがあるようですから、少々修養致しましょう。みなさんにこういう形でお話しすることが私の老いらくの修養になればと思います。

第二講　『ナルニア国物語』の構造

『ナルニア国物語』は幼い頃に読んでいらっしゃる方が多いかと思いますが、未読の方もありましょうし、また忘れてしまった方もありましょうから、今日は物語の全体を retold したいと思います。retold つまり再話ということはチャールズ・ラムがシェークスピアのドラマについて行なっておりますし、ホーソーンがギリシャ神話について行なっている。『ワンダ・ブック』という子どものための再話で、ホーソーンは原話を自由に改変したと批難されたけど、私はとてもいいものだと思いますね。C・S・ルイス自身、自分の作品のひとつに“A Myth Retold”というサブタイトルをつけています。

ルイスはもともと中世ルネサンスの文学研究者で、オックスフォードのフェローでしたし、あとではケンブリッジの教授になっています。学者としてもちゃんとした業績のある人ですが、世間にはまず三つのSF、SFと言っても神学的寓意の濃い変わったSFですが、その三部作で名が売れ、それ以上にキリスト教の護教的な著作家として有名になったのです。『ナルニア国物語』を書いたのは五十代になってからで、それでまた世界的に名を売った訳ですけれど、子ども向けのファンタジーを書いたのは晩年のことなんです。六十五歳で死んでいますからね。

でも、もともとこの人にはファンタジーを書く素地がありました。三歳上の兄ウォーレンといっしょに、六歳から十五歳までボクセンという架空の国の物語を書き続けました。ルイスは子どもの頃、ビアトリクス・ポターの『ピーター・ラビット』が大好きで、服を着た動物たちの絵を描くことから、彼らの国の歴史を書くようになった。一方、ウォーレンはインドを舞台とする架空の国の話を書いていて、両者が合体してボクセン国が出来上がったのです。二人はこの国の年代記を作りあげるだけでなく、地図も出来上がっておりまして、それには鉄道網が書き込まれ、首都もむろんあって、首都で出ている新聞にも名がつけられておりました。前回ブロンテ姉妹が架空の国の物語を作って楽しんでいたことをお話ししましたが、イギリスの子どもたちには他にもいろんな例があるのかも知れません。このボクセン国物語は人によっては詰らないもののように言いますけれど、ルイス没後出版されておりますからそれなりのものではあるのでしょう。ただし邦訳はありません。

ルイス自身は私はとくに子ども向けの物語を書こうと思った訳ではない、自分が一番書きたいと思うことを書こうとした時、子ども向けのファンタジーが一番適合的な形式として現れたのだと言っておりますし、自分が読みたい物語を他人が書いてくれないから自分で書いたとも言っています。だとすると『ナルニア国物語』は学者でありキリスト教護教者である人物の余技などというものではなく、彼の生涯の主著ということになると思います。

『ナルニア国物語』の第一巻『ライオンと魔女』は一九五〇年に出ておりまして、あと連年『カスピアン王子の角笛』『朝開き丸東の海へ』『銀の椅子』『馬と少年』『魔術師の甥』と書き継がれ、一九五六年刊の『最後の戦い』で完結しました。全七巻です。なお断っておきますが、訳本のタイトルは子ども向けに「角笛」は「つのぶえ」、「椅子」は「いす」、「朝開き丸」は「朝びらき丸」、「甥」は「おい」、「最後」は「さいご」となっていますが、私の話の中でその表記に従う必要はないでしょう。

ナルニア国の歴史自体からすれば、最初は『魔術師の甥』で始まっており、ディゴリーという少年、ポリーという少女がナルニア国創建の有様を目撃します。これはシャーロック・ホームズがベーカー街で活躍していた頃とありますから、一八九〇年代と考えて良いでしょう。次に「ナルニア」を訪れたのはペベンシー家の四人の兄妹で、これは一九四〇年のことです。というのはルイスが兄妹は前の戦争の際、空襲を避けるために、ロンドンからディゴリー・カーク老人の館に疎開して来たと書いているので、一九四〇年と特定できるのです。

ところが私の所持している訳本の初版（長女に刊行の年、一九六六年に買ってやったのです）では、訳者の瀬田貞二さんは「前の戦争」のあとにカッコして「第一次大戦」と注しておられる。これは明白な誤りで、一八九〇年代に十代だったディゴリー少年が、この時は少なくとも六十歳にはなろうという老人なのですから計算が合わない。第一次大戦時ならディゴリーは精々三十代です。しかも第一次大戦では、ロンドンは例のツェッペリンにちょっとやられたくらいで、疎開の必要なんて全くありません。ヒトラーがフランスを降伏させ、ロンドン空襲を始めたから、ペベンシー家は子どもを疎開させたのです。例のバトル・オヴ・ブリテンという奴で、このときスピットファイアーとホーカー・ハリケーンが来襲するドイツ空軍からロンドンを守り抜いたのです。

この誤った注記は今の版では除去されているかと思いますが、一応注意申上げました。ただし瀬田さんというのはえらい方ですよ。石井桃子さんと並んで欧米児童文学を紹介なさったのですが、この方々の仕事は戦後論壇で時めいた人々よりずっと、戦後のよきものを築く上で貢献なさっていると思います。『指輪物語』を訳したのもこの方です。評伝も出ています。荒木田隆子『子どもの本のよあけ――瀬田貞二伝』（福音館書店、二〇一七年）ですが、ルイスやトールキンを訳した頃のことに触れられていないのは残念です。

このペベンシー兄妹の前に現れるナルニアは、魔女が支配する常冬の国になっています。魔女の支配はもう百年も続いているというのですが、ディゴリーたちが見たナルニアの創建から数世紀は経っているらしい。この地球ではまだ五十年くらいしか経っていない。つまりこのふたつの世界では時間の流れが全く違うのです。

まず全体を概観しておきますと、この四兄妹が魔女を退治してナルニアの王位につき、王国は繁栄します。この話を叙べたのが『ライオンと魔女』ですが、兄妹が王位について少なくとも十年くらい統治したあとこの地球に戻ってみたら、時は数分しか経っておりませんでした。その一年あと、兄妹がまたナルニアへ呼び出されると、以前の居城は朽ち果てて、もう数世紀経過したとしか思われません。その時王位についていたのはテルマール人という人種で、これがどこから来たかという点では奇天烈な話があるのですが、あとまわしにしましょう。その時のミラース王は兄の先王カスピアン九世を暗殺して王位についているのですが、子がいないため九世の遺児をいやいやながら養っている。ところが王に新しい子が生まれ、生命の危険を感じた王子は逃げ出し、やがてペベンシー兄妹の助力を得て王位を回復しカスピアン一〇世となる。これが『カスピアン王子の角笛』です。

『朝開き丸東の海へ』はミラースによって追放された七人の貴族をたずねてカスピアン一〇世が東の海へ航海する話。カスピアン三年の出来事とされており、私たちの世界から参加するのはペベンシー兄妹の下の二人、エドマンドとルーシー、そしていとこのユースティスです。『銀の椅子』は魔女によって誘拐されて行方不明のカスピアンの息子リリアン王子を、ユースティスと学友のジルが探しにゆく話です。カスピアン七〇年の出来事とされています。

『最後の戦い』はチリアン王の時の話とされていますが、この人はリリアン王より六世代あとの人とされていますから、『銀の椅子』から二百年くらい経っている訳で、これはナルニア国滅亡のお話です。『馬と少年』はペベンシー兄妹がナルニアの王位に在った頃、ナルニアのずっと南のカロールメンという国で起こった話で、物語七巻のうちではいわば外伝といった位置づけになります。しかし大変魅力的な物語です。

ルイスは確か、物事が起こったこの順番に読むように言っていたと思いますが、私はやはり話が出来た順、つまり刊行順に読んで行った方がよいと思います。その方が、ああそうだったのかとあとでわかってゆく楽しみがあります。これから順に見てゆきたいのですが、ナルニア国自体はおよそ千年くらいにわたる歴史が、とびとびではあるが語られているのに対して、この世の時間では、ディゴリーのナルニア発見から、人間たち総登場でナルニアの滅亡を目撃するまで、五、六十年しか経っていないことにご注意下さい。とくにペベンシー兄妹の場合、最初のナルニアとの出会いと別れの間には二、三年しか経っていないようです。とにかく千年対五十年です。

『ライオンと魔女』——ナルニアの発見

ペベンシー兄妹がナルニアを発見する経緯から申上げましょう。兄妹が預けられたのはディゴリー・カークという老学者が住む田舎の古い由緒ある館なのです。兄妹は上から順にピーター、スーザン、エドマンド、ルーシーで、ピーターは十二、三歳、ルーシーは六、七歳に思われます。この館には古い衣裳箪笥しか置いていない部屋があって、ある日ルーシーが箪笥にはいりこんでみると、奥が抜けて林になっていて、雪が降り積もっているのです。その時ルーシーが目にしたのが街燈で、何でこんなものが林の中に立っているのか不思議です。そしてまた傘をさし、手に荷物を抱いたフォーンがいました。フォーンというのはギリシャ神話に登場する牧神で、下半身は山羊ですが、上半身は人間、しかし頭に角が生えている。ルイスは自分が物語を書くとき、まずひとつのイメージから始まると言っています。『ナルニア国物語』の場合も、雪の中で傘をさしているフォーンというイメージが、なぜかわからないけれど頭を去らなくて、そのイメージから物語が湧いて来たのだというのです。

このフォーンはタムナスさんというのですが、あなたはイヴの娘さんですかとたずねて、ルーシーを自分の棲み家に招待してご馳走してくれるうちに泣き出してしまう。ルーシーがハンカチを貸してやるんだけど、それもすぐビシャビシャ。自分は悪いフォーンだ、この国は悪い魔女が支配していて、そのせいでずっと冬でクリスマスも来ないのだけれど、この魔女がイヴの子どもを見かけたら捕えて連れてこいとおふれを出している。自分はあなたを魔女のところへ連れて行こうという悪い心を起こした、とにかくもと来たところへ帰りなさいと言うので、ルーシーはまた街燈の先から箪笥を通ってカークさんの館に帰る訳です。

ルーシーはもちろんこの驚くべき体験を兄姉たちに語るのですが、みんなルーシーがおかしくなったと思って相手にしません。特にエドマンドがしつこくからかいます。ところが、みんなで隠れん坊をしたとき、ルーシーが例の箪笥にはいるのをみつけて、エドマンドもついてはいったところ、ルーシーの言っていた雪に埋もれた林の中に出てしまったんです。すると、シャンシャン鈴の音が聞こえてきて、トナカイに曳かせた橇が現れ、青白く冷たい表情の美人が乗っている。これがナルニアを冬に閉じこめている女王、つまり魔女なんですね。彼女はエドマンドがアダムの子だと確かめて橇に乗せ、ターキッシュ・デライトというお菓子を手品のように作り出してエドマンドに与える。瀬田さんはこの菓子をプリンと訳しておられる。いくつたべてもまだたべたくなる奴で、むろん魔法がかかっている。女王はもっとたべたいなら、お前の兄妹をみんな連れてこい、私の城はあの二つの山の間にあると教えてエドマンドを放します。エドマンドはこのときすっかり魔女のとりこになってしまうのですが、ちょっと許せないのは、そのあとルーシーと出会って二人でまた箪笥を通ってもとの世界に戻ったとき、ルーシーがピーターとスーザンに「私が言っていたのは本当よ、今度はエドマンドもいっしょに行ったのよ」と言ったとき、「何のこと、僕知らないよ」ととぼけてみせたことです。

つまりルイスはエドマンドを心のねじけた少年として描いている訳で、カーペンターという児童文学研究者、この人はトールキンの伝記を書いた人でもちろん大学教授ですが、『秘密の花園』という本でルイスのエドマンドの扱いをひどい、まるでファシズムだなんて言っています。『秘密の花園』というのは、『小公子』『小公女』の作者バーネット夫人の最後の傑作なんですが、カーペンターはこの題名を借りた訳で、副題は「英米児童文学の黄金時代」となっています。しかしルイスはエドマンドを悪役に仕立てている訳じゃなくて、いつも自分を偉そうに叱る兄のピーターに反発する少年として説得的に描いています。子どもというのは日によってあるいは時期によって悪い子にもなるもので、それも成長の一過程です。物語の最終段階『最後の戦い』で、スーザンはナルニアのことは忘れて口紅やナイロンストッキングやパーティーにしか関心をもたない娘になったとされているのですが、ホワイトという人のルイスの伝記によると、口紅やパーティーのどこが悪いと噛みついた人もいる。まあ当時はポストコロニアリズムとかフェミニズムの盛りですから、児童文学批判もそういう立場がはやったのですね。脱線しましたが、こういう児童文学へのイデオロギー的評価も一時は盛んだったのです。今考えると詰まらん次第ですけど。まあルイスは紛れもない保守主義者ですから、八〇年代の左翼大学人には評判が悪かった訳です。

ところがルーシーが作り話をしたのじゃないことがすぐわかって来ます。カークさんの家は古いマナーハウスでいろんな骨董品で埋まっていますから。見学者がぞろぞろやって来る。それを案内するのが家政婦なんですが、彼女は見物人に講釈するのが嬉しくてたまらぬ人で、講釈やっているときに四人の兄妹がうろうろするのを大変嫌う。そこである日、家政婦先頭に一行がぞろぞろやって来るのを避けて、とうとう例の衣裳簞笥の中に四人とも逃げこむ羽目になります。そして出現したのが雪に埋もれた林で、ルーシーは嘘言ってた訳じゃないとわかったのです。

まずタムナスさんの家へ行ってみるのですが、滅茶苦茶に荒らされていて、しかも女王への反逆罪で逮捕するという張り紙がある。そこでタムナスさんを助けなくっちゃというので、駒鳥が案内してくれるのについてゆくと、ビーバーに出会うのですね。それでビーバーの家で作戦会議になるんですが、途中でエドマンドがいなくなってしまう。ビーバーはアスランが動き出したようだ、石舞台というところで会えると言ったのですが、そこまで聞いてエドマンドは女王に告げ口するために抜け出したらしい。これは大変、早く石舞台へ行かなくっちゃというのでビーバー夫妻と三人の脱出行になるんですが、このビーバー夫妻というのが実に個性ゆたかなのです。これは『ナルニア国物語』に出てくるもの言う動物全体がそうで、ビーバーにせよネズミにせよ穴熊にせよ、その個性ある言動はナルニアという別世界の魅力のひとつの源泉になっています。ナルニアには言葉が話せる動物と、そうじゃないただの動物の二種類あることも御承知置き下さい。

ビーバーによると、アスランというのはライオンでナルニアの創造者なのだそうで、三人の少年少女はアスランの名を聞いただけで、まだ説明も受けないうちに不思議なよろこびを覚えたのです。さて一行は魔女の監視を避けて石舞台へと急ぐのですが、途中でサンタ・クロースに会います。このサンタ・クロースの登場をトールキンは物語の中の異物として強く非難していて、それももっともだと思いますけれど、それまで魔女の呪文でナルニアは常冬になりクリスマスも来ないと嘆かれているのですから、ここでサンタ・クロースが出てくるのは魔女の呪文が破れかかっているということなんですね。それにピーター、スーザン、ルーシーはそれぞれに彼から武器をもらうのですが、あとの魔女軍との決戦に使われる武器の与え手を誰か設定する必要がルイスにはあった訳です。ピーターは剣と楯、スーザンは弓矢と角笛、ルーシーは魔法の治療薬といった具合です。

一方、エドマンドは魔女のお城へ行ってみると、彼女から冷たくあしらわれ、捕虜同然に橇に乗せられて魔女と石舞台へ向かいます。ナルニアは魔女に支配されてもう百年経っているのですが、いつかアダムの息子二人とイヴの娘二人が現れて王座につき魔女の支配は終わるという言い伝えがあって、魔女としてはぜひこの四人の子どもを殺さなければならぬ訳ですね。しかしどんどん雪がとけて来て、あたりには花が咲き始め、橇は進まなくなる。魔女は事態を察してエドマンドを殺そうとします。ところが、頭は人間、体は馬というセントールを初めとして獣たちがどっと襲って来てエドマンドを救出し、魔女は逃げ出します。つまりビーバー夫妻と兄妹たちはすでに石舞台でアスランと出会って、そこから救助隊が派遣されて来たという次第です。

アスラン勢がテントを張って野営しておりますと、そこに魔女が単身やって来てアスランと二人きりで談合します。ナルニアには古い掟があって、罪人はみな魔女に引き渡して処刑する定めになっている。ついてはエドマンドは裏切りという罪を犯したのだから自分に引き渡せと彼女は言うのです。話し合いはついて、どうやらエドマンドは引き渡さずにすんだのですが、アスランは深い悲しみに浸っているようです。夕方スーザンとルーシーはアスランが重い足取りでひとり林の中へ消えて行くのに気づいて、あとを追ってゆきます。アスランはわしは寂しいのだ、たてがみに手を置いてくれと姉妹に言います。石舞台へ行くと、魔女を初め魑魅魍魎が集まっています。石舞台というのはドルメンを想像してみられるとよいでしょう。四辺形に石を立て、その上に大きな石板が乗っているのです。

アスランがその上に身を横たえると、魔女の命令一下、魔ものたちは寄ってたかって縛りつけ、アスランの毛を刈り上げてしまいます。大きな猫みたいな姿になったアスランを嘲弄する騒ぎのうちに魔女はアスランを刺し殺します。これが何の暗喩であるか言わずとも明らかでしょう。ルイスがイエスの十字架上の受難にたとえているのは誰にでもわかります。イエスは受難によって人間の罪をあがなったのだけれど、アスランはエドマンドの罪をあがなった訳ですね。こういう寓話的な趣向は元来は私は嫌いです。でもこの場合、ゴルゴダのイエスの換骨奪胎という面はほとんど気にならない。イエスの受難はイエスのもの、アスランの受難はあくまでアスランのもので、イエスの死を寓意したという点はもちろん読んでいて念頭に浮かぶものの、このアスランの自己犠牲は個性的でイエスのくさみを感じさせないのです。この受難一件を抜きにしても、アスランがイエスの暗喩であることは、アスランが子どもたちに「お前たちの世界では、私は別の名で呼ばれている」と語っているのでも明らかですが、ライオンはあくまでライオンらしくて、イエスとは違う。つまりアスランは全然イエスくさくない。別個の偉大な存在だという感じがする。だから、異邦人の私たちにもなつかしい感じですっと受け入れられる。ここがルイスの凄いところだと思います。

スーザンとルーシーがアスランの亡骸を抱いて悲しんでいると、足許がざわざわして来る。無数のネズミたちがやって来て、縄を喰い破っているのです。解き放たれたアスランには毛が生えそろい、立ち上がって咆哮する。イエス同様復活した訳です。復活したアスランはスーザン、ルーシーを乗せて魔女の城までひとっ飛び、彼女の杖で石像に変えられてしまっている者たちをもとの姿に戻し、彼らを引き連れて、ピーターとエドマンドたちが魔女軍と戦っている戦場にかけつけます。その中には石像から生き返ったタムナスさんもいます。アスランは魔女をひと口で嚙み殺し、戦さは決着がつきます。エドマンドは魔女と渡り合って瀕死の重傷を負うけれど、ルーシーの秘薬に助かります。つまりエドマンドはちゃんとした子になった訳ですね。

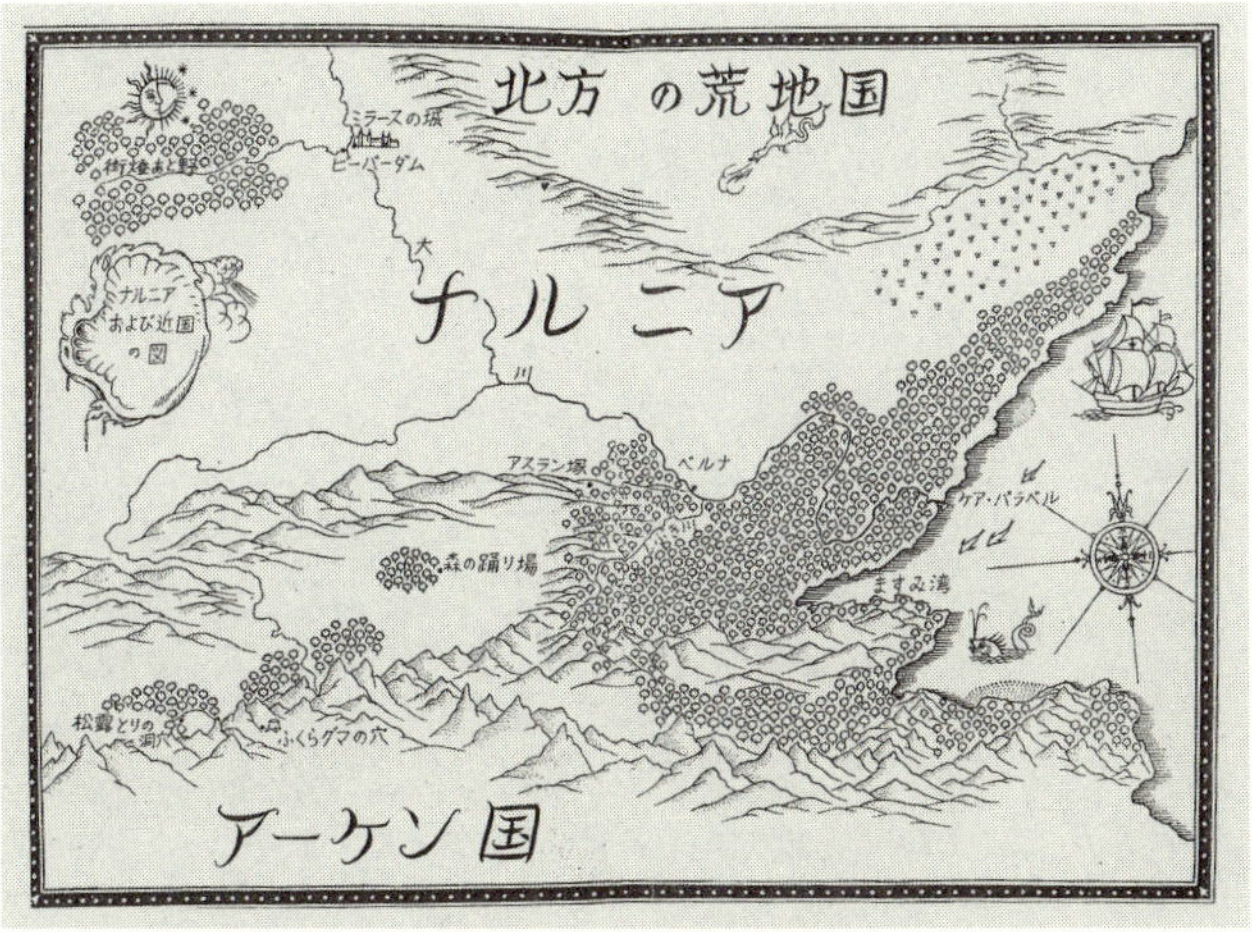

ナルニア国の地図（『カスピアン王子のつのぶえ』岩波書店より）

このあと四人の兄妹はケア・パラベルの城で王位につきます。お配りした地図をご覧下さい。これはこれまで述べました出来事より数世紀あとのナルニア国、つまりカスピアン王子時代のナルニアの地図です。兄妹がナルニアへやって来たところは地図の西北端に「街燈あと野」として出ています。つづいてビーバーダムとあり、これは例のビーバーが築いたものでしょう。地図の真ん中にアスラン塚とありますが、これが元の石舞台です。そこから東にずっと森がありますが、これは『ライオンと魔女』の時代にはまだなかったのです。そして地図の一番右側、つまり陸地が東の海に接するところにケア・パラベルとありますね。四人の兄妹はこの城に住んでずっと長くナルニアを統治するのです。これはナルニアの黄金時代でもあったそうです。

ある日四人は狩りに出かけます。先に言い

ましたように、ナルニアにはものを言う動物と、私たちの世界と同様ものを言わない動物がいて、後者は狩られ喰べられるのですね。これが王位についてから何年あとのことなのか明示してありませんが、どうやらみんな若者になっているようで、とすれば十年くらい経っているのでしょう。その間の記述は一切ありません。白い鹿を追っているうち、四人は例の街燈の立っている林に来ます。なんだかなつかしい気分に襲われます。四人はもう自分たちがどうやってナルニアへ来たのか忘れているのです。鹿を追って茂みに突っこむと、それが外套の列に変わって、四人は例の衣裳簞笥から放り出されました。すると家政婦が見物人を連れて廊下で話をしています。つまり四人がこの簞笥にかくれてから、まだ数分しか経っていなかったのです。

その夜、兄妹は学者先生に自分たちの経験を打ち明けます。先生は全部信じてくれて、同じ冒険をした人以外、人にこの話をするな、話をしていい人は顔を見たらすぐわかると言いきかせます。それもそのはずこの学者先生はディゴリー・カークだったのですから。ただしルイスはこの巻では学者先生の正体を全く明かしていません。名前も伏せています。ルイスは『ライオンと魔女』の続きを書く気は最初はなかったと言っているけど、どうでしょうかね。学者先生の話しようからすると、ルイスはすでにこの人物について一定の考えを持っていて、それをまだかくしているような気がします。

『カスピアン王子の角笛』――再びナルニアへ

この事件のあと一年経って、とルイスは書いています。四人の兄妹が寄宿制の学校へ戻るために駅の待合室で並んで坐っていると、突然すごい力で引張られて、どこか森の中に放り出されてしまいます。ナルニアへ戻ったんだとまずルーシーが思います。四人の中ではルーシーが一番霊性が深くて、ナルニアにもアスランにも近いのです。これはやはり一番歳下ですから、幼き者ほど神に近い訳です。

あたりを調べてみると、どうやら島らしい。そのうち茂みに覆われ、崩れかけた城壁を発見する。と何とも言えぬ不思議ななつかしさに四人は襲われるのです。昔はよく知っていたのに、今はおぼろになって遠くへだたっているもの、思い出そうとすればするほど幻のように遠ざかるなつかしいものの存在、それとの出合いというのは、ルイスの全著作を通じる通奏低音みたいなものでして、その特徴がこの場面によく表れています。これはルイスの最大の魅力です。中への通路も見つかってはいって行くと、ここはむかしのケア・パラベルの城だという感じが強くなる。しかし、難点はケア・パラベルは島ではなかったということです。でも様子からみると、あれから何百年も経っているらしいから、地形も変わったのかも知れない。しかしついに宝蔵が見つかって、そこにはピーターの剣と楯もあれば、スーザンの弓矢も、ルーシーの薬瓶もありました。ただし、スーザンの角笛はなかったのです。この角笛は危険に陥ったとき吹き鳴らすと、ただちに救いがくる魔力を持っていました。間違いなくここはケア・パラベルの城跡です。

翌日、四人は狭い海峡をへだてた本土からボートがこの島に向かって来るのを目撃します。ボートには二人の兵士と一人の小人が乗っていて、どうやら小人をこの島で殺すつもりらしい。スーザンが矢を放って二人の兵士を倒し小人を救い出す。そこで小人の身上話になって、四人は駅の待合室からナルニアに呼び出された訳がわかります。

小人の話はカスピアン王子の身の上から始まります。現在の王はミラースといって、王子の亡き父カスピアン九世の弟ですが、実は兄を殺して王位についているのです。ミラースには子がないので、カスピアンがあととりということにはなっていますが、カスピアンはミラースが父を殺したことはまだ知らぬまでも、叔父夫妻が大嫌いです。彼等はテルマール人で、当時乱れていたナルニアを征服した外来人だというのですが、その征服の事情などはそれ以上語られていません。ペベンシー兄妹が王位に在った頃から数世紀経っており、その後の記述はなく、話はずっと飛んでテルマール人時代のナルニアとなっているのです。

このテルマール人というのは、南太平洋を横行した海賊が嵐のためある島に漂着したのはいいが、そこであらん限りの乱行を働いたので、そのうち六人がいや気がさし、家族を連れて山の洞穴にかくれたところ、そこは別世界への魔法の通路で、テルマールという異次元の国へ出てしまい、その後子孫がふえた頃飢饉に襲われ、当時治める者がいなくて乱れていたナルニアへ攻めこんで支配者になったという訳です。ただしこのことはこの巻の終わりにアスランが明かしたことです。瀬田さんはこの海賊云々はケイン号反乱事件をモデルにしているとおっしゃるのですが、それはちょっと行き過ぎかも知れません。ケイン号反乱事件は戦前も戦後も映画になっていますから、ご存じの方も多いでしょう。

カスピアン王子は乳母が話す昔のナルニアの話が大好きでした。その頃は言葉がわかる獣たちも沢山いたというのです。ミラースは昔のナルニアの住民が大嫌いで、彼らを迫害し滅して来たのですから、この乳母をすぐクビにしてしまいます。しかし代わりにつけられた小人の学者先生も実は昔のナルニアのことをよく知っている人でした。ある夜この先生はカスピアンにミラースに王子が生まれたのであなたは殺される、すぐ逃げ出して、隠れ住むむかしながらのナルニア人のもとへ行きなさいと告げます。そのときスーザンが昔街燈あと野に置き忘れて行った角笛を与えるのです。

カスピアンはミラースの城を抜け出し南の方へ向かいます。地図をごらん下さい。左上隅にミラースの城とありますね。ずっと南に松露とりの洞穴などと記してありますね。ここがカスピアンの逃れ先で、この辺りのもの言う獣たちや小人たちの力を借りて挙兵するのです。結局アスラン塚に籠もって、ミラースの軍と戦うのですが、このアスラン塚というのは例の石舞台の上に塚を築き、内部を砦みたいにしたところです。ところが戦況がかんばしくない。このままでは自滅という時になってカスピアンは角笛を吹き鳴らすのです。ペベンシー兄妹はこの時駅のベンチからひっぱられたのですね。しかし、兄妹はどこに現れるかわからない。候補として街燈あと野とケア・パラベルの二カ所が考えられる。それぞれに迎えが派遣されることになり、小人トランプキンはケア・パラベルを目指す途中、ミラース兵につかまって、四人兄妹に助け出されたという次第です。

さてこれからトランプキンと兄妹は、カスピアンを救うべくアスラン塚へ向かうことになりますが、海辺から塚まではずっと深い森で、難行苦行が続きます。四人が王座にあった頃はこんな森はなかったのですが、テルマール人というのは海が嫌いで、海をへだてるために森を作ったというのです。旅の途中、ルーシーは遠くアスランの姿を認めます。しかし他の兄姉には見えないし、従って信じてくれません。こういう設定にも、幼い心ほどイエスに近いというルイスの考え、それは聖書の言うところでもありますが、ルイスの信仰が表れているのでしょう。しかし結局残りの三人もアスランの姿を認めるに至り、ベルナの渡しの近くでミラース軍と決戦することになります。

戦いの帰趨はピーターとミラース王の決闘で決まることになります。ルイスの物語の作り方は基本が伽話、昔話風で、それが非常に単純かつ強力な魅力になっていると思うのですが、ただ伽話よりずっとリアルです。というのは伽話の画面には深度がないのです。人物も風景も切紙細工みたいで単純です。性格描写とか風景描写はありません。総じて描写というものがなく、単純な記述のみです。ところがルイスはそういう伽話的な単純な構図にリアルな描写を加えるのですね。これはトールキンもそうなんです。魔法が出てくるお話としてお伽話的な骨格を持っている癖に、描写はリアリズムなんです。ピーターとミラースの決闘も、お伽話ならピーターが勝ちましたとあっさりやるところをリアルに描写します。だからグリムやペローの童話とは違って、お話ではなくて現実に在ることのような、つまり近代小説が与えるような現実感がもたらされる。ただしこれはルイスとトールキンが始めた手法じゃなくて、一九世紀の末あたりから、イギリスの児童文学はリアリズムの手法を取り入れて来るのですけれど。

戦い終わってアスランが始末をつけます。カスピアンを王位につけカスピアン一〇世とするとともに、その統治の下に在ることを望まない者は他に場所を見つけてやるというのです。そして左右ふたつの柱とその上にかかる棒とで構成される単純な門をしつらえ、ナルニアから出てゆきたいテルマール人たちをくぐらせる。すると彼らは消えてしまいます。兄妹もこの門をくぐります。するとそこは前いた駅のベンチで、時間はほとんど経っていなかったのでした。このあとエドマンドとルーシーはもう一度ナルニアへ戻りますが、ピーターとスーザンはこれが最後のナルニア訪問でした。二人ともまた来るには歳をとりすぎたのです。

『朝開き丸東の海へ』

第三巻の『朝開き丸東の海へ』は、カスピアン一〇世の統治三年目の出来事とされています。ペベンシー兄妹のお父さんはアメリカの大学に十六週間講義に出かけることになり、お母さんとスーザンも同行します。スーザンが一番アメリカに向いているというので連れて行くことになったのですね。ピーターは入試直前でカーク先生のところで勉強、エドマンドとルーシーだけがいとこに当たるユースティスの家に夏休み中預けられることになったのです。というのはカークさんは以前の館を売って小さな家に移っていたので、ピーターの他二人を住まわせるのはむりだったのです。

ユースティスの両親はいわゆる進歩的な人で菜食主義者、ユースティスにはお父さんお母さんじゃなく、ハラルド、アルバータと名を呼ばせていました。だからユースティスは古いものを一切軽蔑する、まさに現代そのものの少年だった訳です。彼はエドマンドとルーシーからナルニアの話を聞いたことがあって、ずっとからかいの種にしていました。エドマンドとルーシーはカーク先生の忠告をうっかり破ったのですね。

ルーシーのあてがわれた屋根裏部屋には、波を蹴立てて疾走する帆船を描いた絵がありました。ユースティスのお母さんはこの絵が嫌いで、屋根裏部屋にかけて置いていたのでした。エドマンドとルーシーがこの絵に見入っていると、ユースティスがはいって来て、早速二人をからかい始めます。すると絵の中のものが動き出して三人は絵の中の海に取りこまれてしまったのです。三人が溺れかかったとき、近くを航行していた帆船に救い上げられます。これは絵に描かれた通りの小さな船で、なんとその船にはカスピアンが乗っていたのです。

ミラース王は前王、つまりカスピアンの父カスピアン九世の忠実な臣下だった七人の貴族を、ほとんど知られていない東の海の島々を探検するという名目で送り出していて、今は一〇世王となっているカスピアンは、帰って来ない七人の貴族の行方を探るために、この「朝開き丸」で航海に乗り出したのです。エドマンドとルーシーは喜んで同行することになりますが、ユースティスは大むくれ。海は凪いでいるのに船酔いはするは、汽船を引き合いに出して「朝開き丸」を罵るは、食事に文句をつけるは、不平満々。読んでいてつくづくいやな子だなあという気になります。この巻はそのユースティスがだんだんまともになってゆくのがひとつの読みどころなので、その途中ユースティスが龍に変身してしまうおかしな話もあるのですが、その辺は省略します。

この航海譚の面白さは、途中で立ち寄る島々の不思議さにあります。まあ不思議な出来事、物事をしつらえるのは、この種のファンタジーの常道で、そこで作者の手腕が問われるのですけれど、中には大袈裟な趣向の割には平凡で単調なもの、一向面白くないものもあります。しかし、この巻でルイスが作り出している島々の不思議さは抜群で、凄いなあと思わずには居れません。これはとにかく現物を読んでお楽しみ下さい。

私がこの巻で一番感心するのは、航海の一番最後のところの幽幻というか神秘というか、澄み切った美しい雰囲気です。海が段々透明になり、塩分もなくなって蒸留水のように澄み切り光を放ち、ついに何十リーグもつづく白い蓮の花叢の中に船がはいってゆく。世界は光にみちて、眠ることも食べることも必要がない。そして水深が浅くなって船はもう行けない。ボートを出して、エドマンド、ルーシー、ユースティス、それにネズミのリーピチープが先をめざす。先にはアスランの国があるという。リーピチープはひたすらこのアスランの国にあこがれる。やがて先の方にとてつもなく高い海の壁がみえる。つまり海が数十メートル高くなっていて滝のようになだれ落ちている。もうボートも水深がなくて先へ行けない。リーピチープは自分用に積みこんだ小さな皮舟にのって、ひとり海の壁へ向かう。皮舟はするすると海の壁をさかのぼりやがてみえなくなる。三人の子どもは南へ続く岸辺をたどるうちにアスランに会い、ユースティスの家へ送り返されます。ユースティスの両親はわが子が少し馬鹿になったと思ったそうです。

ところでリーピチープで、これは前巻から出て来るのですが、ナルニアでは動物は私たちの世界より大きいので、ネズミといっても六〇センチくらいあるのです。それが中世騎士風に剣を帯び、髭をピンとひねりあげているんですから。ユーモラスでありますけれど、決して笑ってはなりません。というのはこのネズミ、騎士道の権化で、自分をあなどる者を決して見過ごしにはしないからです。ユースティスは彼の尻っぽをつかんで振り廻し、逆に殺されそうになったことがあります。このリーピチープがひたすらアスランの国を憧れる有様は何だか切なくて胸に迫るものがあります。

『銀の椅子』

第四巻の『銀の椅子』はカスピアン一〇世の統治七〇年の出来事とされています。ユースティスの通っているのは新方式の学校、つまり子どものやりたいことを自由にさせるという例のやり方の学校で、従っていじめっ子はやりたい放題、ジルという女の子が彼等から逃げて来るところ。ユースティスも同情して一緒に逃げるのですが、前方には塀があり戸はいつも鍵がかかっている。いじめっ子たちの声はすぐうしろに迫ってくる。ユースティスが戸を押すとスルリと開いたのはいいが、前に広がる景色は見たこともないものでした。ユースティスとジルがその野原を進んでゆくとライオンに出会う。そのライオンは深い谷を前にした崖の先端から、二人をナルニアへ吹き送るのです。むろんアスランですが、その際のアスランはナルニア国のあとつぎリリアン王子が行方不明になっている、二人で行って探し出し、救出せよと使命を与えるのです。そしてジルに忘れないよう寝る前に必ず暗唱しなさいと言って、四カ条の注意を与えます。

その四カ条は、第一はナルニアに着いたらユースティスは昔なじみに会う。その人に挨拶しなければならない。第二は北へ旅して、昔の巨人族の都のあとへ行け、第三はその都のあとで石の上の文字を見つけよ、第四はアスランの名にかけて何かしてくれと言う者があれば、それが王子であるというのです。

二人がナルニアに着陸すると、そこは港で年老いた王が船に乗りこもうとしています。これは実はカスピアン一〇世王の老い果てた姿で、王は東の海上の島にアスランが現れたという噂を聞き、死ぬ前にひと目逢いたいと思って船出するというのです。ユースティスはカスピアンと航海していますから旧知ですが、まさかこの老王が一〇世だとは思わない。だって航海してから、ユースティスの方の時間はまだ一年くらいしか経っていないのですからね。船はさっさと出て行って、アスランの注意の第一カ条をまずやりそこねました。

しかし、二人が空を飛んで来るのを目撃したフクロウがいて、結局このフクロウが同族を集めて会議を開き、二人の目的を知って助力することになります。フクロウたちによると、十年くらい前、カスピアンの王子リリアンが母君とともに北の森に祭りの花摘みに出かけ、母君が泉のほとりの草辺でうたたねしていると、緑色の蛇が現れ女王を嚙んで姿を消しました。女王はその毒で絶命し、以来リリアンは母の仇を討ちたい一念で北の森を探索して廻っていたのです。ですが、ある日を境に王子の消息がプッツリ跡を断ちました。以来三十人以上の豪傑が王子探しに出かけたが、一人も帰って来た者はいないというのです。

ユースティスたちが北へ行き巨人の都あとを探せと言われているのを知ったフクロウたちは、それなら沼人《ぬまびと》の助けが要ると言います。ナルニアの北の山脈を越えるとエチン荒野になるのですが、その山脈のすぐ南にある沼地が沼人の棲むところです。フクロウたちは二人を沼人の泥足にがえもんのところへ連れて行ってくれました。この人物はルイスが創造した多彩なキャラクターのうちでも、まずは出色のキャラクターだと思います。私は大好きですね。胴体は小人くらいだけれど、手足が長いので身の丈がヒョロ高いのです。手足の指には水掻きがついています。

この人の特徴は言うことがいちいち悲観的であることです。しかし思慮は深いし、手際はみごとだし、勇気もあって、口とやることが全く違う。ふつう口とやることが違うと言えば悪く違うのだけれど、この人の場合はよく違う訳です。にがえもんは二人の寝床を作ってやって、固くて寒くておまけに湿っていると保証するのですが、寝心地よくて二人はぐっすり眠ってしまいました。起きてみると釣りをしていて、「こんなことしてウナギが一匹かかるかどうか、覚つかないですね」なんて言うんです。しかし十四、五匹も釣り上げてしまいました。二人が北へ巨人の都あとを探しに行くと言うと、なんだかんだ悲観的なことばかり言ったあげく、最後に「そうすりゃ私たちは」なんて言うものだから、二人は「じゃ、一緒に行ってくれるのね」ととび上がります。にがえもんとはそういう人なのです。ウナギ料理もとてもおいしかったのですが、沼人の食べものが人間に毒になっても不思議じゃない、なんて言い出すのです。

三人はまず巨人族の棲かのエチン荒野を通り抜けねばならぬのですが、この巨人たちは頭が幼児並みで、崖に腰掛けて岩投げをしたり、他愛がないのです。ただ石がブンブン飛んで来て危ないし、彼らの方を見ると追いかけて来る危険があるので、そ知らぬ顔で通り抜けねばなりません。このあたりの呼吸はにがえもんが抜かりなく教えてくれます。この荒野を何日もかかって通り抜けると大河があって、巨大な太鼓橋がかかっています。ところどころ石が抜けた危ない橋を渡り終えると馬に乗った二人の人間に出会いました。白馬に乗っているのは緑の衣を着た愛らしい貴婦人ですが、となりの黒馬には鎧甲に身を固めた騎士がまたがっている。面《おも》かくしをおろしているので顔もみえないのです。

貴婦人がにこやかに「巡歴の方々ですか」と話しかけるものだから、ジルが昔の巨人の都あとを探していますとうっかり洩らしかけるのをあわててにがえもんが制すると、貴婦人は「巨人の都あとは話には聞いたけれど、そこへ行く道は知りません。この道はハルファンの城に通じています、その城町にはおとなしい巨人たちが住んでいて、きっとあなた方にあたたかい食事と寝床を提供してくれますよ、客あしらいのよい人たちですから。着かれたら、緑の女からよろしく、秋の祭りに南方のきれいな子二人を送りますと伝えて下さいな」と言います。

彼らと別れると、にがえもんはしきりに怪しい奴らだとブツブツ文句を言い、あの鎧の中に何者がはいっているか知れやしない、ひょっとするとカラッポかも、なんてゾッとするようなことを言います。しかし二人の子どもはあの女が言ったあたたかい寝床、気持ちの良いお風呂、ほかほかの焼肉がまならにちらついて、考えることと言ったらもうそれだけなのです。そしてイヤなことばかり言うと、にがえもんが嫌いになります。子どもたちは絶対にハルファンへ行くつもりだし、にがえもんはアスランの命令にはハルファンなんて行先はなかったと言うし、もう喧嘩になりそうです。

先へ進むほど谷は深くなり、きびしい北風が吹きつのり、野宿するような洞穴も窪地もなく、何日も何日も歩き続けるうちに、ジルはアスランの注意を寝る前、暗唱するのをやめてしまいました。そしてその中味も忘れてしまっているのでした。ただハルファンに着きたいの一念があるばかり。この辺りはルイスとしては、日々誘惑されるキリスト者のあり方の暗喩のつもりなのでしょう。

　とうとうハルファンの都に着き、三人は巨人たちの王から一応歓待されます。にがえもんはこんなところにはいりこむのは反対だったけれど、子ども二人が矢も楯もたまらずとびこんで行くので仕方ありません。ひと晩ぐっすり眠ったあと窓の外を見ると、前夜ハルファンの城門に辿りつく前に、乗り越えねばならずひと苦労した丘、こわれかけた建物で迷路みたいになっていた丘が眼下に見降ろされます。これこそアスランが指示した巨人族の都あとだと三人は悟りました。しかも丘の真中の敷道に黒い文字で、ソノ下ヲ見ヨと書かれています。ユースティスとジルはアスランの指示を三つまでやりそこなったのです。

　さてこのお城を脱出して、眼下の丘へ行かねばなりませんが、外に出て走り出した途端つかまるのはわかっています。そのうち巨人の王と女王は部下を引き連れて森へ狩りに出かけます。明日の夜が秋祭りだからです。番人は残しているけれど、脱出のチャンスはふえました。料理女が昼寝し始めると、ジルは開いた本を読みます。それは料理書で、「ニンゲン」という項目があり、秋祭りに出すならわしとあります。もうわかりました。緑の女が送ると言った子ども二人とは、ジルとユースティスのことだったのです。三人は腹をくくって城から走り出し、丘をめざします。番兵に追いかけられ、やっと穴にとびこむと、これが深い穴で三人はガラガラガチャーンと、それこそ何キロも落ちてみると、着いたのが地底の国で、三人は蒼白い光りの中何百という小人に取り巻かれていました。それから三人は船に乗せられ、地底の海を渡って地下国の都へ連れて行かれます。女王様は留守とのことで、若いあしらいのよい王子風の人物が接待してくれます。

「殿下」と地下人たちに呼ばれているこの青年は、エチン荒野の国ざかいの橋のところで三人に会ったことがあると言います。あのとき鎧に身を固めていたのが自分で、女王はあのようにして自分を地上に連れ出すのだというのです。ジルがナルニア国のリリアン王子を探してやって来たと洩らしても、ナルニア？　リリアン？　聞いたこともない、自分はどこからこの夜見の国にやって来たか覚えていないが、悪い魔法にかかっていたのを女王が救い出してくれたのだと思う、女王は慈悲の化身で、やがて地上の国を自分に与えてくれる、そのためにトンネルを掘っていて、あと六メートルでその国に出るところまで来ている、その国が自分のものになったとき、女王と結婚することになっていると言うのです。

そして夜になると自分は蛇のような怪物になるので、その時だけ銀の椅子に縛りつけられると打ち明け、その時間がもう迫っている、乱心した姿を見られたくない、席をはずしてくれと頼むのです。そして仮に自分の姿を見たら、自分がどんなに頼んでも紐を切ってはならぬと言うのです。

結局三人は若者が椅子に縛りつけられて苦悶するのを見ることになるのですが、実はこのとき彼は正気に返って地上に居た頃のことを思い出しているのですね。そして三人にしきりに紐を切ってくれと頼むのですが、三人は前もって彼から注意されているので、切る気になれない。ところが若者がそのうち「アスランの名にかけて願う」と口走る。三人はそれでも迷うのですが、これまでアスランの注意事項を全部破って来たのですから、最後の注意だけは守らねばというのでやっと若者を自由にしてやります。若者は自分がリリアン王子であることを思い出し、さてこれからどうするかというところに女王がはいってくる。

彼女は一目で事態を掌握し、暖炉に香を投げ入れ、マンドリンみたいな楽器を奏ではじめる。そして四人と問答しながら、ナルニアなんて国はないのだと説き伏せにかかります。四人は甘い香りと楽の音に麻酔にかかったようになり、そうです、ナルニアなんかないという思いになってしまいます。その時です、にがえもんが水掻きの生えた足を暖炉に突っこんで、火を踏み消してしまったのは。四人の麻酔は解けました。瞋《いか》りたける女王に言ったにがえもんのせりふを読み上げてみます。これはルイスがファンタジーの本質を宣言した文章と言えるからです。

「ひとこと申しまさ。あなたがおっしゃったことは全部、正しいでしょう。このあたしは、いつもいちばん悪いことを知りたがり、そのうえでせいぜいそれをがまんしようという男です。ですからあたしは、あなたのおっしゃることがらを、一つとしてうそだとは思いませんさ。けれどもそれにしても、どうしてもひとこと、いいたいことがありますとも。よろしいか、あたしらがみな夢を見ているだけで、ああいうものがみな――つまり、木々や草や、太陽や月や星々や、アスランそのかたさえ、頭のなかにつくりだされたものにすぎないと、いたしましょう。たしかにそうかもしれませんよ。だとしても、その場合ただあたしにいえることは、心につくりだしたもののこそ、じっさいにあるものよりも、はるかに大切なものに思えるということでさ。あなたの王国のこんなまっくらな穴が、この世でただ一つじっさいにある世界だ、ということになれば、やれやれ、あたしにはそれではまったくなさけない世界だと、やりきれなくてなりませんのさ。それに、あなたもそのことを考えてみれば、きっとおかしくなりますよ。あたしらは、おっしゃるとおり、遊びをこしらえてよろこんでいる赤んぼかもしれません。けれども、夢中で一つの遊びごとにふけっている四人の赤んぼは、あなたのほんとうの世界なんかをうちまかして、うつろなものにしてしまうような、頭のなかの楽しい世界を、こしらえあげることができるのですとも。そこが、あたしの、その楽しい世界にしがみついてはなれない理由ですよ」

怒った女王はたちまち緑の大蛇に変身して襲いかかりますが、逆に斬り殺されてしまいます。このあと四人は、女王がナルニアへ攻め上るために掘らせたトンネルを伝って、無事帰還を果たすのです。

『ナルニア国物語』全七巻はどれをとっても粒よりで優劣を論じるのがむずかしい。ふつう、こうしたシリーズものには、これはちょっと落ちるという巻がひとつふたつあるものですが、それがない。これは驚くべきことで同巧異曲というのは一巻もなく、一巻ごとに創意があり変化があります。全く物語作者としての手腕という点で、ルイスは抜群の才能の持ち主です。ただ私の好みとして言えばこの『銀の椅子』は一番シンプルで、とにかくよく出来ている。シンプルで無条件に面白く楽しいという点では『馬と少年』もそうです。『銀の椅子』の女王は彼女なりにリリアンを熱愛している訳で、『ライオンと魔女』の魔女みたいないやらしい存在ではありません。巨人の都の国王夫妻も、ニンゲンを食うという点を別にすると、お人好しです。『銀の椅子』には本当の悪というのが出て来ないのです。シリーズ中、『馬と少年』と並んでメルヘンティックなのですね。私の長女も、幼女のころ『銀の椅子』が好きだったと申しております。

『馬と少年』については簡単にすませたいと思います。というのはこれはナルニア国での出来事じゃなく、ナルニアのずっと南のカロールメンという専制帝国でのお話なんです。その国の漁師の息子と貴族の娘がそれぞれ訳あって、もの言う馬に乗ってナルニア国めざして逃れるという話です。この馬たちはものを言うんですからナルニア生まれで、これも訳あってカロールメンに来ているのです。その時ちょうどカロールメンの王子が軍を率いてアーケン国へ攻め上ろうとしていて、その軍勢に追われる形で二人がアーケン国に急を告げるという趣向です。このアーケンというのはナルニアとカロールメンの間にはさまっているナルニアの友好国です。時代はペベンシー兄妹が王座についている頃で、スーザンとエドマンドがちょうどカロールメンの首都を訪問中ということになっています。姉弟はこの物語にはちょっとした関わりしかありません。前にも言いましたように、これは大変シンプルで楽しい物語で、私は大好きです。ですが言及はこれにとどめたいと思います。

『魔術師の甥』――ナルニア国の誕生

第六巻の『魔術師の甥』はナルニア国誕生の物語です。時代はわれわれの時間では一八九〇年代。ディゴリーという少年はお母さんの病が篤いので、お母さんのきょうだいのアンドルー・ケタリーさんとレティ・ケタリーさんの家の世話になっています。この二人は兄妹で独身です。場所はロンドン。ディゴリーは隣の女の子ポリーと仲良くなって、続き長屋の屋根裏の探検を始めます。ディゴリーの家の先は空き屋なので、そこへ屋根裏から忍び込もうというのです。ところが計測を誤ったのか、ドアを開けてみると、アンドルー叔父の書斎に出てしまいました。

この人は魔術に凝っていろいろ怪しげなことをやっているらしく、ディゴリーにも日ごろ話しかけようとするんですが、レティ叔母さんがそうさせません。この人は兄を信用していないのです。アンドルー叔父は思いがけず獲物がとびこんで来たというので大喜び。実は少年を魔術の実験に使いたかったのです。アンドルーがなぜ魔術に凝るかというと、この人の名づけ親は当時英国に三人しか生き残っていなかったフェアリーの血を引く人で、アトランティス大陸の土を彼に遺したというのですね。アンドルーはそれを材料にして緑と黄色の指輪を二つずつ作りました。黄色のは別世界へ出かける働きを、緑のは帰って来る働きを持つとアンドルーは思っていて、これを少年に使わせてみたくてしょうがない。自分ではめて出かける勇気はないのです。

アンドルーが誘うものだからポリーが黄色の指輪を手にすると、ポリーの姿が消えました。アンドルーから説明を聞いてディゴリーは怒ります。叔父はわざと緑の指輪を持たせずにポリーを送り出したのです。指輪は二組あるから、一組はお前が持ち、ポリーの行った先に出かけて余りの緑の指輪をポリーにやればいいじゃないかという訳。ディゴリーはまんまとはめられたのです。

ポリーを別世界に送り出したままにしておく訳にはいかないので、ディゴリーは叔父の言う通り黄色の指輪一つと緑の指輪を二つ持ってとび立ちます。降り立ったのは林の中の小さな池のまん中で、岸辺にポリーもいました。さて緑の指輪を使って元の世界へ戻ろうという段になって、ディゴリーは思いつきます。林の中には他にも池がいくつもあります。それにこの林では万物が眠ったように静まり返っていて、ひとつの世界というより、いろんな世界へ行ける中継地みたいです。折角だからこの際、別な池にとびこんで別世界へ行ってみたらどうだろう。ポリーはそれにしてもロンドンのわが家へ帰れることを一度確かめてからにしようと言う。そこで緑の指輪をはめて出て来た池にとびこむと、やがてアンドルー叔父の書斎が見えてくる。そこで申し合わせていたように指輪を黄色いのに取り替えてまた元の林へ戻って来ました。帰り途は確保しました。さあ実験開始。しかしここでポリーがぞっとすることに気づくのです。池は似たようなのが沢山ありますから、ここで他の池にとびこんで別世界に行ったとして、またこの林に帰って来たとき、どれがロンドンのわが家へ帰る池なのかわからなくなってしまいます。ポリーはこの池にしるしをつけます。全く危ないところでした。

二人が黄色い指輪をつけて別な池に飛びこむと、パシャンと水をはねあげただけで何も起こりません。実は指輪の働きはアンドルーが考えていたのとは違っていたのです。アンドルーは黄色の指輪は出かけるときに用い、緑の方は帰るときに用いると思っていたのですが、そうじゃなく基準はこの林にあって、黄色いのは林に対して引力を備え、緑のは斥力を備えているのです。今度は緑の指輪にはめ替えてもう一度その池に飛びこんでみると、二人はすべてが死に絶えたらしい壮麗な都あとに立っていました。

崩れかけた宮殿にはいっていくと、広間があって、ずらっと並んだ椅子に王族らしい人びとが坐っています。豪華な衣裳をまとって身じろぎもしない。みな人形のようになっているのです。その最後にたけだけしい表情の美女がいました。部屋の真ん中に台があって小さな金の鐘が置いてあり、おまけに槌もある。ディゴリーはポリーがとめるのもきかず、鐘を鳴らしてしまいます。突然崩壊が始まりました。そしてその中から、あの最後にいた女が生き返って二人の前に現れたのです。女は二人の手を引張って崩れゆく宮殿から高台へ出て、ここはチャーンなる大いなる都の廃墟だと告げます。そして、自分が姉と女王の位を争い、姉の軍勢がここまで押し寄せたとき、秘密の「滅びの言葉」を唱え、大いなるチャーンは死の国になったというのです。

女は二人の国がまだ若い太陽を持つことを知り、おまえたちの国へ行こうと言う。こんな女に来られたら大変ですから、二人は黄色い指輪に触れてあの林に戻ります。ところが林に戻ると、女つまり魔女も一緒に来てしまっています。つまり指輪にはそれを帯びた者を磁石みたいにする力があって、魔女はポリーの髪の毛をつかんだものだから、一緒に来てしまったのです。魔女は何だかぐったりと弱っています。さあ家へ帰るチャンスです。緑の指輪を使って目印をつけておいた池にとびこむと、何と魔女まで一緒にアンドルー叔父の書斎に現れてしまいました。この女は今度はディゴリーの耳につかまっていたのです。

アンドルーは美しい魔女が現れたものですから有頂天になり、揉み手して歓迎します。彼はもう魔女の言うなりで、彼女を街に連れ出して行きます。何とかしてあいつを他の世界に放り出さねばなりません。ディゴリーは黄色い指輪を持って、玄関脇の部屋から彼女が帰って来るのを監視します。帰って来次第、とっつかまえてまたあの林へ連れ戻すつもりです。ところがずいぶん経って、とんでもない騒ぎになりました。辻馬車が猛烈な勢いで走って来る。屋根の上にはあの魔女が仁王立ちになって鞭を振るっている。馬車は街燈の柱にぶつかってばらばらになってしまいました。群衆が集まるわ、警官が来るわ、大変な騒ぎです。魔女は街燈についている鉄の棒をもぎとって、それで警官のヘルメットを一撃、警官は昏倒する。馭者が駆けつけてくる。アンドルー叔父がこわれた馬車から這い出す。ディゴリーのそばにはポリーも来ています。ディゴリーは必死で魔女の踵をつかまえ、「さあ」とポリーに声をかけました。

もう林の中です。ところがアンドルー叔父まで来ています。魔女はかがみこんで気分が悪そうです。ポリーが来ているのは当然ですが、馭者と馬まで来ています。みんながつながっている間に、ディゴリーは別な池に足をひたし、緑の指輪を使いました。今度ついたところは足もとに土があるばかり。真っ暗で星もない、風も吹かない、まるっ切り何もないのです。そのうち歌声が聞こえてきました。地の底から響くような、四方八方から聞こえるような世にも美しい歌声で、歌詞はないのです。空に星が現れ、山々の影が浮かび上がります。太陽が昇りました。ディゴリーの一度も見たことのない若い太陽です。歌っているのはライオンでした。ディゴリーたちはアスランがナルニア国を創造する瞬間に来合わせたのです。

アスランが歌いナルニアを創造するというアイデアを、トールキンはルイスが自分の作品から盗んだと考えたようです。トールキンは『指輪物語』の前史とも言うべき『シルマリル』の世界をすでに構想しておりましたし、その草稿をルイスにも読み聞かせておりました。『シルマリルリオン』には唯一神エルが歌い世界を創造した次第が語られています。たしかにルイスはこの点トールキンに影響されたのかも知れません。しかし、別に構わないのじゃないでしょうか。アスランの世界創造には、『シルマリルリオン』のそれとは違う具体的な美しさがあります。

魔女はアスランに鉄棒を投げつけますが、何の効果もありませんので逃げ出して姿を消します。しかし、これがペベンシー兄妹が最初にナルニアに来たとき魔女がいた起こりなのです。アスランは現れ出た動物たちの中から一群を選び出し、円形に自分を取り巻かせます。ものを言う鳥獣はこのとき生まれたのです。そしてフォーンもセントールも川や木の精も小人も生まれます。アスランはディゴリーに魔女づれでここにやって来た訳を聞きます。そして「この子はナルニアに災いを呼び込んだけれど、それはまだ遠くにある。この先何千年かは楽しい世界が続くだろう。そしてアダムの血筋がこの災いをもたらしたのだから、その血筋の者に退治する手伝いをしてもらおう」と宣告します。ペベンシー兄妹のナルニア訪問はこのとき定められたのでした。そして馬車屋の女房を魔法で呼び寄せ、馬車屋夫妻のフランクとヘレンをナルニア国初代の王と王妃にします。

アスランはディゴリーに魔女を連れこんだ償いに、西方の山々を越えて緑の谷間へ到り、その果樹園からリンゴをひとつとって来るよう命じます。そこへは馬車屋の馬に乗って行けというのです。馬にはみるみる翼が生えて天馬になり、ディゴリーはそれに乗って立派に任務を果たすのです。そしてそのリンゴを播くと、たちまち一本の樹が育ちます。アスランによると、これはナルニアの護りの木で、この薫りがただよう間、魔女はやって来れぬというのです。そして木になったリンゴをひとつディゴリーに、お母さんのためにと与えるのです。

アスランはディゴリーとポリーを家に送り返してくれました。お母さんがリンゴを食べて、奇跡的に回復したのは言うまでもありません。そのリンゴの芯を埋めたところに木が生えました。二人はアスランに言われた通り、指輪を全部そのまわりに埋めました。このリンゴの木はディゴリーが大人になり、学者、大旅行家として有名になった頃、嵐に吹き倒されたので、ディゴリーはそれで箪笥を作らせました。これがのちにペベンシー兄妹のナルニアへの通路となったのです。

アンドルーも一緒にわが家へ帰らせてもらい、晩年は少しはいいお爺さんになりました。それから魔女が街燈からもぎ取った鉄棒ですが、魔女がアスランに投げつけたので地面にめりこんで、それから完全な街燈が生え育ったのです。だからルーシーが箪笥から初めてナルニアに来たとき、目の前にそれが立っていたのです。

この巻を読みますと、ルイスが一巻一巻これまで書いたことを、実に巧みに辻褄合わせてしまっているのに驚愕せざるを得ません。さらに付言しますと、素朴で正直な馬車屋夫妻がナルニア初代の王、王妃になるという点に、ルイス独特の平民主義みたいなものが感じ取れます。ルイスは若い頃、自分は一種の社会主義者だったと言っています。社会主義といっても、非常に伝統的な民の正義というふうなセンスだと思いますが、ルイスの根底に素朴な人民主義的センスがあること、そしてそれは英国思想史、社会史のひとつの底流であることを申し添えておきます。実はチェスタトンもオーウェルもこの流れに属する人たちなのです。

『最後の戦い』

さて第七巻『最後の戦い』でありますが、これはリリアン王から六世代あとのチリアン王の時代の出来事となっています。「街燈あと野の西のかたはるか遠く、大滝のおちるあたり」というのですから、お手許の地図では一番左上の隅ということになりますが、一匹の大猿がいて、ロバを手下にしています。この猿がライオンの毛皮、それは西の高原で狩人に殺されたものに違いないのですが、それを見つけてアイデアが湧いたのです。これをロバに着せてアスランと偽り、大いにお布施を稼ごうというのです。計画は図に当って、アスラン現るというので獣たちが群集し、貢物を捧げるものだから、大猿はウケに入っています。何しろ偽アスランのロバは小屋に隠しておいて、月光のもとちらっと姿を拝ませるだけなのです。

これを聞きつけたのが、まだ二十代前半の若い王チリアンです。彼の許に木の精ドリアードが駈けつけ、街燈あと野のブナの木が切り倒されていると告げます。カロールメン兵がはいりこみ、切り倒した木をカロールメンへ運んでいるというのです。これは大猿がカロールメンと手を結んでやっていることなのですが、事情がわからないけれど、とにかくチリアンは現場に駈けつけて、カロールメン兵と戦うことになります。それを助けるのがユースティスとジルです。

二人が突然ナルニアへやって来るについては、不思議な事情があります。チリアンがアスランに救いを求め、子どもたちよ、ナルニアの友よ、早く来て下さいと祈ると夢を見始めて、七人の人間がテーブルを囲んでいる。これはディゴリーとポリー、ピーターとエドマンドとルーシーそれにユースティスとジルなのですが、そんなことはチリアンにはまだわかりません。彼らにもチリアンが見えたらしく、一番若い男の子（ユースティス）と小さな女の子が立ち上がり、テーブルの上のグラスが落ちて割れます。青年（実はピーター）が「幽霊でなければものを言え、われらはナルニアの友だ」と呼びかけるのだが、チリアンは声が出ない。そのうち夢はさめてしまいました。

するとすぐにふたりの子がチリアンの前に出現します。女の子（ジルです）が「ごめんなさい。長くかかっちゃって。一週間前私たちが食事しているとき出て来たのはあなたなのね」と言います。例によって時間の流れ方が違う訳です。もうひとりはユースティスです。二人の話では、ディゴリーとポリーが何かナルニアのことが気にかかって、かかわりのある子どもたちを呼び集め、食事をしているときにあなたが出て来たというのです。それでナルニアへ行かなくっちゃということになり、ピーターとエドマンドが昔ディゴリーが埋めた指輪を掘り出して、その指輪を渡すべくロンドンから汽車でやってくる。ディゴリー、ポリー、ルーシー、ユースティス、ジルは別な汽車で来て、ある駅で両方の組が出合うことにした。ところが駅につくばかりになってガクンと揺れて、おそろしい音がしたかと思うとナルニアへ来ていたというのです。

ピーターとエドマンドが指輪をユースティスとジルに渡そうと思ったのは、以前アスランから、ルーシーも含めて兄妹はもう大きくなったからナルニアへは来られないと聞かされていたからです。スーザンがはいっていない訳はもうお話ししました。でも指輪は結局いらなかったのですね。なぜ列車がガクンと揺れたか、その訳はあとでお話しします。チリアンは二人の助力を得て、大滝の偽アスランの小屋の前でカロールメン兵と戦い大苦戦するのですが、最後はアスランが出て来て万事めでたしということになります。ですがこの巻の読みどころはそのあとにあるのです。

戦いが終わるとピーター以下ナルニアの友が全部王族のようななりでチリアンの前に現れます。彼らは戸口からここに出て来たというのですが、見ると木で出来た戸口がポツンと立っています。戸口だけで建物はありません。そのうち空から星々が落ち始め、何百万という生きものがやって来ます。そしてアスランをおそれる者はみんな戸口の左の方に姿を消してゆくのです。そうでなくアスランを慕う者は戸口へはいってゆきます。ナルニアは竜たちが荒らし廻っていて滅びつつあり、やがて押し寄せる波に呑みこまれます。戸口を通って来た者たちはアスランに導かれて西へ西へと向かいます。さらに高く高く。

するとナルニアによく似たところへ出てしまいます。似ているどころかここが本当のナルニアだという気がするのです。しかし、さらに西へ西へ進むと、正面に黄金の門のある園に着きました。門がさっと開いて出て来たのはリーピチープだったのです。チリアン王は亡き父親と出会うし、ルーシーはタムナスさんと出会うし、要するにこの物語に登場して今は亡きはずの人々、むろんもの言う獣も含めてすべて生きているのです。先に本当のナルニアだと思った国の先には、まだ本当のナルニアが在ったのです。どうでしょうか、みなさん。あなた方はいずれ死ぬし、私はそれより先に死ぬでしょう。でもほんとうに、もうひとつのナルニアがあれば、私はまたみなさんと出会う訳です。アスランはここで告げます。鉄道事故があったのでピーター以下、この世のアスランの友はもうこの世に戻らず、ずっとここに住むのだと。もちろん、ルイスのクリスチャン的立場からすると、これは天国の暗喩なのでしょうが、ルイスの記述にはそんなくさ味がなくて、宗教を越えた永遠のあこがれが実現しているような歓びが感じられるのです。

ナルニアが滅びなければならなかったのは、アスランへの信頼が薄れたからであるのは明白です。猿が作り出した偽アスランを拝むというのが、頽廃の第一の現れです。というのは信は御利益目当てじゃないんですからね。またこの巻には、アスランの言葉を信じず、自分たちは自分たちで独立するんだという小人たちが出て来ます。これは近代の不信心な知識人の似姿ですね。とにかく信が滅びるとき、ナルニアは滅びなければならなかったので、ここはやはりキリスト教護教者たるルイスの面目が現れているところでしょうが、イエス信仰を別にしても、やはりこの信の喪失ということは私たちの大きな課題で、ルイスはやはり普遍的な問題を提起していると思います。

この世ともうひとつの世の往還

さて、『ナルニア国物語』全体を通して、いいところはどこにあるのでしょうか。石牟礼さんが亡くなられたあと、この物語を読み返してちょっぴり元気が出たと申しましたが、それは去年の九月のことでした。この度また読み返したのはわずかその三カ月のちのことです。それでも新鮮な面白さは変わりませんでした。そういう物語というのは極めて少ないと思います。

まずルイスの文が簡潔でイメージがくっきりとして、くだくだ描写せず、話がゴチャゴチャせずずっと通る上に、話の作り方が本当にうまいということがあると思います。魅力という点ではルイスのそれに劣らないものを持つファンタジーは、トールキンやル＝グウィンは別格として他にもあります。たとえばルーシー・ボストンの『グリーン・ノウ』シリーズもそうです。しかし彼女は風景描写をしすぎてまどろっこしいところがあります。また不思議な出来事を作り立てようとして、それが類型に陥るところもあります。これはパメラ・トラヴァースの『メアリ・ポピンズ』シリーズもそうです。ところがルイスが作るエピソードはみんな独創的で新鮮なのです。

ルイスは自分が『ナルニア国物語』を書いたときの手法について語っています。まず恋愛的要素や心理描写は必要ないとわかった、フェアリーテールの簡潔さ、描写に対する冷厳な抑制、分析、脱線、省察、無駄話への敵意に憧れたと言っています。またある女性作家への助言として目でなく耳で書け、衣裳に関する描写を控え目にせよと言っています。つまりルイスは、彼自身の言葉で言えば、「自分の手の届かぬ所にある何ものかのおぼろげな印象」をひとつの原型としてくっきり取り出してくるのです。余計な付帯物をくっつけないのです。

しかし何と言っても、この物語の魅力はいま言いました遠いおぼろげなもの、何か慕わしいのだがそれが何なのかつきとめられないもの、いわば私たちの幼少時から憧れていたこの世ならぬものに、ナルニアという形象を与えたことにあります。これはユートピアではありません。ユートピアというのは計画・設計の産物です。ルイスは先に述べた女性作家にあなたの本に出て来る経済学上の問題は、私たちの世界に似ている、私たちがすでにもっているものを探しに妖精のところへ出かける必要はないと言っています。むろん私たちのこの世界の政治や経済を含む現実を、より深く表現する文学はあります。私も二十代はそういう文学の出現を望んでおりました、野間宏や井上光晴などと同様に。しかしそれはそれ、これはこれです。

ナルニアという国のどこがいいかといえば、動物がものを言って人と交わる点にあります。もちろん児童文学では、動物がものを言うのは常道です。しかし、ナルニアの場合のように、人間と鳥獣が同等同質な会話を交わす世界はなかなかありません。その点が一番楽しいです。また政治、経済の話がほとんどないのも楽しいです。しかしナルニアに関する物語がすばらしいのは、ナルニア自体がとてもいいところだからというだけではありません。何よりもそれは、私たちのこの世からある不思議なやり方で、しかも行こうと思ったって行けず、私たちの意志外の出来事としてしか行けない国なのです。それが最大の魅力なのです。この物語の中でナルニアへ行くこの世の人間は、ペベンシー兄妹にせよユースティス、ジルにせよ、行って帰ったあとはずっとこの不思議な国を憧れることでしょう。つまりこの物語の魅力はこの世ともうひとつの世を行き来するところに生じるのです。

一般にファンタジーには三つの形式があります。私たちの現実世界を○、別次元の世界を△としますと、ひとつは○⇕△、両方の世界を行き来する型で、『ナルニア国物語』はこの典型です。フィリッパ・ピアスの『トムは真夜中の庭で』もこのタイプです。このタイプの物語は成功すると何か永遠の郷愁のようなもの、歓びに裏打ちされた悲哀を強く感じさせてくれます。

ふたつ目は○の中に△がある、つまり日常生活の中で魔法がかったことが起こるタイプです。このタイプはイーディス・ネズビット（一八五八〜一九二四）が作り出したといわれています。いわゆるエヴリディ・マジックです。彼女の『砂の妖精』は、ある家の兄妹が砂浜で年老いた小人の妖精に出会い、一日にひとつ魔法で望みを叶えてもらう話です。そこから生じるてんやわんやはあくまでこの世の日常生活の出来事で、フェアリーランドそのものは一切出て来ません。ネズビットは児童文学にリアリズムを導入した画期的作家とされ、ルイスも少年のころ愛読したそうですが、『砂の妖精』なんて詰まらんお話です。

トラヴァースの『メアリ・ポピンズ』もこのタイプです。ロンドン桜町通一七番地のバンクスさんの家に不思議なナースがやって来て、子どもたちにあっと言うような体験をさせる話ですね。映画でごらんの方も多いでしょう。このポピンズは妖精の世界の一員に違いありません。だから子どもたちを不思議なことに出会わせるのです。しかしこの場合の不思議な人々は、ふだんはロンドンの街中に何喰わぬ顔して暮らしていて、ポピンズが子どもを会わせる時だけマジカルになるのです。ポピンズ自身、子どもが「ねえメアリ、風船で空を飛んで面白かったね」と言うと、きびしい顔つきで「何ですって。私が風船で空を飛んだですって。そんな不作法なことはしません」と取りつく島がないのです。

三つ目は異次元の国を語るのみで、私たちのこの世は一切無視される型、つまり△についてのみ語る物語です。『指輪物語』と『ゲド戦記』はこの型です。ファンタジーにはこの型が多いですね。E・R・エディスンの『ウロボロス』も、導入部はレシンガムという男が雨燕の案内で水星の世界をのぞき観るという趣向ですが、あとは水星での諸国の興亡の話になって、レシンガムは忘れられたように出て来ないので、結局△型と言ってよいでしょう。

中には第一型なのか第二型なのか、分類に迷うのもあります。ボストンの『グリーン・ノウ』シリーズは、グリーン・ノウという古いお館に滞在した少年が、昔この館で暮らしていた少年少女と出会うという趣向ですが、館での日常の中にマジックが起こるという点では第二型みたいだけれど、数百年昔の過去と現在の間に通い路が出来、主人公の少年がそのふたつの世界を往ったり来たりするという点では第一型で、この物語の強い魅力はやはり第一型に属することから来ています。

最後に、この物語の魅力はアスランという形象を作り出せたことにあると思います。アスランがイエスの暗喩であることは確かですが、あくまでこいつはライオンで、手塚治虫の『ジャングル大帝』みたいなところもある。ライオンくさいから、何とも頼み甲斐があって、こいつさえ居れば万事安心という気になる。イエスはそんな人じゃありません。アスランはとにかく格が高くて度量が大きい。優しいけれど、怖いような冷厳さもある。イエスの暗喩でありながらイエスくさくない個性を作り出せたのが、この物語が成功した第一要因です。アスランがいなければこの物語は屁みたいなものです。ただし映画のアスランは目尻が下がりすぎているのが欠点でした。

アスランがたまにしかナルニアを訪れないというのも、神がわれわれを忘れているんじゃないかという神学的疑いを踏まえています。アスランがずっと世話していればナルニアに魔女がのさばることもないでしょう。それなのにたまにしか出てこない。キリスト教の神も同様です。神は全能のはずでしょう、何していらっしゃるんですかと言いたくなる。この点でもアスランはイエスの暗喩です。しかし個性的、やはりライオンくさいのがいい点です。

とにかくこれは楽しいけれど切ない話でもあります。ナルニアに関係した人間たちは最後に列車衝突事故で死んでしまうのですから。ペベンシー兄妹がこの世でどんな生活をしていたかも一切語られません。こういう空白も何だか切ないのです。彼らはただナルニアの思い出のみに生きていて、この世では影みたいだからです。現実はそんなはずはなくて、この世で彼らは精一杯生きたはずですが、それは何も語られていない。これも切ないところですね。ところでスーザンひとりが生き残ったのです。アスランが両親も死んだと言っていますからね。しかしアスランは子どもたちにイギリスをのぞかせるのです。すると、もう取り払われた存在しないはずのカークさんの館が見える。つまり過去に存在したものは現世で消えても、あるひとつの位相で永遠に存在するとアスランは言っているのです。なんだかプラトンみたいですね。こうなるともう手に負えませんから、私の話もこれでおしまいにします。何しろこの頃私は無常感が強くてしんどいのですが、喋って少し元気が出ました。

第三講　C・S・ルイスの生涯

今日はC・S・ルイス（Clive Staples Lewis）の生涯についてお話し致します。ということはなぜ『ナルニア国物語』を書いたかということにもなります。これはルイスの全く晩年の作品でありまして、生涯の帰結とも言ってよろしいのですから、そういうものを産み出すに至った男の物語ということになります。そしてもうひとつ、『顔を持つまで』という小説、これも晩年の作で、ルイスの生涯を締めくくる作品でありますので、詳しく検討するつもりです。

ルイスはアイルランドのベルファストで一八九八年十一月二十九日に生まれております。父方の曽祖父はウェールズの農家出身で、ベルファストの造船所の共同経営者にまでなったいわば成功者です。お父さんは事務弁護士ですから、ルイスはまずはジェントルマン階級の生まれと言えます。しかし、出自はウェールズにつながっていますのでケルト系です。このことはやはり無視できない点かと思われます。一方お母さんの家は聖職者を代々出していて、ルイス家より格の高い家柄でした。

お父さんのアルバートは本当は政治家になりたかった人で、日頃もなかなかの雄弁家だったそうです。アイルランド人は饒舌家として有名で、ジョイスの『ユリシーズ』などにもその一端がうかがえると言いますけれど、ルイスのお父さんもそういうアイルランド的饒舌家だったらしい。つまり一種のホラ吹きでもあった。お母さんは物静かな人で、ベルファストのクイーンズカレッジで五年間数学を専攻した秀才でした。二人の間にはまず一八九五年にウォーレンが生まれ、次に三年おくれてルイスが生まれています。

さっきからルイスはと言っていますが、これは実は変なのですね。両親だって兄さんだってルイスですからね。本当はクライヴはと言うべきでしょうが、この呼び名は伝記でもほとんど使われていません。実はルイス自身は幼い頃から自分をジャックと称していて、人にもそう呼ばれるのを望んだそうです。しかしこの話の中で彼をジャックと呼ぶのもおかしいし、ルイスで通させていただきます。

ルイスの幼年時代

ルイスの幼年時代は家も経済的にゆたかでありますし、まずは幸せなものでありました。しかし母フローレンスが一九〇八年、四十六歳で亡くなってしまった。ルイスは母が重病に陥ったとき奇蹟を祈ったといいます。まだ九歳でした。このあと父は酒びたりになって、家庭内の雰囲気もすさんで来る。父との関係はこの後ずっとうまく行かぬままでした。一方兄との結びつきは強くて一生続きました。

ルイスの幼少期については注目すべきことがふたつあります。ひとつは六歳のときから、架空の国の物語を作り始めたことです。彼の愛読書はネズビットとポターだったそうです。イーディス・ネズビットはイギリス児童文学史上、ひとつの画期を作ったといわれる作家です。ビアトリクス・ポターは『ピーター・ラビット』の作者ですから、みなさんよくご存知でしょう。ピーターは洋服を着たウサギさんですよね。ルイスはまず服を着た動物の絵を描き始めて、それが次第に動物の国の物語になって行った。一方兄のウォーレンはインドをモデルとする架空の国の物語を書き始めていて、そのうち二人の物語が合体して「ボクセン国」という架空の国の歴史になったのです。もちろん地図も作られ、それには鉄道の幹線も書きこまれ、むろん首都もあって、その首都で出ている新聞にも名がつけてありました。この「ボクセン国物語」の製作は十五歳まで続いたのです。

前々回ブロンテ姉妹が幼少期、やはり架空の国の物語を共同製作したことをお話ししましたけれど、英国にはそんな伝統があるみたいですね。この『ボクセン国物語』は作品としては読むにたえぬものだという人もいますが、ルイスの没後出版されていますから、それなりのものではあるのでしょう。邦訳はありませんので、私はむろん読んでおりません。

もうひとつはルイス自身が「歓びの訪れ」と呼んでいるものです。これについては一九五五年に出た自伝で語られています(邦訳題は『喜びのおとずれ』)。つまり幼少時に、予期せぬ歓ばしい感情がふっと湧いて全身を包んだことがあったとして、三つの例を挙げているのです。ある夏の日、花の咲いたスグリのそばに立っていたら、兄が以前作った箱庭の幼い記憶が、まるで数世紀前の彼方からやって来たように自分を襲ったというのです。兄が作った箱庭というのは、ビスケットの缶の蓋に苔を盛り、それに小枝や花を差したものだった。このときの昂奮状態は何ものかへの渇望としか言いようのないもの、しかも束の間のものだった。だがこの経験にくらべれば、それまで「わたしの心のなかに生じた他の一切は取るに足りぬ事柄になってしまった」というのです。

次に挙げられているのは、ポターの『りすのナトキンのおはなし』を読んだときの経験で、そのとき自分の心は「秋の観念」としか表現できないものにそそられたというのです。やはり強烈な渇望で、何に対する渇望かというと、「別の次元に存在するもの」への、としか言いようがないのでした。

三度目はロングフェローの『オーラフ王の伝説』を読んでいるときに訪れた。「わたしは叫ぶ声を聞いた／美しいバルドルは死んだ／バルドルは死んだ」。この詩行がはるか遠いところから届いた声のように聞えた。「冷たく広く厳しく暗く遠い」というほかない世界への激しい渇望が湧いた。前の二例とおなじくその渇望はすぐに消えてしまい、自分が渇望したものへの渇望があとに残ったというのです。

この渇望への渇望という二重構造には注意せねばなりません。まず何か懐しい歓ばしいものが訪れる。しかしそれは正体が何であるのかよくわからない。スグリの花と箱庭と言ったって、「バルドルは死んだ」と言ったって、それは何ものかを喚起するきっかけ、あるいは符牒のようなものにすぎない。その訪れるもの、喚起されるものは、「秋の観念」なんて言葉で捉え切れるものじゃない。ただ何ものかへの激しい渇望というだけで、その何ものかは突きとめようとするほど茫漠としてくる。ところがそれだけじゃなく、この渇望自体がすぐに消えてゆく。何ものかを渇望するというその何ものかがおぼろに消えてゆくだけでなく、それに対する渇望もすぐ消えてしまう。つまり渇望自体瞬時のもので持続しない。これはかなり、切ない感情です。

ルイスはこの「決してみたされることのない渇望」を joy と呼びたいと言っています。彼の一生はこうしたジョイを追い求める一生だったと言っていいし、彼が生涯の終りにファンタジーを書いたのも、そういう言い表わしがたいジョイ、捉えようにもあまりにおぼろなジョイに表現を与えたかったからでしょう。自伝の中で彼はこう書いています。「『喜び』というものは何事かを思い出すことから生ずる。それは手に取ることができず、はるか昔にまた遠い彼方にありながら常に存在せずにやまぬものに対する渇望なのである」。

後年キリスト教への信仰を取り戻してからは、この「歓び」の主題にほとんど関心を持たなくなったと彼は言っています。何ものかを渇望するという経験はその後もあったはずだが、それほど大きな意味はもたなくなったというのです。本人が言っているのだから、それはそうなのでしょうが、そう言ってしまうと『ナルニア国物語』は信仰を取り戻した者の寓話になってしまい、『ナルニア国物語』という作品が読者に与えるものとかけ違ってしまう。『ナルニア国物語』が読者に与えるのは純粋なジョイなのであって、やはりこの何ものとも知れぬものへの渇望、その渇望は形がおぼろげですぐ消えてしまい、あとには渇望を思い出したいというさらなる渇望が残るというジョイの構造は、『ナルニア国物語』にしっかり造型されていると思います。

学校へ行く

さてルイスは学校へ行かねばならぬ訳ですが、当時のアッパーミドルの出来る子が行く学校は終点がオックスフォードかケンブリッジ、つまりオックスブリッジな訳です。そこへ行く前にはいわゆるパブリック・スクールへ行かねばならない。イートン、ハーロウ、ラグビーなどの名はみなさんもなじみでしょうが、このパブリックというのは公立という意味じゃない。みんな私立校です。そしてパブリック・スクールへ入る前にはさらにその準備をする予備校へゆく、この予備校が日本で言うと小学校に当たる訳ですが、これもみんな私立で寄宿制。ここに七、八歳で入って、十一、二歳になるとパブリック・スクールへゆき、十八、九歳でオックスブリッジへゆくというのが普通です。ただしこれはジェントルマン階級の話で、庶民は教会がやっている小学校へ行って終り。つまり一九世紀の英国には日本みたいな義務教育、公教育がなかったのです。

そしてこの寄宿制の予備校（日本では小学校に当たる）というのが、なにしろ私立だからひどいもので、授業内容は貧弱、食事は劣悪、しかも校長の恣意的な暴力支配の下にあるという次第で、その実情はいささか誇張的かも知れないが、ディケンズが『ニコラス・ニクルビー』（一八三九年）で活写している通りです。またシャーロット・ブロンテのジェーン・エアが通った学校のことも思い出して下さい。『ジェーン・エア』はたびたび映画やTVドラマになっていますから、それでご承知の方も多いでしょう。

ルイスは十歳になってハートフォードシャーのウィニヤード・ハウスという寄宿学校にはいりました。ここは兄さんのウォーレンもはいっていたのです。ハートフォードシャーというのはロンドンのすぐ北の方にある州名です。ここは生徒数がわずか二十数名、教師は校長とその息子と娘の三人、もう一人助教師がいたけれど、居つかずにしじゅう替っていたそうです。この校長はすでに狂人に近い性格破綻者で、生徒を鞭打つのが何よりの楽しみ。打つときは教室の端から走って来て勢いをつけたそうです。教えるのは数学だけ。朝から晩まで問題を解かされて、他には古典語はもちろん何も教えられませんでした。

二〇世紀になって、英国ではまだこんな学校が初等教育を荷っていたとはおどろきです。学校ったって、小規模の私塾じゃありませんか。わが国で言うとまるで江戸時代ですね。二〇世紀初頭といえば日本では、すでに公立の小学校・中学校が整備されておりました。ウィニヤード校は特殊な例じゃありません。ジョージ・オーウェルも自分が通った寄宿学校の劣悪さを回顧しています。ルイスはこの学校に二年しか居ませんでした。というのは校長が暴力行為で父兄から訴えられ、やがて廃校になったからです。校長は結局精神病院で死にました。

　次に入ったのはウースターシャーのモールヴァンにあるシャーバーグ・ハウスという学校です。ウースターシャーというのはバーミンガムの南西にある州ですね。ちょっと脱線しますが、私はこの――シャーというのが、いちいち地図で確かめないと、どこにあるのかわからないのです。まあ、ヨークシャーとかデヴォンシャーくらいはわかりますが、英国は小さな州に分れていますから、――シャーと言われてもどこなのかわからない。これが日本なら岩手と言われたって、愛媛と言われたってすぐ風土が念頭に浮かぶのにね。残念なことで、この頃は必ず地図で確かめるようにしていますが、この歳なのでなかなか頭にはいらない。

　このシャーバーグ校時代にルイスはワーグナーを発見した。もちろん楽曲にも魅かれたのでしょうが、楽劇の脚本、つまりニーベルンゲンの物語に魅きこまれたのです。彼自身それを北欧熱と言っています。これは一九一一年の十二月のことというから、十三歳になったばかりですね。この北欧熱にとらわれるまで、もちろん彼はいろいろ読んではいたのですが、『ピーター・ラビット』つまり童話を読んでいた幼年時代から、学園物語を読み始めたこの頃のことを（彼は少年時代と呼んでいますが）、「退歩」と称しています。これは別なところでも言ってるんですが、ある少年が学校で発奮して頭角を表わすような学園小説を、いたずらにつまらぬ自己を肥大させるものとして彼は軽蔑しているんです。そういう読書に終始していた少年期は「暗黒時代」で「砂漠」だったと言っています。その間意味があったのは、ライダー・ハガードの『ソロモンの洞窟』でありG・H・ウェルズの科学小説で、これは生涯の愛読書になったけれど、あとは砂漠だと言うのです。

ところがこの北欧熱によって、幼年期のあの歓びの経験が甦えったと言うのです。少年期は「あらゆるものが貪婪、残酷、狂騒、退屈なものと化し、想像力が眠り、卑俗な感覚と野心が休むことなく活動する別の国みたいなもの」だった。ところが「ジークフリートと神々の黄昏」という言葉に接した途端、見失っていた幼時の歓びの感覚が甦えったのです。自伝のこのくだりを叙する章に彼は「ルネサンス」という表題をつけています。「突然過去の世界にもどるとともに、胸が張り裂けんばかりに『歓び』の記憶がよみがえり、何年ものあいだ失っていたものを以前はもっていたのだ、追放されていた荒蕪の地からついに故郷に帰って来たのだという気持が湧いて来た」と彼は書いていますが、これは生涯を決定する出来事だったでしょう。以後彼の生涯はこのコースをはずれることはありません。

ひとの人生には二つの側面があります。ひとつは社会的存在としての自己に関わるもので、政治とか経済とか社会問題に関心が向き、いわばパブリックな人間として社会に責任を負うて行く側面です。もうひとつは個としての己れの側面で、これは恋なども含みながら、社会を超えた宇宙的実在に呼びかけられる人生であり、物語としての人生と言ってよいかと思います。ここではどうしても、もうひとつの別次元の世界が問題になります。ルイスは徹底して後者の生のありかたを選択した人です。それでは彼は単なる夢想に終始した人で、現実の社会存在としての人間の責任には無関心だったかと言うと、そんなことはないと思います。彼は政治活動はやらなかったけれど、著作や講義・講演を通して社会への責務を果す気持は十分持っていたと思います。

ただ政治や経済について発言したり、そういう問題に関与したりすることはしなかった。しなかったけれど、戦争が起ろうが不況に陥ろうがわしゃ知らんというのではなく、そういうことは一市民として憂慮し、市民としての義務は果す。しかし現実のこの世の問題は現実において対処すれば十分で、もうひとつの個としての生において生命の根元へ触れて行く表現活動、つまり物語の世界にそういうことを持ちこむ必要はない。現実は十分重いじゃないか、この世でわれわれは現実の重みを担って生きているじゃないか、物語はそういう負い目としての現実を救済してくれるもので、物語にまで現実の政治や経済の問題を持ちこむことはない。それには現実の場でちゃんと対処しているという訳だったろうと思います。私はそれが表現者としての正しい唯一の途だなどと言う気はむろんありません。ただあり得るひとつの途であると認めたく思います。

話が先走ってしまいましたからもとに戻しますと、ルイスは一九一三年、シャーバーグ校とおなじ街にあるモールヴァンカレッジに進学します。先に入学していたウォーレンは喫煙がみつかって放校になるところ、父親が頼みこんで自主退学にしてもらい、カークパトリックという学者に預けられました。この人は父アルバートが学んだ学校の校長をしていた人で、当時はもう引退して、ロンドンの三〇マイル南の村で数人の学生を預って個人指導をしておりました。この人はウォーレンをみごとサンドハースト士官学校へ合格させてくれたのです。モールヴァンカレッジはパブリック・スクールですけれど、ルイスはここに適応できなかった。パブリック・スクールという所は数々の長所もあるでしょうが、トマス・ヒューズの『トム・ブラウンの学校生活』(一八五七年)を見てもわかるように、上級生が下級生を従卒のようにこき使う悪弊があり、ルイスはそのおべっかと密告の世界がやり切れなかった。自伝には「世間で子どもをパブリック・スクールにやるのは、一応の常識的な少年、つまり人なみに交際ができる人間に叩き直してもらうためである。それゆえわたしのように突飛な振舞をする者は厳しく咎められる」と書いています。『ナルニア国物語』には、随所にルイスの学校生活への嫌悪が顔をのぞかせていますが、自伝では「学校生活は精神的には階級闘争に明け暮れる社会だった。生徒たちは栄達や名声を得たり、高い階級に組み入れられたらそこにとどまるということに、ひたすら夢中になっていた」と述べられています。自分自身もモールヴァンで知的な気取り屋になったと言うのです。さらにもうひとつ、自分の人から干渉されたくない、むしろ放っておいてもらいたいという気質をはっきり自覚したのも、このモールヴァンにおいてでした。

ルイスはモールヴァンカレッジには一年くらいしかいなかった。ウォーレンが好結果を出したので、ルイスもカークパトリック先生に預ける方が得策と父親が考えたのです。一九一四年彼はカークパトリック家に寄宿することになりました。もう第一次大戦が始まっておりました。先生との初対面は強烈なショックでした。ルイスが何気なくあたりの風景が思った以上に荒寥としていると言うと、先生は「荒寥とはどういう意味かね。どんな理由で思っ、た、以上なのかね」と突っこんでくる。サリー州の植物相や地質を何によって判断したのか、写真か書物か、根拠は何か。ルイスが何も答えられずにいると、先生は「それじゃ、この問題に関して、きみは意見なんかを言う資格がなかったことになるね」と引導を渡した。つまりこの人は徹底して論理の人だったのです。こういう徹底した論理的思考を注ぎこまれたのは、ルイスにとって何よりも得がたい経験になりました。つまり常に明確な言葉遣いをする癖がついたのです。それにこの人の古典語の教え方と言ったら、いきなりホメロスを百行ほど朗唱し、全訳するのです。ルイスはこんなふうに一気に古典を読んだことはなかった。そして『ホメロス辞典』を渡して、今読んだところをくわしく調べろと言うのです。このやり方には怖るべき効果がありました。

ルイスはすでにモールヴァン時代に、北欧神話のほかケルト神話の世界もイェイツも知っていたのですが、ギリシャ・ローマの古典や英文学の古典を万遍なく読んだのは、このカークパトリック先生の許においてでした。ブロンテ姉妹とオースティンの全作品を読んだと言っています。また二〇世紀初頭の唯物論的風潮からも影響を受けましたし、ラスキンとかショーを通じて、漠然とした社会主義的傾向を持つようにもなりました。「自分の生涯を振返ってみて、ありふれた近代的な異端者、つまり左翼、無神論者、あるいはわたしたちの身近に少からずいる皮肉な知識人にならないですんだことに、われながら驚く」と自伝に書いています。

それは彼が幼少時から遠い遥かなものへの渇望を抱き、北欧神話の世界に魅了されていたからでしょう。この渇望は聖なるものを前提にしております。聖なるものというのは怖るべきものでもあります。つまり突き詰めると神的なものにつながります。ルイスが当時愛読したのはウィリアム・モリスで、とくに彼のファンタジーである『地の果ての泉』は天啓のように再生のように作用したと言っています。だからイェイツもむろん読んでいますけれど、イェイツが妖精の国が実際に存在すると信じている点には違和を覚えました。つまりルイスは魔術や秘法によって幻境を現実化するような行き方には絶対のめりこまなかったのです。これは重要な点です。

しかし、カークパトリック先生の許にあった二年間でもっとも重要なのは、ジョージ・マクドナルドの『ファンタステス』を読んだことです。このマクドナルドなる人物については後日改めてお話ししたいと思いますが、一八二四年の生れですからルイスよりずっと前の人で、近代ファンタジーの創始者のような人なのです。生涯沢山の小説を書いていますが、そのほとんどはいわゆる「菜園派」に属する駄作なのに、『ファンタステス』と『リリス』という途方もないファンタジーで文学史に残った。ほかに児童読みものにもすぐれたものがあります。『北風のうしろの国』など、お読みになった方もありましょう。マクドナルドのふたつのファンタジーには途方もない幻想性があって、ルイスはそこにショックを受け、また自分も書いてみたいという気になったのでしょうが、二人の作風はずいぶん違います。マクドナルドが曖昧で混乱しているのに対して、ルイスは実に明晰なのです。しかし肝心なのは、『ファンタステス』を読んで、幼時からなじんでいた歓びに変化が現れたことです。つまりこれまでの歓びは現実世界を消去するものであった。ところが今や光輝くものが現実世界に舞い降りて、日常を輝かしいものにするように感じられた。一言でいうと、ファンタジーのもたらすものは捉えがたい渇望でなく、魔法の光に照らされた日常、常に目前に在るものだという訳です。この辺のルイスの説明はかなり難しいけれど、要するにファンタジーを書けば、幻のような渇望の対象を日常化して形象化できるということでしょうか。

オックスフォード時代

ルイスがオックスフォードの奨学生試験（それは非常な難関だったのですが）に通ったのは一九一六年の十二月です。戦時中でオックスフォードには兵役にたえぬ学生が少し残っているばかり、ルイスもすぐに軍事訓練を受け、翌一七年の夏には少尉に任官しました。この訓練期間中に仲良くなったのがエドワード・ムーアで、戦地に赴く前の休暇にルイスはブリストルのムーア家を訪れ、エドワードの母のジェイニーと妹のモーリーンに初めて会ったのです。彼がフランスの前線に到着したのは一九一七年十一月二十九日、つまり十九歳の誕生日でした。

ジェイニー・ムーアと娘のモーリーンとルイス。（マイケル・ホワイト『ナルニア国の父C. S. ルイス』岩波書店より）

第一次大戦は第二次大戦とまた違う悲惨な戦争でした。それは塹壕戦だったからです。互いに延々と続く塹壕にこもって殺し合いの日々に耐えるのです。水びたしの塹壕暮しというのは、第二次大戦にはないものでした。ルイスは戦場での苦難についてほとんど述べていません。そんなことは当時取り立てて言うべきことでもないと思ったのでしょう。むしろ、驚いたことに軍隊生活を自分は嫌いではなかったと書いています。翌年四月負傷して本国に送還されました。ロンドンで入院中のルイスを見舞ったのがジェイニー・ムーアでした。実は二人はそれまでずっと文通していたのです。

エドワード・ムーアの妹モーリーンは、兄とルイスがどちらか戦死したら生き残った方が相手の親の面倒を見るという約束を交わすのを聞いたと言っています。エドワードは行方不明になって、遂に帰りませんでした。ルイスは約束を守って、ジェイニーとモーリーンの面倒をみたという訳です。ルイスは一九一九年オックスフォードに復学しますが、そのときからジェイニー、モーリーンと一緒に暮すようになりました。ジェイニーはこのとき四十七歳、ルイスははたちそこそこです。ジェイニーのことをマザーと呼んでおりました。

それ以来ルイスは、一九五一年にジェイニーが死ぬまでずっと彼女の面倒を見るのです。三十年以上ですよ。彼は自伝にジェイニーのことは一行も書いておりません。伝記作者のマイケル・ホワイトは『喜びのおとずれ』のことを、本当のことは何も書いていない自伝なんて言っていますが、そんなことはありません。父との関係を含めみな言うべきことは言っていて、ただジェイニーについて一言も触れていないだけです。当然でしょう。母親の年齢の女性と同棲するなんて、当時の社会常識からして許されることではありませんからね。一言も触れなかったのは自分の保身のためというより、ジェイニーの名誉のために公表したくなかったのでしょう。人は一番大事なことは秘めるものです。

二人の間には性関係はなかったという人もいます。ルイスのためにこの同棲生活を美化したいのでしょう。でもそんなことを言う人は男女関係というものが全くわからない人です。自分は結婚している癖に、男女の関係がどういうものかわかっていない人は多いですよ。ルイスはジェイニーに母性を感じたでしょう。でも母性を感じるというのは昔から性愛の重要局面ですよ。母のような慕情を感じる相手が、母じゃなく血縁がないとすれば当然性愛の対象になります。なりますというよりならずにはおれません。ましてや一緒に暮すとなればですね。男というのは、親切な下宿の小母さんとも関係が出来ちゃう生きものでしょう。

ルイスの学生がルイス宅を訪問したら、堂々たる老婦人がいて、ルイスが彼女に「マザー、これは僕の学生の××君です」と紹介したので、その学生は、ははん、この人は未亡人でルイス先生の家主なんだなと思ったという話が残っています。でもそれは二人とも歳が行ってからの話です。晩年はもう性関係はなかったかも知れません。しかし、親友の母親というだけで誰が三十余年も面倒みますか。しかもこの女性は自分は寝床にはいっていて、「ジャック、どこにいるの」と呼び立てるような人で、やれ犬の散歩だの何だの、始終ルイスをこき使っていた。兄のウォーレンという人は軍隊を一九三二年にやめたあとは、ルイスの家で暮すことも多くて、弟の貴重な時間をこの女が喰い潰す、なんでこんな女の言いなりに奉仕するんだと憤慨していたくらいです。ルイスはこの人を、性愛も含めて愛していたのです。だからこそ自伝に書かなかったのです。のちには性愛を超えた愛になっていたのでしょうけれども。

私はこの献身ぶりが大好きです。そうなくてはなりません。いったん好きになった以上はですね。このジェイニーは五人きょうだいの一番上で、両親を早く亡くしたので、弟妹を母替りになって育て上げた人で、そのせいで高飛車なところがあったと言いますが、読書家だったし、何よりも我のはっきりした人だったようです。ルイスは一九四一年のある人宛の手紙で「この人はわたしが母と呼び、いま一緒に住んでいる老女なのですが（本当は友人の母親です）、不信者で、病み、老い、絶えず何事かに怯え、人に施しをする時だけ寛大で、他の場合は無慈悲な人です」と述べています。個性のはっきりした、我の強い、しかし孤独な老女の姿がくっきり浮かんできます。なぜルイスがこの人を愛し通したか、はっきりする文面だと思います。

ルイスは一九二五年にオックスフォードのフェローになっています。英国の大学制度は日本のそれと余程異なっていまして、講義というのはむろんありますけれど、それよりもチュートリアル、つまり個人指導の方に重きが置かれている。そのチュートリアルを担うのがフェローなんですね。これでルイスは一応大学の研究者としての地位を確保するんですが、オックスフォードではついに教授にはなれなかった。その理由はあとで申し上げます。

トールキンとの出会い

ルイスは学者としても優秀で、立派な業績を残していますが、結局は作家になった。それは幼少時からの性向のしからしむるところではありますが、ひとつはトールキンとの出会いが大きかった。彼はオックスフォードの同僚で、一九二六年から親しくなったのですが、すぐに彼とコールバイターズという、アイスランドのサガを読む会を作った。コールバイターというのは炉辺にかじりついてぐらいの含意です。このグループはインクリングズと名を変えて、イーグル・アンド・チャイルドというパブで定例会を開くようになりました。この会で各々が自作の一節を朗読する訳です。このパブには、トールキンとルイスたちがこの部屋で集まったという写真入りの額が掲げられているそうです。もっとも今も現存しているかどうかは知りません。

ルイスはトールキンから多くのものを吸収しています。二人の間は非常に親しかったのです。トールキンはルイスより六歳歳上です。むろんファンタジーへの志向という点では、ルイスがトールキンから学ぶものはなかったでしょう。すでに申上げたように、モリス、ダンセイニ、イェイツ、マクドナルドなどを耽読していたのですからね。ダンセイニというのはみなさんご存知ないかも知れないけれど、大正末から昭和始めには邦訳も出ていて、よく知られていた名です。中学生の私が知っておりましたからね。ルイスは『ベーオウルフ』、これは八世紀頃出来た英雄叙事詩ですが、それは何度も繰返し読むのに、ヘミングウェイやフィッツジェラルドの文章は四苦八苦して読むのが精一杯だったというのですから、体質的に古代・中世の文学がしっくり来る人です。トールキンもそうだったので意気投合したのですね。言い忘れましたが、ルイスが傾倒した作家にエディスンという人もいます。この人は外務省の役人で、次官級にまで出世した人なのに、夜ひそかに古代色ゆたかなファンタジーを書いていた。代表作は『怪蛇ウロボロス』で、これは『ウロボロス』のタイトルで邦訳も出ています。こんなものまで邦訳されているんですから、日本の翻訳文化は凄いです。

C. S. ルイス

ルイスがトールキンにかなわんと思ったのは、何よりもトールキンの架空の国の想像力の凄じさ、徹底性、持続力だったのではないでしょうか。それに性格的にトールキンは自足しているというか、独創性があるものだから、いわば天上天下唯我独尊なんですね。ルイスは初めからトールキンには譲るところがあったと思います。この人は自作への批評をとても気にする人だとすぐ気づいています、自尊心が強いという訳ですね。ルイスはもっとゆるやかな、いわば寛大な人です。二人の関係はルイスがトールキンを立てることで成り立っていたようです。一方トールキンはルイスの『いまわしき砦の戦い』を駄作と一蹴し、『ナルニア国物語』にも否定的でした。

それにルイスが信仰を取り戻して、熱烈なキリスト者になったのには、自分なりの模索の結果ではありますけれど、ひとつはトールキンの言葉にも示唆されるところが大きかったのです。トールキンは少年時よりずっと確信的なカトリックでした。ルイスが信仰を決定的に取り戻したのは一九三一年とされています。これにはチェスタトンの影響もあったと思います。ご承知のようにチェスタトンはカトリックですが、ルイスは十代で彼の『正統とは何か』を読んでショックを受け、そのあとずっとチェスタトンを愛読しているのです。

とにかくルイスとトールキンは非常に親しかった。一時は作品を共作しようということになったほどでしたが、これはうまく行かず、トールキンはタイム・トラヴェル、ルイスは宇宙旅行を書こうということになったそうです。ルイスはそれでSF三部作を書くのですが、トールキンはタイム・トラヴェルは書かなかった。話が先走りますが、それほど親密だったのに晩年は全く行き来しなくなりました。これが男の友情というもののはかないところですね。

この疎隔の原因は主としてトールキンの方にあったようです。トールキンは独創性は強いけれど、やや狭量で嫉妬深いところもあったらしい。まずインクリングスにチャールズ・ウィリアムズという才能ある人物が加わり、ルイスは彼のことを高く評価したけれど、トールキンは彼が嫌いで、ルイスが彼のことを誉めるのが気に喰わなかった。ここにはトールキンのルイスを独占したい気持ちが出ていますね。次にルイスがキリスト者として回心したのはいいが、カトリックにならずに国教会の信者となった。カトリックからすると国教会は敵です。しかもルイスは回心後、キリスト教護教者として数々の著作を発表し、それで有名になっちゃった。トールキンとしてはこれも気に入らない。『ナルニア国物語』が馬鹿売れしたのも気に入らない。あとでは自作の『指輪物語』がそれ以上に馬鹿売れするのにね。さらにルイスが晩年親しくなってついに結婚するジョイという女性が嫌いだった。まあトールキンって、気難しいんだね。

ルイスは学者としても一流で、『愛とアレゴリー』(一九三六年)はいまや中世・ルネサンスの愛の系譜についての古典ですし、『「失楽園」序説』(一九四二年)もミルトン研究上の一里程標だし、『オックスフォード英文学史』の一冊『一六世紀の英文学』(一九五四年)も名著の誉れ高いのです。しかしオックスフォードではずっとフェローにとどまって、やっと一九五四年にケンブリッジの教授になった。これはSF三部作やキリスト教関係の一般向け著作で有名になっちゃって、あいつは学外でジャーナリスティックな活動ばかりしているというふうに見られたからだと言われています。

ルイスにはキリスト教関係の著作が沢山あるのです。その関係だけ集めた著作集八巻が日本語で出ているほどです。若松英輔と山本芳久の対談『キリスト教講義』を読んでいたら、巻末の入門文献の筆頭にルイスの『キリスト教の精髄』が挙げられていました。特に有名になったのが『悪魔の手紙』(一九四二年)で、これは悪魔が、ある家庭に家庭教師として住みこんでいる弟子に、いろいろと誘惑の手管を伝授するという趣向で、いわばキリスト教の教義を逆の立場から明らかにして行っているわけです。これはベストセラーになって、ルイスも有名人になり、BBCに出演して話をしたり、軍隊に呼ばれて兵士に説教したりするようになっちゃった。戦時中の話で、ルイスは一市民としての義務を感じてそんな仕事を引き受けたんでしょうね。

『悪魔の手紙』は今回読んでみましたが、途中でやめました。私は難しい本退屈な本でも我慢して読み上げる方なんですが、これはダメだった。というのが、これはウフフと笑いながら読む本だと思うんですが、一向その辺の面白さがわからない。これは私がクリスチャンじゃないから、微妙なニュアンスがわからないんだと思います。まあいつか再挑戦するつもりですけれど。

ところでSF三部作ですけれど、第一作『沈黙の惑星を離れて』（一九三八年）は火星での話。『ヴィーナスへの旅』（一九四三年）は金星での話。『いまわしき砦の戦い』（一九四五年）はこの地球上の話。この三作を取り上げるととても時間が足りませんから、狂信的な科学万能主義者と主人公ランサムが対決するお話とだけ言っておきましょう。問題になったのは特に第三作で、これはある官製の団体が国民を科学的管理のもとに置こうと画策するのに対して、ランサムらが抵抗するというお話。アーサー王物語の魔術師マーリンを生き返らせる趣向まで出て来ます。

この第三作をホールデンが批判したのは有名な話です。ホールデンはマルクス主義者で、著名な科学者ですが、ルイスは科学と科学者を不当に中傷する者だと噛みついた。これに対してはルイスは「ホールデン教授に答える」という一文も書いています。要するにルイスは、科学技術によって全宇宙を支配できるような、科学的政治の名のもとに「遅れた」種族を蔑視するような極端な科学万能主義と闘っている訳で、科学そのものと闘っているんじゃないのだから、ホールデンの批判に際しても余裕綽々たるものがありました。

この三部作は問題にすればいろいろ面白い点がありますし、独特の魅力も持っておりますが、何しろ神学的含意が濃厚で（特に第二作がそうです）、ファンタジーとしてはもうひとつ純化されていない気がします。しかし、論じるに足る作品ではあります。

ルイスの生涯について最後に述べねばならぬのは、ジョイ・グレシャムというアメリカ人女性との関係です。この人は一九一五年の生れ、つまりルイスより十七歳歳下です。ニューヨークのコロンビア大の出で、若くして共産党にはいった。小説を書いて出版もされている。そのうちスペイン内乱に義勇兵として参加したという男と結婚。ところがこいつが飲んだくれの上にやたらに女に手を出す男。そのうち失踪してしまう。ジョイは相当苦労した上で、キリスト者として回心し、ルイスの護教的著作に親しむようになり、とうとう著者に会いたいというのでイギリスへやって来るのです。

最初ルイスは警戒して接していたけれど、段々気が合うようになる。ジョイは二人の子どもを連れて本格的にイギリスへ移住し、二人の間も親密になるのですが、ジョイの脚のガンがみつかり病状が悪化する。方々に転移してもう末期という時になって、ルイスは病室で彼女と結婚式を挙げるのです（一九五七年）。これもジェイニーに対した時と何か通ずる姿勢ですね。ところが病状は奇蹟的に好転し、このあとギリシャ旅行など大変幸わせな時期を経て、ジョイは一九六〇年に死にます。この二人の愛の物語は映画になっていて、アンソニー・ホプキンスがルイスに扮しています。ルイスはその三年あと一九六三年に死にました。奇しくもケネディがダラスで狙撃された日であります。

『顔を持つまで』

これでルイスの生涯は大筋をたどった訳ですが、最後に『顔を持つまで（*Till We Have Faces*）』という、一九五六年に刊行された小説について述べたいと思います。というのは、これは大変すぐれた小説であると思いますし、それにルイスの最終的な境地が表現されていると考えられるからです。これは副題に“A Myth Retold”とある通り、クピードーとプシュケーの伝説の再話という形をとっています。再話と言ったって、想をそれに借りた新解釈なんですけれど、一応伝説から紹介しておきます。

クピードーとプシュケーのお話が最初に出て来るのは、二世紀のローマの作家アプレイウスの『黄金の驢馬』という物語の中なんです。アプレイウスというのは五賢帝の時代、アフリカ属州の人で、この物語はラテン語で書かれています。ある男がギリシャ各地を歴訪し、そのうち魔女の変身を真似そこなって驢馬になってしまい、放浪を重ねるというお話で、クピードーとプシュケーの説話はその中にはさまって語られる訳です。

ちょっと脱線しますが、私は『黄金の驢馬』を読んで、あれれと思ったことがふたつあります。ひとつは女房に間男される愚かな亭主という話がいくつも出て来ることです。これはまったくボッカチオの『デカメロン』の世界とおなじなんですね。つまり中世後期からルネサンスにかけて、猥雑な庶民の笑い話が沢山書かれるんだけれど、『黄金の驢馬』に出て来る寝取られ亭主の話はそれとそっくりなんです。ルネサンス的猥雑さなんて言うけれど、全くおなじ手ざわりの話は何と二世紀からあったんです。これはちょっと、歴史を書き変えねばならぬ事柄だと思うのですね。どういうことかというと、ルネサンス期に噴出する庶民的な猥雑な笑い話というのは、何ら近代的な人間的目醒めなんてものでなくて、古代においてすでに存在していたものが中世キリスト教社会で抑圧され伏流化し、それが教会の規制がゆるむ近世に再び地表に現れたにすぎないのです。

もうひとつは主人公が魔術を盗むところです。主人公が滞在した家の主婦が実は魔女で、主人公は女中の手引きで彼女がフクロウに変身するのを盗み見する。すると魔女は全裸になって、壺に入った軟膏を全身に塗るのですね。そして空へ舞い上ってゆく。これもあれれと思うことです。というのはブルガーコフというソ連時代の作家に『巨匠とマルガリータ』という小説があって、マルガリータはやはり悪魔にもらった軟膏を裸身に塗りつけて空へ舞い上るんですね。こういう魔女の軟膏というのは、中世後期の魔女狩りの盛んな頃に作られた魔女伝説につきもので、ブルガーコフはそれを利用したんでしょうが、軟膏を塗って空を飛ぶというのは何ともともとは紀元二世紀の魔女の作法だったんです。紀元二世紀ですから、キリスト教との関わりがあるはずもない。これはキリスト教以前の古代の魔女の作法だったんです。

要するに中世後期の産物・現象と思われていたことが二世紀にすでに存在する。これだけでひとつ論文が書けると私は思いましたね。さてクピードーとプシュケーのお話ですが、クピードーというのは英語でいうとキューピッド、弓矢を負った童子神ですね。彼の矢が当ると、その人は恋の病いにかかる訳です。これはギリシャではアモールとかエロスと呼ばれる神です。プシュケーとはギリシャ語で息吹き、魂の意味です。

伝説によりますと、ある王国に三人の王女がいます。姉二人もそこそこ美人ですが、末のプシュケーと来たら際立った美しさで、もろ人挙《こぞ》って讃美することさながら女神のごとくです。この有様を伝え聞いたウェヌス女神（ギリシャ名はアフロディテな訳ですが）が烈火のごとく怒った。たかが人の子の癖に女神の名誉を奪うとはという次第です。そこで息子のクピードーを呼びつけて、お前の矢で射て、あの女をこの世で最も醜く恐しいものと結びつけておやりと言いつける。仰せかしこんでクピードーは出かけますが、ここでいったん話をプシュケー側に転じるのが作者の手腕です。

姉二人はすぐ他の王国の王のもとに片づきますが、プシュケーには全然縁談が来ない。あまりの美しさに手を出そうという男がいないのですね。プシュケーもだんだん憂い顔になる。そこで心配した両親がアポロンの神殿にお伺いを立てると、死装束の粧いをさせて高い山の頂上にその乙女を置け。そして神も恐れるような兇暴な男を婿にせよと神託が下る。これは実はウェヌスの意志がアポロンに通じているのですね。それで泣く泣く両親も神託通りプシュケーを山に置き去りにするのです。

ところが西風が吹いて来て、彼女をさらって宮殿に運んで来るのです。その宮殿の壮麗なことと言ったら、この世のものとも思えないのですが、人っ子ひとりいない。それなのにまわりに声だけがして、そのうち杯が運ばれてくるやら皿が運ばれてくるやら、目に見えぬ者どもが挙ってプシュケーに奉仕します。そして夜になると何者とも知れぬ者が、真暗な床を訪れてプシュケーと契りを交わすのです。つまりプシュケーは完璧に幸わせになってしまったのです。もちろんこれは全部クピードーの仕業です。彼は母から言いつかってプシュケーを一目見た途端、自分の方が恋に陥ってしまって母親を裏切ったのです。でもそんなことはプシュケーには、いや読者にさえもまだわかりません。この辺の話の運び本当に上手ですね。

ところが幸わせであってもプシュケーは姉たちに会いたい。顔も知れぬ夫は懇々と姉を招かぬ方がよい、あの者たちはよからぬ考えを持っていると言い聞すのですが、プシュケーはあまえておねだりし、とうとう夫の許しを得ます。西風に乗せられてプシュケーと再会した姉たちは、豪華な宮殿で申し分なくかしずかれているプシュケーを見て激しい嫉妬にかられます。そして姿の見えぬ夫の正体を見るようにプシュケーを唆すのです。

姉たちの教えた通り、プシュケーは燈火と短剣を用意して夫を待ちます。夫はやって来て、やるべきことをやって眠ってしまう。プシュケーは姉たちの教えた通り、もし夫が蛇か何か怪物ならすぐ首を打ち落すべく短剣を握りつつ、左手の燈火で夫の寝顔を照らし出します。そこに現れたのは世にも稀な美青年、つまりクピードーの寝姿でした。そのとき燈火の油が一滴クピードーの肩に垂れ、クピードーは目を醒し、すべて一巻の終りとなる訳です。クピードーがなぜ姿を見られてはならなかったかと言うと、もちろん母女神の言いつけに反いてプシュケーを囲っていたからです。姿を見られた以上、母の手前、一切が絶ち切られねばならなかったのです。

このあとプシュケーは泣きながら各地を放浪し、ついにウェヌス女神につかまって、いろいろと難行苦行を課されます。このあたりは姑の嫁いびりの民話がはいりこんでいるのだそうです。プシュケーはいろんなものの助けを借りて難題をやり遂げ、最後はクピードーと再び結ばれるのです。

さてルイスは、この伝説を下敷きにして小説を書いた訳ですが、その際主人公を三人姉妹の長女にして、この長女の手記の形をとらせました。つまり伝説では悪役になっている姉の立場から物語を構成してみせたのです。しかもこの女をふた目とは見られぬ醜女と設定しました。これがルイスの注目すべき工夫です。

彼女オリュアルはグローム国の王女です。父は粗暴な男、母は早く死んで、妹がいます。レディヴァルといって美人です。ギリシャ人の奴隷が家庭教師をしていて、キツネと呼ばれています。この男はプラトンやアリストテレスを知っているようですから、時代は紀元前二世紀くらいでしょうかね。ところはアナトリアか黒海沿岸か、とにかくギリシャからそう遠くはないのでしょう。やがて近隣の王国の王女が継母としてやって来ます。怯えたようなかぼそい人で、女児を生んですぐ死んでしまいます。この女児はイストラと名づけられるのですが、キツネによるとそれはプシケーを意味するそうで、以後オリュアルは彼女をずっとプシケーと呼びます（なお、アプレイウスの訳本はプシューケーですが、ルイスの訳本ではプシケーとなっており、私の話ではプシュケーで通します）。

プシュケーは女神のように美しい子でした。顔や姿だけでなく心根もこの世ならず美しく清らかで、オリュアルはたちまち心を奪われました。この妹は彼女の熱愛の対象、生き甲斐になります。父は粗暴な男ですし、妹のレディヴァルは考えの浅い俗な女です。この国にはウンギットという神を祀った神殿がありますが、常に犠牲を要求する神で、神殿には血の匂いが籠っていて、オリュアルは嫌悪しか感じないのです。キツネはウンギットは、ギリシャではアフロディテと呼ばれているといいます。アフロディテというと海から生れた美の神というイメージですが、実は今日の古代学では、アフロディテはもともと地中海沿岸でイシュタルと呼ばれていた大地母神で、残酷で野蛮な面もある女神だということです。とにかく父王といい神殿といい、重苦しい雰囲気の中で、オリュアルはプシュケーとキツネしか心を許す者がいなかったのです。

美しいプシュケーは国民の讃美の的であったのですが、やがて疫病が襲って来ると救い主のように扱われてくる。彼女の手に触れると病いがなおるというのです。しかし、疫病に飢饉が加わってくると、このプシュケー崇拝が逆の方向に流れてくる。プシュケーは救い神どころか、逆に不吉な呪いをもたらすという噂が巷に流れます。そしてウンギットの大神官が宮廷を訪れて、プシュケーを神の犠牲に捧げよという神託を告げます。ウンギットの息子が棲む灰色の山の山頂にプシュケーを立たせよというのです。オリュアルは巷の噂を大神官に告げ口したのはレディヴァルだと信じ、深く彼女を憎みます。ウンギットはアフロディテつまりウェヌスですから、その息子はクピードーで、灰色の山の神とはクピードーな訳です。実はプシュケーは幼い頃から灰色の山に憧れをおぼえていました。

プシュケーを失った悲しみに病床に臥ったオリュアルを励ましてくれたのは親衛隊長のバルディアでした。彼はオリュアルに剣技の素質があると見て、みっちり仕込んでくれ、オリュアルもバルディアへの信頼を深めます。オリュアルはプシュケーがどうなったか気が気でない。とうとうバルディアを伴って、灰色の山へ彼女の骨を拾いに出かけます。しかし山頂には何もプシュケーの痕跡はない。谷間へ降りて行って川際に立つと、向う岸にプシュケーが立っておりました。

オリュアルは川を渡っていとしいプシュケーと再会を果すのですが、話を交わすうちに妙なことになって来ます。プシュケーは自分は宮殿に住んで言い表わせないほど幸わせだというのです。オリュアルのみたところそこはただの草叢です。プシュケーは何を言うの、あなたは今宮殿の階段に坐ってるじゃないの、さっきワインをあげたじゃないのと言います。オリュアルが飲ませてもらったのは草の葉に盛った水だったのに。そしてプシュケーは西風が自分をこの宮殿に連れて来てくれ、声なき者にかしずかれ、夜はいとしい夫が訪ねて来ると言うのです。ここらあたりは伝説の繰り返しです。

オリュアルからすれば、プシュケーは幻に捉われているのですから、何とか目を醒してやりたい。でもプシュケーはここは宮殿だと言い張って聞きません。そうして二人は別れるのですが、もう時刻は遅いので、オリュアルはバルディアと谷間に夜営することになります。あけ方寒さに目醒めたオリュアルが、川から水をすくって飲んで顔をあげた瞬間、目の前に壮麗な宮殿が立っていたのでした。しかしそれも瞬間のこと、すべては靄の中に消えて行った。

オリュアルはプシュケーをどうすべきかずい分悩みます。第一、姿を見せぬ夫とは何者だろう。バルディアは魔物だろうと言うし、キツネは山賊だろうと言う。とにかく、彼女をその者から救い出したい。しかし、プシュケーはあんなにも幸わせそうである。そこでオリュアルは決意を固め、もう一度プシュケーに逢いに行くのです。バルディアは王の用があって同行できませんでした。例の場所に行って名を呼ぶとプシュケーはすぐ出て来ました。オリュアルはバルディアから借り受けた短剣をわが腕に突き立て、自分の願いを聞いてくれるよう頼みます。用意して来たランプを与え、それで眠りこんだ夫の正体を確認せよというのです。プシュケーはいやいやランプを受け取ります。

その夜オリュアルはひとり谷間で過しますが、夜中に向うにぱっと光が現れすぐに消えました。

むろんこのとき、プシュケーが夫の顔をのぞきこんだのです。すると雷鳴がとどろき、閃光が走って、凄じい嵐になります。そのうち浮び上った光の中におそろしいほど美しい顔が一瞬浮かび上りました。プシュケーの愛人は神だったのだ、それは最初からわかっていたことなのだという思いに、オリュアルは打ちのめされます。そして「プシュケーは漂泊の旅に出る。おまえもプシュケーになるのだ」という声が聞え、あとにも先にも聞いたことのない泣き声が響き渡ったのでした。

オリュアルは灰色の山への旅の間、身分を隠すために顔をヴェールで覆っていたのですが、こののちずっとヴェールをかけて生きることになります。やがて王は死にオリュアルは王位を継ぎます。キツネとバルディア、それにオリュアルの嫌いな大神官のあとを継いだ若い男が彼女を補佐することになります。彼女の治世には亡命して来た隣国の王子を助けて復位させ、レディヴァルを彼にめあわせるなど、いろいろ事件も起りますが、後世彼女の治世はグローム国で最も幸せで偉大な時代だったと讃えられることになったのです。

しかしオリュアルにとって大事なのは、何よりもプシュケーの行方でした。国が平和に治まっているのを見て彼女は旅に出ます。そして旅先で小さな神殿を見つけます。年老いた番人に尋ねると、祀られているのはイストラという神だという。そして老人が語るこの神の物語を聞くと、それはまぎれもないプシュケーの物語だったのです。しかもこの物語の中で、プシュケーの姉はその目で宮殿を見、プシュケーに嫉妬して彼女を破滅させたことになっているのです。オリュアルはそのとき確かに神々が彼女をどっと嘲笑しているのを聞きました。旅から帰って彼女は残酷な神々を告発する一巻の文章を書き上げました。今まで述べてきたのがその一巻の内容だというのです。

キツネも死にバルディアも死にました。バルディアは日夜女王に呼び出されて過労だったのです。そしてある日オリュアルは夢ともつかぬ自失の状態に陥ります。その夢のなかで彼女は神々の前で告発状を読み上げるのです。答は何もありませんでした。ないことが答だったのです。

オリュアルはバルディアの妻に会いに行きます。バルディアは愛妻家で、夫婦の仲は濃やかだったと聞いていました。ところが何と彼女はずっとオリュアルに嫉妬していたというのです。そして夫は女王様におのれを捧げ尽くして死んだというのです。オリュアルはヴェールをかかげ、私の顔を見なさい。こんな顔の女を誰が愛するのと叫びます。しかしわかっていたのです。自分がバルディアを愛し、バルディアも自分を愛してくれていたことを。

覚醒が彼女を訪れます。私はレディヴァルの気持ちがわかっていなかった。彼女は姉の愛をプシュケーに奪われて淋しかったのだ。キツネの気持ちもわかっていなかった。晩年あれほどギリシャに帰りたがっていたのに。バルディアの妻の気持ちなど、全く考えたこともなかった。自分の愛は求める愛だった。プシュケーへの愛もひたすら彼女を自分のものにしたい一心だった。自分は貪欲な女だった。そして悟るのです。「しかし今はもう、大切なのは彼女ではなかった。というよりも彼女がわたしにとってかけがえのない大切なひとであるのは、ほかの何者かの故であった。大地も、星々も、太陽も、かつてあったものも、後にきたるであろうものも、すべてはその誰かのために存在したのである。その彼が今やきたりつつあるのだった」。そして彼女は倒れてこと切れるのです。

ルイスにとって「ほかの何者か」がキリスト教の神であるのは明らかです。しかしオリュアルの覚醒は、クリスチャンならざる私たちにとっても痛切です。キリスト教では求める愛をエロス、与える愛をアガペーと呼ぶそうです。私たちの愛は対象を求めてやまぬ愛です。それは変形した自己愛でありましょう。しかしそういう愛が、もっと開けた愛に通じる途はないのでしょうか。おのれのごとく隣人を愛せというのはキリスト教の本義です。一六、七世紀の頃、私たちの先祖がバテレンに誘われて信徒になったのは、何よりもこの隣人を愛せという教え、ポロシモの教えに感動したからだと言われております。そう石牟礼道子さんは『春の城』において解釈していま す。

隣人を愛せというのはおそろしい教えです。キェルケゴールは隣人とはドアを開けて外へ出て最初に出会う人間のことだと言っています。最初にどんな者と出会うか知れたものじゃない。それを愛せというのです。ドストエフスキーは人類を愛する者は必ず隣人を憎むものだと言っています。しかしある特定の人を愛することが、やがて隣人すべてへの愛へ開けてゆく。文句通り隣人すべてを愛すなんて聖人みたいになることは到底不可能だとしても、そういう愛への入口だけはみえるということはあるのじゃないでしょうか。ルイスはそう言っている気がします。彼は二人の女を立派に愛し通した訳ですが、そういう彼であるからこそ、このオリュアルの苦しい愛の物語が書けたのだと思います。

ルイスという人は心の広い人だったのじゃないでしょうか。そしてちょっと脇の甘い人だったんじゃないでしょうか。煽てられると乗ってしまうところがあったんじゃないか。BBCに出演して人気者になったりしたのも、そういう人のいい所を示していると思います。オックスフォードでは、ファンたちが彼の話を定期的に聞く会があったのですが、そういう所でいい気になっていたとは言わないまでも、ちょっと気のいいお人好しみたいな感じもしますね。ある日その会で神の存在証明みたいなことを喋ったら、ヴィトゲンシュタインの言語哲学で武装した女の聴衆からコテンパンにやっつけられて、へこんでしまったそうです。でもルイスはそんなことも余り気にしなかったでしょうね。第一、その場で完勝したヴィトゲンシュタイン女史なんて、その後何をしたか、知れたものではありません。

ルイスが左翼から保守反動と見られていたのは当然のことです。ルイス自身「ここ三十年ばかりのあいだ、イギリスには残酷にして無情、懐疑冷笑を事として唇を歪めてばかりいる皮肉な知識人がみちみちている」と言っています。これは一九五五年の言葉ですから、一九二〇年代からそうだということになります。これはルイスの言う通りでして、そういう思想的風土からキム・フィルビーも生れて来た訳です。ご承知でしょうが、国政の秘密情報をずっとモスクワに流し続けた確信犯的スパイです。

でも私はルイスはチェスタトンやオーウェルにつながる一種の民衆主義者だったと思います。ジョン・ボールやラングストンやレヴェラーズやウィリアム・コベットの〝民の正義〟を信じた人だと思います。そのことと、この世を超えたもうひとつの国を絶えず希求し続けたことはつながっていたと思うのです。この辺の流れについては、いずれお話しできたらと思っています。

第四講　トールキンの生涯

今日はトールキンの生涯についてお話しします。私の話の出所はカーペンターが書いた伝記とトム・シッピーの『J・R・R・トールキン——世紀の作家』です。トールキンの著作の訳本にはみな解説がついていますから、そういうものから得た知識も交るかも知れませんが、主としてこの二冊です。カーペンターというのは、ルイスの『ナルニア国物語』のエドマンドの扱いに文句をつけたあのカーペンターで、トールキンの伝記はいろいろあるけれど、これは一応正伝といった扱いを受けている本です。この本は菅原啓州という人が訳しているんだけれど、この人のつけた注が凄くて、私は大いに裨益されました。大変な物知りで、しかもこの人学者じゃなくて編集者なんです。こんな人がいるんだから世の中広いですね。シッピーというのはリーズ大学でのトールキンの講座の後任者で、生前のトールキンをよく知っていた人です。

イングランドの田園での幼年時代

トールキンは一八九二年一月三日にオレンジ自由国の首都ブルームフォンテンで生まれています。ジョン・ロナルド・ローエルという名前をつけられましたが、家族の間ではロナルドと呼ばれております。お父さんのアーサーはここでアフリカ銀行の支店長をしておりました。オレンジ自由国というのはボーア人の国なんですね。ボーア人とはオランダ人の農民の意味で、そもそもケープ植民地を開いたのはオランダ人だったのだけれど、ナポレオン戦争の結果イギリスがその支配者となったので、ボーア人は内陸に大移動してオレンジ自由国とトランスヴァール国を作った。ところがそこに金鉱とダイヤモンド鉱が発見され、イギリスがそれに手を伸ばしてボーア戦争になったんです。ボーア戦争は二回戦われるんですけれど、トールキン家がブルームフォンテンに住んだのはその休戦期です。

二番目の子のヒラリーは一八九四年に生まれました。ロナルドとはふたつ違いです。母親のメイベルの実家は祖父の代まではバーミンガムで織物業を営んで繁昌していた家で、そういう育ちのメイベルが南アフリカの苛刻な風土に適応するのはなかなか大変で、メイベル自身も子どもも健康を損い、一八九五年にメイベルは二児を連れてバーミンガムへ帰ることになりました。むろんアーサーも事情が許すようになり次第帰国するはずであったのです。ところがアーサーは翌年急死してしまいます。しかし、二児を抱えて寡婦となったこのメイベルという女性は、相当しっかりした人であった上に教養も豊かであったようです。実家にいつまでも居るわけにもゆかず、バーミンガムの南一マイルほどのセアホール村に居を構えました。

このセアホール村というのは水車小屋のある典型的なイングランドの田園で、トールキンの心の故郷となったところです。水車小屋に侵入すると、主人の息子が追い出す。これは白鬼。畑に侵入すると農夫が追って来てこれは黒鬼。『指輪物語』の最初のところに、フロドが少年時茸とりに侵入して、マゴット爺さんから追っかけられた思い出を語るところがありますが、トールキンはまさに自分の経験を下敷きにしていたのです。つまりトールキンのセアホール時代は大変幸わせであった。アフリカなんて生れて三年ちょっとしかいなかった訳で、ほとんど記憶にない。記憶はセアホールから始まったのです。母方のサフィールド家はバーミンガムの南のウースターシャー出身で、トールキンはやがてこのウースターシャー、ひいてはイングランド中西部《ウェスト・ミッドランド》をわが故郷と思いこむに至ります。

幼年時代彼はG・マクドナルドの『王女とゴブリン』『王女とカーディー少年』を愛読したそうです。なるほどこの二作はマクドナルドの児童ものの秀作でありますが、それよりもアンドリュー・ラングの『赤い本』に出てくるファフニールとシグルドの話に夢中になったというのが彼らしい。これはいわゆるジークフリート伝説なんです。ラングというのは有名な民俗学者ですけれど、お伽話・昔話の類いを集めて十二冊の本を出した。それぞれ表紙の色で呼ばれております。ファフニールというのは龍なんです。トールキンは龍に夢中になって、七歳から龍のお話を書き出したそうです。彼は後年龍の話をふたつ書いております。ひとつは『ホビットの冒険』で、これに出てくる龍スマウグは怖しい奴であると同時に、ビルボとの対話の際は何だかとても人間臭い感じがします。もうひとつは『農夫ジャイルズの冒険』に出てくる奴で、これはおよそコミカルで親しみのもてる奴です。とにかくロナルドが、こういう龍が存在する、というよりその存在を許容するような世界を夢み、望見していたのは確実です。

それよりもなお重要なのは、少年が示し始めた言語への特別な才能です。お母さんのメイベルはロナルドにラテン語を教えたのですが、すぐこの才能に気づきました。語学がよく出来るというだけじゃなく、言葉自体の形や音に対して、鋭敏な感覚と興味を示したのです。人間は幼少期に自己を形成すると言いますが、トールキンのように一生が六、七歳の頃すべて予兆されるというのはやはり珍しい。龍と言葉、トールキンの一生はこれに尽きる訳ですから。彼の幼時についてはもうひとつ述べておかねばなりません。それは自分が大波に呑まれて水没してしまう悪夢を、定期的に見るようになったことです。これは一生続いたらしく、彼はアトランティス・コンプレックスと呼んでいます。

さらにもうひとつ、一九〇〇年にメイベルがカトリックに入信してしまったことを言っておかねばなりません。メイベルの父はユニテリアンだし、父アーサーの一族はバプテストです。反カトリックの伝統の中で生きてきた人びとですから、メイベルがやったことはとんでもないスキャンダルなのです。ここでイギリス宗教史のおさらいをやるわけにも行かないが、世界史で習ったことをざっと思い出して下さい。

ご承知のように英国がローマ教皇から離反して独立した国教会を作ったのはヘンリー八世の時です。これは宗教というより政治がらみの出来事ですから、英国教会は一応プロテスタントとは言え、教義・儀式等はカトリックとほとんど変らなかった。ところがそれにはあきたらぬ純粋プロテスタントと言うべきピューリタンが出て来て、一七世紀の内乱になった。しかしクロムウェルの共和国から王政復古となり、ジェームズ二世がカトリックへの傾斜を強めたので、オランダからウィリアム三世を迎えジェームズを放逐した訳です。いわゆる名誉革命ですね。ところがジェームズはフランスへ亡命し、ルイ一四世の尻押しを得て復位の望みを捨てない。ジェームズが死んでもその子が父の望みを継承する。このジェームズ一党をジャコバイトと言うのですが、彼らは二度にわたって英国に進攻しているのです。ですからカトリックは法的にも抑圧されている し、国民の反感の的であった。一七八〇年にはカトリックに対する抑圧解除に反対するゴードン暴動が起こっているくらいで、カトリックへの政治的抑圧が全面的に解除されたのは一八二九年のことなのです。国教会派も、長老派やメソジストといった非国教会派も反カトリックという点では一致しているのです。

そういう次第ですから、メイベルの改宗がもたらした波紋の大きさも想像できようものです。しかし彼女はいったいどうして改宗を促されたのでしょうか。カーペンターの伝記からはその点は一切わかりません。しかし、並々ならぬ宗教的覚醒がそこにあったことは疑いありませんし、何よりもこのとき以降、ロナルドがカトリックとして教育され、一生変らぬカトリックで通したことが重要です。

バーミンガムのキング・エドワード校

ロナルドは一九〇〇年にバーミンガムのキング・エドワード校に入校するのですが、通学の便もあって一家は市内に転居します。セアホールの幸多き四年間は終ったのですが、新居は鉄道の近くで、ロナルドは石炭車の脇腹に書いてある不思議な綴りの文字に初めて出会いました。彼はウェールズ語というものがあると知ったのです。そのうちメイベルは郊外にバーミンガム・オラトリオ会の教会を見つけ、そこのフランシス・モーガン司祭と親しくなって、オラトリオ会の近くに転居し、二人の息子を同会付属の学校に転校させた。オラトリオ会というのは一六世紀イタリアで生まれた修道会ですけれど、何でそんなものがバーミンガムにあるかと言うと、例のオックスフォード運動の指導者ニューマンがカトリックに改宗しちゃって、ローマ教皇の依嘱でオラトリオ会をバーミンガムにもたらしたのです。オックスフォード運動というのは国教会の刷新運動ですけれど、そんなこと説明してたら大変ですから、もっと知りたい方はスマホで調べて下さい。

　だけどメイベルはこの付属校の程度が低いとすぐわかっちゃうのね。そこでまた自らロナルドを教育して、今度は奨学生としてキング・エドワード校に復学させるのです。むろん奨学生試験をパスさせた訳で、このお母さん教育者としても凄腕なのね。

　これが一九〇三年のことですが、メイベルは翌年病死してしまう。ロナルドは弟とともに孤児になりました。十二歳の時であります。メイベルという人は並々ならぬ女性であったように思われます。トールキンは少年時に孤児となったことについてクダクダ書いていないようですし、いわゆる母恋いのような文章も書いていないと思います。ただカーペンターによると、日記にはこの世で永続するものは何もない、必ず喪われるという痛切な自覚が表われているそうです。これは決定的なことでありましょう。

　元来、ロナルドは明るい陽気な少年であったようです。学校でもすぐクラスにとけこんで、誰とでも友達になれ、みんなとふざけたり騒いだりもできた。この点、学校やクラスにとけこめなかったルイスとは違います。前回私はルイスは心の広い人柄だが、トールキンはかなり気むずかしい人だと申しましたが、この点はどうやら訂正しないといけないようです。心の底に虚無感があるということと、人づきあいに苦労しないということは両立するのですね。とにかくトールキンは学校生活に対して違和感を全く持っておりません。また日常生活でも気むずかしい人では全くありませんでした。妻にはよき夫、子どもにはよき父親でありました。

母の死後、兄弟は母方の義理の伯母さんの家に引きとられますが、二人の面倒を実質的にみてくれたのはモーガン司祭です。彼はメイベルの遺言で二人の後見人になったのですが、メイベルの残した遺産に自分の金を注ぎたして、二人が無事学業を終えるようにしてくれたのです。伯母さんの家はオラトリオ会の近くなので、神父とは日常的に往来がありました。

この時期の彼にとって重要なのは、言語学に対するはっきりした関心が生まれ、アングロ・サクソン語を学び始めたことです。アングロ・サクソン語というのはノルマン・コンクェスト以前の古い英語でありますから、英国人でも外国語のようにちゃんと習わないと読めません。私たちも『古事記』や『万葉集』には多少苦労する訳ですが、チンプンカンプンということはなく大体はわかる。ところがトールキンの頃の英国人には、アングロ・サクソン語で書かれた古文献は全く読めない訳です。トールキンはこれをマスターして『ベオウルフ』を読み、『サー・ガーウェインと緑の騎士』を読みます。『ベオウルフ』は八世紀頃の写本が一冊残っていたという古代叙事詩で、舞台は北欧です。『ガーウェイン』はむろんアーサー王伝説に出て来る騎士で、アーサー王物語といえばマロリーが書いてキャクストンが活版本にした『アーサー王の死』が有名だけれど、『サー・ガーウェインと緑の騎士』はこれとは全く別な系統の写本で、この作者は『パール』という詩も書いていて、一四世紀の人らしいからチョーサーと同時代人だけれど、どういう人物か全くわからない。名もわからないから文学史上は「パール詩人」と呼ばれていますけれど、両作品ともすばらしい出来です。これほどの詩人が名も残っていないという事実は私たちを深く考えこませると、後にトールキンは言っています。『サー・ガーウェインと緑の騎士』はトール

トールキン、19歳。エディス・ブラット、17歳（ハンフリー・カーペンター『J. R. R. トールキン—或る伝記』評論社より）

キンが学者になってから注釈本を出していて、これは彼の学者としての実績のひとつです。現代英語に翻訳もしていて、これは没後出版されました。

この頃彼は早くも新造語を作り出す試みを、遊びとして親戚の子と始めています。その新造語でリメリックを作っています。リメリックというのは宴席などで代り代りに歌う五行詩でa-a-b-b-aという頭韻を踏むのですが、エドワード・リアが一八六六年にこのリメリック体の詩集『ナンセンスの本』を出して、広くその詩体が知られるようになったものです。ご承知のように彼は後年エルフ語を考案するに到りますが、その萌芽が早くも現われたのです。また彼はこの頃『ゴート語入門』という本を入手し、それによって語源を遡ることによって古代語を復原する途があることを知りました。

モーガン司祭は二人の少年のためにもっといい家がないか探していて、オラトリオ会の裏通りにフォークナー夫人という人を見つけました。一九〇八年に二人はこの家に移るのですが、そこにはエディス・ブラットというロナルドより三歳上の少女も寄宿していました。この子も孤児で時に十九歳。お手許の資料の写真をごらん下さい。こんな深い翳を帯びた美少女に出逢ったら、男はもう降参ですね。彼女はピアノの名手で、研鑽を積めばコンサート・ピアニストにもなれた素質があったそうですが、フォークナー夫人が煩さがるので練習も出来なかったのです。翌年にはもう二人は恋仲になっております。エディスは三つ歳上ですが年よりずっと幼くみえたと言いますし、日本でも俗間、三つ違いの姉《あね》さん女房は鐘と太鼓で探せと言われておりますからね。しかしこの恋は後見人のモーガン司祭から固く禁じられてしまいました。エディスは一九一〇年にバーミンガムよりずっと南のチェルテナムへ引越してしまうんですが、ロナルドは成人、つまり二十一歳になるまでエディスと会ってはならないし、文通もしてはならぬと神父から申し渡されてしまいます。つまり三年間待て、それも文通もなしでという訳です。それでないと大学へ行かせないというのですから、ロナルドは従わざるを得なかったのです。

しかし、それでロナルドの毎日が真暗になったという訳ではありません。キング・エドワードで彼には三人の親友がいて、T・C・B・Sの会というのを作っていたのです。もちろん文学とか学問を通じての同好の友です。エディスとの交わりを断たれたつらさは、彼らとの交遊でかなり慰められたのでしょう。彼らとは一緒に芝居をやったり、大いに楽しんでいます。こういうところにもトールキンの一種気楽な人柄が出ているようです。つまり、自分のことを悲劇的に考えたりしないのです。その底には母を喪ったときのこの世への見極めがあったのかも知れません。キング・エドワードの最後の日々に、彼は北欧のサガに出会い、さらに『カレワラ』を発見しています。ルイスとおなじ北欧熱にとらわれていたのです。

オックスフォードと言語学

一九一一年に彼は奨学生としてオックスフォードへはいりました。そこでジョー・ライトの比較言語学の講義を受けたことが、これまでの志向を総仕上げすることになったのです。ライトという人はおどろくべき人物です。六歳から毛織物工場で働き始め、独学で文字を習い、夜中の二時まで本を読み、五時には起きて工場へ行ったということです。二十一歳になって貯金をはたいてドイツへ行き、ハイデルベルクで言語学を学び、ついにはフランス語ドイツ語は言うに及ばず、ラテン、サンスクリット、ゴート語、古代北欧語、ロシア語、古ブルガリア語、古リトワニア語、そして古代英語、一体何カ国語出来たのか、化物というほかありません。博士号もドイツで獲得し、帰国してオックスフォードの教師になったのです。こんなふうに文盲の労働者が学者になってしまうところに英国の面白さがあります。英国がきびしい階級社会だとはよく言われることですが、こういう意外な一面があるのも英国なのです。

トム・シッピーはトールキンがやった言語学は文献学だと言います。一八～一九世紀の言語学はヨーロッパ諸語に語源を共にする言葉が沢山あることに気づき、その語源探索のうちでインド・ヨーロピアン語族なるものを見出し、そのもととなったひとつの古代語の存在を想定し、それを探索するというものでした。その際むろん古文献の主文考証が学問的手続きになる訳です。トールキンが大学で学者として研究した言語学はそういう文献学で、またそういうものだったからこそトールキンの幼少期からの志向を満しえたのだというのです。いまの欧米の大学では、そういう文献学的言語学の講座は全く姿を消しているそうです。それはソシュールやチョムスキーの言語理論全盛という情況を考えてもうなずけるところでしょう。

日本でいうと、そういう文献学的な言語への関心は、本居宣長以来柳田国男や折口信夫まで受け継がれていたといえますし、また近くは谷川健一さんのお仕事もその延長上に在るものだったのでしょう。しかし日本でも、そういう伝統は絶えようとしている現状かも知れません。

オックスフォードで彼はジョー・ライトの示唆でウェールズ語を学び始めます。さらにフィンランド語を学びます。先に『カレワラ』を読んだと申しましたが、それは英語で読んだので、今度は原語で『カレワラ』に挑戦したのです。そしてまた私製言語を作り始めます。今度はフィンランド語の影響を受けたもので、のちに彼の物語でクェンヤ、つまり古代エルフ語として出現するものの最初の形です。そして学寮の研究会で、こういう叙事詩にはヨーロッパ文学が芟除《せんじょ》してきた「原生のままの叢林」があると語っています。彼がこの「原生のままの叢林」を物語の形で再生しえたかどうか、これがトールキン論の肝心要めの問題だと思います。

一九一三年の一月三日、真夜中を過ぎると彼はエディスに手紙を書き始めました。つまりこの時彼は成人となったので、モーガン司祭の禁が解かれたのです。むろん彼はエディスへの愛を再確認すると書いたのです。しかしエディスの返事は彼女が学校の友達の兄と婚約したと告げていました。しかし彼には、会って話せばエディスは自分のものになるという確信がありました。五日後彼はチェルテナムへ行き、エディスと会って彼女の口から、婚約を破棄してロナルドと結婚するという約束を取りつけたのです。もっとも正式に婚約を発表したのは翌年です。このときエディスはカトリックに改宗しました。

この一九一三年に彼は古典課程を棄て英語課程の専攻に変ります。それにつれて古代英語の著作も一段と広く読むに到ったのですが、中でもキュネウルフの『キリスト』中の二行に衝撃を受けたとカーペンターは言います。それは「おお、エアレンディル、天使の中にありて光輝きわまりなきもの／人の世に送られて、中つ国の空にかかる」というのです。キュネウルフというのは八～九世紀の人だそうですが、この宗教詩の何が彼の関心を異常に刺戟したか、それは明らかでしょう。『キリスト』の内容はどうでもいいので、トールキンは「エアレンディル」と「中つ国《なかつくに》」の二語に想像力を直撃されたのです。つまりここにトールキンの言葉に対する異常感覚がみてとれます。この二語の語感から、ある世界がまるごと貌をのぞかせたのです。言うまでもなくそれは『シルマリルリオン』の世界です。『シルマリルリオン』において中つ国というのはエルフと人間が住む世界であり、エアレンディルとは中つ国の滅亡を救うべく西方の諸神の地へ航海し、使命を果して天空を航海し続けることになった英雄です。もちろん『シルマリルリオン』の世界はこれから六十年かけて彼の死に到るまで物語られ続ける訳で、一九一三年の時点ではほんの端緒に立ったにすぎません。

しかしトールキンは、ある言葉の背後にはそれを語る人びとがいるのだし、その人びとがいればそこに歴史が生まれるのだ、つまりあるひとつの単語は、それを取りあげると、それにつながって人間たちとその歴史がぞろぞろ曳き出されて来るのだと考えているのです。ですから、中つ国、エアレンディルという二つの言語に出会ったとき、その語感は巨大な物語を曳き出すことになったのです。トールキン自身「これらの言葉の背後には、何かとてつもなく遥かな、不思議なそして美しいものが、もしそれをとらえることができるなら、古期英語よりもはるか彼方にまでつながるものがあった」と言っているのです。そして早くも翌年には『宵の明星、エアレンディルの航海』という詩を作っています。『シルマリルリオン』が始動したのです。この頃、トールキンはエッダやサガをさらに読み深め、またウィリアム・モリスの著作も読み始めています。特に『ウルフィングの一族』に心を奪われたのですが、これはローマ人の進攻にさらされたイングランドの物語で、文体という点でも、物語のつくりという点でも深い影響を受けたのです。

戦争と結婚

しかし一九一四年には、大戦はもう始まっております。彼は軍事訓練を受け、一五年には少尉任官。翌一六年三月にエディスと結婚したものの、六月には召集されてフランスの前線に立ちました。彼の属する部隊は非常に危険な第一線に位置し、壊滅的な打撃を受けたのですが、幸い彼は塹壕熱というのにやられて、十一月に帰国させられ入院生活を送ることになります。もし彼がそのまま前線に立っていたら、戦死していた公算は非常に大きい。というのはキング・エドワード校時代のT・C・B・Sの仲間中、二人はトールキンのいた前線で戦死しています。戦前のオックスフォードには三千五百人の学生がいましたが、生還したのは五百人にすぎないと言います。これはいわゆるノブレス・オブリージュ（高貴なる者の義務）という奴で、英国は特権的な上流人士の支配する国であるが、いざとなれば、そういう上流人士は真先駆けて討ち死しなければならぬ訳です。

トールキンは負傷したのではありません。あくまで病人として帰還させられたのです。しかし、ルイスのときも申しましたが、第一次大戦の膠着戦の殺し合いというのは、おそろしく馬鹿気てもおりますし、残酷きわまりないものです。トールキンはこののち、本気で戦争を嫌悪するようになります。これはルイスも同様です。ただ二人とも物語においては、大いに英雄的な戦いを好みました。

トールキンの病院暮しは一九一八年十月まで、二年近く続くのです。というのは病状がよくなって退院となった途端、また熱が出始めるのです。その繰り返しです。これは身体が戦場に行きたくないと言っているのですね。エディスとはもう夫婦ですから、一九一七年十一月には長男のジョンが生まれています。入院中彼はずっと中つ国の物語を断片的に書き継いでおりました。『ゴンドリンの陥落』がすでに書かれております。「すでにそこに在るものを記録しているので、考え出しているのではない」というのが彼の言葉です。クェンヤも千に近い語彙をもち、更にシンダリンという後期エルフ語も誕生しておりました。『シルマリルリオン』中最もロマンティックな恋物語『ベレンとルーシェン』の物語も出来ておりました。つまり『シルマリルリオン』は彼の処女作なのです。未完・未発表に終った処女作です。延々六十年間、手を入れられ続けた処女作です。この点はしっかり認識しておいて下さい。ゲーテもまず『ウル・ファウスト』と今では呼ばれている草稿を書き、ずいぶん後になって『ファウスト』として完成させたのですけれど、トールキンのやったことに較べればおよそ比較にならない。つまりこんなことをやったのはトールキン唯一人であります。

退院後は古巣オックスフォードで、新英語辞典の編纂作業の一員に加えられました。魚が水を得たようなものですね。そして一九二〇年にはリーズ大学に講師として招かれたのです。その年に次男マイケル、一九二四年には三男クリストファーが生まれています。このクリストファーが父の残した未完、未発表の草稿を整理出版することになります。弟のヒラリーはこの頃すでに農園を経営しておりまして、その後も農園主として穏かな一生を送ります。なおクリストファーが生まれた頃は、『シルマリルリオン』は大筋が完成していたといいます。

一九二五年には教授としてオックスフォードに戻りました。この年『サー・ガーウェインと緑の騎士』の校訂本を出しております。翌年からルイスとの交遊が始まります。サガを読む会を作り、コールバイターズと名づけました。やけどするほど暖炉に近く陣取って語り合うという訳です。これはやがてインクリングズという名の、自分の作品を朗読する会に発展します。「イーグル・アンド・チャイルド」というパブで定期的に開かれていて、そのパブには今でも「インクリングズがここで開かれた」と記された額がかかっているそうです。一九二九年には女児プリシラが生れ、これが末子となります。

さて学者としてのトールキンでありますが、これはさっき述べました校訂本と、一九三六年に行なった講演『ベオウルフ——怪物と批評家たち』が大きな業績です。もちろんその後も専門領域の研究は続けていたのですが、彼は取りかかった仕事をいつまでもいじくっていて手放さない癖があって、たとえば『パール』の校訂本も同僚と連名で出す予定だったのが、トールキンがいつまでも手入れして完成稿を出さないので、結局同僚ひとりの名で校訂本が出版されてしまいました。ところが一九三七年には『ホビットの冒険』が出版されて馬鹿売れしたものですから、トールキンは学内で、本業をおろそかにしてジャーナリズムで名を売っている奴みたいに見られるようになった。トールキン本人も気に病んではいたのですが、『ホビットの冒険』にしても何も自分から売りこんだのじゃなく、たまたま当っちゃったのであって、学者をやめて作家になる気などなかったのです。

そもそも『シルマリルリオン』は別として、ほかのトールキンの物語は自分の子どもたちに聞かせるお話として成立したのです。別に出版する気もなく、それで稼ぐ気もなかった。英国の児童文学には、自分の子どもに語った物語が本になった例はいくつもあります。たとえばケネス・グレアムの『たのしい川べ』がそうですし、ミルンの『クマのプーさん』もそうです。トールキンも子どもにずっとお話を作り聞かせました。全くいいお父さんです。子犬ローヴァーが魔法使いにかみついて犬の人形に変えられ、それを大事にしていた男の子が海岸で失くしてしまい、ローヴァーは別の魔法使いによって月や海底を旅するというお話『ロヴァランダム』も、最初は海岸で犬の人形を失くしたマイケルを慰めるために考え出したお話なのです。『ブリス氏』というのもそういうお話だし、そもそもトールキンは毎年クリスマスになると、サンタ・クロースの子ども宛の手紙を書いてそれをさもサンタ・クロースが家に届けたようにして子どもを楽しませていたのです。これは切手も手製で作って貼りつけるという手のこんだもので、あとでは郵便配達夫が協力して届けてくれたそうです。子どもは本当にサンタ・クロースから来たと思う訳ですが、歳が行くとお父さんの仕業だとわかる。ところがわかっても下の子には言わない。だから兄弟は順番にお父さんの仕業と悟ってゆく訳です。この手紙も本になっています。

『ホビットの冒険』から『指輪物語』へ

『ホビットの冒険』も子どもたちに話してやったのがもとになっているのですが、ホビットなる種族の出現については有名なエピソードがあります。トールキンは家族を養うために、他の大学の試験答案や、日本で言えば共通テストみたいなものの答案の採点をアルバイトとしてやっていたのです。これは相当な労働だと思うのですが、やはりトールキンは家庭に対して深い愛情と責任感を持っていたのですね。ある日採点をやっていて白紙答案に出会った。これは採点者にとってはもうけです。すると途端にするすると文句が浮んで来て、彼は思わずその白紙に書きつけてしまったのです。「地面の穴のなかに、ひとりのホビットが住んでいました」。この時彼はホビットの何たるかもまだ知らなかったのです。

このホビットという存在の着想が、新しい物語の構想につながったのです。もしも『ホビットの冒険』と『指輪物語』からホビットを取り去ってしまうと、残るのはモルゴス・サウロン対ヴァラール・エルフの闘争、光と闇の闘争の繰り返しで、これでは『シルマリルリオン』の世界が延々と続くということにほかなりません。ホビットという契機を導入することで、根は『シルマリルリオン』の全体構想におろしながら、独立した物語性をもつふたつの作品が成立したのです。

先に申しましたように、『ホビットの冒険』は子どもたちを楽しませるお話として始まったのですが、トールキンはこれを作品化する意欲が湧いたらしく、タイプで原稿にし始めます。やがてその噂が出版社に届いて出版に到るのですが、出版社の社長アンウィンは自分の子どもにこの原稿を読ませてみたところ、面白いというので出版に踏み切ったという話が残っています。その子は一シリングお駄賃をいただいたそうです。出版は一九三七年九月、クリスマスまでに初版は売り切れたのですから、坊やの眼力はなかなかだった訳です。

『ホビットの冒険』の成功に気をよくしたアンウィンは、トールキンに次の物語を催促するのですが、トールキンの提出した草稿はその頃ほぼ完成していた『シルマリルリオン』でした。これにはアンウィンが頭を抱えてしまった訳です。これは当然のことで、『シルマリルリオン』は没後刊行されて久しいけれど、何人の人がこれを通読したでしょうかね。失礼ながらあなた方の中にも、完読した方はいらっしゃらないでしょう。これはね、大体私たちが読む小説には多くて精々二、三十人の名前が出て来るだけでしょう。ところが『シルマリルリオン』では数百人のオーダーですからね。こんなもの覚えきれません。しかも地名の洪水なのです。これは誰だったかな、どこだったかな、何だったかなと、巻末の索引を引きっ放しになる。さらにこれは中つ国の歴史ですから、中には面白い話もありますけれど、ある地域の歴代の王名表などとてもつき合い切れたものではありません。しかも現実のわれわれの世界の歴史にしても大学受験科目の「世界史」を考えてごらんなさい。あれだけ整理してあっても覚えるのが大変じゃありませんか。そもそも他人が物好きに考え出した架空の世界の歴史を、それも整理されていればともかく、雑然と並べたてられて、ある部分はいやに詳しいかと思うと、あるところには欠落・飛躍があるような歴史、つまり史料を未整理なままぶちまけたようなものを通読せねばならぬ義理はわれわれにはありません。アンウィンさんが頭を抱えたはずです。

それから長期のやりとりがあって、結局『指輪物語』が第二作として提供されるのですが、それには十七年かかりました。『指輪物語』第一部第二部は一九五四年、第三部は一九五五年の刊行です。売れ行きは順調でした。爆発的に売れ出したのはずっと遅れて一九六五年です。この年アメリカで海賊版のペーパーバック版が出て、大学の学生間で大変な評判になったのです。Tシャツに「ガンダルフを大統領に」というロゴをつけることが流行ったわけで、キャンパス・カルトと言われています。これをきっかけに、世界的にフィーバーが起こって、トム・シッピーによると、刊行後五〇年で一億五千万部近く売れたそうです。

その間トールキンは一九五九年にオックスフォード大を辞職し、あとは悠々たる暮しぶりでした。金ははいって来ますしね。一九六八年にはボーンマス近くの海辺に転居しました。これはエディスのためでした。エディスは大学の教授夫人の世界になじめず、トールキンから大事にしてもらっているのに、必ずしも幸せではありませんでした。またトールキンから告悔にちゃんと出るようやかましく言われるので、晩年はカトリックにも嫌気がさしていました。ところがボーンマスは保養地で人が集まるところですから、そこでふつうの社交生活を楽しめるようになって、エディスの顔には笑いと明るさが戻ったのです。トールキンはエディスのために、この保養地暮しにつき合った訳です。エディスは一九七一年に死にました。八十二歳でした。トールキンはオックスフォードへ帰り、一九七三年に死にました。八十一歳でした。墓碑にはエディスの下にルーシェン、ロナルドの下にベレンと彫られています。むろんトールキンの遺志によるもので、ベレンとルーシェンは『シルマリルリオン』中の大恋愛物語の主人公で、トールキンがエディスに対して抱いていた変らぬ恋心を表わしております。

トールキンはオックスフォード大引退のあと、ふたつ美しい短篇を書いています。『ニグルの木の葉』と『星を呑んだ鍛冶屋』です。『ニグルの木の葉』は一枚の絵をとうとう完成しなかった絵描きの話です。いつまでも手を入れるから完成しない訳で、これはトールキンの自画像です。niggle というのは普通の小さい辞書には「いらつかせる、ささいなことで文句を言う」としか出て来ませんが、トールキン自身の説明では「取るに足りぬ詰らぬことにこだわり、些細な重要でないことに凝りすぎ、時間を費す」という意味です。作品に手入れを続けていつまでも完成させない。『シルマリルリオン』においても、『指輪物語』においても、その他学術的仕事においても、彼はつねにニグル屋さんでありました。

一九三九年に彼は、セント・アンドリューズ大学で『妖精物語について』という講演をしています。入り組んでいてなかなかむずかしい講演ですが、私が注目したいのは三つの論点です。ひとつは妖精物語とは妖精についての話ではなく、妖精の国についての物語だということです。ふたつ目は妖精物語は今は子ども向けの話になっているが、もともとはそうじゃなく宮廷で語られた大人向け、公けの文学ジャンルである。これは昔客間で使われていた椅子や箪笥が、時代が下り流行おくれになると子ども部屋に払い下げられるようなものだということ。第三点は妖精物語とは世界を準創造する営みだということです。この創造とは大文字で始まるクリエーションで、『創世記』に述べられた神の世界創造を指します。トールキンは自分が書いているファンタジーはこの神の世界創造に準じるものだと言っているのです。この「準創造」という概念は今日、児童文学界あるいはファンタジーの研究者間では流行語になっておりますけれど、よく考えてみれば容易ならぬ概念です。要するに神さまがやったことの真似をするんだというのですからね。そういうつもりで彼は『シルマリルリオン』を書いたのです。果して人間は神がそうしたように、まるごとひとつの世界全体をたとえ物語の形で作り出せるものでしょうか。これは次回の論題にいたします。

第五講　中つ国の歴史と『指輪物語』

今日はまず『シルマリルリオン』の概略からお話しします。これは中つ国の歴史を述べたものでありますが、それは『指輪物語』の『追補編』でも述べられているので、むろんこれも参照致します。トールキンの三男クリストファーが編纂した『中つ国の歴史』十二巻が一九八三年から九六年にかけて出ておりますが、これはたぶん『シルマリルリオン』を中心に草稿などを集大成したものでしょうが、邦訳がありませんし、管見の及ぶところではありません。とにかくこの「中つ国の歴史」なるものは厖大かつ錯綜したものでありますので、概略と言ってもかなり時間を喰いますのでご辛抱願います。

『シルマリルリオン』――中つ国の歴史

歴史は第一紀、第二紀、第三紀と分けられています。『指輪物語』の終りが第三紀の終りになります。『追補編』には年表がありまして、第二紀は三千四百四十一年間、第三期は三千二十一年間にわたっております。第一紀は何年にわたるのか記載はありません。それはそうでしょう。これは地球誕生以来の時間になる訳ですから、進化論的に言えば数十億年にわたる、いや宇宙誕生以来となると百億年以上になる訳ですから、たとえ進化論に従わない中つ国の歴史といえども、とても何千年、何万年ではきかない。だから第一紀は期間の指定がされていないのだと思います。

さてこうなりますとね、『指輪物語』に登場するエルフのエルロンドとかガラドリエルは一体何歳かということですね。ご存知のようにエルフは不死です。もっとも傷害を加えると死ぬ訳で、従って戦死することもあります。不死の人間の年齢を問うのは無意味かも知れませんが、生まれた時期はわかっているので年齢は推定できます。エルロンドは第二紀の始まりにはもう成人に達しておりますから、『指輪物語』では少くとも六千四百歳以上になります。ガラドリエルはエルロンドより少くとも数百年早く生まれておりますから、七千歳前後でしょう。『指輪物語』とは七千年も生きて来た者が、五十歳のフロドや二十代のメリー、ピピン、サムらと同時代人として交渉を持つ物語なのです。

世界（存在）を創造したのはイルーヴァタールという神です。彼はアイヌアたちに自分の主題を唱わせてこの世を創造する。このくだりはアスランが歌を唱ってナルニアを創造したのに似ていますね。このアイデアはもちろん、ルイスがトールキンからいただいたのです。インクリングズの会でルイスは、このくだりをトールキンが朗読するのを聞いたに違いありません。ところでこのアイヌアというのはヴァラールとその従者マイアから成ります。ヴァラールというのはトールキンによれば天使で七人います。その妃たるヴァリエアも七人います。その構成は次のようになります。

マンウェ　主神。アルダ（地球）の統治者。特性は大気・風によって表わされる。
ウルモ　水の王。海、河、湖、泉の支配者。エルフと人間を気づかう。
アウレ　すべての物質を司る工芸の神。
マンドスとローリエン　兄弟で前者は死者の家の管理者、運命と裁きを司り、後者は幻と夢を司どる。

トゥルカス　武神。両手で戦い、疾走し疲れを知らない。
オロメ　森の王。愛馬ナハールを駆り、勇武においてトゥルカスに劣らない。
ヴァルダ　マンウェの妃、星々の女王。エルベレスとも呼ばれる。
ヤヴァンナ　アウレの妃、植物のすべてを司る地母神。

この表でおわかりのように、ヴァラールは天使というよりむしろ、北欧神話のオーディンやトールのような神格です。この点はトールキンの矛盾を表わしていて、彼はカトリックですからもちろん唯一神の信奉者です。だからヴァラールは天使じゃないと困るのですが、一方彼は北欧諸神に魅せられていましたから、彼らに北欧神話のような性格を与えてしまったのです。

実はヴァラールにはもう一人メルコールというのがいて、マンウェの兄弟というのですが、このつがイルーヴァタールの主題に自分の主題をまぎれこませる。つまりメルコールは神の与えた主題を唱うのに満足できず、自分の主題を唱いたかったのです。そして不協和音が生じる。神はそのことに気づくと笑ったとトールキンは書いています。つまりそのような反逆者が出て来ることはお見通しという訳ですね。

この神に対する反逆というのは、キリスト教神話の中では堕天使サタンが表現している訳ですが、近代ロマン主義においては、バイロンの『マンフレッド』が代表的なものですけれど、おのれ自身を神としたいという衝動として表現されます。もちろんその終点がニーチェの超人になる訳です。しかし、トールキンにおいては、このメルコールのとにかく自分の旋律を唱いたいという衝動は、神への反逆として単純明白な悪そのものと措定されております。このメルコールの反逆以来、歴史はヴァラールたちとメルコールのいつ果てるかわからぬ闘争史となりまして、『シルマリルリオン』から『指輪物語』に至る壮大なお話は、みなヴァラールとその仇敵メルコール、その後継者サウロンとの戦争の歴史にほかなりません。そういった意味ではトールキンは、近代以来の神に対する人間の反逆の複雑・深刻な内実を全部素飛ばして、古代的な善と悪、光と闇の闘争に還元してしまっている訳です。思想的に言うと退歩じゃないかと思えるような還元をトールキンはあえて、もちろん自覚的にやっているのであって、これは今日のお話の大きな論点になると思います。

メルコールがちょっかいを出そうと、イルーヴァタールはちゃんと世界を創ってしまいますけれど、そのあとイルーヴァタールは引っ込んじゃってあまり顔を出さない。この地球が出来上る過程でヴァラールとメルコールの争いが続く。というのは神は世界のあらましを創ったので、山とか川とか具体的に形をつける仕事は残されていて、ヴァラールが何か創るとメルコールが打ち壊すといった具合なのですが、とにかくヴァラールはメルコールの邪魔を振り払って、中つ国の大湖中のアルマレンという島に宮殿を建て、南北に二本の巨大な燈台を築きます。高さはヒマラヤくらいあるらしい。このときメルコールは北方にウトゥムノという砦を築いていたのですが、そこから打って出てアルマレンを襲撃し、二本の燈台を倒してしまう。すると天変地異が生じて、ヴァラールたちはそれに対処するのに精一杯、メルコールもびっくりしてウトゥムノへ逃げ帰ります。

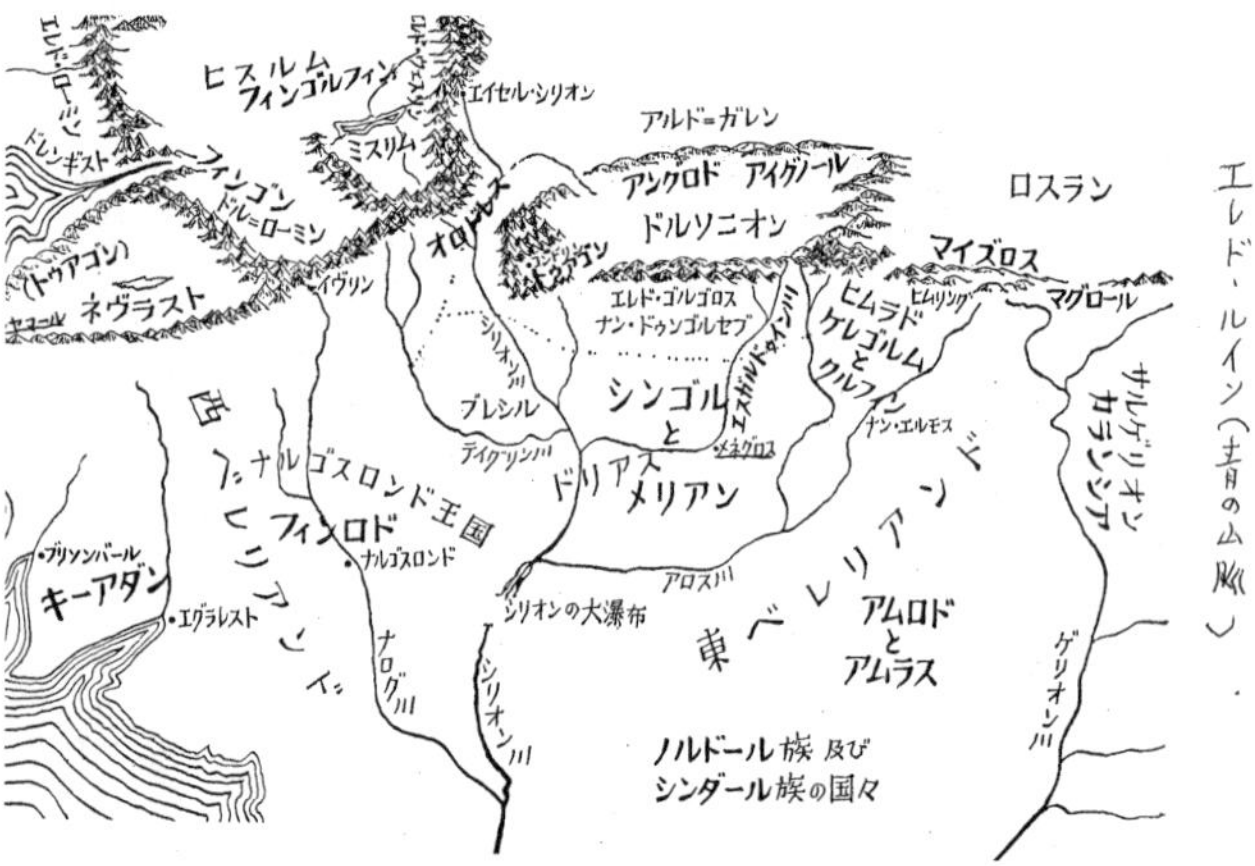

中つ国の地図A（『シルマリルの物語』評論社より）

ここで中つ国の地理について説明しておきます。中つ国の地理についてはフォンスタッドという人が『「中つ国」歴史地図』という本を出していて、もちろんトールキン自身が書いた地図をもとにしているのですが、いやはや細かいというかとんでもない代物です。私は一応読みましたが、みなさんはその必要はないと思います。そこまでやるのは研究家かマニアですからね。これも概略さえわかって下さればよいのです。まず地図Aをごらん下さい。これは中つ国の北西岸で西は大洋になります。これは第一紀の末、エルフ族がフェアノールに率いられてアマンから中つ国に帰還してから起るいろいろな出来事の舞台となるところ、一言で言うとベレリアンド地方です。ところが地図Bをごらん下さい。エレド・ルイン（青の山脈）はずっと左にあって、海岸線の間がごく狭いでしょう。この狭い地域に地図Aがまるごとはいる訳で、何

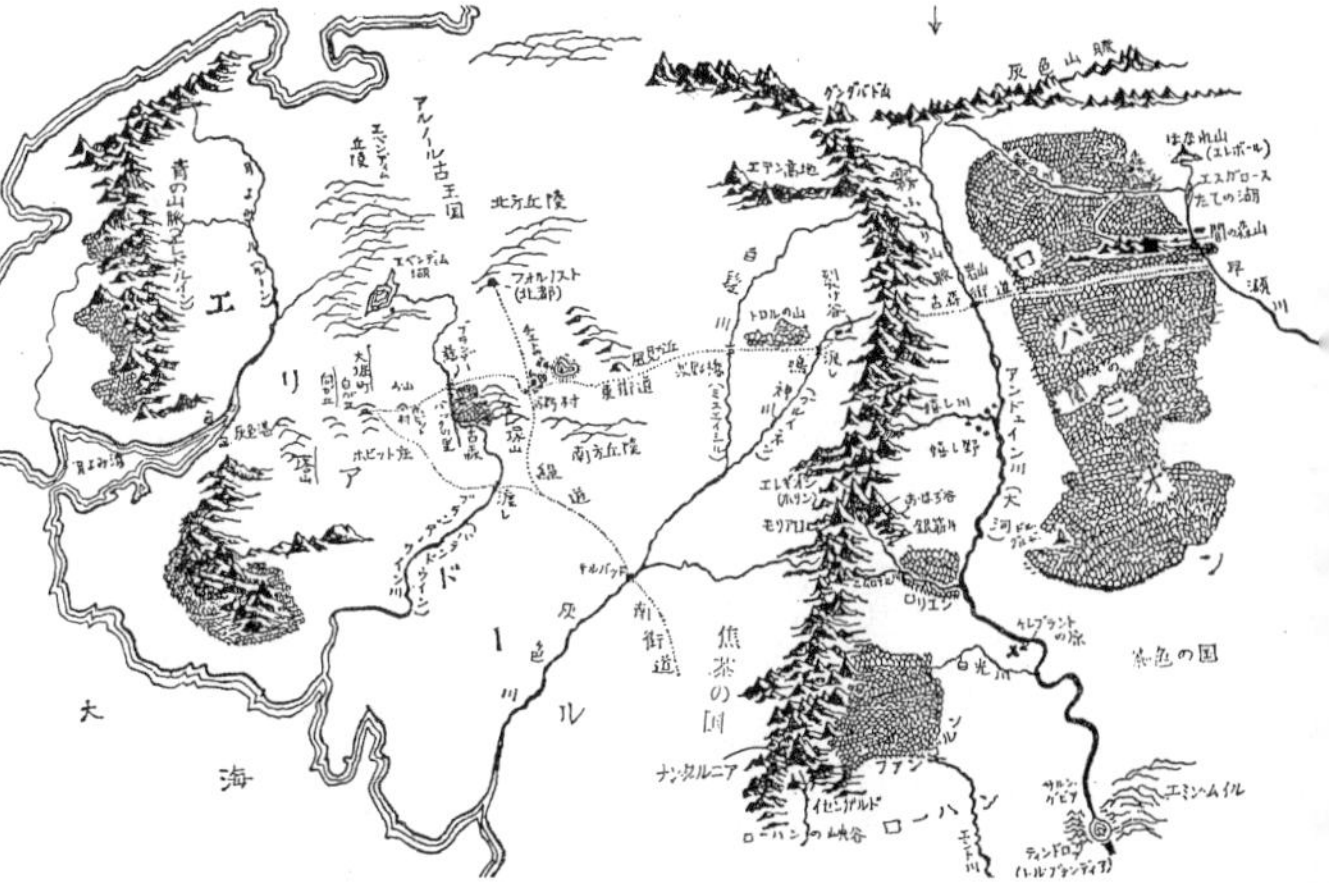

中つ国の地図B　『指輪物語』の舞台（『指輪物語１――旅の仲間』評論社より）

だかおかしい気がしますけれど、実は中つ国は度々地殻変動に見舞われたとありますから、地図Bはすでに大洋に浸食されたベレリアンド地方を示しているのかも知れません。

さて、地図Bは『指輪物語』の舞台です。と言ってもゴンドールやモルドールは地図東南のずっと下にあるので地図には出ていません。北東部のはなれ山とある一帯は『ホビットの冒険』の舞台です。ところが中つ国はこの地図Bの範囲よりずっと東まで延びておりまして、この東に延びた地方こそ中つ国の一番広い部分じゃないかと思います。もちろん北や南にも図示されていない部分があります。

南の方は重要性がないので省略します。北の方は地図Aのドルソニオンのさらに北に、メルコールの砦がある点だけ注意しておくとよろしいです。問題は地図Bに図示されていない広大な東部地方で、さっき申しました大湖中の都アルマレンはこのうちにあったのです。またエルフや人間が生まれたのも東のいや果ての地方です。

要するにストーリーをつかむ上で必要な中つ国の地理は、西からベレリアンド地方、区切りとしての青の山脈、エリアドール・ゴンドール地方、区切りとしての霧ふり山脈、そしてロバニオン以東の広大な東部地方というふうに、三つに分けて把握しておけばよいでしょう。

さて、アルマレンを破壊されたヴァラールたちはいや気がさして大洋のはるか極西の地アマンに移住してしまいます。そしてアマン大陸の東海岸にペロリ山脈を築いて侵入者を阻止し、その西の山蔭にヴァリノールという国を建てます。その都ヴァルマールに地母神ヤヴァンナが二本の木を植えました。一本は黄金の光を放ち、もう一本は銀色の光を放ちます。

エルフ族が生まれる

その頃、中つ国の東はずれでエルフ族が生まれました。エルフと人間はイルーヴァタール神のいとし子で、その誕生は予定されていたのです。ところがメルコールがエルフをつかまえてオークに変えてしまう。すなわちオークの起原であります。ドゥワーフが生まれたのもこの頃で、これはアウレが自分の楽しみに作ったのです。ところがそれがイルーヴァタールに見つかって、勝手なことをしてと大変叱られます。そこでアウレは、まだ七人しか作っていなかったそうですが、槌を振り上げてその七人を殺そうとする。まあ、折角作ったものを殺すことはないとの神の一言で、ドゥワーフは生かされることになりました。エルフ、ドゥワーフ、オークと『指輪物語』の三種族が揃った訳ですね。

さてヴァラールは、エルフがメルコールに迫害されているものだから、それを救わんと中つ国へ進攻し、ウトゥムノ砦の天井を引き剝し、メルコールをヴァリノールへ連行して三期間の拘留刑に服させます。三期とあって、それ以上の説明はありません。さらにまたエルフをアマンへ呼び寄せます。中つ国が荒廃していたからでもあり、ヴァラールたちがエルフと一緒に暮したかったからでもあります。

そこでエルフのアマン移住になるのですが、この過程がまたややこしい。当時エルフは三族に分れておりました。ひとつはヴァンヤールという金髪のエルフ。イングウェを王としています。マンウェに最も愛された種族で、これはよろこんで全員渡りました。従って人間と交渉を持ったことはありません。フィンウェ王を戴くノルドール族はそれより遅れて渡りました。テレリ族は人口は最も多かったのですが、ぐずぐずして最後に渡りました。以上、アマンへ渡ったエルフは光のエルフと呼ばれます。二本の木の光を見たからです。一方、中つ国へ残留したエルフもおります。これは二本の木の光を見ないので闇のエルフと呼ばれます。その大部分がテレリ族でした。

ヴァンヤールとノルドールはペロリ山脈の西側にトゥーナという地を与えられました。しかしヴァンヤールはアマン全域を旅するのが好きで、トゥーナはノルドールの専有地のようになります。テレリ族は海辺に住み、白鳥港を築きました。このアマンにおけるテレリ族の王はオルウェです。

もともとテレリ族の王はオルウェの兄エルウェ・シンゴロです。ところが彼はアマンへ渡るべく一族を率いて西へ旅する途中、ナン・エルモスでメリアンと出会ってしまいました。メリアン

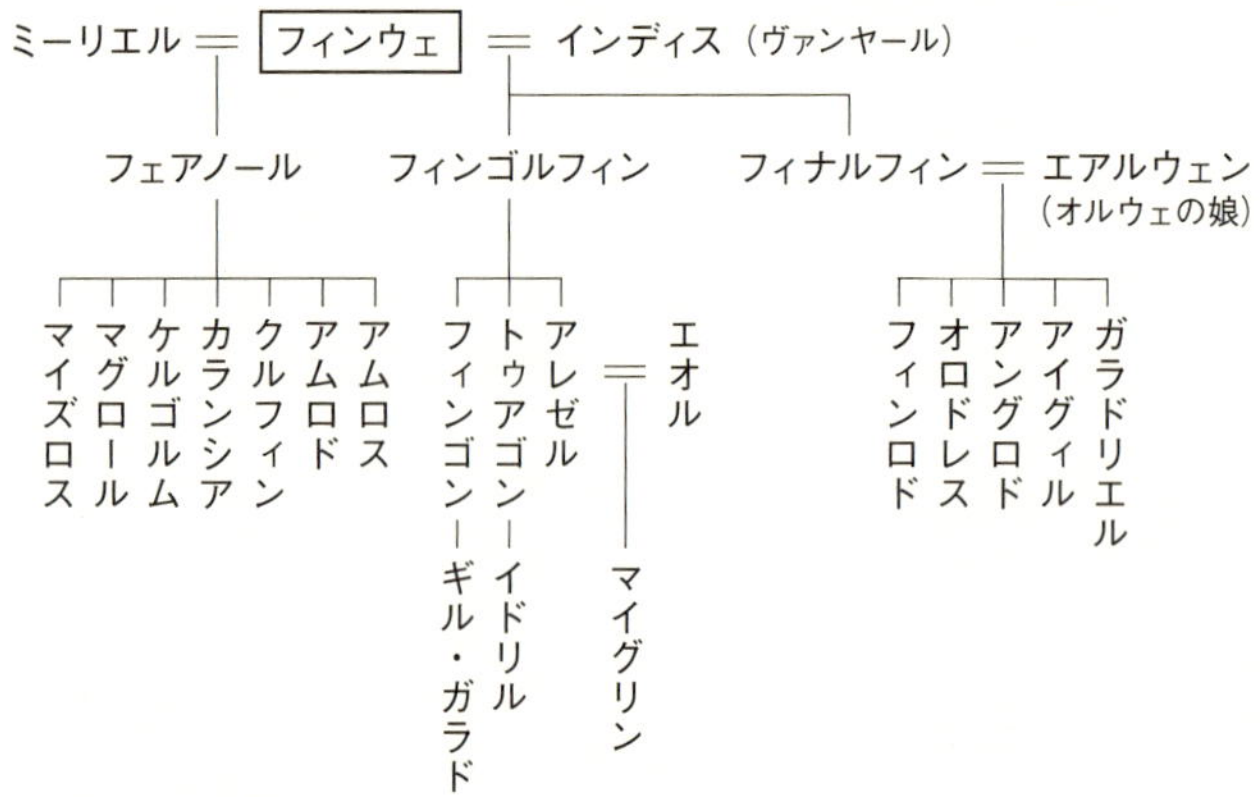

ノルドール族の系図

というのはマイア、つまりヴァラールとともに天使アイヌアに属する者ですが、中つ国が好きで度々訪れて山野を唱い歩いていたのです。二人は出会った途端抱擁し、そのあと何年間か抱き合ったままでいたそうです。そして抱擁が解けると、北はネルドレスの森、南はレギオンの森の中間を東西に走るエスガルドゥイン川のほとりに都メネグロスを築きました。このドリアス国はメリアンが築いた魔法帯によって守られ、永く繁栄することになります。従ってアマンへ渡ったテレリ族は弟オルウェによって率いられたのです。

ノルドール族のフィンウェ王には三人の子がいました。フェアノール、フィンゴルフィン、フィナルフィンです。フェアノールの母は亡くなり、あとの二人は後妻の子です。フェアノールはアウレに愛され、工芸の達人になり、金銀二本の木の光を移した宝石シルマリルを三個作ります。彼はこの宝石に非常な愛着を持ち、ヴァラールにも見せたことがありませんでした。また彼は二人の異母弟にも敵意を持っていました。弟たちはそんなことはなかったのですけれど。ちょうどその折、メルコールが三期の刑期を終え、再審において悔悛を認められ釈放されました。メルコールは恭順を装いつつ、ノルドール族特にフェアノールの心にヴァラールへの反感を植えつけるように流言を放ちました。メルコールの播いた種は育ち、フェアノールはヴァラールへの反感を公然と口にするようになり、一方では父の面前でフィンゴルフィンに剣をつきつけるようになりました。ヴァラールはフェアノールを召喚し、ヴァリノールの北の山中、フォルメノスに十二年間追放します。フェアノールは父と共にここに移り、砦を築きシルマリルを厳重に保管しました。

メルコールは己れの画策が顕れると南方に逃れ、そこで大蜘蛛のウンゴリアントと出会います。『指輪物語』にもウンゴリアントという蜘蛛の怪物が出て来ますよね。彼女はこのウンゴリアントの子孫なのです。メルコールはウンゴリアントにヴァリノールの二本の木を襲撃し枯死させたあと、さらにフォルメノスを襲ってフィンウェ王を殺し、三個のシルマリルを奪って北方へ遁走し、遂に中つ国へ逃げ帰ります。

メルコールがシルマリルを奪ったとき、フェアノールは呼ばれてヴァリノールの枯死した二本の木の許に来ていたのです。ヴァラールはフェアノールにシルマリルの光を二本の木に移して生き返らせてくれと頼むのですが、フェアノールは拒否します。そこへフォルメノスから使者が到着して父王が殺され宝石が奪われたと告げる。フェアノールはメルコールをモルゴスと呼び、復讐とシルマリルの奪還を誓うのです。一族を呼び集めたフェアノールはヴァラールの信ずべからざることを説き、中つ国へ帰還すべきだと大演説をぶちます。もちろんシルマリルを奪還するつもりです。フェアノールの七人の子はこれに従いましたが、フィンゴルフィンを愛する者たちは中つ国へ帰るにしても、フェアノールとは別行動をとりたいと考えました。かくしてフェアノール勢は先発し、あとにフィンゴルフィンとその息子フィンゴンとトゥアゴンの一隊、さらに、フィナルフィンとその子フィンロド、ガラドリエルの一隊が続いた。

大海を渡るには船がいります。フェアノールは白鳥港でテレリ族に船を出させようとするのですが、そこで紛争になって多くのテレリ族を殺し、船を奪って出航します。同族殺害の罪が犯されたのです。中つ国西岸北方のドレンギスト（地図A参照）に着いたフェアノールは、取り残されたフィンゴルフィンとフィナルフィンの一族の渡航を阻止するために、船を焼いてしまいます。フィンゴルフィン一族はそれでも北方を経由する苛酷な旅を経て何とか中つ国へ到着するのです。フィナルフィンはフェアノールの行為に愛想を尽かしてアマンに留まりますが、彼の子のフィンロドとガラドリエルはフィンゴルフィン一族と行を共にしました。

中つ国へ帰ったノルドール族は結局、フェアノールの子のマイズロスやマグロールはベレリアンド北東の山地に、フィンゴルフィンとフィンゴンは北西のヒスルムに居地を定めますが、フィナルフィンの子フィンロドはナルゴスロンドに王城を築き、フィンゴルフィンの子トゥアゴンは環状山脈中にある隠れ里ゴンドリンに城を構えます。そのほかに、もともとアマンへ移らずに残ったテレリのキーアダン一族が西海岸に造船者航海者として住んでいますし、エルウェとメリアンの作ったドリアスの国も健在です。一方モルゴスことメルコールは北方に強大な城砦アングバンドを築いて、度々南へ進攻して来ますので、五次にわたる戦争が行われ、数々の物語が生まれることになります。フェアノールは第一の合戦で戦死するのです。モルゴスのもとに副官サウロンが活躍しますが、このサウロンはもともとアウレのマイアだったそうです。またバルログもこの頃からモルゴスの手下として現われます。『指輪物語』のモリアの坑道を行く話で、火炎をまとう怪物をガンダルフが橋上で阻止し、ともに奈落に落ちてゆくでしょう。あの怪物がバルログです。

東の果ての人間たち

第一の合戦のあと、人間がずっと東の果てで生れます。太陽と月をヴァルダが作ったのもこの頃だそうです。何とこの時まで、太陽も月も存在していなかったというのですからおそれいります。人間は早々と西へ進出して来て、モルゴスとの戦いでエルフを助けるのですが、その中から『シルマリルリオン』中最も印象的なふたつの物語が生れます。ひとつは『ベレンとルーシェン』の物語です。ベレンはモルゴスの砦アングバンドに進入して、シルマリルを一個奪還して帰った勇者です。そのとき手を片方巨大な狼に喰われますので、隻手のベレンとも呼ばれます。ルーシエンはエルウェとメリアンの一人娘で、古今に並びなき美女と謳われました。この二人は恋仲でありますから、これは恋物語でもある訳です。言い忘れましたがベレンは人間です。もうひとつはトゥーリンの物語です。これも人間の勇者ですが、この人の話は運命悲劇で、まるで『オイディープス』みたいです。一番の親友を敵と見誤って殺してしまうし、ナルゴスロンドの滅亡にも立ち合うし、あげくはそれと知らずに妹と契りを結んでしまい、それを知って自殺するのです。モルゴスの勢いは強くて、ナルゴスロンド、メネグロス、ゴンドリンは次々と陥落して行きます。メネグロスの場合はドゥワーフとの関わりもあって、その滅亡の事情は複雑なんですけれど、それは省略します。

結局メネグロスの落人エルウィング（ルーシェンの孫）、ゴンドールの落人エアレンディルがシリオン河口で出会う。シリオン河口はバラール湾で、地図Bの西海岸の表示されていない南にあります。エルウィングはシルマリルを一個持っています。ベレンが持ち帰ったものです。エアレンディルは船を仕立てて、エルウィングとともにアマンへ向います。シルマリルの宝石を身に着けたエアレンディルがへさきに立っていますから、船は無事にアマンへ着き、エアレンディルはヴァラールたちに中つ国の窮状を訴えることができました。エアレンディルはアマンに残って、星空の間を航行する永遠の航海者となります。彼とエルウィングの仲に生れたのがエルロンドとエルロスです。言い遅れましたが、エアレンディルはエルフと人間の間に生れた半エルフです。

エアレンディルの懇願を受けてヴァラールの大軍は中つ国に進攻し、アングバンドは攻め落され、メルコール＝モルゴスは虚空に放逐されます。以後モルゴスは話に顔を出しません。しかしサウロンは逃亡しました。シルマリルの残り二箇も回収されましたが、フェアノールの子マイズロスとマグロールがそれを盗み出し、二人とも大地と大海に呑まれてしまいました。このモルゴスの放逐をもって第一紀は終ります。

さてヴァラールはエルフたちを再びアマンへ連れ戻し、エルフとともにモルゴスと戦った人間にはご褒美として、中つ国とアマンの間の大海に島を作って人間に与えました。この島をヌーメノールと言い、そこに住んだ人間をドゥーネダインと呼びます。王位はエアレンディルの次男エルロスに与えられました。というのはヴァラールは二人の息子に、エルフとして生きるか人間として生きるか選べと申し渡しました。二人ともエアレンディルの子だから、半エルフなんですね。エルロンドはエルフの途を選び、エルロスは人間の途を選び、ヌーメノールの初代王となったのです。

もっともすべてのエルフがアマンへ帰り、すべての人間がヌーメノールに住んだ訳ではありません。エルフのうち、先に述べましたキーアダン一族は西海岸に変らず住んでいますし、フィンゴンの息子ギル・ガラドは中つ国エルフの上級王としてリンドンに住んでいます。リンドンというのはエルド・ルインの西の地で、のちにはオッシリアンドと呼ばれます。またガラドリエルはドリアスのシンゴルの身内ケレボルンと結婚し、ロスローリエンに住み、エルロンドは結局裂け谷に住むことになります。この裂け谷が作られたのは第二紀の一六九七年で、サウロンはすでにモルドールに根城を構え、すべてを統べる第一の指輪を鍛造していました。

このようにサウロンとエルフと戦いが連続しているうちに、ヌーメノールが介入して来ます。ヌーメノールの船団が初めて中つ国に現れたのは第二紀六〇〇年で、一七〇〇年にはヌーメノールから大艦隊が派遣され、サウロンはいったん敗北するのです。ヌーメノール人は中つ国に植民地を作るようになりました。第二十五代ヌーメノール王のアル・ファラゾンはサウロンがまた勢威を回復していることを知り、大艦隊を率いて中つ国南部のウンバールでサウロンを捕えヌーメノールへ連行しました。第二紀三二六二年のことです。

アル・ファラゾンは傲慢な王で、アマンのヴァラールから西へ航海してはならぬ等々、いくつも禁制を課されているのが気に喰わなかったのですが、サウロンを臣下としてはべらせるようになってから、いつのまにか心をサウロンに侵食され、メルコール崇拝を行うようになります。国民の中には事態を憂慮する一派もあり、その指導者がエレンディルでした。アル・ファラゾンは遂にアマンを攻略しようとして、大艦隊を発進させるに到りました。それを知ったマンウェは神に祈り、その結果大海潮が襲って艦隊は覆没、のみならずヌーメノール島もまた海中に没しました。わずかに逃れたのはエレンディルとその二人の息子イシルドゥア、アナーリオンが率いる九隻の船で、中つ国に辿りついたのです。サウロンは魂だけになって、これもまた中つ国へ逃れました。このヌーメノール海没は第二紀三三一九年の出来事です。この時地球は湾曲して丸くなったと言います。

エレンディルはリンドンに着き、ギル・ガラドの助力を得てエレド・ルインの先に王国を作り、彼の民はエリアドール（霧ふり山脈と青の山脈の間の地）の各地に住みついたと言います。これがアルノールと呼ばれる北方王国です。イシルドゥアとアナーリオンはアンドゥィン河口に着き、ゴンドール王国を建てて共に統治しました。この辺のところは『シルマリルリオン』と『指輪物語・追補編』の間には異なる記述があって混乱しているのですが、一切省略します。

モルドールに自分の闇の王国を再建したサウロンに対して、エレンディル一族とギル・ガラドの同盟軍が戦いを挑み、ダゴラルドでの合戦でサウロンを打ち破ります。『指輪物語』でフロドとサムがゴクリに案内されて死人の沼を渡るでしょう。これがダゴラルドの古戦場なのですね。そのあとサウロンの本拠バラド・ドゥアの塔の包囲戦となり、アナーリオンは討死。しかし遂にサウロンは塔外に姿を現わし、ギル・ガラドとエレンディルは彼と戦って落命、サウロンもまた倒れて力の指輪がはまったままの指をイシルドゥアが切り取りました。サウロンはこの度も肉体を棄て、魂だけになって逃れました。第二紀三四四一年、この時をもって第二紀が終ります。第三紀の幕明け〇二年に、イシルドゥアはあやめ野でオークに襲われ討死します。あやめ野というのは地図Bに出ている嬉し野のそばです。その時力の指輪が指から抜けてアンドゥイン川底に落ち、それをずっとおくれてスメアゴルが手に入れるわけです。スメアゴルがこれを入手したのは第三紀二四六三年ですから、ビルボがスメアゴルからこれを手に入れるのはその五百年近くあとのことになります。

さて第三紀もビルボやフロドの時代になるまでは、いろんな出来事が起る訳です。しかし一々述べていたら切りがありません。要するに北方王国、つまりエリアドールの王国は北の方に起ったアングマール王国に滅されるし、一方南方王国ゴンドールは東夷であるとか車馬族であるとか侵入が絶えなかったのですが、何とか『指輪物語』の時代まで存続します。ただし王統が絶えて、執政が統治するようになっています。トールキンのいわゆる「準創造」も、ヌーメノールの沈没あたりまでは何しろ根本的にはヴァラールとメルコールの闘争でありますから、まだ雄大なリズムがありますが、第三紀になるとこれは人間どもの作ったいろんな国の興亡になる訳ですから、煩雑なだけでひとつも面白くない。こうなると「準創造」も、いろいろ作り立てて御苦労さんというだけのことになります。

ホビット族の登場

さて、第三紀二九四一年、ガンダルフと十三人のドゥワーフが、ホビット庄のビルボ・バギンズの家を訪ねて来て、ともに龍の棲むはなれ山へ旅をすることになります。これが『ホビットの冒険』です。これは登場人物の一致、ガンダルフ、エルロンド、ビルボらの再登場、さらに指輪自身の登場という点で『指輪物語』とつながっていますが、テーマとしても文体をとっても『指輪物語』とは全く違います。これは子どもへのお話がもとになっていますから、文体は全く子ども向きです。『指輪物語』は逆に子ども向け文体が出ないよう意識されています。さらにテーマは『指輪物語』のように世界の運命なんぞに関わっていません。ドゥワーフたちが先祖の宝が龍に横取りされているからそれを取り返したいというので、ガンダルフが手伝い、さらにガンダルフがビルボに手伝わせたというだけの話です。サウロンの闇の力と闘うという『シルマリルリオン』から『指輪物語』につながる壮大なテーマとは全く関係がありません。にもかかわらず、これは大変楽しい大変よく出来た物語で、そのシンプルな出来映えという点では、『指輪物語』より上じゃないかと思います。

何よりも注目すべきなのは、ホビットという生きものの初登場ですね。カーペンターはこれはイギリスのブルジョワだと言います。ブルジョワったって、アッパーミドル、市民くらいの意味でしょうがね。トム・シッピーも典型的なイギリス人だと言います。何しろベーコン・エッグが大好物で、しょっちゅうティータイムなんですからね。しかも、「ティータイムをどうぞ」というのは「早く帰ってくれ」という意味なんだという点でも、ホビットは英国人的なんです。しかしシッピーが『指輪物語』の古代世界に現代人として紛れこんでいるのがホビットだと言うのはどうでしょう。彼はホビットがタバコを吸い、ホビット庄に郵便制度があるのはアナクロニズムだと言うのですね。タバコが英国史に登場するのは一六世紀、郵便制度は一八三七年だという訳です。しかしこれはおかしいね。もし『指輪物語』が地球年代の古代か中世の話であれば、タバコや郵便制度は時代錯誤ということになるけれど、中つ国の歴史は地球の人類の歴史とはまったく違うんだから、われわれから見て古代あるいは中世の雰囲気中にタバコが出て来たってひとつも時代錯誤じゃない。そこの歴史ではタバコは古代にだって中世にだって発明されていたかも知れない。第一、地球上でもアメリカ大陸の住民はずっと以前からタバコを吸っていた。シッピーはホビットがタバコを吸うから、設定された時代に対してアナクロティックだと言うんだけれど、タバコはガンダルフも吸っている。

第一、ホビットが現代英国人という保証は何もない。トールキンはむしろ一四、五世紀のヨーマン、つまり独立自営農民のイメージだったんじゃないかと思う。囲いこみ以前の、いわばメリーイングランドの農夫のイメージです。そういう独立自営農民を背景として、ワット・タイラーの乱が起ったし、ラングランドの『農夫ピアズの幻想』も書かれた。イギリスはいわゆる農民層分解、農民が農場主と農業労働者に分れる動きが非常に早く現われた国で、農業人口自体どんどん減少して行ったんだけど、トールキンが愛着を持っていたのは、あるいは幻想かも知れないが暮し向きのいい独立心の強い昔の農夫のイメージだったんです。ホビットはそれを現わしているんでしょう。

ガンダルフが冒険行にホビットを加えたのは thief としてです。シーフというのは盗っ人という意味ですけれど、ガンダルフは物音を立てずに行動する者という意味で使っている。瀬田さんは「忍びの者」と訳されていますね。ホビットというのは足の裏がかたくてしかも毛が生えていて、とてもそっと動くことが出来る。その特性をガンダルフは買ったのです。でもビルボは最初はへまばかりやっていて、ドゥワーフから何だただの八百屋じゃないかと嘲笑される。しかしそのうち特性を発揮して、大いに尊重されるようになるんですね。論者たちはこの点を強調してこれはビルボの成長の物語だと言うんだけれど、別に成長と言う必要はないと思いますね。彼は何も成長はしていない。ただ持ち前の特性が次第に環境に慣れて発揮されるようになっただけなんです。その特性とは物音を立てずに動けるということがひとつ、それにこの人はなかなか諦めないんです。失敗してもすぐ立ち直る。絶望的な状況になってもイヤイヤと、もうひとつ思い返す。つまり粘り強くて二枚腰なんです。これは実に英国人の国民性と言われているところですね。農民的頑強さと言っていいでしょう。

それにコモン・センスがあり、良識的な判断ができる。龍が死にドゥワーフが宝を取り戻したあと、湖畔の町の民と森のエルフが連合して、ドゥワーフの宝を自分たちにも配分せよと迫ってあわや戦闘になりかけるのですが、それを救ったのはビルボの計らいで、その計らいとは特別な知恵なんぞじゃなく、正直と常識の産物以外の何物でもなかった。しかも相変らず臆病で、北から攻めて来たゴブリンの大軍との戦いになった時は、指輪をはめて身をかくし震えていただけでした。

『ホビットの冒険』には異物のような、何か妙な噛みごたえのする情景が一ヵ所出て来ます。一行が立ち寄るビヨルン屋敷です。ビヨルンというのは巨人で蜂や馬や牛を飼っているのですが、夜になると熊に変身して各地に出没するらしいのです。この人物はその屋敷とともに本当に不思議な雰囲気で、『ホビットの冒険』の世界自体、地球で言うと古代的ないし中世的な雰囲気だけれど、ビヨルンはそれよりもっと古い原始的なもの、いわば地霊的なものを表現している。大地の原初的な力と言ってもいい。このビヨルン屋敷のエピソードは話全体からすると必要がないものです。つまり特別仕立てのおまけみたいなものです。

『指輪物語』にもそういう不必要で不思議な感じのエピソードがあります。トム・ボンバディルの話です。フロドたちの脱出行は古森で始まり、柳の老木に殺されそうになりますね。その時救ってくれたあのボンバディルです。これも実に不思議な人物で、一日歌って跳び廻ってるだけ。そして嫁さんの川の精ゴールドベリーと仲良くしてるだけ。しかも強大な力の持ち主で、自分の土地の一切を支配しているのです。これも非常に古い大地の霊のような存在です。このボンバディルの話は指輪の処分というテーマには全く関係がないし、ストーリー上不必要で、従って映画では完全に省かれています。だが、私はこのエピソードが大変好きです。ボンバディルのような歴史以前の始原的存在が、『指輪物語』にもうひとつ出て来ます。エント族です。エントは映画では全く樹木に手足と顔をつけたようなものとして設定されています。つまり木の人間化ですね。

しかし原作では、エントは木の精じゃなく木の牧人なのです。もっとも何もせずに突っ立ってい て、木みたいになっちゃったエントもいると語られていますけれどね。

映画は文字を読む物語と違って、映像としてじかに訴えますから、いったん『指輪物語』の映画版を見ますと、そのイメージに支配されて原作から遠ざかる危険も強い。たとえばフロドです。映画ではまるで少年ですね。しかし原作ではフロドはこの時五十歳なのですよ。ホビットは長生きで、成人を迎えるのは三十三歳だそうですが、それにしても人間でいえば三十代位な訳でしょう。映画のように眼だけ金魚みたいに見開いた少年じゃ決してないんです。お仲間のサム、ピピン、メリーは二十代とされているので、人間にしたら十代後半だから、映画のイメージでいいんでしょうがね。

ホビットと指輪

『ホビットの冒険』もそうですが、『指輪物語』はホビットが加わっているから感動的な物語になっているんです。フロドとサムを取っちゃったら、これは何ということもない、日本で言うとチャンバラものになっちゃいます。シッピーはホビットによってこの古代的物語が現代とつながったと言うのですが、まあそう言っておきますか。ホビットと言ってもメリーとピピンは狂言廻しです。笑いを誘う息抜き的存在です。特にピピンというのは悪ふざけが大好きで、ナズグルたちに追跡されている隠密行だというのに、宿屋でいい気になってビルボが誕生祝いに姿を消した一件を話して受けをねらったり、モリアの坑道を行く危険な旅だというのに、古井戸を見ると石を投げこまずには居れなかったりする。これは肥後弁で言うとテテンゴをせずには居れない。テテンゴとは手転合、つまり行為でする冗談という意味です。あとじゃ危険な魔法の石をガンダルフから盗んで、あわやということを仕出かしそうになります。

問題はフロドとサムです。フロドはビルボから指輪を譲られただけのただの庶民です。ビルボはスメアゴルが落したのを拾って、姿消しの効能はわかっていたけれど、それ以上何の力があるのか全く知りません。百十一歳の誕生日を祝ったあと、裂け谷に隠遁しようとするビルボは、ガンダルフから指輪をフロドに置いて行くよう言われて、指輪に強く執着を示します。ガンダルフはそういうビルボの反応からしても、指輪の危険性に気づいたでしょうが、その本性についてはまだ知らないのです。だからガンダルフがビルボに指輪を持ってホビット庄を離れるように言いに来るまで、十七年もかかったのです。その間ガンダルフはいろいろと調べていて、これにすべてを支配する力能が秘められていることを知ったのです。

指輪はそれを行使すれば世界を支配できるのですから、それの所持を望む者と望まない者が出て来る。サウロンはもちろん再びそれを手にしたいと思って探索しているのだし、ゴンドールの執政の子ボロミアはサウロン打倒のためにそれをわがものとしたいと思い、かのガラドリエルさえそれを手にして世界を思うままに統治する誘惑を覚えると告白します。ガンダルフやエルロンドがそれを所持することを拒否するのは、むろん力による世界支配という考えを拒否するからです。一方この指輪に理屈抜きの愛着を覚える人たちがいて、スメアゴルがそうだし、ビルボもフロドもサムでさえも、いったんそれを身につけると二度と放したくなくなる。これは何も世界を支配したいというんじゃない。彼らは知識人や支配階級じゃなく庶民ですから、そんな欲望は持たない。しかし、自分のものにして置きたい。シッピーは依存症と言っていて、これは適切な評言だと思います。つまり麻薬みたいに依存させてしまうのです。

この物語の読みどころは、指輪廃棄といういわば世界史的な課題を、ただの庶民であるフロドとサムに担わせたところにあります。エルフであるエルロンドやガラドリエル、魔法使いであるガンダルフ、エレンディル王家の正統を継ぐアラゴルンならば、みな世界史的事件ないし動向に関わって来たのだから、指輪の処置に頭を悩す、あるいは処置行為にたずさわるのも当然です。ところがフロドやサムにとって、指輪がどうなろうと知ったことじゃない、いや少くとも自分たちがせずとも、もっと偉い人たち、これまで世界の運命に関わりそれを動かして来た人びとが担えばいい仕事にほかなりません。なぜ日常の生活以上のことに関わったことのない自分たちが、そんな責任を引き受けねばならぬのでしょうか。ここで魔法使いについて説明しておきますと、トールキンはあるところではマイアの一人、つまりヴァラールの従者だと言い、別なところではアマンのヴァラールたちがサウロンに対抗するために中つ国に送りこんだ使者だとも説明しています。つまりエルフでも人間でもないのですね。

フロドはたまたま指輪を持っていたから、何はともあれ裂け谷のエルロンドのところまで運ばねばなりませんでした。あとはエルロンドやガンダルフやその他えらい人たちの会議で、誰がそれをモルドールの滅びの山の火口に投げ込むか決めてくれるでしょう。しかし、フロドは会議中自分が持って行くと決心し、ガンダルフ以下八名の同行者が決まる訳です。つまりフロドという一庶民はいやいやながら世界史的使命というものがあると自覚させられた訳です。つまりフロドという一庶民はこのとき知識階級の仲間入りしました。トールキンは「歴史の原動力となる〝世界の歯車〟は、しばしば王侯や統治者たちによってではなく、神々たちによってでさえなく、外には存在を知られていない無名の力弱い者たちによって回されることがある」と書いています。フロドに指輪廃棄の大任を負わせたトールキンの意図は明らかでしょう。あとでは彼は護衛者たちと別れて、単身モルドールに乗りこもうと決心します。このフロドの決意のところは、なかなか切なく描かれていて沈痛です。でもサムに感づかれて、結局サムとの二人行になります。

世界史的行為を担う自覚によって、フロドは知識人の仲間入りしたと申しましたが、ここはちょっと修正しておきましょうかね。パリは度々バリケードを築いた街ですが、いったんバリケードが築かれると、当然のような顔をしてバリケードの位置につく民衆が現れる。その者が倒れると、これまた当然のようにその位置を埋める者が現れる。こう大佛次郎さんは『パリ燃ゆ』で語っています。トールキンはルイスと同じくフランスで塹壕戦を経験した訳ですが、二人とも感銘を受けたのは黙々と義務を果して倒れてゆく兵士の姿でした。それが何かよくわからんけれど、またなんで自分たちが担わなければならぬかもよくわからんけれど、とにかく自分が担わなくちゃならぬ運命というものがあるらしいと感じたとき、コモン・ピープルは知識人よりずっといさぎよいのです。悲しいいさぎよさと言ってもよく、彼らはそれを生活の中で身につけるのでしょう。

盲目的な献身

フロドは言ってみるとデクノボーなんです。物語の中では積極的なことは何もしていません。ただいさぎよく沈痛に義務を自覚しているだけです。ただこの人には愛と憐れみがあります。途中から出現してつきまとうスメアゴルに対しても実に優しい。サムはこんな奴殺してしまえと何度思ったか知れない。しかしフロドはその度にかわいそうだと言うのです。物語の一番最後に、ホビット庄に帰ったフロドたちが、変り果てた村の姿におどろくところがあるでしょう。サルマンたちが乗っ取っていたのですね。この時もサルマン勢と戦って打倒したのはサムやメリー、ピピン、それに村人たちで、フロドはうしろの方から「殺すな」と叫ぶだけですね。つまり戦う人じゃなく憐れみの人なのです。

サムはフロドとは全く違います。指輪投棄という使命など、これっぽっちも自覚していません。ただフロド旦那が大好きで、心配でたまらないからついて来ただけの話です。主従としての忠誠感情に凝り固まっているのです。自分で言っています。「何でもない休息と眠り、それから目が覚めて朝の庭仕事を始める。おらが望んでいるのはこれだけじゃないかと思いますだ。天下の大事なんてものはどれもおらなんかに向かねえです」。

主従感情というと奴隷的だ、封建的だという非難が必ずなされると思いますが、そうしたものでもないでしょう。イギリス人というのは対人的なロイアルティを大切にする人びとなの。だから幕末日本にやって来て、武士の忠誠心に感動したんです。貴族の家には執事というのがいるでしょう。執事やらせたらイギリス人の右に出る者はないそうですね。ディケンズが最初に人気取ったのは『ピクウィック・クラブ』だからね。それも最初は受けなかったのに、召使いのサム・ウェラーが登場し始めると俄かに人気が出たんだよね。カズオ・イシグロの『リメイン・オブ・ザ・デイ』にしても、主人公の執事の旧主人への愛情、いわばロイアルティが感動的なんです。これはサンチョ・パンサ以来の主従関係の機微によるのかも知れません。とにかくこの人を信じたい、そして尽したいという感情は普遍的なもので、決して屈辱的なものでも個人の主体性を喪わしめるものでもありません。

大久保彦左衛門の書いた『三河物語』に面白い話があります。徳川というのは東は今川・上杉、西は織田、北は武田に囲まれて、殿様も家来もえらい苦労したのね。合戦の間にある家臣が馬を失ったところ、殿様が自分の馬を譲ろうとした。その時この家臣が何と言ったかというと、「うつけき馬の降りようかな」。つまり彼はこう言いたかったのよ。おれたちが何で今まであんたを盛り立てて来たと思う。あんたは天下を取れる器量だ、そう信じていっしょに天下取ろうとがんばって来たんじゃないか。あんたは天下を取る義務があるんだ、おれたちに対してあるんだ。それを何だ、おれに馬を譲ってこんな所で死のうというのか。死ぬのはおれで、あんたは逃げるべきだ。逃げて再起を期すのが、おれたちに酬いるあんたの途だ。と、まあ、そう言いたかったのよ。だから黒田如水に仕えて天下取ったあとで、如水の孫忠之の仕様が気に入らぬというので、栗山大膳は白昼銃を担った部下を引き連れて堂々と博多の街を立ち去ったの。戦国時代の主従とはそういう関係だったんです。

とにかくサムはフロドに尽したい一心だった。彼が担ぎあげねば、フロドは滅びの山の火口に到達するのは不可能だった。最後にフロドは指輪に対する執着に捉われて、指にはめて身を隠すけれど、スメアゴルにその指を喰いちぎられ、結局スメアゴルが指輪と共に火流の中に落ちて行くことになった。ここのところをいやに強調する論者がいますけれども、それは指輪の魔力の怖しさをトールキンが最後に示したかっただけで、フロドの任務遂行にケチをつけることは別にないと思います。

私はフロドもさることながら、天下の一大事なんて自分には向かないと考えているサムが、フロドの任務遂行を実現させたということこそ、この物語の一番大事なところであり、そんな風に語ったところにトールキンのえらさがあると思います。サムは一件落着したあと、かねて想いをかけていた娘と結婚し、いいお百姓さんになるのです。何しろガラドリエルから、ロスローリエンの土を入れた函をもらって来ましたからね。その土を播いて、サルマン一味が荒らした土地を生き返らせることが出来ました。サムはそこに根づきます。一方フロドは傷ついた心が癒えず、エルロンドやガラドリエルたち、生きるのに倦いて西方のアマンに帰ろうとするエルフたち、また任務を果して帰ろうとするガンダルフらと共に灰色港から船出します。つまり、フロドは天下国家の一大事に関わる人びとと行を共にしたのです。それに対してサムは、生涯中ホビット庄長を七度も勤め、最後は妻を亡くしたあと灰色港から海を渡って去ったそうです。それもきっとフロドに会いたい一心だったのでしょう。

もし『指輪物語』からホビットを取り去ったとしましょう。残るのは壮大な古代的叙事詩です。悪と戦う英雄たちの詩です。トールキンはとにかくこの物語で原初の原生林的世界を再現したかったのですから、それでもいいのかも知れません。古代叙事詩的雰囲気を出すために、トールキンが苦心しているところをシッピーはよく説明してくれています。たとえばガンダルフ・アラゴルン一行がセオデン王の宮殿を訪ねて、警備の者から何者かと問われて問答し、武器を預けるところは、『ベオウルフ』にそっくりだというのです。登場人物たちがホビットを除いて、荘重で礼節に適った言動をするのも、古代色を出したつもりでしょう。魔法も適切に行使され、古代あるいは中世の叙事詩の雰囲気がよく出ています。しかし、原生林は復元されたでしょうか。私にはどうもそうは思えません。というのはエルフにしろ、魔法使いにしろ、王族たちにしろ、せりふや行ないの荘重さは見られるにしても、彼らの心の動きは現代人とそう変らない。もちろん人間性には不変のものがある訳ですが、古代人・中世人には近代人とはとても違う心性があって、そういう心性をトールキンは復元出来ていないように思えるのです。それは『ニーベルンゲンの歌』にせよ、あるいはもっと古いホメロスやヴェルギリウスにせよ、一読してみるとわかることで、古代人、いや中世人にしてもその心性・行動は、わがこととするにはあまりに異質なものを含んでいます。

つまりトールキンが目指す原生林には、われわれには到達できない。それを感受したり理解したりすることはできるが、それを準創造することはできないのだと私は思います。試みてもまがいものにしかならない。しかしまがいものであっても、それはあくまでファンシーされたアナザワールドですから、それなりの面白さと魅力があればそれでいいのだと思います。そういった意味では『指輪物語』は、トールキンの企図した原生林の再生は成らなかったとしても、魅力あるアナザワールドを創り出していることは認めていいでしょう。しかし、今申しあげたのはホビット抜きの『指輪物語』を考えた場合のことですが、ホビット抜きなら、魅力的な世界ではあっても感動はありませんね。感動は一切ホビットの関わりから生じています。つまり名もなきコモン・ピープルと世界の運命の関わりという、まさに現代的な主題から生じて来ているのです。

近代文学とファンタジー

ここでファンタジーの文学におけるポジションについて考えてみたいと思います。一九九六年、イギリスのBBC放送と、大手の書店組合が組んで「二〇世紀五大小説」という読者投票を行ないました。ご承知のようにモームに『世界の十大小説』という著書がありますから、それにならったのですね。一位は『指輪物語』でした。続いて似たような読者投票がいくつか行われましたが、結果は同じでした。文芸批評家の中には最低と憤慨する人も多かったそうです。まあ『指輪物語』は二〇〇〇年ごろには、一億五千万部売れていたそうですからね。むろん翻訳も含めての話です。人気投票を気に病むことはないけれど、問題はいわゆる純文学も含めての評価ですから、何だ、『失われし時を求めて』や『ユリシーズ』や『アブサロム、アブサロム！』や『城』よりも偉大だというのかと、比較すべからざるものと比較したという場違いな感じが生じても当然でしょう。

いわゆる純文学は近代になって生れて来たのですね。だから『戦争と平和』や『赤と黒』や『ボヴァリー夫人』を、ホメロスやギリシャ悲劇と較べて優劣を論じる人はいなかった。ジャンルが違うからです。この近代小説はやはり歴史的産物、歴史的現象であって、二〇世紀はそういうジャンルが次第に衰退して行った時期なんです。ギリシャ悲劇にせよ、中世叙事詩にせよ、歴史的産物で今はもうそんなものは書けない。近代小説も二一世紀の現在では、そういう滅び去ったジャンルになりつつあるのかも知れません。世界でも日本でも、文学の範囲を広くとって、ファンタジーであれ推理小説であれ、純文学とおなじポジションに入れようとするのが当り前のこととなっています。

なぜそうなったかというと、近代小説はアンドレイ・ボルコンスキーにせよ、ジュリアン・ソレルにせよ、どこにもいない人物を作り出してはいるものの、その点ではファンタジーとおなじであるものの、あくまで個我の表現なのです。「マダム・ボヴァリーは私だ」とフローベールが言った通りです。ファンタジーも含め現代の小説はみな、そういう個我の表現という近代小説の骨格を忌避することから出発しております。語るとは騙るということだという次第で、とにかく面白い変った話を作ろうとする。これは小説が古代以来の物語に帰ろうとしていると言ってもよいかも知れません。前々回、『黄金の驢馬』というラテン小説のお話をしましたが、古代において散文物語はとにかく面白い作り話でした。ルネサンス期もそうでした。そして近代小説の始まりにおいても、ピカレスク小説など全く面白く珍らしいお話でした。小説はノヴェル、つまり珍奇なお話をするものという意味ですからね。しかし、本格的な近代小説はあくまで近代的自我の成立と同義である訳です。つまりルソーに始まる訳です。今日近代小説が終焉を迎えたのは、近代的自我が信じられなくなったからでありましょう。

しかし、近代小説が生み出した描写や叙述のレベルというものはある訳です。それはリアリズムの達成と言ってもよろしいかと思いますが、幻想的な作風の作家たちも、トルストイやフローベールが達成した文体、表現の手法というものは、やはりちゃんと取り入れて来ております。それは何よりも真実への肉迫ということです。

例えば戦闘シーンを見てみましょう。『指輪物語』にはふたつ大きな戦闘シーンが出て来ます。ひとつはサルマンのオーク軍と、角笛城を守るローハン軍の戦いです。もうひとつはペレンノールの野におけるモルドール軍とゴンドール勢の戦いです。両方ともみごとに描かれていて、この物語の読みどころになっています。

『戦争と平和』にもふたつ大きな戦闘が出て来ます。アウステルリッツのいわゆる三帝会戦と、ボロジノの戦いです。アウステルリッツでアンドレイは退却するわが兵を叱咤し、連隊旗を手にして突撃して銃弾に倒れます。このような悲壮さはトールキンも描き得ています。しかし、倒れたアンドレイは一瞬青空を見るのです。いわゆるアウステルリッツの高い空です。それは悲壮さ、勇壮さも含め一切の戦場・戦闘を超越するものでした。人間も歴史も超越するものでした。トールキンはそういうものを描いてはおりません。アウステルリッツの高い空に匹敵するものは全くありません。彼は角笛城の戦いで、エルフのレゴラスとドゥワーフのギムリに、敵の首争いをやらせています。一方が十八と叫ぶと、一方が十九と応じるといった風です。通俗でまさに講談の手法です。

アンドレイはこの時死なず、ボロジノの会戦で重傷を負い、あとでナターシャに看取られて死にます。このボロジノの戦いをトルストイは一大混乱として描いています。トールキンみたいに（まあ、これが普通かとは思いますが）、戦況がどうなっているか、西軍の駆け引きがどうなっているか、トルストイは述べません。ナポレオンは名高い作戦家なのですが、作戦なんて計画だけで、現実の戦闘は別物だとトルストイは考えています。このモスクワ前面の闘いは一応形だけはナポレオンが勝ったように見えますが、実はロシア軍は戦闘力を保持しながら撤退に成功したのであって、ナポレオンはモスクワにはいる前に、すでにボロジノで消耗していたのだというのがトルストイの見方です。

トルストイは会戦の全局面など描かず、たまたま戦場に紛れこんだピョートル・ベズーホフの眼を通じて、トゥーシン大尉とその砲台の奮戦ぶりを描きます。トゥーシンは平凡な男で、何も自分が勇戦して自軍の退却を援護しているつもりはないのです。ぐずぐずして戦場に取り残され、仕方ないから、散々損害を蒙りつつも大砲だけは撃ち続けている訳です。しかし、ロシア軍の無事撤退を可能にしたのは、この愚図なトゥーシンの奮戦のおかげでした。でもそれは誰も知りません。ロシア軍も知らぬし、トゥーシン自身も知りません。トルストイはそんな風にボロジノの戦いを描きました。トールキンにはそんな描法は全くありません。

ナターシャに看取られるアンドレイは、次第にこの世に関心のない遠い存在のようになって行きます。ナターシャに対してもそうです。トールキンの恋人たちは絶対そんなことにならず、死別の際は永遠の愛を誓います。つまりトルストイの描法は真実に迫らずにはおれぬのです。ドーロホフという将校がいてカルタは強いし、ピストルもサーベルも名手だし、バイロン風の誇り高い無頼風なのですが、死に瀕して母の名を呼び、意外な姿をさらけ出します。この男は母ひとり子ひとりの貧しい育ちで、死に瀕してやっと上流階級に対する倨傲な姿勢という鎧がとれたのです。トールキンはそんな風に人物の真実が露われ出るような場面をひとつも描いてはおりません。よろしいでしょうか。一九世紀が達成した近代文学のレベルはこれほどのものです。トルストイだけじゃありません。一流作家はみなこの描法の質の高さを共有しております。私はファンタジーもこの質の高さを継承してもらいたいと思います。しかし現実にはなかなかむずかしいようです。というのはファンタジーは面白く珍らしいお話という「物語」の性格、つまり通俗性に強く規制されているからです。面白くもなく珍しくもない、しかし真実に怖しく触れているようなファンタジーにお目にかかりたいものです。

エドマンド・ウィルソンは政治思想から文学にわたる大批評家ですが、『指輪物語』については「肥大しすぎた妖精物語、言語学的珍品」とにべもありません。詩も散文もひどいし、人物造形も紋切り型の域を越えぬと切り捨てています（『エドマンド・ウィルソン批評集2・文学』みすず書房、二〇〇五年）。トールキンファンとしては言い返したいところですが、こういう批評があることはやはり忘れてはならぬと思います。

プライドと傲慢

『指輪物語』についてはあと二点補足しておきたいと思います。この物語の魅力のひとつは、やはり人間以外にエルフとかドゥワーフとかエントなど、人間と同等あるいはそれ以上の知的生物、というのは言葉を喋る生物ということですが、それが出て来ることです。魔法使いやホビットも同様です。現実のわれわれの世界では、いろんな人種・民族はいる訳ですが、みんな人間。ところがファンタジーでは人間以外に言葉を喋る知的生物が、悪者のオークやゴブリンも含めていろいろと出て来る訳で、そこに一種の多元的な存在空間が現出する。つまり世界が広がるのですね。これは民話や伽話で、河童や山や川の神やお化けや狐狸が出て来て、みな人間と会話する際に広がる空間と同質のもので、そこがやはり妖精物語の強みなのだと思います。

また『指輪物語』の指輪とは何なのかという問題があります。これは核兵器の暗喩なんだという説もひと頃行われたのですが、トールキンはそういうふうに物語に寓意を読みこむのが大嫌いで、核兵器ですって、とんでもない、私がこの物語を構想した一九三六年には核兵器なんか影も形もありませんでしたと、強く打ち消しています。これは人びとを従わせ支配したいという意志の象徴なんですね。そうとしか言いようがない。要するに自分を神としたい思い上りの象徴と言ってもいい。その支配はこの世に究極的な善、すなわちユートピアをもたらす手段なのだという言い訳もありえます。しかしそれも含めて人間の究極的な傲慢の結晶が指輪なのでありましょう。

ルイスには『キリスト教の精髄』という本がありまして、キリスト教入門として定評があるんですけれど、その中でキリスト教で最大の罪とされるのは何かというと思い上りなんだと言っています。自分を神としたい思い上り、傲慢です。と言っても、人間にはプライドが必要でしょう。一寸の虫にも五分の魂というプライドがなけりゃ、やって行けませんよね。このプライドと思い上り・傲慢をどう区別するか、そこには、ここまではいいがそれ以上はダメよという明確な区切りがあるのか。どうもここがむずかしい問題ですね。ルイスもトールキンもおのれを神としたい近代個人主義の批判者で、神に対するへり下りという近代以前の素朴なクリスチャン的信条を復興したい訳ですけれど、そういうへり下りは信仰、つまり神の存在への絶対的信頼と結びついているんだから、これはちょっとわれわれごとき近代人の端くれにはむずかしいことですね。

ですからクリスチャン的立場を離れてものを言うしかないんですけれど、この支配したいという欲望は、子どもの頃のガキ大将、お山の大将から始まって、中小企業のワンマン経営者に至るまで、あるいは権力を争う政治家の世界まで、広く観察される力動なのだけれど、そんなものはちょっと反省してみれば詰らんものだ、空しいものだ、笑うべき子どもっぽいものだとすぐわかります。ですから、そんな自己執着から抜け出すのは簡単です。自分の姿を客観視すればいいだけですからね。ところが、それが出来ない人が案外沢山いるのは不思議です。でもそれはいいでしょう。笑っておけばいいから。そういう人とは関わらぬようにすればよいのだから。

問題は自分の存在をはかないものにしたくないという、至極もっともな欲望ですね。あるいは技芸や学問や認識において、衆に抜きん出たい、少くとも人に負けたくないという、これももっともな願望ですね。これを全く否定してしまったら、何したらいいか、ちょっと途方に暮れますね。ですが、よく考えてみると悪の芽はどうもそういうもっともらしい欲望のうちに潜んでいるらしい。さらに自分も含めて人間の在り方をもっといい方向へ向かわせたいという、これは立派とさえ言っていいような願望だって、人びとを支配し統制するということに結局なっちゃうのね。だから指輪が象徴するのはとても複雑なんです。つきつめるとシンプルなのかも知れないが、現われようは多岐なんです。それは自分のようなものでも生きたい、よりよくより楽しく生きたいというとても原基的な願望がとりうる怖しい姿さえ示しているんです。そうすると火口に投げこんで終りというものでもなくなって来る。指輪は常に生れて来て、私たちは常にフロドになりサムにならなくちゃならぬのかも知れません。まあ私の悪いアタマでこんなこと考えても切りがありませんから、このくらいにしておきましょう。ただ、サルマンにはならないよう心がけたいものです。

最後にトールキンの残した三つの短篇に触れて置きたいと思います。私は思想的に言えば、この三つの短篇は『指輪物語』より深い世界を表現していると思います。

まず『農夫ジャイルズの冒険』という、愉快で楽しい短篇があります。これはごく平凡な百姓が、大金持ちの龍と交渉して富を吐き出させるお話なんですが、そういう勇気と智恵と力のいる仕事をやってのけたのが、王でも貴族でもなくてただの百姓だったというのが読みどころなんです。ちょっとトルストイの民話みたいね。トールキンの社会思想的立場がはっきり示されています。

あとふたつはもっと哲学的なんです。『星を呑んだ鍛冶屋』というのはストーリイが複雑で、含意もまたむつかしいので、時間をとりますからここでは紹介しません。でもとても深いレベルで書かれています。ここではトールキンは、先にトルストイを例に引きましたような近代小説の表現レベルに到達しています。

『ニグルの木の葉』は画描きの話なんです。画描きと言ったってこの男は一枚の木の葉を描くのが好きで、それが一本の木になり、そうすると背景に野原や森や山脈が必要だし、継ぎ足し継ぎ足しキャンヴァスは途方もなく巨大になり、梯子かけて描かなくちゃならなくなってしまった。いろいろ描き加えるだけじゃなく、これまで描いたところをさらに手直しする。だから画は一向に完成しません。ニグルは近く旅に出なくちゃならぬのを知っている。だから焦っているのです。ところが隣にパリッシュという男が住んでいて、こいつがやれ屋根が剝がれた、お前のところにはシートにするキャンヴァスがあるだろう、町まで行って大工を呼んで来てくれとか、煩いったらない。この男は足が悪いし、ニグルは自転車を持っている。ある夜、女房が風邪ひいたから町まで医者を呼びに行ってくれと言う。仕方なくニグルは雨の中自転車で出かけ、自分が風邪ひいて寝こんじゃった。

そして遂にお迎えが来る。そして救貧院に入れられ、そこでいろいろ労働をさせられる。その結果ニグルは、いろいろニグルって切りがない悪癖が直って、所定の仕事を所定の時間内にやり遂げる習慣が身につきました。そして釈放。汽車に乗せられ、降ろされたのは無人の広野。歩いて行くうち、パリッシュが鍬を手にして立っているのに出会う。そのときニグルはわかったのです。自分はこの広野に一本の木を育て、さらに庭を作りたいと思っている。しかしパリッシュといっしょにやらなくっては、実現は不可能だ。そして二人で美しい庭園と家を作り上げるのです。

話はまだその先あるんですが、一応これくらいにしておきます。むろんこの話は論者によっていろいろ解釈されていて、旅とは死であり救貧院とは煉獄のことだという解釈もあります。しかし私にとってこの話は、自分の仕事をなし遂げる上では邪魔で仕方のなかった隣人が、実は仕事の完成に必要不可欠の存在だったという点がかんどころです。パリッシュというのは「教区」という意味なんです。だから教会を共にする隣人たちということですね。つまりニグルは自分独特の木の葉というテーマを持ちそれを完成させたかった。しかしそれを完成するには、これまで仕事の邪魔とばかり思っていた隣人たちの存在が必要だったのだというのです。

これは実に重いテーマです。芸術家の自己完成というだけでなく、人間一般の生が何によって完全な円になるのかという点について、トールキンは明白な主張をしています。明白と言っても、この短篇には解釈を要するいろんな要素がはいっておりまして、それをいちいち解ったという気は私にはありません。ここのところは何を言いたいのかなあ、という部分もかなりあります。ただ隣人については、トールキンは明白な主張をしています。自分が存在しうるのは隣人が存在するからなのです。これがキリストの教えの中心点でもあったことを私たちは思い出すでしょう。

今日は予定を一時間ほど超えて、さぞお疲れになったでしょう。大体、話というのは、喋っている方は楽で、聞いている方が大変なんです。ご苦労様でした。これで終ります。

第六講　『ゲド戦記』を読む

ル＝グウィンの生涯

アーシュラ・K・ル＝グウィンは一九二九年の生まれですから、私よりひとつ歳上です。亡くなったのは二〇一八年一月二十二日、石牟礼道子さんより二十日ばかり前なんですね。お父さんは有名な人類学者アルフレッド・クローバー、お母さんも文筆家で『イシ——北米最後の野生インディアン』の著者です。この『イシ』についてはいつか、『デルス・ウザーラ』とセットでお話ししてみたいのですが、一九一一年北カリフォルニアで、ヤヒ族の最後の生き残りであるインディアンが捕われ保護された。『イシ』はその記録です。

そういう家庭で育ったから、本は一杯ある訳で、幼い頃から彼女は乱読家でしたが、特に神話・伝説、お伽話などにひかれたというのは両親の影響でしょう。そして十二歳の頃、ダンセイニを読み、たちまちとりこになるのです。彼女はその一節を引用していますが、それは『海を望むポルターニイズ』の一節なんです。それと同時にSFの短篇を書くようになった。当時のSFというのは、いわゆるスペースオペラなんですね。つまりインナーランドとアウタースペースが彼女の心の故郷になる訳です。

トールキンを読んだのは二十代の半ば過ぎてからです。と言うのは、『指輪物語』が全巻刊行されたのは一九五五年ですからね。図書館に三冊本が並んでいるのを見ても、最初はなかなか手が出なかった。思い切って第一巻を借り出したら、その夜読んでしまった。そしてあと二日で全巻読んでしまいました。彼女は十代じゃなく、二十代後半になってこれを読んだのは幸運だったと言っています。十代なら、とても扱い切れなかっただろうと言うのです。それまで彼女が小説の作法を学んだのはトルストイとディケンズでした。トールキンを加え、この三人の作品は、何回か数えられないほど繰り返し読んだと言っています。世界文学も数あるなかで、このトルストイとディケンズというのはなかなかの選択です。つまりル＝グウィンは幻視家ではなく根はリアリストなんです。それは『ゲド戦記』のアースシーの世界の描き方にも表われていて、「ナルニア」や「中つ国」に較べると、アースシーの世界はずっと日常性が濃い。白状すると、そこが私の『ゲド戦記』びいきの理由のひとつなんですね。

彼女は大学でルネサンス期文学を専攻し、学者になる道もあったと思うんだけど、まずはSF作家として出発しちゃった。二十一歳の頃からSF雑誌に書くようになりました。結婚も早い。

アーシュラ・K. ル＝グウィン
Copyright © by Marian Wood Kolisch

一九五一年にチャールズ・ル＝グウィンというフランス系の男と結婚し、チャールズが大学の歴史学の先生だもんだから、その赴任地のオレゴン州ポートランドで暮すようになった。あとは作家として、SF、ファンタジーの二本建てで、大変な量の作品を書いた訳です。私はおそらくその半分も読めていないと思うのですが、今日は『ゲド戦記』のお話をするので、その前に彼女の他の作品についてちょっと触れておきます。

ル＝グウィンのSF

私は彼女のSFでは『闇の左手』（*The Left Hand of Darkness*、１９６９）しか読んでいません。しかしこれだけで、彼女のSFの特質はわかる気がします。つまりかなり哲学的なんです。私はもう読みませんけれど、四十歳前後はかなりSFを読みました。もうその頃からSFは相当思索的なものになっておりました。私は娯楽としてしかSFを読みませんでしたから、この傾向には辟易しておりましたけれど、ル＝グウィンのSFはこの点ではラディカルで、『闇の左手』に登場する惑星は、両性具有者の世界なんです。なんとか読み上げましたが、こういう話はもう結構という気がします。とにかく、SFにはもう心が唆《そそ》られません。この小説でいいのは、主人公が友人と北方の氷雪地帯を横断する話で、結局SFならぬリアルなところがすぐれているのです。

一方彼女は七十代になって、『西のはての年代記』（*The Chronicles of the Western Shore*）という三巻のファンタジーを書いております。『ギフト』『ヴォイス』『パワー』の三巻です。これはなかなかいいもので、ちょっとご紹介しましょう。『ギフト』は北方高地に住む特殊な種族の話で、彼らは代々家に伝わる超能力を遺伝的に受け継いでいます。主人公の少年の父は、存在をすべて元へ戻す、つまり生き物でしたらすべてグニャグニャにしてしまう能力を持っている。ところが少年にはこの能力が遂に現われない。仲のよい少女にはその家に伝わる能力、生き物を呼び寄せる能力が早くも現われているのに、彼にはどうしても現われない。一方彼の母は物語や詩が好きで、自分で作った本も持っている。結局少年は自分は魔術によって生きるのではなく、詩《うた》つまり言葉によって生きるのだと自覚し、幼なじみの少女と結婚して吟遊の道を歩むのです。

『ヴォイス』は一転して南方の港町が舞台で、この港町は東方の専制帝国からやって来た軍隊に占領されて久しいのです。主人公の少女はこの町にある古い書物を集めた館に老人と共に住んでいて、書物とみればすべて焼却しようとする占領者たちから、古い書物を守っているのですが、そこに偉大な吟遊詩人とその妻が現われ、それがきっかけになって人々が蜂起して占領軍から解放されるのです。この詩人と妻が『ギフト』の少年少女の成人した姿であるのは言うまでもありません。

『パワー』は一転して中部地方の貴族社会が舞台で、主人公は奴隷の少年、奴隷と言っても学校の補助員をやらされ、そんなに惨めでもないのですが、愛する姉が主人の息子に殺されたのをきっかけに家出し、逃亡奴隷たちが森の中に作っている解放区みたいなところへ逃げこむ。しかしここも一人の独裁者の思うままの世界で、少年はさらに逃げ出して、出身地だと亡き母から聞かされている水郷へたどりつき、そこで自分の血縁者を見出します。しかし魔術使いになる修業を強いられた少年はそこも脱出、最後は学問で名高い街に逃げこむ。そして有名な大詩人の家を訪ねその弟子になる。この大詩人とはむろん『ギフト』のあの少年、『ヴォイス』の吟遊詩人です。

この三部作はリレー小説で結局、言葉の力を信ぜよ、そこにしか生きる道はないと言っているんですね。その意味ではル＝グウィン畢生のテーマなんです。ですが、一篇ごとに主人公を変え、いろんな出来事を詰めこんでいるものだから、印象が万華鏡みたいに散乱して、なるほど世界にはいろいろあるなあという感じにはなるんだけど、統一した訴求力には欠けるところがあります。ちょっと、いろいろ出しすぎよねという感じです。

彼女は二〇〇八年になって『ラヴィーニア』という長篇小説を書いています。これはSFでもファンタジーでもなく、一見すると歴史小説なんです。つまりヴェルギリウスの『アエネーイス』のもじりなんです。アエネーイスはトロイの王族の一人で、トロイ落城の際一族を率いて脱出し、方々を経めぐった末、イタリアのラティウム地方に入植する訳ですね。『ラヴィーニア』はラティウム地方の領主の娘が、テヴェレ川を遡って来るアエネーイス一行を目撃するところから、結局は彼女がアエネーイスと結婚し、さらには夫の死後、トロイ人とラティウム人が対立・抗争を乗り越えて融和に至るまでを描いているのです。なかなかの出来で、ル＝グウィン晩年の秀作と言ってよろしいでしょう。

この小説の特異な点は叙事詩『アエネーイス』の作者ヴェルギリウスが出て来て、ラヴィーニアと再々話を交わすことにあります。ずっとむかし死んだ人物が登場するというのなら、たとえ出来事としては夢幻的であろうが物語にはままあることで、珍しくも何もありません。しかし未来の人間が出て来るというのは、『バック・トゥ・ザ・フューチャー』じゃあるまいし、尋常ではありません。トロイの落城の正確な年代はわからないのですが、仮にトロイ遺跡第七A市の破壊がそれだとすると、紀元前一二六〇年のことです。ヴェルギリウスはアウグストゥスの同時代人、つまり紀元一世紀の人です。となるとヴェルギリウスはラヴィーニアより千三百年ほどあとの人です。つまりこの小説には独特の仕掛けがある訳で、そういう点ひとつとっても、ル＝グウィンというのは一筋縄ではゆかぬ人です。ラヴィーニアは『アエネーイス』の登場人物ですから、ヴェルギリウスはいわばラヴィーニアの生みの親な訳で、それならラヴィーニアの物語に出て来て当然ということにもなりますね。つまりこれは『アエネーイス』を完全に下敷きにした物語で、ル＝グウィンは歴史のとてつもない深みを目指して書いていることになります。

文学としてのSFとファンタジー

さてル＝グウィンにはエッセイ集もあります。私は『夜の言葉』しか読んでおりませんが、彼女が実に光彩陸離たるレトリシャンであるのがよくわかります。まず彼女は、ファンタジーやSFを「子どもの頃は読んださ」と軽蔑するアメリカ人の「大人ぶり」をからかいます。自分が大人だと強調せずには居れぬのは、大人になれていない証拠だというのです。イギリス人は大人だから、自分が大人だと言い立てない。アメリカ人にとって大人とは現実を重視し、現実ばなれのしたことを無益だと軽蔑することです。いやその現実とは何かと言うと、自分は年収何万ドルだとか、車を二台持っているとか、しかるべき会社や組織でちゃんとした地位を占めているといったことです。だから図書館に行って『ホビットの冒険』を借りようとしたら、司書が「そういう教育上無益なものは置かないことにしています」と答えることにもなります。ル＝グウィンはそういう現象を「アメリカ人は龍がこわいのだ」と表現しています。しかし、それこそ逆に現実からの逃避なのです。龍は現実にいるのです。と言えば飛躍したもの言いになっちゃうけれど、龍が象徴するような恐怖にせよ、畏敬すべきものにせよ、誰にせよ、それらはすべて現実の人生に存在するのです。年収とか地位とか、いわゆる「現実」にしがみつく人びとは、現実の人生にみちみちている謎や怖れや問いかけや驚きから逃避するためにそうするのです。そうした意味で最大の逃避文学は株式日報であるとル＝グウィンは言います。

またル＝グウィンはSFやファンタジーを、あくまで第一級の文学作品として書きたいのです。だから、SFならSFだけの作者・読者が「ゲットー」を作ることを嫌います。そういうゲットーの自己内部的な基準に従うから、つまらないSFやファンタジーが大量生産されるのです。これは書き手・読み手・出版者の三者が共働して作り出している、SFとはこんなもの、ファンタジーとはこんなものという基準による検閲が働いているということです。つまり検閲は政治権力が行なうとは限らない。ジャーナリズムの検閲こそおそろしいという話になるのですが、そこでザミャーチンの話になります。ザミャーチンは『われら』というすごいアンチユートピア小説を書いたロシア人ですが、彼女は最初ザミャーチンの名を出さずに、二ページにわたってある作家の履歴について語ります。この二ページが実にすばらしいザミャーチン伝になっているのです。こういう点をとっても、ル＝グウィンの読書の広汎さ、見識の高さは相当なものです。

ル＝グウィンはSF、ファンタジーという特殊な読み物を書いているつもりは全くありません。あくまで第一義的な正統な文学としてSFやファンタジーを書いているつもりなのです。これは実はなかなかむずかしい問題を含んでおりまして、それは前回も申し上げました。しかし、その意義は壮とすべきです。その際彼女は小説は主体を描くことによってのみ文学となると言っていて、これは重要だと思います。そう主張する上で、彼女はヴァージニア・ウルフの一文に依拠しております。それはウルフの『ベネット氏とブラウン夫人』という一文です。邦訳『著作集』の第七巻に収録されています。

ウルフが汽車に乗ったときのことです。前の座席には二人の男女が坐って何やら話しこんでいたのが、ウルフが来たもので気にして一時中断します。女性は年配で、よく繕われ手入れされた服を着ているのですが、そのきちんとした身なりから漂ってくるのは貧しさです。小柄で、深靴をはいた足は床にとどいていません。男はウルフを気にしながら、老婦人に念を押す風なのですが、どうやら彼女の息子に何か不始末があったようです。ウルフはこの婦人をミセスブラウンと名づけました。そのうちブラウン夫人は「樫の木って、二年続いて虫に若芽を喰われたら枯れるんですってね」と言い、男が農園のことをいろいろ説明すると、泣き出してしまったのです。そのうち男が先に駅で降り、続いてブラウン夫人が次の駅で降りました。歩み去る彼女の後姿には威厳があったとウルフは書いています。

ウルフは主人公の年収とか、住んでいる家がどんな造りだとか、外から主人公を描写し規定して行こうとする小説の作り方を批判し、それは人間を客体として扱う社会学にすぎない、小説の主人公はあくまで主体でなければならぬと言います。そして有名な一文、ル＝グウィンも引用している一文が来ます。「わたしは、あらゆる小説というものは、向かい側の席にすわった老婦人から始まると信じている」。

この言葉を受けて、ル＝グウィンはこう書きます。「もしもSFが主体を中心に据えて、そのかぎりなく広範な隠喩や象徴を小説的に生かすならば、それはわたしたちが何者であるか、どこにいるか、どんな選択に直面しているかを、比類ない明晰さで、壮大に、かつ心をかきみだすほどの美しさで描くことができる」。SFという主語はもちろんファンタジーはと言い換えられます。彼女は少くともこれくらいの気概をもって『ゲド戦記』も書いた訳です。

『ゲド戦記』の世界

さて、その『ゲド戦記』でありますが、全六巻のタイトルと刊行年度は資料をご覧下さい。

A Wizard of Earthsea（影との戦い）１９６８
The Tombs of Atuan（こわれた腕環）１９７１
The Farthest Shore（さいはての島へ）１９７２
Tehanu: the Last Book of Earthsea（帰還）１９９０
The Other Wind（アースシーの風）２００１
Tales from Earthsea（ゲド戦記外伝）２００１

日本では『ゲド戦記』の名で通っておりますが、もともとは「アースシー物語」とでも呼ぶべきシリーズです。最初の三巻は続けて出ていますが、第四巻は十八年後に出て、ラスト・ブックとあるのでこれで最後かと思ったら、十一年後にまた二冊出ました。最後のものは短篇が五つ、さらにアースシーの歴史やら言語やらがトールキン張りに述べてあります。さて私は、ゲド一代

アスーシーの世界（『ドラゴンフライ――アスーシーの五つの物語　ゲド戦記５』岩波書店より）

記という形でこの物語をリトールドしてみたいと思います。

アースシーの世界は、『ナルニア国物語』や『指輪物語』の世界とは全く違います。後者は現実のわれわれの世界と次元を異にするアナザワールドですが、アースシーは二点を除けばわれわれの世界とほとんど変りません。諸王国の興亡があり、町や村の暮らしがあり、貿易や商業がありといった点では、みんな人間の、この地球のいつか・どこかにあった姿と変りません。二点とは、ひとつは魔法と魔法使いが存在する、もうひとつは龍が存在するという点です。魔法使いだって龍だって、地球の歴史には存在したよ、それはむしろ人間の歴史が作ったものだよと言いたい方もおありでしょう。それはそうですが、それはあくまでお話の上のこと、想像力の産物であって、現実に魔法が働き龍が生きていたことは一度もありません。アースシーではそれが現実に存在します。

アースシーは多島海の世界です。多島海と言えば、現実にはギリシャ付近、さらには東南アジアが思い浮かびますが、アースシーはそのどちらにも似ていなくて、形状からすると、北米大陸を粉々に打ち割ったときに出現する多島海の感じです。そして決して幻夢的な世界じゃなくて、このわれわれの世界にそっくりという気がします。ことにふつうの庶民の生活が随所で語られていて、こういうささやかな生活の実感が壮大なテーマを裏打ちしているのです。これはルイスやトールキンの場合ないことで、やはりル＝グウィンがトルストイとディケンズに学んだリアリストであることを示しています。

この世界の魅力のひとつは、海風が吹き渡っている感じに満ちていることです。『ナルニア国物語』には海は『朝開き丸東の海へ』にしか出て来ないし、『指輪物語』には海は全く出て来ません。ところがゲドはまさに航海者ですし、海の魅力もおそろしさも物語にふんだんに盛りこまれています。

アースシーには魔法使いと言っても、上は地震をとめたり津波を起こしたり鳥に変身したりする大魔法使いから、下は薬草を煎じたり、ちょっとしたまじないをかけたりする村の魔女に至るまで、いろんな段階があることをご承知おき下さい。また、魔法の根元にはものに名を与えるという行為があるとされていることにもご注意下さい。人間から石ころに至るまで、万象は正しく名づけられることによって、まさしくあるべき人間や石ころになる訳です。ですから名を知ることはそのものを支配することにもなります。人間も通称のほかに本当の名を持っていて、それはそうたやすく他人には明かしません。相手の名を知れば、そのものを支配できるのですから。これは古代人にふつう見られる習俗で、万葉を見ると、女が男に名を知らせるのは肌を許す意志表示とされています。さっき申しました最後の野生インディアン・イシも死ぬまで本名は明かしませんでした。イシというのはヤヒ語で人間という意味にすぎません。アースシーでは六、七歳に本名をつけてもらう慣わしらしく、つけるのは魔法使いです。それは村の魔女でもいいんですが、子どもと二人、森やら川辺やらへ行って、その子の本当の名が魔法使いの頭に浮ぶまで待つのです。

第一巻『影との戦い』

ゲドはアースシーの東北にあるゴントという島で生まれました。辺境の何ということもない島ですが、偉大な魔法使いを生んで来た伝統があります。母は早く亡くなり、兄たちも家を出て、父親の鍛冶屋と二人暮らしをしています。負けん気の強い傲慢な少年でしたが、伯母が魔女で初歩のまじないなどを教えてくれました。空飛ぶ鷹も真の名を呼ばれると舞い降りてきます。伯母はそんな名を少ししか知らないのですが、それでもゲドにとっては驚異です。伯母にはゲドに容易ならぬ力が潜んでいるのがわかっていました。

ゴントのはるか東に四つの島からなるカルガド帝国があって、これは多島海の島々とは違う文化に属しています。言語も違っていて、多島海ではハード語が使われますが、カルガド帝国ではカルガド語を話します。帝国はしばしば兵を出して多島海の島々を侵略するのですが、とうとうゴントにもカルガド兵がやって来ました。人を殺し家を焼いて登って来るカルガド兵を、ゲドは霧を集めて目くらましにかけ、村人とともに全滅させます。そしてこのことがゴントの大賢人オジオンの耳に達し、ゲドは彼の弟子になるのです。この人は若い頃、ゴントを襲いかけた大地震をとめたという人です。

弟子になったのはいいが、オジオンは何も教えてくれない。ただゲドを連れて山野を歩むのみです。ゲドが不服を言うと、すでに教えている、自分の沈黙から学べと言うのです。ゲドは野原で少女と知り合いになります。オジオンの住んでいるのはル・アルビという村なのですが、そこの領主の娘です。この少女から散々挑発されて、ゲドはオジオンの秘蔵する魔術の本をひもとき、呪文を唱えてみる。するとあたりは闇に包まれ、扉のところに怖しい影のようなものがうずくまっている。その時オジオンがとびこんで来て、危いところゲドを救い出すのです。オジオンはゲドが魔術を正しく身につけるべき時機が来たと判断して、彼をローク島の学院に送ります。このロークというのは、アースシーの中心であるハブナーという大島の南に内海がひろがっていますが、その中心にある島で、ここに魔法使いを養成する学院があるのです。

このロークというのは島全体に魔法がかかっていて、意に反する船が来ようとすると嵐を起して近づけない。スウィルという港町も、始終姿を変えているらしい。学院の背後にある「まぼろしの森」も外見と中身が全く違う。学院には、呼び出しの長《おさ》とか名づけの長とか、様式の長とか、九人の賢人がいて、これが教師、ほかに学院長である大賢人がいます。ゲドは入学するとすぐ頭角を現わすのですが、ヒスイというハブナーの貴族の子弟がいて、これがことあるごとに皮肉を言ったり嘲ったりする。一方カラスノエンドウという親友も出来た。素朴で正直な男です。ヒスイに挑発されて、ゲドはエルファーランの霊を呼び出すことができると誇ります。エルファーランとはアースシー世界の偉大な王モレドの妻です。ゲドが呪文を唱えるや天地たちまち晦冥、エルファーランはなるほど瞬時姿を見せたものの、同時に影のようなものが跳び出して、ゲドにつかみかかり、ゲドは死に瀕します。ゲドの命は大賢人ネマールの必死の治療でとりとめられましたが、ネマールは命を磨り減らして死ぬのです。影の爪がゲドの頬につけた四筋の傷痕は生涯残ることになります。

影とは何者か

ところで影とは何者でしょうか。C・S・ルイスが高慢こそ、キリスト教における最大の罪だと申しておりましたでしょう。しかし高慢とは高きよき望みと表裏の関係にあります。オジオンはゲドに希有な精神エネルギーがあることを見抜いていました。その精神の力動は自覚的な働きだけでなく、自覚されない潜在的な欲動でもあります。つまり大いなるよき事を実現しうる魂は、悪しき事を実現する能力も高いということになります。つまり影とは全くユング的な概念で、またユングの用語でもあります。ル＝グウィンは当然ユング心理学を知った上で、影という言葉を用いているのだと思います。こういうと謎ときがすんだみたいで、つまらぬことになってしまいますが、問題は影にどれだけリアリティを与えうるかということでしょう。

ゲドは学院を出て、ロー・トーニングという島に魔術師として赴任します。西方のペンダーという島の龍が九匹の子を生んで、そいつらが島の様子を窺っているというのです。島の子どもが病気で死にかけていて、ゲドは親から何とかしてくれと泣きつかれる。ゲドは黄泉《よみ》の国へ去ってゆく子どもの霊魂を自分も魂だけになって追いかけて行き、見知らぬ星座の瞬く闇の国で石垣のところに着きます。これが黄泉の国の境なのです。ところがそこに影が待ち構えていたのです。ゲドの杖が目のくらむような光を放ちゲドは倒れます。気がついたときは自分の家で寝かされていて、学院以来ずっと飼っていたオタクというリスみたいなペットが、ずっとゲドをなめてくれていたのです。もしオタクがそうしなかったら自分は死んでいたとゲドは思いました。

さてゲドははっきり自覚するんですね。影は自分を見つけ出した以上、自分を追跡し滅そうとするだろう。それで島を去るのだけれど、その前に島人のためにやっておかなくちゃならないことがある。それはペンダーの龍を制圧することです。彼はペンダーに乗りこんで龍に島々を襲わないと誓わせるのだけれど、それができたのは、彼がその龍の名を知っていたからなんです。イエボーと言うんだけれど、ゲドがローク学院でいろいろ古文献を調べていたとき、そういう名の龍が度々出て来た。たぶんそれだと思って呼んだところ、当っちゃったのね。本当の名を呼ばれるというのは支配されることだから、イエボーは歯ぎしりしながら約束させられちゃうの。

さあ島から島へ、ゲドの逃避行が始まって、ついには北方の島の宮殿であわやということになるんだけど、ゲドはハヤブサに変身して、一路ゴント島へ逃げ帰り、オジオンの手にとまるんです。オジオンはゲドに逃げ廻るからダメなんだと言う。自分の方から影を追ってそれと対決せよという訳です。ゲドは小さい舟を仕立てて海に乗り出し、影の気配を追って行きます。その間いろいろとあるんだけど、一番心に残るのは、島ともいえぬ小さな砂州に、流木で小屋を建てて暮していた年老いた兄妹の話ですね。

ゲドは嵐に遭ってこの砂州に打ち上げられた訳で、衰弱しているのを二人は介抱してくれる。ゲドもお礼に塩からい井戸から魔術で塩分を抜きとってやったりする。しかしこの二人はカルガド語しか話さないので、どうしてこんなところで暮しているのか、ゲドにはわからない。いよいよ別れの時になって老女は幼女が着る小さな服を取り出してゲドに見せる。実に豪華な服で、この女はカルガドの王族だったに違いない。ごく小さいときに兄妹でこの州に流されたのだ。さらに彼女はこわれて半分になった腕輪をゲドにくれる。これが実は問題の腕輪なのだけれど、そのことはまだゲドにはわかりません。

ゲドは航海を続けて、南のイフィッシュ島でカラスノエンドウに再会します。彼はローク学院を出て、自分の故郷に魔法使いとして帰っていたのです。カラスノエンドウはどうしてもゲドについて行くという。二人はもうこの先に陸地はないという東の海へ乗り出して行き、ついに影と出会うのです。行方に突然砂浜が現われ、ゲドが舟から降りて砂浜を進んで行くと、前方から影のようなものが歩いて来る。そして互いに名を呼び合って抱き合う。すると影は消滅する。呼んだ名は互いにゲドの一語。つまり影とはゲドの分身にほかならぬことが明らかになったのです。ゲドは影を第二の自己と認め、それと合体することで、人間的統合を遂げた訳です。合体を遂げた瞬間、砂浜は消えてまた元の海に戻りました。

ゲドはいつ影が第二の自己、つまりその名はゲドと知ったのか。最後の数日彼は黙りこんでカラスノエンドウともあまり口を利きませんでしたから、その間に考えついたのか。あるいは抱き合う直前、その名を悟ったのか。ル＝グウィンはその間のことを一切説明しません。また影がゲドの第二の自己であるとはどういう内実を持つのか、それも述べません。だから、その辺のところは一切読者の読みとり、というより感じとりに任せている訳です。作者として正しい態度だと思います。

私は『ナルニア国物語』、『指輪物語』、『ゲド戦記』の三者では、『ゲド戦記』が一番だと思っておりました。この度読み返してみて、これはみな三者三様、比較してどれが上というのはナンセンスということがわかりましたが、それでも自分としては『ゲド戦記』がやはり一番感銘が深い。なぜかというと、自分は何者か、人としてこの世に生まれるとはどういうことなのか追求しているのは、三者の中では『ゲド戦記』だけだからです。『ナルニア国物語』はそんなこと追求しておりません。それはそれでいいのです。あの無条件の幸福感は『ゲド戦記』にはありません。『指輪物語』もおなじくそんなことは追求していません。あれは壮大な光と闇の大叙事詩というだけで十分なのです。ですから、優劣ということではなく、自分にとっての切実さという点で言うのですが、そうなるとやはり『ゲド戦記』が一番である。

ということは、三者のうちではこれが一番近代小説に近いということだと思います。そしてやっぱり私という人間が、近代小説の中で文学という概念を形作って来たからだと思います。近代小説というのはロマン派にせよ写実派にせよ、それ以前の文学とジャンルが違うと思わせるほど違っています。近代小説はみな自我という一点から発しておりまして、自然や社会に没入せず、それらを客体として精密に描写しながら、その客体に主体として立たざるをえない自分とは何者か問うのです。自己というものが自覚的に叙述の主体となるので、客体の描写もリアルになる。これは写実派だけでなくロマン派の場合もそうで、ここに広い意味での近代リアリズムが成立するのです。ノースロップ・フライは文学の様式を五つに分けていて、その四番目の「他の人間にも、環境にもまさっていない主人公」の物語を「低次模倣」と規定していますが、それが近代リアリズムです。

いま問題にしている三者のうちでは、『ゲド戦記』だけがこの近代リアリズムの描法に近い。ふつうの人間の、ということはいろんな職業の人間の生活描写が出てくるのは、三者のうち『ゲド戦記』だけなのも、そのことに関連しております。そして私という近代小説の申し子は、そういう描法の中に再現される世界、つまりいかに生きるかということが、おのがじし喫緊の課題となる世界に、やはり落ち着くのです。すなわち私は古いのです。

第二巻『こわれた腕環』

さて第二巻に進みますが、これは打って変って、カルガド帝国の四つある島のうちアチュアンの話です。ここには大神殿があって、大巫女のもとで外部とは一切隔絶した生活が営まれている。その大巫女が死ねば、チベットのダライ・ラマとおなじく、生れ替りの女子が探し出されてあとを継ぐ。主人公のテナーはまだ十代の大巫女です。実権は部下の巫女たちに握られていて、自分は傀儡だと思うとやりきれない。また外の世界への憧れもある。唯一のプライドは地下の大迷宮にあります。そこの玄室より奥にはいれるのは彼女だけですから、そこでは全く自分が主人公になれる訳です。度々大迷宮を探索するうちに彼女は、いったんはいったら出て来れぬような迷路に精通してしまいます。

彼女はあるとき迷路の中に人がいるのに気づく。杖を持っていて、その先がぼうっと光って暗闇を照らし出している。これがアースシーの魔法使いというものだと直感した彼女は、玄室の鉄の扉まで駆けつける。案の定、扉は開いている。迷路へはこの扉からしか行けません。彼女はその扉をしっかり閉じてしまいます。これは迷路の内側からは開けられぬ扉なのです。こうやって男を閉じこめてしまって、その後どうなったか、地上に設けられたのぞき穴から観察するのが彼女の日課になってしまった。男が扉のところで呪文を唱えて何とか開けようとしているところも見ました。だんだん弱ってゆくのをずっと観察しました。そして魔法使いが衰弱して遂に倒れ伏すと、彼女は水と食べものを少量その傍らに置いてやります。そういったことを繰り返すうちに、彼女はこの男、もちろん実はゲドと話を交わすようになります。

第一巻から何年経っているのかわかりませんが、ゲドはもう立派に完成した魔法使いです。彼はエレス・アクベの腕輪の欠けた半分を探しに、この迷宮に潜入したのです。腕輪の詳しい説明も、それがこの迷宮にあるとどうして知ったのかも、一切説明はありません。ゲドが影との合体を果したあと、どういうことをして来たのか、それも一切説明なしです。エレス・アクベの腕輪についての完全な説明は、シリーズ第六巻の付録でなされています。ル＝グウィンはトールキンから圧倒的に影響されていて、それはモレドとか、エルファーランとか、カレゴ・アトとかいった固有名詞の音韻からして明白なのですが、トールキンが『シルマリルリオン』その他で、中つ国の歴史や言語について述べ立てたのと同様、第六巻の付録でアースシーの歴史や言語について作り立てております。全くご苦労なことで、読者がこの部分はほとんど読まないだろうという点もトールキンとおなじです。ただし、先に申し上げたように両者の作風は全く違います。

その第六巻「付録」の説明によりますと、これはもともとモレドの腕輪で、絆を意味する神聖文字が彫り込まれていて、この世に平和な統治をもたらす作用がある。大魔法使いのエレス・アクベがカルガド帝国に使節として派遣されたとき、これを平和の印としてソレグ王に進呈しようとした。ところが祭司長のインタシンがソレグ王に反対して平和を拒否し、エレス・アクベと闘う。このインタシンというのが大した魔力の持ち主で、エレス・アクベは敗れて倒れ伏す。腕輪は折れて半分はインタシンが得、残りの半分はエレス・アクベが自分を看病してくれたソレグ王の姫に与える。エレス・アクベは結局アースシーに敗退するのですが、腕輪はソレグ王の末裔に伝えられ、その最後の兄妹がそれを持ったまま例の砂州に流されて、それがゲドに渡ったのは第一巻にある通りです。ですから、ゲドは腕輪の半分はすでに持っている訳で、残りの半分を探しにこの迷宮へはいりこんだのです。インタシンは自分が得た半分の腕輪を迷宮の大宝殿に献納していたのです。

テナーは、この男は殺さねばならぬという考えと、生かして使命を果させてやりたいという思いに引き裂かれるのですが、結局大宝殿にゲドを案内して、腕輪の欠けた半分を発見させます。ゲドはこの時はもう完成した人格に達していて、その気負いもなく淡々とした言動と人格がテナーをひきつけたのです。結局ゲドはテナーを連れて神殿を脱出するのですが、二人が脱出したあと神殿は崩壊しました。迷宮も埋没したことでしょう。アチュアンの大地の古い神が怒った訳で、二人は港からハブナーへ向います。第二巻はここで終りますが、ハブナーの都に立つ塔の上にこの腕輪を掲げるという、晴れがましい仕事が二人を待っていたことは、第四巻の記述で明らかにされます。

第三巻『さいはての島へ』

第三巻はこれより二十数年後のこととされています。ゲドはこの時ローク学院の大賢人になっていますが、彼がその地位にあったのは六年間で、これはその最後の年の出来事です。エンラッド島から十七歳の王子アレンがやって来て、ゲドに父王からの伝言を告げるところから始まります。ハブナー港の宮殿に在ってアースシー全体を統べる王は、この時は空位になっているのですが、もともとはエンラッドの出身で、エンラッド王家の王子アレンは、ハブナーの王位に就く資格を持っているのです。その手紙によると、いたるところで異変が起っている。魔法が利かないし、貿易はさびれるし、何か闇の力がどこからか流れこんでいるらしいというのです。そういう噂はロークにもすでに届いていたのでしょう。ゲドは賢人たちと協議の上、アレンを連れて闇が流れ出す源を探る旅に出ます。二人が乗って行く小舟は、ゲドが影を追う旅に用いた「はてみ丸」でした。

まず南のワトホート島へ行きましたが、ここでも調子が狂っていることが一目でわかりました。

ハジアという麻薬の中毒者が溢れています。ここではアレンが海賊に捕われ、それをゲドが救出する一幕があって、次に向ったのがさらに南のローバネリーです。ここは有名な絹の産地なのですが、この数年産出がとまり、染色を引き受けていた魔女も心神を喪失しています。二人は西へ向い、ある島でゲドは槍を投げかけられ重傷を負います。この頃、アレンは大魔法使いらしい面影を見せないゲドへの不信感に悩まされていて、傷ついたゲドをほとんど放置するのですが、幸い筏の大船団に出会い、ゲドは手当を受けて回復します。

これは上に小屋を建てた大きな筏の、七十隻ばかりの大船団なのですが、彼らは毎年秋に大砂丘に行って筏の修理をするほかは、ずっと海上で暮しているのです。彼らの暮し振りと、それにとけこむ二人の様子はとても楽しくて、この巻随一の出来映えだと思います。

しかしこの海上の民にも、祭の際唱い手が突然歌詞を忘れるなど、異変が起こりかけている。そして龍が飛んで来て、ゲドに自分について来いと伝えます。異変の源に案内するというのです。この龍はオーム・エンバーと言って、エレス・アクベと戦い相討ちになって死んだオームという龍の血を継いでいるのです。二人は筏の民と別れ、はてみ丸での航海を再開するのですが、途中の島で龍の無惨な死骸を見ます。どうも共喰いしたらしい。龍はもともとそんなことはしないのです。そして着いたところが西の涯のセリダー島。ゲドはこの禍いをひき起こしたのは、ハブナーでクモと呼ばれていた邪悪な魔術師ではないかと思っていたのですが、やはりそうだった。エレス・アクベとオームが戦って共に死んだという因縁の浜辺で、ゲドは鋼の杖を持ったクモに襲いかかられますが、オーム・エンバーがクモに覆いかぶさり、自らは杖に貫かれて死にながらゲドを護ったのです。逃げ出すクモを追って、ゲドとアレンはやがて例の石垣に達します。ゲドが以前魂だけになって訪れたことのある黄泉の国の石垣はセリダーにあったのです。石垣を乗り越えた二人は結局クモを倒すのですが、問題はクモが作り出した黄泉の国からこの世に通じる抜け道でした。これを通って一切の悪しきものがこの世に流れ出していったのです。ゲドは全力を傾けてこの抜け道の扉を閉じます。倒れ伏したゲドを抱いたアレンは来た道を戻って海岸に達するのですが、途方に暮れたアレンの前に舞い降りたのが龍一族の長であるカレシンでした。

二人はカレシンに乗ってロークへ向います。アレンはロークで歓迎されますが、ゲドは降りるのを拒み、カレシンはゲドを乗せたままゴントへ向うのです。つまりこのときゲドは大賢人の地位から降りたのです。というのは、クモの作った抜け穴を塞ぐのにすべての力を使い果していたからです。彼は魔法など一切使うことのできないただの人になったのです。しかし私たちはセリダーに着いてすぐ、つまり力を使い果す前に、ゲドが「ル・アルビへ帰りたい。行為も術《わざ》も力も教えてくれぬもの、ずっと知らずにいたものを学ぶだろう」と考えたことに注目せねばなりません。

ここで一応三部作が完結したのですが、ル＝グウィン自身は第一巻、第二巻はわれながらよく出来たが、第三巻は出来がよくないと語っています。私の見る所では、第三巻も前の二巻に劣らぬ出来栄えだと思うのですが、ただ状況や事態がいろいろ複雑になっているのは事実で、ル＝グウィンはそこがうまく捌けていないと感じたのかも知れません。

第四巻『帰還』――テナーとの再会と結婚

第四巻はアチュアンから脱出した以降、一切言及のなかったテナーのその後を語るところから始まります。テナーはいまやヒウチイシという農夫の寡婦として、ゴントのかしの木村の農園で暮しています。娘は近くの港町の商人に嫁いでいますし、息子は水夫になって家に寄りつきません。しかし養女のようにしている女の子が一人います。この子は川辺の焚火をした跡で、ひどい火傷を負ってみつけられたのです。顔半分が焼けただれ、片手は棒のようになっています。流れ者の四人家族がいて、両親と若い男がこの子を焼き殺そうとしたらしいのです。テナーはこの子をテルーと呼んでいます。

そのうちル・アルビのオジオン老人の容態が悪いから看護に来てくれという連絡があり、テナーはテルーを連れて出かけます。オジオンは数日中に死ぬのですが、テルーに並々ならぬものを感じたらしく、この子には学ばせよと言い残します。ゲドを乗せたカレシンがル・アルビに着いたのはその数日後でした。テルーは二十五年ぶりにゲドと会ったのです。ゲドは衰弱していて、なかなか回復しなかったのですが、ようやく元気になっても全く生彩がありません。自分が一切の術を失ってしまったのが、そんなに応えるのかなとテナーは思います。テナーにすると、ゲドはゲドでありさえすればよいのですから。ちょうどアレンがハブナーで王位につき、戴冠式に来てほしいというので使者が現われます。するとゲドは会いたくなくて、逃げ隠れするのです。

ル・アルビの領主のところに若い魔法使いがいて、これがテナーに悪意を持っているらしいし、テルーを焼き殺そうとした三人組が領主の館に出入りしているし、それに農園をほったらかしている訳にもゆかぬし、テナーはゲドとテルーを連れてかしの木村へ帰ります。しかし、ゲドは落着かぬらしく、すぐ山地の山羊の番人になって去って行きます。ある夜三人組がテナーの家に夜分押し入ろうとし、ちょうど来合わせたゲドのおかげでテナーは助かります。これが機縁で、二人は結婚するのです。アチュアンからの脱出行を考えれば、もっと早くそうなって然るべきだと思うのですが、魔法使いというのは独身が原則なんですね。

ところが息子が帰って来て、今度は家に居つくらしい。テナーは農園を息子に譲って、ゲドとテルーを連れて、ル・アルビのオジオンの家へ戻り、新世帯を持ちます。そして二人はいつまでも幸わせに暮らしましたと来ればいいんですが、なぜかアスペンという魔法使いがゲドとテルーに悪意を燃やすのです。この魔法使いは年老いた領主のまだ生きたいという願いをみたすために、孫の命を吸い取らせているという噂があります。かつての伝説的な大魔法使いが一切の術を失ったただの人になっているのを見て、嘲り笑いたいのでしょう。とうとう二人に術をかけ、犬のようにつないでル・アルビの崖っぷちに連れて行き、二人が互いを突き落とすように仕向けるのです。その時でした、龍のカレシンが翔び来って、アスペンと護衛兵を圧し潰してしまったのは。実はその前にテルーが崖の上からカレシンに呼びかけていたのです。カレシンはテルーに「わが子よ」と声をかけて翔び去ります。ここで第四巻の終り。

さてこの第四巻は、すばらしいところとどうにもならぬゴチャゴチャが同居していると思うのです。まずすばらしいのは、ゲドが一切の術の力を喪ってただの人になってしまうところです。ゲドがセリダーに着いたとき、ル・アルビへ帰って、一切の魔術が教えてくれぬもの、ずっと知らずにいたものを知りたいと思ったことは先にお話ししましたね。教えてくれぬもの、知らずにいたものとは何でしょう。ズバリ言ってそれは女と暮らすことでしょう。この女を知る、女と暮らすというのは、ごく普通の生活の基本です。ゲドは苦労して、若い時は影と死闘して魔術を極めた。アースシーの世界では魔法とは学問のことなのですよ。術を身につけるというのは、世界を最も深いところで理解し、それと交渉するということです。一生の目標にしてよいことです。ところがそれを一切失ってただの人になってしまっても、そのただの人の何ということはない平凡な一生は、大魔法使いの輝しい一生と等価だというのです。あるいは一歩進んで、そういう平凡な一生こそ最高の価値なのだ、魔術に意味があるとすればその価値を擁護することにあるのだ、だから魔法すなわち学問・知識の世界を極めようとする精進が、そのまま何ということのない普通の生活へ帰ってゆくことでなければならぬのだというのです。これは相当深い考えです。

そして女と暮らすという経験は、単に性的なことだけでなく、むろんそれが中核ではありますが、男が人間として統合されることですからね。女の場合、男と暮らすことが同様の意義を持つでしょう。ゲドがテナーと夫婦になって、どんなよろこびやおどろきを覚えたか、ル＝グウィンさんは何も語っていませんね。おそらく彼女はこういったことを語るにはシャイすぎるんでしょうね。私の読んだ限りでは、ル＝グウィンにはロマン派的な異性愛への願望はないようです。ゲドのテナーとの暮らしをもう少しちゃんと描けていたら、ゲドの何か自信を失っただけの情けない感じが消えたと思うのですけれど。

どうにもならぬところに話を移しましょう。この巻ではテルーという女の子が邪魔なんです。

この女の子がいないと、肝心の結末が成立しませんから、そこにこの子の必要性が出て来る訳でしょうけれど、一体なぜこの子が親たちから焼き殺されようとしたのか、また親たちが何でこの子を取り戻したいのか、親たちとアスペンはどういう結びつきがあるのか、しかも最大の問題として、なぜこの子がカレシンの子なのか、一切訳がわかりませんね。この巻のタイトルはテハヌーであって、これはテルーの本名ですから、この子が重大な存在なのは動かぬところです。そのテハヌーの正体不明、というよりその在り方の筋の通らぬことが、読んでいてどうにもならぬ違和感を生むのです。テハヌーは次の巻では、自分が龍になっちゃうの。一体、人間がそのまま龍になるなんて。お話なんだから黙って聞けったって、話全体の作りがお伽話風じゃなく、あくまで近代文学的なリアルな描法なんだから無理です。テハヌーは魔術師じゃないんだから、龍になるのは術によってではなく、何か因縁があってそうなるはずです。それがわからないんです。おそらく、ル＝グウィン自体がわからないんじゃないか。こういうのを生煮えと言うんです。

第五巻『アースシーの風』

さて、第五巻でありますが、これもゴチャゴチャ詰めこんで生煮えです。とくにカルガド王女がハブナーにやって来て云々など、要らぬ話です。しかも、龍になった女というのが出て来るんだけど、これもテハヌー同様訳のわからぬ存在です。この女が龍になる次第は、第六巻に収められている『トンボ』という短篇で語られているんですが、これを読むとなお訳がわからない。第五巻のテーマは昔起きた龍と人間の世界分割協定にあるんだけど、龍と人間はもともと同種の存在だったが、この分割の結果、適応放散が生じてそれぞれ違う種になったと言う。それは無理だね。人間と猿の分離にさえ何十万年もかかってるんだから、龍と人間ほどの違いが生じるには何百万年もかかっちまいますよ。だって適応放散なんていうとダーウィンだから、無理ですって話になる。この第五巻は書かない方がよかったかも知れません。

ただ、ハンノキという男が悪夢に悩まされて、ゲドに相談に来る冒頭はかなりいい。ゲドは落着いた頼り甲斐のある老人になっていて、大変いい感じ。しかもハンノキの見る夢が問題含みなのです。彼の愛妻が死んで夢に出て来る。それも例の黄泉の国の石垣のシーンなんです。彼女は石垣越しにハンノキにキスする。しかしその後は出て来るのは青白い群衆だけで、ハンノキに救ってくれと訴える。この悪夢のおかげでハンノキは落ち落ち眠られぬ状態になっているのです。

これは実は黄泉の国の性質としては異常なのです。黄泉の国へ行けば、生前どんな仲であろうと、見知らぬ者同士になっちゃって、行き会っても知らぬ顔というのが定めなのです。ただ亡霊としてうろうろしているだけです。これはギリシャ神話のハデスというのがそういうものなのですね。アキレスが死んでも行きたくないと言う筈です。ですから、ハンノキの妻が石垣越しにキスするはずがないし、また救ってくれと大勢が石垣におし寄せるはずもない。そういうことが起っているというのは、黄泉の国の性格が変りつつあるのかも知れない。石垣なんてものも実は夢幻しで存在しないのかも知れない。そうすると、これまでロークの学院なんか作って世界を魔術で調整しようとして来たやり方も、変わって行かねばならぬのかも知れない。これは一大知的課題というだけでなく、世界を存立させてゆく上の重大問題です。こういう大問題を提起している癖に、この巻は全く答を与えていません。というより与えようとしていません。思うにこういうことに辻褄の合うように答えようとすると、とても筋立てが立たないのですね。現にこの巻は黄泉の国の異変にせよ、龍と人間の関係の再設定にせよ、納得のゆく話の収め方が全く出来ておりません。さすがのル＝グウィンさんも風呂敷を広げ過ぎた感があります。

第六巻は五つの短篇を収めています。さっき言いましたように、『トンボ』など訳がわからないのですが、あとの四つはまずまずいい出来で、特に『湿地にて』という短篇はいいです。これには大賢人時代のゲドがちょっと出て来ます。

今日もまた三時間の長話になってしまい申し訳ありません。大したことも話せなかった気がしますが、私としてはゲドがただの人になっちゃったというところがいいなあ、このシリーズはこの一点に収束してるんだと思っている次第で、その辺は何とかお話し出来たかと思います。

第七講　マクドナルドとダンセイニ

ジョージ・マクドナルド——幻想文学と童話

今日はジョージ・マクドナルド（一八二四〜一九〇五）と、ロード・ダンセイニ（一八七八〜一九五七）についてお話しします。マクドナルドの童話『王女とゴブリン』『王女とカーディー少年』はトールキンの少年の頃の愛読書でしたし、彼のファンタジー『ファンタステス』が若きルイスにショックを与えたことは先にお話ししました。ダンセイニはル＝グウィンの少女時代の愛読書でありますが、トールキンもルイスも読んでいないはずはありません。

マクドナルドは今ではほとんどの英文学史にも記載されておりません。それは児童文学やファンタジーの作家は文学史では扱わない習わしがあるからでしょうが、実は在世中は相当著名な文学者であったのです。そのことはお配りした資料の写真を見てもわかります。サッカレイ、マコーリー、リットン、カーライル、ディケンズ、コリンズと一緒に写っている訳で、こういうビッグネームから仲間として遇されていたのです。しかし彼が当時書いていて、それによって文壇の一隅を占めていた小説は、今日全く忘れられてしまっていて、残ったのが童話作家・ファンタジー作家としてのマクドナルドなのです。

彼は一八二四年スコットランドで生れています。ディケンズより十二歳下、ドストエフスキーより三歳歳下、トルストイより四つ年長ですが、まあ彼らとおなじ世代と言っていいでしょう。八歳のとき母を亡くしていて、この点はトールキン、ルイスとおなじです。ファンタジーというのは母恋いの文学という一面があるのかも知れません。アバディーンのキングズカレッジに学んだのですが、一八四二年つまり十八歳の頃に、北スコットランドのさる大家の蔵書目録を作りました。そこで初めてノヴァーリス、ホフマンなどのドイツロマン派に接し、さらにヤコブ・ベーメやエックハルトなどの神秘思想家を知りました。つまり一生の志向が定まった訳です。

ロンドンに出て組合派教会の牧師になったんですが、この牧師さん、異教徒も救われるとか、動物だって天国へ行くなどと説教するものですから、教会の幹事たちが仰天して、辞めてもらおうということになった。給料下げたら辞めてくれるだろうってんでそう通告したら、それじゃ暮しを切り詰めねばなりませんねって言って辞めない。何だか人柄が窺われますね。

結局本書いて暮すことになるんですが、第一作が『ファンタステス』（一八五八年）。これはあとでお話ししますが、徹底的に訳のわからん幻想小説で売れるはずがない。もっとも一応話題にはなったらしい。というのはルイスが十六歳ころ読んだとき、ずっと前から気になっていたのをやっと読んだと言ってますからね。刊行後五十数年たっての話です。幻想小説はこれと、あと晩年になって『リリス』を書いて

ジョージ・マクドナルドと当時の文豪たち。後列左端からマクドナルド、フルード、コリンズ、トロロープ。前列左端から、サッカレイ、マコーリー、リットン、カーライル、ディケンズ

マクドナルドと娘のリリー、撮影はルイス・キャロル（『王女とカーディー少年——マクドナルド童話全集2』太平出版社より）

いるだけです。『ファンタステス』のあとはいわゆる「菜園派（ケイルヤードスクール）」の小説を四十ばかり書いた。これはスコットランド農民の生活を写実的に描写したもので、これで彼は文壇人として認められるようになったのですが、今日これらの作品を読む人はいません。

マクドナルドは十一人の子どもがいて、その大家族を職業作家として養った訳です。作家としての彼のもう一面は童話作家でした。『黄金の鍵』（一八六七年）、『王女とゴブリン』（一八七一年）、『北風のうしろの国』（一八七一年）、『王女とカーディー少年』（一八八二年）などは今日でも読まれております。特にわが国では読まれていて、太平出版社というところから『マクドナルド童話全集』が十二巻出ています。もっともこの中の一巻は『ファンタステス』ですけれど。ルイス・キャロルと一家ぐるみつき合いがあったのは、やはり童話作家同士という縁でしょうね。キャロルの『不思議の国のアリス』はアリスという実在の少女に彼が語って聞かせた話が元になってるんですけれど、彼は本にする自信がなくて、原稿をマクドナルドの長男のグレヴィルに読んでもらった。グレヴィルは「大丈夫。六万部は売れる」と保証したそうです。キャロル

マクドナルド夫人、その子どもたちとルイス・キャロル
(『王女とカーディー少年――マクドナルド童話全集2』太平出版社より)

はドジソンというのが本名で、オックスフォードの数学教師だったんですけれど、当時傑出した肖像写真家でもあって、マクドナルドと娘のリリーを撮った写真は有名です。ごらん下さい。マクドナルドはまるでキリストみたいですね。キャロルがマクドナルド夫人と彼女の四人の娘と写った写真もごらん下さい。ルイスが少女大好きで、彼女らのヌードもひそかに撮っていたことはご存知だと思います。

マクドナルドは結核で、それがうつって若死している子もいます。何しろ十一人の子どもですから生活も大変だったでしょうが、でもマクドナルドはよく稼いで幸せな家庭を築いているのですね。一家でお芝居を定例のように上演したりしていて、長女のリリーは舞台女優になるよう誘われたそうです。つまりこの人は向日的で、一生も決して暗くないんです。ちゃんとした家庭を作るべく現実的に頑張れた人です。ただスイスで過した晩年の十年間は、言葉が出なくなって意志不通だったと言います。

さて彼のふたつのファンタジーですが、これある故にマクドナルドは一九四〇年代に復活しました。詩人のオーデンが「夢の文学」(ドリーム・リテラチャー)ともち上げたものですからね。ドリーム・リテラチャーなんて言い方はそれまでなかったんです。このオーデンの文章は『わが読書』(晶文社)にはいっています。今日マクドナルドのファンタジーの評価は確立していると言っていいでしょう。ルイスも「神話創成の芸術」と太鼓判捺してますからね。とくに『リリス』は凄いということになっている。実はマクドナルドがこれを仕上げたとき、奥さんが発表しないでちょうだいと頼んだそうですからね。それほど気違いめいた幻想ということです。

ところが私はこの二作は全然ダメなんです。端的に言って読めない。もちろん仕方ないから読みましたよ。特に『ファンタステス』は二度読みました。しかし、とにかくごちゃごちゃしているし、とりとめがないし、それに話や描写がくどい。趣向を凝らした幻想もちっとも面白くない。第一再話することが困難なんです。ということはすっきりしたストーリーがないということです。『ファンタステス』には詩が一杯はいっているんですが、オーデンは「詩才なし」と言っている。またルイスも「もし文学を言葉を媒体とする芸術と定義するなら、マクドナルドは二流にすら位しない」と言っています。とにかくどんな話なのか、ざっとお話ししましょう。

『ファンタステス』と『リリス』

『ファンタステス』の主人公は二十一歳の誕生日に、亡き父の書斎にはいって机を調べます。

ところが戸棚の扉を開くと小さな女がいて、みるみる大きくなったかと思うと自分は二百三十七歳だと言う。この女に指示されて森の探索行が始まるんですが、トネリコの木に追っかけられたり、ブナの木に優しく慰められたり、一体何してるんだかわからない。そのうち洞窟で苔に覆われた大理石を発見、苔を剝いだら女人像になって歩み去った。女人のあとを追うと、何とガラハッドに出会う。ガラハッドというのはアーサー王伝説に出て来る騎士です。

主人公は大理石の女に惹かれているのだが、どうも彼女はガラハッドの情人らしい。そのうち神秘な宮殿が出現したり、ガラハッドとともに敵と戦って倒れたり、気がついてみるとわが家の近く。二十一日間の放浪の旅だったと言うのです。これ何でしょうかね。夢といえば夢に違いない。夢だからとりとめがなくったっていいという理屈も成り立つ。しかし夢とは基本的に慕わしいもの、遠くにあって瞬時しか貌を見せぬものであるからこそ慕わしい。ところが私はそんなもの、この幻想譚に全く感じないのです。とにかくごちゃごちゃ詰めこんだなあという感じです。フロイトだってユングだって、これ分析しろと言われたら困るんじゃないかなあ。

『リリス』の方はもっとロマンス仕立てです。あるマナーハウスの図書室に、ときどき不思議な人影が現われる。従僕によると、ひい爺さんの代から出没しているという。主人公がそれを追ってゆくとカラスに変身してしまう。さらについて行くと墓所があって、ずらりと並んだ棺台の上に死人が横たわっている。カラスは老人に変っていて自分はアダムでここの管理人だという。イヴもちゃんといる。主人公は森の中へ冒険に行くことになり、巨人たちにつかまる。救ってくれたのは子どもたちの集団である。この子たちは歳をとらない。離れたところに町があり、その城にはリリスという魔女がいる。主人公は子どもたちとリリスと戦う。と、まあこういった話で、正確に再話したってしようがないから、これくらいの紹介にとどめます。これもくどいし、ごちゃごちゃしているし、第一、何を指向しているのかよくわからない。まあ悪夢というのはそんなものなのでしょうね。リリスというのはアダムの前妻、つまりイヴと結婚する前、アダムの妻だった女です。これはアポクリファと呼ばれる外典聖書に出てくる悪女で、中世はインキュバスという男に淫夢を見させる魔女と同一視されていました。マクドナルドはリリスは悪女にあらずと言いたいんでしょうね。

申訳ありませんが、私はこの二篇はダメなんです。感応しないのです。しかしオーデンとかルイスが評価してるんだから、それなりのことはあるんでしょう。私はマクドナルドの幻視家としての才能は、実は童話において開花していると思うのです。マクドナルドの童話では『金の鍵』というのが、トールキンが絶賛しているというので有名ですが、実はトールキンは別なところではくさしているんですよ。出だしはいいですよ。男の子が虹の根本で金の鍵をみつけて、鍵があるならそれで開くものがあるはずだと探索行に出て、いろいろ不思議な人物に出会うという話です。しかし、例によって思わせぶりみたいな設定ばかりで、私は決して成功作とは思いません。彼の童話でいいのはアイリン王女とカーディー少年が出てくる二作です。

アイリン王女とカーディー少年

これは大して深みはないんです。ただ大変楽しいよく出来た話です。第一作の『王女とゴブリン』の舞台は王女が住んでいるお城みたいな館です。父親の王様は遠く離れた都に住んでいて、時たま訪れるだけ、母はもう亡くなっています。館の近くには銀山があります。カーディー少年はお父さんと一緒にこの銀山で働いています。この銀山の地底には、坑道に接してゴブリンが棲んでいます。もとは地上で暮していたのが、人間との戦いに敗れて地底に逃げこんだのです。従って人間に敵意を持っています。ゴブリンは動物たちも養っていますが、これも長い地下生活で奇怪な形に変ってしまっています。

アイリン王女はある日、館のまだ立ち入ったことのない領域にはいりこみ、すっかり迷ってしまうのですが、ある扉の前に立つとブーンと音がしていて、やがて「アイリン、おはいり」という声がする。はいると広い部屋に美しい老女がひとりいて糸車を廻している。それはそれは美しい糸が紡がれていて、それはクモの糸だというのです。老女は「私はアイリン、あなたのひいひいお祖母さんよ」と言います。というのは百二十歳以上歳上ということね。「お祖母さん、何喰べてらっしゃるの？」「鳩の卵よ、クモの糸も鳩が集めてくるのよ。」「王冠はどこにあるの？」「寝室よ、来てみる？」豪華な寝室でした。天井に月のような不思議な光を放つ球体がかかっていました。老女は立つと、丈の高いみごとな若い美女に変身するのでした。お祖母さんはこのことはおつきの乳母に話したらだめと念を押します。「本当にされませんからね。」下に降りてみると、乳母はアイリンが行方不明というので大騒ぎしていました。

ある日アイリンは乳母と野山へ遊びに出て、思わず帰りが遅くなってしまいます。あたりは暗くなるし、いつの間にかゴブリンに取り巻かれてしまいます。その時ツルハシを肩にして唄を歌いながらやって来たのがカーディー少年。彼は即興の唄でゴブリンを退却させてしまいます。ゴブリンは唄でからかわれるのが大嫌いなのです。

カーディーがある日坑道を掘っていると、ゴブリン一家の会話が聞えます。距てる岩の層がよほど薄くなっているのです。カーディーは穴を掘ってゴブリンの国へはいりこみ、彼らの大集会をひそかに立ち聞きします。ゴブリンの王子の嫁にアイリンをさらおうという計画が進行しているのがわかりました。何度か立ち聞きを繰り返しているうちに、カーディーはつかまってしまいます。そのときアイリンがひいひいお祖母さまから、この糸を持ってカーディーを救けに行きなさいと命じられます。糸はするすると前方に伸びてアイリンの行く手を指示するのです。かくしてアイリンはカーディーを救出するのですが、あとは坑道を掘り進めて地下室から侵入したゴブリンとの戦いとなり、めでたしめでたしの結末になります。アイリンは王様に引きとられ、カーディーは王様から都へ来て仕えるようにすすめられるのですが、両親と別れがたくて断わります。

この物語の最大の魅力がひいひいお祖母様の形象であることは言うまでもありません。この人物は一体誰なのでしょう。アイリンが父王にこのことを語ったら、父王は何か思い当るように肯きながら、別に説明はしません。あるいはこの人は館に棲みついた妖精なのかも知れません。その正体がわからぬところ、わからぬながら彼女の放つ光が全篇を覆っているところが素晴しいと思います。さらにもうひとつ、カーディー少年とその両親の家庭が、まるで聖家族みたいでとてもいいのです。故甲斐弦先生はオーウェルを論じつつ、コモン・ピープルのディーセンシー（品位）を強調なさいましたが、そういう庶民のディーセンシーがとてもよく描けています。

さてアイリン・カーディーものの第二篇『王女とカーディー少年』はがらりと雰囲気が変ります。前作はゴブリンでさえユーモラスなところがあって憎めず、全体が牧歌的なのですが、第二篇は人間不信の気配が漂っています。カーディーはアイリンのひいひい祖母さんから呼び出され、都の王様と王女が危難に陥っているので救出にゆけと命じられます。そのときひいひい祖母さんはカーディーに、リーナーという犬とも牛とも蛇ともつかぬ奇妙な獣をつけてやります。都へ向う途中、リーナーは四十九匹の怪獣を呼び集め、これがカーディーの手勢になる訳です。

都に着いてみると、住民は旅人に全く不親切で、我欲しかない我利我利亡者たちだとわかります。宮廷も使用人から重臣に至るまで全部腐敗していて、使用人たちは物品を勝手に取りこみ、重臣は王に毒を盛って理性を喪わせ、やがて権力を奪取しようとしています。カーディーはリーナーと四十九匹の怪獣の力で、彼らをこらしめ、王の正気を回復させるのですが、老王と王女アイリン、それにカーディーは全く悪人というか、良心を失った私欲の者どもに囲まれて、孤立無援な訳です。市民に味方は一人もいません。これは相当悲観的なものの見方ですね。しかも結末がアイリンとカーディーが結婚して、しばらく立派な治世が続くというのは型通りですが、最後の数行がすさまじい。二人が死んだあと、跡つぎがダメで都は文字通り崩壊して灰燼に帰してしまうのです。

これはもう、マクドナルドさんやけくそになってるんじゃないのと言いたくなります。だいたい、カーディーが都に到着した時、人心の荒廃ぶりはかなりすさまじい訳で、こういった風に市民を描きたかったマクドナルドは一体どういう気持だったのかなと思います。しかも結末は絶望的です。考えてみればぞっとするような結末で、作者は何でこういう結末に持って行きたかったのか、深刻な疑念が生じます。作者が死ぬまでまだ二十数年あります。これは重大なポイントで、つまりマクドナルドは一八八〇年代にはいると、当時の英国の産業主義社会にはっきり見切りをつけたということなのかなと思います。不人情な都の市民たちについて、マクドナルドは彼ら自身は過去の失敗や不完全さから免れた利口な人間のつもりでいると書いています。つまり一九世紀的な進歩史観に毒された人間たちだという訳です。そういう風潮への絶望は相当深かったのじゃないでしょうか。本当はそういう観点から『リリス』を読み返す必要もあるかと思います。これは一八九五年の作ですから。

『北風のうしろの国』の希望

結局マクドナルドは同朋愛を求めた作家なのでしょう。そして当時の世相に絶望を覚えたのでしょう。というのは結局この人はキリスト教精神に立つ作家であって、そのことはカーディーものの第一作と同年に書かれた『北風のうしろの国』にはっきり出ております。この作品は童話でありますけれど、マクドナルドの最高傑作だと私は思います。このときまではマクドナルドも、現世にいくらかの希望をつなぐことができたのです。

主人公はダイヤモンドという少年で、おなじくダイヤモンドという名の老馬の小屋の上の中二階にベッドがあります。お父さんはコールマンさんというお金持ちの馬車の馭者をしているのです。ダイヤモンドが寝ている部屋の壁は穴があいていて、お母さんがそこに張り紙をしてやったのですが、ある日北風がそこから吹きこんでダイヤモンドを連れ出すのです。北風は髪の長い美しい娘さんですが、あるときには巨人にも狼にもなるし、チューリップの花弁に閉じこめられた蜂を助けるときは、小指の先くらいの小人になります。北風はダイヤモンドには優しいお姉さんですが、その癖今夜は船を一隻沈めなくっちゃなんておそろしいことを言います。

北風が吹いて来る北の方の、さらにその北にハイパーボーリアンという常春の国があると聞いて、ダイヤモンドがそこへ行ってみたいと望むと、北風は南向きに坐りこんで、私を通り抜けなさいと言う。その通りにしてダイヤモンドは北風のうしろの国へ行ったのですが、そこは川が歌うほかは何もかも穏かに眠りこんでいるようなところでした。ダイヤモンドが北風にわが家に連れて帰ってもらうと、自分は病床について死にかけていたのです。

北風が沈めた船はコールマンさんの持ち船で、コールマン家は没落してしまいます。幸いダイヤモンドのお父さんは馬のダイヤモンドを買い取って辻馬車屋を始めます。生活は苦しい。いわゆるハンド・トゥー・マウスという奴です。おまけにお父さんが病気になっちゃう。さてここでダイヤモンドが大活躍するのです。つまりお父さんに替って辻馬車屋になるのですが、ここらあたりはこの童話の読みどころです。馬のダイヤモンドは共同の厩舎にはいっている訳ですが、そいつに少年はひとりで鞍を着ける。まわりには仲間の馬車屋たちがいて、あれを見ろといった風にささやいている。ダイヤモンドが手際よくやってしまうと、彼らに感嘆の表情が浮かぶ。ダイヤモンドが一廻り稼いで、馬車の客待ち場に戻ると、馬車屋たちは彼に順番を譲ってやる。また馬のダイヤモンドというのがなかなかよくって、年寄りなのに頑張る。ここらあたりで、この少年の特異性が浮かんで来ます。つまりこの子は聖なる印をうたれているのです。だからこそ、北風がこの子に目をかけて夜な夜な連れて廻ったのだとわかります。

ダイヤモンドはある紳士と知り合いになって、その人のケント州にある別荘に親子とも住みこむことになります。その紳士はダイヤモンドが街で知り合った道路掃除の少女や、靴磨きの少年もいっしょに引き取ってくれました。この二人はいつもダイヤモンドのことを、頭のボルトが一本抜けているとか、頭のタイルが一枚剝がれているとかからかいます。つまりダイヤモンドは聖なる愚者という印象を与えるのです。かしこい子なのにこの世離れがしているのです。そのうち久しぶりに北風が訪ねて来て、今度は本当に北風のうしろの国へ連れて行ってくれると言います。以前ダイヤモンドが行ったのは本当のハイパーボーリアンじゃなく、その影みたいなところだというのです。ある朝ダイヤモンドが部屋で倒れているのを発見されました。人々はその死を悲しみましたが、もちろん、彼は北風のうしろの国へ行ったのです。

だいたい主人公があまりにいい子すぎると、読者はしらけがちなものです。ところがこの童話はそうならないのですね。そこが大した手腕だと思います。というのはこの童話は善意だけを強調しているのではなくて、この世は残酷なものだということをちゃんと北風の両義性で示しているのですね。こういう認識はむろんキリスト教の教義にあることです。さらに聖書は素直な愚か者を嘉《よみ》する言辞に満ちています。ですからマクドナルドはこの作品で、キリスト教作家として頂点を極めている訳です。しかも十年後には、この世から素直な愚かさがすべて消え去った、聖なる印を帯びたものはすべて滅びたという異様な認識に達しました。それはダイヤモンド少年、馬のダイヤモンド、アイリン王女、カーディー少年、ひいひい祖母さんの妖精の葬送曲でもありました。

ロード・ダンセイニ

さてダンセイニに移りたいと思いますが、この人の名は私が少年だったころ、つまり昭和の十年代まではよく知られていたのです。私が知っていたくらいですからね。というのは、この人はイェイツ、シングなどのアイルランド文芸復興運動の立役者の一人として紹介され、その一幕物は日本でも度々上演されていたのです。ロードと称されるのは、アイルランド第三の旧家プランケット男爵家の十八代当主だからです。ダブリン郊外のタラというところにお城がありました。タラというのは例のスカーレット・オハラが口にするでしょう。一八七八年の生れですから、マクドナルドからすると子どもの世代です。イートンからサンドハーストに進んだ。ルイスの兄さんが行った兵学校です。騎兵将校としてボーア戦争と第一次大戦に従軍しています。六フィート四インチの長身で、チェスの名手。アイルランド選手権をとっただけじゃなく、世界選手権保持者と対戦し

ロード・ダンセイニ

て引き分けています。りゅうとした身なりで社交界にも出入りするダンディでした。ところがこの人は、作家としてはマクドナルド以上の世間離れのした幻想派なのです。「私はこの目で見たことを書いたりしないしそんなことは誰の手になっても大同小異だ。私はただ夢みたことを書くだけである」と自分で言っています。

この人はまず一幕物の劇作家として名を知られました。イェイツはダブリンでアベイ座という劇場を設けたのですが、そのイェイツのすすめで『輝く門』という一幕物を一九一〇年に書いて、これが評判になった。二人組の浮浪者が天国の門というのを見つけたけれど、開けてみたら先には虚空しかなかったというお芝居だとのことです。ダンセイニはアベイ座にお金も出しているんだけど、そのうちイェイツは自分を金主として利用してるんじゃないかと疑って、イェイツとの仲も冷めたのだそうです。

しかしこの人は一九〇五年に『ペガーナの神々』、一九〇六年に『時と神々』という短篇集を出していて、これが決定的にダンセイニ独特の世界でありました。ペガーナという世界を設定し、マアナという神がまずもろもろの神々を生み、ついで神々が世界を創造して行く次第が語られています。マアナがスカアルという神を作ると、スカアルは太鼓を打ち鳴らし始め、マアナは深い睡りにはいる。このあとマアナは世界終末の刻まで眠り続けるので、この世のすべてはスカアルの太鼓が紡ぎ出す夢だとも言われております。獣や人間、つまり生命を創ったのはキブという神です。するとムングという神が死を送り出す。ここで述べられている神々はキリスト教やユダヤ教の神とは全く違います。ギリシャの神々にも似ていない。北欧神話の神々にちょっと似ているかも知れませんが、それにしても神々と人間の関係が異様です。つまりペガーナの神々は人間のすることに笑い興じているのです。それをよく現わしているのが『神々の栄光のために』という『時と神々』中の一篇です。

まず三つの島での大いなる戦闘は記録に残されているという書き出しで、この三島に船が漂着して、その乗員から神々の話を聞いた三島の住民は、三人を神々の探索に送り出します。三人はうまいこと神々の国の岸辺に着き、山を越え河を渡りしてやっと行き着いた尾根から見渡すと、大理石の岩にそれぞれ神が座して、眼下で甲冑を着こんだ人間たちが殺し合っているのを見て楽しんでいます。三人はぞっとして尾根から体をひっこめ、あたふたと船まで引き帰し、神々の気づかぬうちに退去しました。しかし神々の一人が海岸で三人の足跡を発見、そのうちまた三島からやって来た六人のあとをつけて、今度は三島まで追跡、ついに三島に殺し合いの種を播いたのです。三島の住民が殺し合って絶滅したのは史書にある通りという次第です。

何という神観でありましょうか。人間とは神々のもてあそびものなのです。ですからダンセイニにとって神話創作は、決して苦しみのこの世を逃れるための幻想の国づくりではありません。神話の世界はこの世以上に怖しい世界なのです。この二冊のあとダンセイニは神話めいた短篇をいくつも書いておりますが、それはいずれも大変ストレンジな味わいのものです。というのは話が断片化されたり、起承転結など全くない塊りみたいに投げ出されたり、お化け鏡に映ったようにデフォルメされているので、何とも言えぬ奇妙な味わいが生じるのです。『カルカッソンヌ』という話は、ある日王とその家臣が開いた宴で、カルカッソンヌへ行こうという叫びが起こり、そうだそうだというので壁に掛けられた打ちものをとって身につけ、カルカッソンヌへ行進を始めます。そして何年たったか知らぬが、最後は王と占い師の二人になっちゃう。それでも行進はやまぬのです。カルカッソンヌというのは南フランスの有名な城砦都市で、私は故板井榮雄さんの描かれた絵を何枚かいただいていますけど、まさかそのカルカッソンヌではありますまい。まあ、この話などわかり易い方です。

ドイツの美学者ヴォーリンガーに『抽象と感情移入』という有名な美学の本がありまして、私は今は亡き上村希美雄や藤川治水と二十代に読書会で一緒に読んだものですが、マクドナルドは完全に感情移入して読めますね。ところがダンセイニはちょっと感情移入が出来ない。ヴォーリンガーはエジプト美術とかゴシック美術を抽象タイプの芸術としていて、反写実で感情移入が出来ない、畏怖を覚えさせられるという特色を挙げています。ダンセイニの美学は全くこの抽象型なのですね。

ダンセイニは一九二〇年代になると、長篇ファンタジーを三つ書いています。『影の谷物語』『エルフランドの王女』『魔法使の弟子』です。長編なので話はずいぶん分り易くなっています、しかし初期のような異様な切断感はなくなって、私はあまり感心しません。『エルフランドの王女』を例にとってみると、主人公のアルヴェリックはエルフランドへ侵入して王女リラゼルを連れて帰ります。しかしこれはアール国の父王からそうしろと言われたからそうしたまでで、エルフランドそのものへの憧れではありません。父王は国民代表から魔法を行なう王に治めてほしいと要求されたので、息子にエルフランドの王女を誘拐するよう命じたのです。しかし、アルヴェリックはリラゼルに対して、やれ星に祈るのはやめろとか、河原から石を拾って来るなとか、やかましく言うばかり。リラゼルはエルフランドへ帰ってしまいます。それでアルヴェリックは妻を取り返すべくエルフランドへ向うのですが、リラゼルの父王は魔法を使って、エルフランドの所在をわからなくしてしまう。アルヴェリックはそれこそ『カルカッソンヌ』みたいにいつまでも探索の旅を続けますが、これは何もエルフランドが恋しいのじゃない、ただ妻のリラゼルが恋しいだけです。一方アルヴェリックの息子オリオンは狩りが大好きで、ある日エルフランドからさまよい出た一角獣を殺してしまう。それが病みつきで、一角獣を捕える猟犬の使い手として、エルフランドのトロールを招いたので、自分の国はトロールほか魔ものが跳梁する始末。魔法を使う王が欲しいなどと申し出ていた長老たちも後悔する。しかしついにエルフランドの王がリラゼルの願いに負けて、最後の魔法を使うと、エルフランドはアール国に押し寄せて、アール国がそのまま、時は停り万物は眠ったようなエルフランドそのものになっちゃう。そこでアルヴェリックはまたリラゼルと暮らせるようになった。

何ですか、これは。エルフランドへの本質的な憧れなどどこにもないじゃないですか。アルヴェリックはリラゼルが恋しいだけじゃないですか。オリオンは一角獣狩りに血道をあげるだけじゃないですか。またアール国の長老は自分の国を有名にしたいだけじゃないですか。まあ話の細部はいろいろと面白いし、よく出来ているけれど、ファンタジーの本質であるアナザワールドへの憧憬などありはしない。他のふたつの長篇も似たようなもので、初期のダンセイニのあの切味はどこへ行ったのかと思ってしまいます。

ダンセイニはやはり初期の奇妙な擬似神話がいいのです。これは非常に独特で形態の上でも興味ありますが、言っていることを考えると、やはり二〇世紀的な神話批判でもあるのです。この人には第一次大戦の従軍記があって、荒俣宏さんによるととてもいいものだとのことですが、独特の反戦思想の持ち主でもあったようです。

最後にエリック・リュッカー・エディスン（一八八二～一九四五）の『ウロボロス』（一九二二年）という長篇について触れておきます。エディスンという人は英国政府のお役人で、それも最後まで勤めたら次官まで行ったろうという高級官僚です。それが夜中にファンタジーを書いていて、生涯六つの長篇を残した。しかも文体が凝ったエリザベス朝の英語なんです。もちろんずっと無視されて来たのですが、ルイスはほめていますし、今日ではちゃんと評価されているのだと思います。

日本で訳されているのは『ウロボロス』だけのようです。これはある男が水星の出来事をのぞきこむという趣向で、まず魔女国の使節が修羅国の宮廷を訪れるところから始まります。魔女国は国王が代々魔法使いで、それと修羅国との戦いがこの長篇のテーマです。エディスンは火薬と蒸気機関のない世界を描きたかったと言っていますし、古代的な英雄叙事詩の雰囲気で終始しています。中味はくわしくは申しません。ただ最終場面が魔女国の使節が修羅国を訪れるところで終っているのにご注意下さい。つまり話が元に戻っている訳で、この先書くとまた同じ話の繰り返しになると暗示されているのです。だからタイトルが『ウロボロス』なのです。ウロボロスというのは蛇が自分の尻っぽを呑み込んでいる図柄のことで、古代から愛用されて来たシンボルです。

今日紹介した三人のファンタジー作家、いわば綺想の幻想家は、いずれもちゃんとした社会人の体面を保って生活している。つまり家族も含め私生活を破綻させていないことにご注意下さい。というのはフランスの幻想作家は違うからです。ネルヴァルにしたってリラダンにしたって、またランボー、ヴェルレーヌは言うまでもなく、みな破滅的生涯を送っています。ネルヴァルは精神病院に入ったり出たり、最後は自殺しました。とにかく、ハイネの詩集を訳したあと、ハイネ家を訪ねて「世界終末の日が近いので、印税はお返しします」なんて言うものだから、ハイネは仰天して病院へ入れちゃった。腰紐をひねくって、これはだなあ、マントノン夫人が宮廷で劇を観たときはめていた腰紐なんだよ、なんて言うんです。マントノン夫人というのはルイ一四世の寵姫ですね。リラダンは一生貧にまといつかれ、修道院で窮死しました。ランボーってのはご存知の通り、十六歳から十九歳まででであの完成した詩を創り終え、あとは文学など空しい、生きることが大切とうそぶいて、オリエント方面で商売をやった。小林秀雄さんが格好いいといかれたのはご承知の通りです。この人は相手を破滅させる人で、ヴェルレーヌはもろにいかれた訳だけれど、ヴェルレーヌ自身が破滅型。ランボーだって生きるのが大切なんて言いながら、その商人としての実態は破滅型の人生であることに変りはない。

ところがイギリスの幻想家は違うのね。もちろんイギリスにだってアーネスト・ダウソンのような破滅型の詩人はいるけれど、今日お話しした三人にトールキンやルイスを加えても、みんな社会人としてちゃんと体面を保ってやってるんです。これはしたたかな二枚腰と言ってもいい。

それに較べるとネルヴァルなんて純情極まりない。英国人は老獪だと言われる所以かも知れません。

第八講　英国の児童文学1　グレアムとボストン

英国の児童文学の黄金時代

今日は英国の児童文学についてお話しすると予告しておきましたけれど、私は別に研究者じゃないし、本当はグレアム、ファージョン、ボストンという三人の作家についてお話ししたいのです。その前置きとして、一八五〇年代から一九二〇年代にかけて、黄金時代と称される英国児童文学の盛況があったということを、ちょっと紹介しておきたいだけです。私は初めて知ったんだけど、この英国児童文学の歴史についてはウジャウジャ本が出てるのね。概説書だけでこの際十数冊買いこんじゃいました。ひとつの業界をなしていると言っていい。むろん研究者の一団もいらっしゃる訳です。

もちろん子どもの読物というのは、それ以前から沢山あったんです。しかしそれは子どもに行儀作法や道徳を教えこむものであったり、チャップブックと称される子ども向けの冒険談であったりして、子ども自体の想像世界を造型するものではなかった。子どもの独特の世界を自立したものとして表現したのは、キャロルの『不思議の国のアリス』(一八六五年)が初めてということになっています。ご存知のようにキャロルはマザー・グースを生かして、教訓とか道徳とか関係のない、ナンセンスの世界を創造しました。このナンセンスというのが、子どもの想像力の自立を促す意味を持ったんですね。

でも実はその二年前に、キングズリが『水の子』(一八六三年)という作品を書いているのね。キングズリというのは国教会の牧師だけれど、小説を書いて社会的不正を糾弾し、「筋肉的クリスチャン」といわれた人です。祈るだけじゃなく、不正と闘う腕力も強いって訳。当時の有名人で、この人が子どもの読みものを書いたのはひとつの話題だったんです。話は煙突掃除の少年が親方から逃げ出して、川の中で体長四インチほどの水棲動物に変身してしまい、様々の冒険をするという趣向です。まだ方々教訓臭が残っているものだから、自立した児童文学開拓の栄誉をキャロルに譲ってるんだけど、キャロルに並ぶ開拓者と言っていいでしょう。実はラスキンも一八五一年に『黄金の川の王さま』というのを書いているし、サッカレイも一八五五年に『バラと指輪』というのを書いている。社会全体が児童文学の誕生に向けて動いていたのね。

児童文学にリアリズムを持ちこんだのがイーディス・ネズビットで、バスタブル家の子どもたちの宝探しのお話はC・S・ルイスも愛読したと言っています。このネズビットという人はフェビアン協会にはいって、バーナード・ショーの情人になったり、不実な夫が他の女に生ませた二人の子を育ててあげたり、人前でタバコは吸うし、ジンは飲むし、とにかく面白くて魅力のある人です。カーペンターの『秘密の花園』にかなり詳しい伝記がのっています。

この黄金時代にはむろん前回お話ししたマクドナルドや、スティーヴンソンの『宝島』（一八八三年）、キプリングの『ジャングル・ブック』（一八九四年）、バリの『ピーター・パン』（一九一一年）もはいってくるのですが、私はまずケネス・グレアム（一八五九〜一九三二）の『たのしい川べ』（一九〇八年）についてお話ししたい。というのは私はこの作品が大好きで、しかもなぜ好きなのかうまく言えないのです。これは動物を主人公としたファンタジーで、A・A・ミルンの『クマのプーさん』（一九二六年）の先輩格の作品です。『プーさん』の方はもっととぼけた味わいですけどね。

グレアムの生涯

グレアムはエディンバラ生れで、お父さんは弁護士。五歳のとき母を失ってお祖母さんに育てられました。幼くして母を失ったのはトールキン、ルイスとおなじですね。エディンバラはスコットランドですから、ケルト系の土地です。マクドナルドもスコットランドでしょう。ルイスはアイルランド生れ、家系はウェールズの出ですね。アイルランドもウェールズもケルト系の土地ですから、イェイツやダンセイニも含めて考えれば、このケルトの血というのは英国児童文学の重要な源泉のひとつになっているようです。この祖母のもとでの暮しはグレアムの原点になっていて、後年「四つから七つまでの記憶のほか、あとは、とくにおぼえていることは、何もない」と言っています。これは自然との触れ合いのことを言っているんだと思うのですが、『たのしい川べ』の世界を理解する上で重要な言葉だと思います。つまり、自分にとっての真の人生は自然に親しんだ幼時だけだと言ってる訳で、だとすると『たのしい川べ』も強烈な現代文明の忌避感の上に成り立っていることになります。

お父さんはアルコール依存症になっちゃうし、結局学費を出してくれる人がいなくて大学へは行けず、イングランド銀行に就職しました。銀行員としてちゃんと仕事して総務部長、つまり総裁の右腕まで出世しています。その一方、言語学者のファーニヴァルという人にかわいがられ、その手引きで文壇の人びととつき合うようになり、一八九五年に『ザ・ゴールデン・エイジ』を出版し、三年あとの『ドリーム・デイズ』とともに評判になりました。幼少期の思い出を書いたものので、創作ではありませんが、一応これで文壇の人になった訳です。エディスンみたいに実務の人と文人の二重生活を送ったのです。

結婚はしたものの、相手の女性がかなりエキセントリックな人で、結婚生活は幸せなものではありませんでした。一人息子のアラステアがある日ぐずり出してどうにもならないので、グレアムはお話をしてなだめた。アラステアはモグラとネズミとキリンが出て来る話をしてくれという。キリンは出て来なかったけれど、結局このモグラとネズミの話がこのあと延々と続くことになり、それを立ち聞きした女性の編集者が本にするようにすすめて、これが一九〇八年『たのしい川べ』として出版されたのです。原題は“*The Wind in the Willows*”つまり柳吹く風といったところです。

ケネス・グレアム

子どもにしてやった話が作品になったという点ではトールキンとおなじですね。A・A・ミルンはこの『たのしい川べ』のヒキガエルの冒険の章だけ抜き出して劇化したんですが、この人の『クマのプーさん』も息子のクリストファーに語ったお話が元になっているんですね。クリストファーの持っているぬいぐるみの動物たちを登場人物にして、お話を作って聞かせた訳です。A・A・ミルンは『レッドハウス・ミステリ』、邦訳では確か『赤い館の秘密』になっていたと思うけれど、推理小説を一冊書いていて、その作者としてご存知の方もあろうかと思います。

アラステアはケンブリッジへ進んだのですが、在学中事故死してしまいました。実際は自殺だと言います。グレアムは田舎に隠棲して晩年を送りますけれど、何しろ憶えるに値いすることは四つから七つまでに全部経験したという人ですから、その田園生活は決して不幸ではなかったようです。童話もひとつしか書かなくて、他人からすすめられても、自分はポンプじゃなく泉でありたい、天気のいい日は外はあまりに美しく机に座ってはいられないと答えたそうです。

『たのしい川べ』の世界

さて『たのしい川べ』でありますけれど、これは動物たちが人間とおなじようにものを言い、ものを考える世界ですね。いわば人間を仮に動物の姿で表わしているとも言えるんですが、動物はあくまで動物らしくてやはり人間とは違う。そこに独特の面白さがあります。しかも一方には裁判所とか警察とか、人間だけの社会がちゃんとあって、動物たちの世界と共存している。両者は混り合うことはないけれど、排除し合ってはおりません。一方動物たちはベッドやテーブルや椅子のある暮しをしているし、たべものはハムだったりベーコンだったり、人間とひとつも変りません。しかも、動物たちがそういうたべものをどこから手に入れて来るのか、説明は全くないし、なくったって読む方は一向気にならない。そういう意味では全くのお伽話なのです。

しかしお伽話と違うのは、自然の美しさ楽しさが重要な主題になっていることです。お伽話は自然描写など致しません。それはお伽話の重要な本質です。ところが『たのしい川べ』のテーマはまさに自然の美しさ楽しさなのです。主人公のモグラはある日巣穴の大掃除をやってるんですが、それがいやになって地上に顔を出す。どうもこのモグラはこのとき初めて地上を見たらしい。すると外の世界は花咲き風薫る「野外劇」だったというのです。

そしてモグラは川ネズミと出会い、友だちになる。これはモグラにとって初めての友だちだったらしい。第一このモグラには家族もいないし、それまでどんな暮らしをしていたのかという説明も全くない。川ネズミもそうです。ここでは何の背景ももたないふたりの人物が動物の形をとって出会う。そしてその毎日は川遊びになるのです。第一の遊びはボートで、モグラはボートに乗るのは初めて。ネズミに手ほどきしてもらいます。それは同時に川辺の自然の体験でもある。つまりここには社会とか家族とか関係のない、偶然野原で出会った二人の子どもの間に成り立つ友情と遊びの世界が現われているのです。相手がどこのどういう家の子どもかなんて関係がない。自然と嬉戯する仲間がいるよろこびが純粋な形で取り出されているのです。

一方、川辺にはヒキガエルの立派な館があります。ヒキガエルは悪い奴ではないんですが、自己顕示欲が強く、享楽的です。二人が遊びに行くと、馬車で遠足に行こうという。立派な馬車で、ヒキガエルはむろんこれが自慢です。ところが行く手にプップーと音を鳴らす変なものが出現し、馬車を跳ねとばして行ってしまう。これが音に聞く自動車という奴で、ヒキガエルはひっくり返った馬車のことはもう忘れて自動車に夢中です。

川辺の南は広大な森で、ここはウサギやイタチなどの棲家になっていて、ふだんモグラたちは立ち入らない。ある日モグラが好奇心にかられて森に迷いこみ、大変おそろしい目にあっちゃった。そこにかけつけてくれたのがネズミ君で、彼がアナグマさんの家を見つけ出す。アナグマさんは堂々たる人格者だというので評判なのです。アナグマは二人を歓待してくれるのですが、その穴ぐらの住いの立派なこと、奥の深いことに二人は感心してしまいます。そこでアナグマは穴ぐらの家の平和で安全なことを強調し、ここはかつて人間の都で、それがほろびたあとが森となり、アナグマの住いとなったことを説明してくれました。C・S・ルイスは「アナグマ氏と出会ったことのある子どもなら、たとえのちになってとは言え、心の奥底で、いかなる抽象概念からでも得ることのできない人間性と、イギリス社会の歴史の知識を身につけたはずだ」と言っています。つまりアナグマは地域の支柱としてのよきイギリス郷紳のモデルだというのでしょう。

さてアナグマの家からの帰り道、モグラの鼻に虚空から不思議な呼び声が聞えます。全身を突き通すようななつかしい匂いです。それはあれ以来ずっと帰らなかったわが家の匂いでした。モグラは矢も楯もたまらず、ネズミを連れてわが家へ帰ります。そこでモグラの家の描写になるのですが、穴の中には広場があって池もあり、ヴィクトリア女王やガリバルディの像まで立っているという有様、とにかく立派な棲み家なのです。そこに野ネズミの子どもたちがクリスマス・キャロルを歌いに来て、楽しい宴会になります。

このモグラの帰宅のくだりは、この本の中でもピークのひとつと言ってよろしいのですが、それは何よりも、モグラが何かわからないがなつかしい匂いをかぐ、これは何だろうと思いつつ、とにかく惹き寄せられて離れられないものの気配を感じとるあたりの描写のすばらしさによります。ファンタジーというものは、こういう何か知らぬがなつかしいものの気配が基本になるのです。そしてアナグマの家といいモグラの家といい、この物語は棲み家、つまり家屋というものの人間にとってもつ深い意味合いを強調しております。これはこのあとお話しするルーシー・ボストンの場合も、フィリッパ・ピアスの場合も共通することで、今日のお話は英国児童文学に現われる家屋の重要性、ひいては英国人にとっての家屋の重要性ということになるかと思います。

一方ヒキガエルはあの事故以来自動車にとりつかれて、車を何台か買いこんではこわすといった熱中ぶり。アナグマはネズミとモグラを連れて、ヒキガエルを改心させようとします。何しろアナグマは先代のヒキガエルの友だちで、亡友の息子がこんな有様では放っておけないというのです。散々説諭した上、当分三人でかわるがわる監視しようということになるのですが、この三人のヒキガエルへの忠告というのも、本当に友を思う心から出ていて説教がましくないのがいいところです。しかし、ヒキガエルはすきを見て脱走し、町へ行って停車中の自動車にとび乗り、乗り廻して事故を起します。そして裁判所、もちろん人間の裁判所で二十年の懲役刑に処せられるのです。この自動車というものの扱いにも、グレアムの近代機械文明への姿勢がうかがわれます。

ところが獄吏の娘がヒキガエルに同情して、おばさんが洗濯屋で出入りしているから、彼女に変装して脱獄しなさいとすすめます。ヒキガエルはまんまと洗濯ばあさんに変装して脱獄し、警官隊に追われながらの脱走劇になります。この脱走劇はこの物語の山場で、それ自体なかなかよく出来ていますし、だからこそミルンがお芝居に仕組んだ訳です。邦訳本の副題が「ヒキガエルの冒険」としてあるのも、そこを踏まえてのことでしょう。ヒキガエルがわが家に帰ってみると、森のイタチたちに占領されてしまっている。アナグマ、ネズミ、モグラが加勢してその館をイタチ勢から取り返す。そしてヒキガエルも最終的に自分の高慢と虚栄心を反省するということになります。

でもこのヒキガエルの話は、これがなければ話が単調になってしまって、読み物としては必要なところなのでしょうけれど、この作品のよさはそこにはないのですね。それはむしろサービスとしての添えもので、この作品のよさはこれといった事件は起らない川べりの日々の叙述にあるのです。

ヒキガエルの脱走劇の前に、迷子になったカワウソの子をネズミとモグラが探す一章が設けられています。ボートで川の上流下流を探し廻るのですが、川の中の小さな島に近づくと、美しい笛の音が聞えてくる。ここのところの述べ方も、モグラが久しく離れていたわが家の匂いをかぎつけるところと同じくとても夢幻的で、笛の音も本当に聞えているのかどうか、まるで夢の中みたいなのです。そして突然島の上にねそべったパン、つまり牧羊神の巨大なからだが見え、その足の間にカワウソの子がいる。二人は畏怖と感動の念にうたれるのだけれど、自分たちがパンを見たことをすぐ忘れてしまう。というのはこの神様は自分の姿を見た者に、見たことをすぐ忘れさせるのだそうです。ですから二人はただカワウソの子をみつけただけで、何かその前に美しいもの偉大なものを見たような気がするんだけど、それが何かもう思い出せないとグレアムは書いている。これがグレアムのよさなんですね。

『たのしい川べ』は出版社がこんなもの売れるかしらと心配したけど、実際は売れに売れたそうで、ある研究家によると、刊行以来、六〇年代まで年間平均八万部売れているという。これはどうも子どもじゃなく、大人が読んでいるらしい。岩波の邦訳本もずいぶん版を重ねています。それはこの作品が、住居というもの、そして住居の環境としてのふるさとを、人間にとって何かなつかしい根源的なものとして描いているからで、ですから今日、この作品は一種のアルカディアを描き出したものとして古典の地位を保っているのだと思います。

ルーシー・M・ボストンとマナーハウス

さて次はルーシー・M・ボストンですが、この人は一八九二年の生まれですから、トールキンとおなじ歳です。大変長生きして一九九〇年に亡くなりました。お父さんはランカシャーのサウスポート市長で、厳格なメソジストでしたが、ルーシーが六歳のとき亡くなりました。ボストンは自伝を二冊書いています。『意地っぱりのお馬鹿さん』（一九七九年）と『メモリーズ』（一九七三年）ですが、邦訳は二冊を併せて『ルーシー・M・ボストン自伝　メモリー』というタイトルで出ています。それによるとお母さんは母性本能の全く欠けた人で、死ぬとき「子どもなんて生まなきゃよかった」と言ったそうです。でも、ルーシ

子どものころのルーシー・M. ボストン（『意地っぱりのおばかさん』福音館書店より）

ーが大人になっていっしょにお風呂にはいったら、母が真白な美しいからだをしているのにおどろいたと言っています。

彼女はオックスフォードのサマヴィル学寮に入りました。オックスフォードはケンブリッジと同じく女子学生は入れなかったのですが、ルーシーの頃は入学が許されるようになっていた。しかし、古典の勉強には気が向かず、ちょうど第一次大戦中ですから、看護婦になってフランス戦線で病院勤めをしました。彼女は自伝の標題にある通り、いわゆる女の子らしさなどにとらわれず自由に生きるたちでした。小さい時の写真を見ても眼のクリクリしたお転婆さんです。「私はあられもなくあけっぴろげで、慎みがなく、みさかいもなかった」と自伝で言っています。一九一七年にいとこのハロルドと結婚し、翌年息子のピーターが生まれました。しかし一九三五年にはハロルドと別れています。遺産があったからでしょうが、イタリーやスイスで過すことが多く、画を習いましたし、音楽に夢中でした。しかし画描きになることはなく、音楽もあくまで聴き手にとどまったのです。

彼女の一生で一番重要なのは、一九三七年ケンブリッジの北にあるヘミングフォード・グレイのマナーハウスを購入したことです。マナーというのは荘園のこと、マナーハウスとは荘園の領主の館ということね。この館は一九一五年に川遊びをしたとき初めて見かけて、深い印象を得ていたのですが、それからずっとあと、友人からこの家が売りに出ていると聞きました。新聞の広告に出ているというのです。早速出向いて家主と会うと、家主は一体どこから聞かれたのですか、私は広告など出していませんと言うのです。つまり友人が教えてくれたのは別の家だったのです

ヘミングフォード・グレイのマナーハウス（CC BY-SA 2.0）

ね。でも家主は売る気があって、結局ルーシーはこの家を購入することになりました。家主はよほど不思議に思ったらしく、あなたは霊媒師ですかと尋ねたそうです。

買ったあとわかったのですが、このマナーハウスは実に一一二〇年の建造なのです。ノルマン・コンクェストが一〇六六年でしょう。それから五十年ばかりしか経っていない。ノルマン王朝三代目のヘンリー一世の治世です。ですから建て増したり改造したりして、原形を保っていなかった。それをルーシーは二年かけて修復し、なるだけ原形に近づけたのです。壁紙も張り重ねていて、あるところでは一フィートも厚みがあったというのですが、八百数十年かけてとは言え、そんな厚みになるものでしょうかね。

ルーシーはこの家にとり憑かれてしまったのですね。これは重要なことです。家屋は単にそこで雨露しのぐといったものではなく、自己のアイデンティティの一部をなす訳です。日本人、とくに現代人の日本人にはこういう住居としての建造物への愛着はほとんどないと言っていいでしょう。ましてや家屋が自己のアイデンティティの一部だという感覚とは無縁でしょう。現代では建物はあっという間に取りこわされ、更新されてゆきます。鉄筋コンクリートの建物の寿命は数十年だそうですね。ところが西洋の建物は石で出来ているから、地震さえなければ何百年だってもつ。煉瓦もそうですね。私の出身中学は大連第一中学校ですが、昭和の二年か三年ごろに建ったその建物はいまだに教育施設として使われているそうです。これは煉瓦造りなんです。石の建物だから八百年ももつ訳で、そういう家に住むとしたら、家は自分の一部、いや自分が家の一部になっちゃうのでしょうね。英国人には特にそういう家屋に対する愛着が強いようです。文学作品にもそういう感覚はしばしば現われていて、ディケンズの『大いなる遺産』には、ウェミックという法律事務所の事務員が出てくるのですが、このくたびれたぱっとしない男は実は魔法の家みたいなとてもすてきな家に住んでいるのです。E・M・フォスターの最高傑作『ハワーズ・エンド』もそういう家屋に対する特殊な執着を語った小説です。

それでルーシーは作家として名をなす前に、このマナーハウスのガーデニングと、館に残っていた古い衣裳の切れ端を使ったキルティングで有名になったのです。児童小説を書き始めたのは六十代になってからでした。彼女の作品はこのマナーハウスを舞台にした六冊のシリーズが主なものです。むろんほかにも書いておりまして、中でも『海のたまご』は傑作と言われておりますが、やはり本領は、このマナーハウスをグリーン・ノウと名づけた『グリーン・ノウ』シリーズ六冊ということになりましょう。挿画は息子のピーターが描いています。

マナーハウスの「グリーン・ノウ」から生まれた物語

第一巻の『グリーン・ノウの子どもたち』（一九五四年）は、少年トーリーがグリーン・ノウの館にひとり住むひいおばあちゃんのオールドノウ夫人を訪ねてゆくところから始まります。トーリーの両親はビルマにいるので、学校の休みの間曽祖母のところで過そうというのです。トーリーはひいおばあちゃんとすぐ仲良しになります。彼女の居間には絵がかかっていて、女性と三人の子どもが描かれている。トービー、アレクサンダー、リネットの三人で女の人は母親です。四人とも一六六五年のペスト流行のとき死んでいます。一六六五年といえば、クロムウェルの共和国のあと王政復古が一六六〇年ですから、チャールズ二世の治世ですね。なにせ三百年前の人々です。トービーは剣を帯び、アレクサンダーは笛をもっています。

そのうちトーリーのまわりで、この三人の子どもが幻のように出没するようになります。鏡に姿が映っていて、振り返ると誰もいない。三人の子の持ち物を収めた箱があって、それをトーリーが調べていると、うしろから小ちゃな掌が目かくしをする。女の子の掌みたいですが、それも振り返ると消えてしまいます。これはリネットにちがいない。トービーにはフェストという愛馬がいたのですが、そのフェストが飼ってあったという馬小屋にトーリーが角砂糖を置いておくと、いつの間にかなくなっている。そして雪の降り積ったある日庭を歩いていると、林の中で枝々が組み重なり雪が積って屋根みたいになっているところに三人の子どもがいる。小動物たちがまわりに寄って戯れている。トーリーはついに三人の子どもと出会ったのです。話も交わします。庭の木々は代々の庭師によっていろんな形、たとえば鹿の形に刈りこんであるのだけれど、そのうちノアの形をした木があって、どうもその木は悪魔の木で子どもたちにあだをなそうとしているらしい。それに対して、聖クリストファーの石像は子どもたちの守り神らしい。

オールドノウ夫人はトーリーにこの屋敷をめぐる昔話をして聞かせます。彼女がどうしてそんなに詳しく知っているのか、これはちょっと不自然な感じもありますが、まあそれはいいでしょう。それによると、この三人の子がいた頃、ジプシーの若い馬泥棒が下男として屋敷に住みこんで、馬を盗み出そうとして捕まった。そしてオーストラリアへ流刑になったのですが、母親の魔女がそれを恨んで、ノアの形をした木に呪いをかけた。だからノアの木は子どもたちに悪意を持っているというのです。そしてある夜嵐がやって来て、フェストに角砂糖をやるため馬小屋へ行っていたトーリーは、庭の中で雨といなびかりに立往生してしまいます。すると芝生の真中に一本の木が立っている。例のノアの木です。トーリーが「リネット」と助けを呼ぶと、「聖クリストファー様」と呼ぶリネットの声が聞える。そして電光が走ってノアの木を襲う。翌朝庭にはノアの木が焦げて倒れ、聖クリストファーの石像は動いた形跡があった。

このジプシーとノアの木の話は、『たのしい川べ』のヒキガエルの冒険譚同様、話が単調にならぬよう導入してある劇的要素ですが、まあご愛嬌と言っていいのです。この物語の魅力はあくまで、三百年昔死んだ子どもたちとトーリーが出会い交流するところにあります。そしてその交わり方が半ば幻、半ばうつつであるところがよいのです。ファンタジーの最大魅力はアナザワールドとこの世の交流にあります。それには三つの型があると以前申上げました。アナザワールドだけ描くタイプ、この世の日常の中に妖精とか魔法使いとかが現われるタイプ、アナザワールドとこの世はあくまで別物なのにその間に通い路があるタイプ。『グリーン・ノウ』はこの第三のタイプです。ただし『ナルニア国物語』が典型であるように、両者は空間を別にしている場合が多いのですが、『グリーン・ノウ』は時間を異にしている訳です。グリーン・ノウ・シリーズの魅力はこのような別次元の世界とこの世との接触の物語である点に在ります。実際のヘミングフォード・グレイの館には、ポルターガイスト現象が現われたそうです。ボストンが友人と庭でティータイムを過していると、館の中で物音がする。中へはいって調べてみると誰もいないし、何も変っていない。そういう館は一種の人格みたいなもので、だからこそファンタジーの舞台になりうる。舞台というよりこの館が物語の主人公なのかも知れませんね。

第二巻『グリーン・ノウの煙突』（一九五八年）は、次の年トーリーがグリーン・ノウの館を訪れる話です。来てみると三人兄妹を描いた絵がなくなっている。オールドノウ夫人によると展覧会に貸し出してあるという。そしてお金が要るので売るつもりだという。代りにかけてある絵には馬車に乗ったおしゃれな女の人が描かれている。オールドノウ船長の夫人で、一八世紀の末の人だという。夫人は美人であるのがご自慢の浅薄な女性で、おしゃれしか目中にない。息子のセフトンは悪者の執事キャリストンとつるんで、悪い遊びばかりしている。妹のスーザンは生れつきの盲目。夫人はスーザンがうとましく、つきそい女に世話を一切任せている。その女はスーザンが怪我をしないようにというので、自分に縛りつけたようにして、物には一切触らせない。おかげでスーザンは世の中に木があることも野原があることも川があることも知らない。父親の船長は心を痛めるけれど、ほとんど家にいないのでどうしようもない。

そのうち船長はカリブ海のバルバドス島に派遣されます。ご存知のようにフランス革命のあと、ハイチで黒人奴隷トゥーサン・ルーヴェルチュールの反乱が起りますけれど、英領バルバドスでも黒人反乱が起ったのですね。その島で船長は奴隷売場で黒人少年を購入します。父を反乱で殺された少年です。ジェイコブと名づけて家へ連れて帰り、スーザンの遊び相手にしたのです。このジェイコブが夫人やつきそい女に嫌われながら、スーザンと犬の仲良しになり、彼女に木登りやら何やら、健康な子どもならすることを全部教えこむのです。そういう話をトーリーは、ひいばあちゃんのオールドノウ夫人から全部聞かされたのです。オールドノウ夫人が一世紀半以上の昔の人の話を微に入り細をうがって物語れたのも、考えてみるとおかしな話ですが、それはまあよしとしましょう。

話の勘どころは、例によってトーリーがスーザンとジェイコブのいろんな痕跡を発見し、そのうち出会って交わるところにあります。これは第一巻と同様で、話の魅力はやはり百五、六十年前に生きていた子ども、つまりアナザワールドと通い路がつくという点にあります。

第一巻にジプシーの馬泥棒の話があったように、この巻でもキャリストンの悪企み、船長夫人の宝石の紛失、館の火災といったドラマティックな趣向が立てられていますが、それは大したことではありません。再々申上げますように、昔の子どもと出会うだけでは単調になりがちなので、こんな劇的な話が導入されている訳で、『たのしい川べ』のヒキガエルの冒険同様、こちらに主眼がある訳ではありません。話の中心は昔死んでしまった人々との出会いの切なさです。キャリストンが盗んでかくしていたらしい宝石をトーリーが発見し、もう絵を売らなくてもよくなったというのがめでたしの結末です。

第三巻の『グリーン・ノウの川』（一九五九年）には、トーリー少年は出て来ず、代りに三人の難民の少年がグリーン・ノウに滞在するお話です。この三人が近くの川で船遊びをして、数々の不思議に出会うという趣向で、館自体はあまり問題になっていないし、館の過去の住人たちも出て来ません。そして数々の不思議というのも類型を出ていない気がします。大体不思議玄妙な話というのは、石牟礼道子さんや坂口恭平さんのような天才の手にかかれば、実に奇天烈で面白いのですが、ボストンはそういうタイプの作家じゃないので、不思議な出来事というのもあまり面白くないのです。

第四巻『グリーン・ノウのお客さま』（一九六一年）は、アフリカで捕獲されたゴリラの子が、脱走してグリーン・ノウの近くの森にひそみ、グリーン・ノウに滞在中の中国人難民の子ピンと交流する話です。ゴリラは結局、狩猟家により射殺されます。この巻には英国最高の児童文学賞であるカーネギー賞が与えられました。シリーズ最高作と言う人もいますが、私はこのシリーズの本領はアナザワールドとの往来にあると思うので、この巻自体のよさは別として、シリーズ自体が深まったものとは思いません。

第五巻『グリーン・ノウの魔女』（一九六四年）は、哲学ドクターと称する女性がグリーン・ノウの館をわがものとしようといろいろ策動し、オールドノウ夫人とトーリーが精一杯防禦するというお話。面白いけれど、第一巻第二巻の幽幻さはありません。第六巻『グリーン・ノウの石』（一九七六年）は、一一世紀初頭のこの館の建設を領主の息子の眼から描いたもので、そのうちこの少年は魔法の石をみつけ、その力でこのあとこの館に住むことになる人々、つまり一七世紀末の三兄妹、一八世紀末のスーザンとジェイコブ、そして現代のトーリーとオールドノウ夫人を呼び出し、パーティを開くという趣向。つまりシリーズの総決算ですが、何と申しますか、話があんまり魔法がかっておりまして、異世界とこの世の往き来という果敢《はか》ない切ない味わいがとんでしまっている気がします。

結局このシリーズは第一巻と第二巻が最もよく面目を発揮しておりまして、それは結局、こういう古い館は何代も何代も、それぞれかけ替えのない生を生きた人びとを住まわせて来た訳で、それ自体生きもののように存在している。そしてそのような家に住む人は、その家屋自体を自分の生きる根拠のひとつ、それも大事なひとつと意識するということに基くのでありましょう。

フィリッパ・ピアス『トムは真夜中の庭で』

最後にフィリッパ・ピアス（一九二〇〜二〇〇六）の『トムは真夜中の庭で』（一九五八年）についてお話しいたします。これは戦後の英国児童文学中でも、出色の作といわれているものです。トムという少年が、弟がハシカにかかったのでうつるといけないというので叔父の家に預けられました。三階建ての大きな邸宅で、叔父さん夫妻は二階を借りていて、三階には家主のバーソロミュー夫人がひとり住んでいます。ところがその館のいわくありげな古風な柱時計が一三時を打つのを、ある夜聞いてしまったのです。一三時なんてある訳ないので、つまり非在の世界が現れたのね。重い戸をあけてみると、物置きみたいになっているアスファルト舗装の空地があるだけだったところに、忽然として美しい庭園が拡がっているのです。夜な夜な真夜中の庭を訪れているうち、ハティという少女と知り合う。彼女は孤児で、縁戚のこの家に引きとられていて、孤独だったのです。不思議なことにハティと何時間遊んでいても、自分の家に帰ると時間はほとんど経っていないのです。ということはハティは段々歳とって大人びてゆくけれど、トムは少年のままである。そこで破綻が来て、真夜中の庭はもう出現しなくなるんだけれど、トムが大声を出したものだから、館全体の人たち、バーソロミュー夫人まで起してしまいました。翌朝トムがバーソロミュー夫人にあやまりに行くと、この百歳にも余ろうかという老婦人は言ったのです。「私がハティよ」。バーソロミュー夫人はこの頃、自分が少女の頃の夢をよく見ていて、トムはその夢の中にかよっていたのです。

フィリッパ・ピアス（By Helen Craig）

ピアスという人はケンブリッジを出てBBCで働いた人ですが、その履歴はともかくとして、大事なのはこの小説も彼女が育った家と関わっているということです。お父さんは製粉業者で、一九世紀初めに建てられた家に住んでいました。二階建ての美しい邸宅ですが、ピアスが成人したのちお父さんはこの家を売却しました。彼女はこの生家がなつかしくて、それを舞台に小説を書いたのです。ただし二階建てだったのを三階建てに変更してあります。彼女自身こう書いています。「私はこれらのものを『トムは真夜中の庭で』にみなぶちこんだ。ほとんどすべての描写は細部に至るまで実際のままだし、正確である」。

つまりピアスは自分が住む家屋というものに、グレアムやボストンとおなじような愛着をもっていたのです。その家屋がヴィクトリア朝育ちの老女と現代の少年の夢のあい交わる場となっているのです。今日取り上げた三人の作家はみな家屋を自分のアイデンティティであるかに考えています。これは英国人特有のことのようにも考えられますけれど、よく考えればやはり人類普遍の問題でもあります。翻って思うに、現代はこのような住居に対する思いの成り立たぬ時代ではないでしょうか。自分の家屋というだけではない。街並みを構成する建物が、二十年もすると一変してしまうような現代に生きている私たちですけれど、それでよいのかもう一度考えてみる必要がありましょう。

今日はエリノア・ファージョンについてもお話しするつもりでありましたが、時間が尽きてしまいました。仕方がありませんので、次回、英国児童文学の第二回として、ファージョンとトラヴァースについてお話しします。トラヴァースは『メアリ・ポピンズ』の作者であります。

第九講　英国の児童文学2　ファージョンとトラヴァース

今日はファージョンとトラヴァースについてお話しします。前回申上げましたように、私は何も英国児童文学全般を論じるつもりはなく、ファージョンとトラヴァースを取り上げるのも全く私の好みによります。ほかにも重要な作者はいくらもいる訳で、ただファンタジーについてお話をするという最初のお約束からして、ファンタジーといえば私の体験上この二人は逃がせないというだけのことです。

エリノア・ファージョンの生涯

エリノア・ファージョン（一八八一〜一九六五）はロンドンで、父は当時の流行作家の一人、母はアメリカの有名な舞台俳優の娘、兄さんは作曲家、弟二人も物書きという、いわば芸術一家に生まれました。学校へは行っておりません。すべて家の中で教育を受けました。お父さんは当時有名と言っても、今では全く読まれておりません。そんな作家って意外に多いのです。恋人のエドワード・トマス（詩人）を第一次大戦で失い、結婚はしておりません。サセックス州が大好きでそこに住み、四十代になって『リンゴ畑のマーティン・ピピン』で作家としてデビューしました。

英国児童文学の概説書や研究書を読んでも、ファージョンの名はほとんど出て来ません。ひとつはこの人の作品は子どもじゃなく大人が読むものと考えられているのかも知れません。イーゴフという研究者がわずか一ページほど彼女に触れているだけで、しかもファージョンは過大評価されて来たと言っています。ということは以前はもっと評価が高かったということでしょうか。

今日の文学批評というものは、ポストコロニアリズムとかカルチュラル・スタディーズとか、著しく理屈っぽくなっておりますが、そういう視点からするとファージョンは論じにくい、というより論じ甲斐がないということなんでしょうね。

でも日本では岩波から作品集が七巻出ているのです。さすが翻訳大国ですが、これは訳者の石井桃子さんの入れこみなのね。石井さんという人はいいものがわかる人だからね、何しろ『ノンちゃん雲に乗る』の作者ですから。石井さんがいいと言って訳してるんだからまず間違いがない。石井さんは一九六一年にファージョンを訪ねている。そして、明るくて謙虚な人柄、しかしこうなるまで、愛情深い性質がどれほど傷つき、どれほど自己を鍛えねばならなかったことかと書いています。

ファージョンという人は天才的な物語の作り手なのです。彼女の物語はみなとても不思議で、こんなお話どうして思いつくのか、私にはわかりません。まあ、石牟礼道子さんを考えてみればいいのかな。彼女は入院していたら院内放送があって、「本日はお陽さまがお出ましになりません」と告げたとか、ヒヨコが三匹カスピ海に向けて行進したなんて書く人だからね。なんでカスピ海なのかね。とにかく発想がとてもユーニークで、常人は思いつかない。ファージョンは何かお話を思いつくと、していたことを放り出して、すぐ書き留めにかかったそうです。

こういう作家はとにもかくにも、まず作品を楽しむことです。楽しんで何か言うことがあれば言うといいし、何も言わなくていい。つまり論の対象にしにくい種類の作家です。ですから今日は、彼女のお話をいくつか紹介したい。本当はみなさんが読んで下されればそれですむんだけれど、

エリノア・ファージョン

多分読んでいらっしゃらないと思うから、私がリトールドいたします。

七巻の作品集のうち『銀のシギ』（一九五三年）と『ガラスのくつ』（一九五五年）は、有名なお伽話の再話です。二つとも弟といっしょにお芝居に仕組み、あとで物語化したのです。前者は『トム・ティット・トット』という有名なイギリスのお伽話、後者はいうまでもなくシンデレラです。再話と言っても、いろいろ独自の工夫がしてあって、立派な出来ではありますが、ファージョンの特異な個性は出ておりません。

『年とったばあやのお話かご』（一九三一年）、これは原題は“*The Old Nurse's Stocking Basket*”というんで、子守りばあやが子どもが履き破った靴下を繕いながら、お話を聞かせるという趣向。靴下の穴が大きければお話も長いし、小さければ短いという訳です。このばあやは実は子どものお祖母さんの面倒をみたという大変な年寄りなんですね。そして私がドイツのお城でナースをしていた頃はなんて言う。つまりこれは中世だね。またインドの王子様の世話をしていた頃はなんて言う。これは古代だよね。そして私がヘラクレスの面倒をみてた頃はと来るんだから、ちょっと挨拶に窮する。つまりこのばあやはとんでもないホラ吹き、ということはストーリーテラーということになります。収められているお話はいずれもいいものです。ですが、これもまだファージョンの本領とまでは行きません。『イタリアののぞきめがね』（一九二五年）も似たような短篇集で、彼女のイタリア滞在中の見聞が生かされていますが、いまひとつです。

結局は残り三巻ということになりますが、これがすばらしい。まさに天才の産物です。世の中にはお買い得というものがありますが、これはお読み得です。まず『ムギと王様』。これは彼女がそれまで書いて来た短篇を一九五五年に集大成したもので、原題は *"The Little Bookroom"*。『ムギと王様』は集中の一篇の題名です。これは岩波少年文庫では『本の小部屋』というサブタイトルの上下二冊本になっています。まずこの中の何篇か紹介しましょう。

本の小部屋から――『ムギと王様』

『ムギと王様』から行きましょうか。「私」が麦畑のかたわらで佇んでいたら、お人好しのウィリーがやって来てそばに寝ころびました。「私」というのは話の語り手です。ウィリーは校長先生の息子で天才児と言われていたんですが、そのうち勉強は一切受けつけなくなって、ただニコニコしているお人好しになっちゃった。ウィリーは私の時計についているスカラベをいじっているうちに、「ぼくがエジプトにいた頃に」と話し出した。スカラベつまり甲虫はエジプトでは神聖視されていたから、思い出した訳ね。だけどこのエジプトってのは、何千年も前のエジプト王国のことなの。ウィリーがお父さんの麦畑の中に寝そべって麦の粒をたべていると、急に大きな人影がそばに立った。そして自分はエジプトのラー王だというのです。そして問答になる。「お前の父親は誰じゃ」。「エジプト一のお金持ちです」。「何、エジプト一の金持ちはわしじゃ。お前の父親は何を持っている」。「金色の麦畑を持っています」。「何、金? お前の着ているのは木綿じゃないか。金はわしの服についている」。「でも麦畑は金色です」。ラー王は怒って麦畑を焼き払わせてしまった。

だけどウィリーの掌には十粒小麦が残っていて、それを播いたら十本の金色の小麦が野菜畑の一角に育った。ラー王はやがて死んだ。王を埋葬するときいろいろ持たせるが、その中には麦の穂の束も含まれている。その麦束を集めに来た役人がウィリーの家に立ち寄った時、ウィリーは自分の十本の麦を麦束にひそかにしのびこませた。「ついのこのあいだのことなんだよ」とウィリーは続けます。イギリスの学者たちがラー王の墓を発掘したら、ほかの副葬品はみな崩れ果てたが、ウィリーがまぜた十本の麦だけは原形を保っていた。それを博物館へ持ち帰る者がウィリーの家に立ち寄り、その際麦の一粒がウィリーの掌に残った。「ぼくはそれを播いた。ほら金色だよ」。なるほど刈り残された麦畑の中に、一本だけ金色に光る麦の穂があった。

別に教訓もないでしょう。それに大事なことに魔法もないでしょう。これは全部ウィリーの空想なのでしょうか。だとしても不思議な空想ですね。この不思議さがファージョンの真骨頂なのです。ファージョンはイギリスのアンデルセンと言われるそうだけど、アンデルセンのような感傷性やロマンティシズムは皆無です。この話にはホラ話の気味もあります。これはファージョンの大事な要素です。

『ネンネコは踊る』

次は『ネンネコは踊る』という話。グリセルダという女の子がいて十歳、百十歳のやはりグリセルダというひいおばあちゃんと暮している。この子は家主さんの家で子守りをするやら何やらして、二人の生活を立てている。そして学校へも行っている。つまり感心な子なんだけれど、お話はこの子えらいですね、見習いたいですねというふうにはなっていない。この子はまるで幼児のようになってしまっているひいおばあちゃんがかわいくてたまらないだけなんです。おばあちゃんは寝る前に飴玉はせびるし、お話をせがむ。ひとつも抜かしちゃダメだよ、全部話してと言うのです。それでグリセルダは「昔ある所に大男がおりました。頭が三つあって、シンチュウの城に住んでいました」と話してやる。それだけでひいおばあちゃんは全部聞いた気になって、満足して眠るんです。養老院に預けたらと言う人もいるけれど、とんでもない。だって、おばあちゃんが大好きで、その世話をしている時が一番幸せなのですからね。

ところが働きすぎで、グリセルダは倒れて病院に担ぎこまれちゃった。近所の人はひいおばあちゃんを養老院へ入れた。家主さんはグリセルダの住んでいた家を売るつもりです。三五ポンドで買うという人がいるのです。退院して来たグリセルダは、どんなによくしてもらっていてもおばあちゃんを養老院へ置いておきたくはない。家主さんの家で赤ちゃんを入浴させていたら、お客さんがグリセルダの歌う子守り唄に耳をとめた。「ねんねんねん／ねんねこはおどる／ねんねこはおどる／ねんねんねんねん」というのです。その人は学者で「誰にその唄ならったの」と聞く。「ひいおばあちゃん」。「ひいおばあちゃんは誰からならったの」。問答するうち、その唄がのっている本があるとわかる。グリセルダはその本を、おばあちゃんの遊び相手の人形ベラを立てかけるのに使っているのです。「その本は誰が書いたの」。「デッカーさん」。「刊行の年は」。「一六〇三年」。つまりエリザベス朝の終りね。学者さんは思わず「ユーレカ」と叫んでしまいます。ユーレカとは「われ、発見せり」という意味ね。それは大変な希覯本で、学者さんは五〇ポンドで売ってくれと言う。これでグリセルダは家主さんから借家を買いとることができ、おまけに一五ポンド貯えができました。ひいおばあちゃんを養老院から引き取ったのは言うまでもありません。

これも変な不思議な話ね。魔法は一切出て来ない。しかし出来事というか、状況というか、うっすら魔法じみたヴェールが話全体にかかっている。それなのに描かれているのはまさにリアルな現実で、おばあちゃんもグリセルダもくっきりと個性的です。大体魔法が出てくる昔話、お伽話というのは、リュティという学者によれば、人物や情景を具体的に描いちゃいけないんです。美人なら美人というだけで、どんな美人なのか描かない。つまり切り紙の絵のように奥行きがなく、立体感がないのです(リュティ『ヨーロッパの昔話』岩波文庫)。ファージョンの創るお話はお伽話的雰囲気があるくせに、この点では全く法則に反しています。近代文学のようなリアルな叙述、描写の仕方だし、人物もみんな個性がある。つまり昔話・お伽話とは性格の異なる文学なのです。

ファージョンらしい『ボタンインコ』

最もファージョンらしいのは『ボタンインコ』です。ほんの短い話です。学校の傍の通りの角で、ジプシーの老婆がおみくじを売っています。子どもが一ペニー差し出すと、おばあちゃんはボタンインコが二羽はいっている籠の扉を開けて、子どもに手を入れさせます。そうするとインコが子どもの手に乗って籠から出て来て、おみくじの束の中から一枚くちばしで抜きとるのです。そして子どもたちははしゃぎます。ぼくのにはあなたは出世すると書いてあるよ。私のには七人子どもを生むと書いてあるわ。ジプシーのばあちゃんがいる反対側の建物の角には、スーザンという女の子が店を出しています。店ったって、布をひろげてその上に靴ひもや何や並べているだけです。スーザンにはお金がありません。だからおみくじも買えません。ところがある日、おばあちゃんが居眠りをしている最中、どうしたのか籠の扉が開いてインコが一羽道路に跳び降り、スーザンの方に向って横断して来ました。猫がねらっています。スーザンは思わず駆け寄ってインコを抱きあげ、籠に戻してやろうとします。そのときインコはもう習い性になってるもんだから、おみくじを一枚くちばしで抜き取ってスーザンにくれたのです。濃いピンク色のおみくじでした。

出世すると言われたとか、子どもが七人よとか騒いでた子どもたちは、大人になるとそんなことがあったということも、すっかり忘れてしまったに違いありません。だがスーザンは違いました。一生そのおみくじを大切にして、眠るときは耳の下に敷いていました。おみくじに何と書いてあったのかわかりません。スーザンは字が読めなかったからです。スーザンがどういう一生を送ったか、作者は語りません。ただし一行だけ書いています。「その一生は濃いピンク色だった」と。これは何だか凄いところのあるお話ですね。ほかの子はおみくじのことなんか忘れちゃったのに、スーザンは大事にした、だから酬われたというんじゃないのよ。スーザンがほかの子よりよい子だったというのでもないのよ。ただそれは授りものだったと作者は言っている。この授りものという一語はいろんなことを考えさせますね。つまりファージョンの作品はとても余韻が深いのです。それが彼女の作品の最大の長所です。

『西の森』

この短編集にはもっと物語性の濃い作品もいくつか含まれています。『レモン色の子犬』というのもそうですが、『西の森』というお話の方を紹介しておきましょう。ある国に若い王様がいて詩を作りました。「六月の草の野よりもかぐわしく／月を見まもるひとつ星／よりも美しいあなたです／私は私の草を思い／私の星を夢みます／けれどもあなたが誰なのか／私は露ほどもわからない」。つまり求愛の詩です。そのとき召使いのシライナがはいってくる。孤児院育ちだけれど、王様のことを屁とも思っていないような娘です。「大臣がお呼びです」。「ぼくの机の上をかき廻すなよ」。大臣の用件とは早くお后をもらってくれというのでした。候補者は北山国、南地国、東沼国のお姫様です。「西の国は」と聞くと、「とんでもない。西の国には悪魔が住んでおります。そのため境に高い塀をめぐらしてあります。そのことはお小さいときから、父王、母王からよく聞かされていらっしゃるでしょう」。「でもぼくはまず西の国へ行く」。こう言って部屋に帰ると、シライナがまだ掃除している。「ぼくが書いたものを読んだな」。「はい」。「どう思う」。「詩みたいなものですね」。若き王は腹が立って、詩を書いた紙をクシャクシャまるめて屑籠に捨てしまいました。

翌日若き王は西の国境の高い塀のところへ行きました。子どもたちが大勢とりついて、穴からのぞいています。王は馬で軽々と塀を乗り越えました。ところが目の前に展開したのは、惨めな藪くらに空瓶などの廃品が山積みになっている光景でした。さらに進んで行くと沙漠で荒涼としています。こんなところで帰り途がわからなくなったら大変です。王は早々と引き返しました。

さて翌日から求婚旅行です。北の国へ行ったら寒いばかりで、王も姫も凍りついたようになっています。若き王は例の求愛の詩を唱おうとするんだが、忘れて文句が出て来ない。代りに氷みたいなあなたと結婚する気はありませんという詩をとなえちゃって、それでおしまい。南の国へ行ったら暑いばかりで、王も姫もぐったりなっている。例の詩をとなえようとして、代りに「バターみたいにとろけるあなたと結婚する気はありません」と言っちゃってこれも終り。東の国へ行ったら何やらやたらに騒々しくて、いきなりホッケーの試合に引きこまれ、ひどい目にあってこれもダメ。

帰って来るとシライナが「いかがでした」。「みんなダメ」。「それならなぜ、気がかりな様子なの」。「以前書いた詩を思い出したいんだよ」。「それならここにありますわ」とシライナが紙切れをポケットから出した。「ぼくが捨てたのを拾っていたんだな」。「それは私の自由ですわ」。「読んでくれ」「それはダメです」。「うーん、こうだったかな。あなたは蜜のように匂やかだ／あなたは鳩より穏やかだ」。「まあ、似たようなものです」。「ねえ、読んでくれよ」。「西の国でなら読んであげます」。「何、おまえは西の国へ行くのか」「ええ、休みごとに行ってますわ。あす二人で行きましょう」。

それで二人で堺の塀のところへ行くと、シライナは板を数え始め七百七十七枚目になって、それを取りはずしました。ちゃんと仕掛けがあったのです。そこをくぐり抜けてみると、目の前は美しい森でした。それを抜けると美しい野原でした。「こんなに美しいところへどうして行ってはいけないと言って来たんだろう」。「それは危険なものがあると思ったからですわ」。「危険なものって何だい」。「それは夢です」。若き王はシライナに自分が作った詩を返してもらいました。よく見ると、シライナはそれはそれは美しいのです。自分が求めていた姫とはこの人だったのです。二人は結婚して、よくこの国を治めましたとさ。

『貧しい島の奇跡』

これは大変よく出来た罪のない童話ですね。ファージョンはこんな話も作れるのです。また彼女は奇蹟譚も上手です。『貧しい島の奇跡』がそうです。女王様の治める国には離れ島があって、女王様はそこを訪れることになった。しかしこの島には見るようなものは何もない。樹木さえ生えていない貧しい島です。ただロイスという女の子がお父さんからもらった白バラを大事に育てて、ちょうど九つみごとな花が咲いていた。みんな女王様を出迎えに行ったあとをロイスが見ると、道路に水溜りが出来ている。これじゃ女王様が通れない。ロイスはバラを引き抜いてその水溜りを埋めました。女王様は無事教会までお着きになり、島民とともに祈りを捧げて深く感動された。そのあとみんなはロイスのバラを女王様に見せようとします。お見せするものとては、それくらいしかないのです。ところがバラは根こそぎ引き抜かれておりました。

　この島と本土の間の瀬戸は月に一度潮が引いて渡れるようになります。そういうある日、島の女たちは魚を売りに本土へ渡りました。ロイスのお父さんも新しいバラの苗を買いに渡りました。さあ一行が帰りに瀬戸を渡ろうとした途中、急に津波のように潮が満ちて来ました。島から見ていたロイスは叫びます。「父ちゃんが溺れる」。そのとき今は亡き女王の姿が天高く現われ、腕に抱いた九輪の白バラと枝葉を投げました。すると押し寄せて来た浪は全部バラの花と枝葉に変ってしまったのです。

　これはいわゆる感動的な話ですね。そして大変上手に作られています。でも私はファージョンの真価は、こういう一般受けのする話にはないと思うのです。やっぱり何だか変な、不思議なところがあるのが彼女のよさだと思うものですから。私の三つの分類では、ファージョンの作品はこの世の中であの世的な現象が起るタイプに属します。でもネズビット風なエヴリデイ・マジックというのではありません。彼女の話には魔法はあまり登場しないのです。日常の中にアナザワールド的現象が出現するというんじゃなくて、日常自体が何か魔法がかった感じなのです。そこが独特だと思います。この世とあの世が二重映しになっている感じなのです。

吟遊詩人マーティン・ピピン

『リンゴ畑のマーティン・ピピン』（一九二一年）に移りましょう。マーティン・ピピンというのは吟遊詩人、それも宮廷じゃなくて野の吟遊詩人なんです。ある日畑で大変嘆いている若い男を見かけて身の上話を聞く。何でも恋人を親が塔に閉じこめて逢わせてくれないという。その塔を六人の娘が護っていて、花も指輪も届けられないって訳です。それじゃ私が届けてあげようってんで、ピピンが六人の娘と仲良しになり、警戒心を解いて塔の中の恋人に近づく。その手段として娘たちにお話をして聞かせる。つまり以上はいわば額縁であって、本体はピピンが話すお話の方なのです。つまりこれは実質は短篇集なのです。そのお話は六つありまして、いずれも好篇。とくに『誇り高きロザリンドと雄じか王』は中世叙事詩風の傑作ですが、筋が入り組んでおりますので、お話ししたらこれだけで一時間はかかりそうなのでやめます。代りに『オープン・ウィンキンズ』というのを紹介しましょう。

五人の兄弟が領地を共同で治めていました。いずれも若くて、末の子はまだ子どもです。長男のホブは善良で弟たちを愛しているだけ。ただバラ、それも黄金のバラを咲かせたい。母親が庭師の娘で、黄金色のバラを咲かせていたものですからね。でも虫が喰ってうまく行かない。次がアンブローズ、これは大変賢いから領地の経営は主として彼の仕事。次はヘリオットで美男。お祭りは彼の担当。次がヒューで、勇敢。末がライオネルで陽気で人好きのする少年。ある嵐の夜、五人は望みを語ります。ホブは黄金のバラ、アンブローズは何もない、ヘリオットは五十羽の孔雀、ヒューは赤いライオンと白いライオン、ライオネルはおもちゃの農園。

そのうちライオネルが失踪してしまいます。ヒューが探しに出かけまだ帰って来ないうちに、ライオネルが帰って来る。しかし、おもちゃの農園で遊んでいるだけで、魂を抜かれたようになっている。帰って来ないヒューを探しにヘリオットが出かける。入れちがいにヒューが帰って来る。赤と白の二匹のライオンを従え、これも正気ではない。ヘリオットが帰らないので、アンブローズが探しに出かける。入れ替りにヘリオットが五十羽の孔雀にとり巻かれて帰って来るが、これも魂はうつろ。アンブローズが帰ったという噂で、ホブは探しに行ったが、アンブローズは貧乏谷という荒地で何ももたないで放心していた。

ホブはこれは何かあると思った。四人とも肌着を着ていない。四人ともどこかおなじ所へ行って魔法にかかったに違いない。探索の旅に出かけると、風がオープン・ウィンキンズへ行けと教えてくれた。いつの間にかそこに着いた。すると林があって美しい女がいた。ホブはたちまち心を奪われる。女は小舎がふたつあるから、並んで住もうという。楽しい日が過ぎたが、ある日女が常々きらいだと言っている森の中に入って行くのを見かけた。つけて行くと女は黒い前髪をひと筋、池の水につけていて、池の中には魔ものがウジャウジャといた。女は金髪なのだが、前髪に黒髪がひと筋ついているのだ。ホブは女の正体がわかった。女の小舎を探してみると、弟たちの肌着が出て来た。いずれも縫い取りがしてある。ライオネルのにはおもちゃの農園、ヒューのには二匹のライオン、ヘリオットのには五十羽の孔雀、そしてアンブローズのには何とも知れぬ布切れ。ホブの女を愛する心に変りはなかった。女の黒い前髪を引き抜き、家へ連れて帰った。弟たちは正気が戻り、女はみごとな黄金のバラを咲かせた。

さてこの話には、女が何者なのか、なぜそういう行いに及んだのか、一切説明らしい説明がありません。ただ兄弟が次々に失踪し、帰って来るという謎のような出来ごとがとても印象的なのです。ホブだけが美しい望みを持っていたのであって、ほかのは下らぬものを望んだり、賢者ら

サセックス州にある白亜の断崖はセヴン・シスターズと呼ばれる（By Simon Carey, CC BY-SA 2.0）

しく何も欲しくないと言ったから罰を受けたのだという、教訓的な解釈も成り立ちません。弟たちの望んだものも結末も何だか切ないし、弟たちに謎めいた扱いを与えた女も何だか切ない感じです。こういう話に私たち、少くとも私がひきこまれるのは、人生が切なく謎めいているからでしょう。とにかくこのミステリアスというのがファージョンの持ち味だと思います。

『ヒナギク野のマーティン・ピピン』（一九三七年）は、前作の六人の娘の娘たちに、ピピンがお話をしてやる趣向で、お話は八つはいっています。これも娘たちとのやりとりは額縁で、実質は短篇集です。その中からふたつ紹介しましょう。

『ウィルミントンの背高男』。これは実際にサセックス州の海岸に存在する白亜《チョーク》の断崖と、ウィルミントン村の丘に描かれた背高男の画にもとづいて作られたお話です。写真を資料につけておいたのでご覧下さい。ちょうど白い頂きが七つあるでしょう。だからこの断崖はセヴン・シスターズと呼ばれているのです。ファージョンはこのサセックスという土地が大好きだったのね。

　ウィルミントン村のはずれに七人の姉妹が住んでいました。背が高く真白い服を着ています。大変なきれい好きで、家の中には塵ひとつなくピカピカです。夕方になるとウィンドオーバーの丘へ行って海を眺めます。たった一人の弟が海へ乗り出して帰って来ないからですし、海にはゴミがないからです。ある日丘へ登る途中、魚鍋（そういう鍋があるんです）の中に男の子がはいっているのを見つけて、家へ連れて帰りました。男の子は背丈が三〇インチ、つまり八〇センチ弱しかありません。それで五歳だといいます。姉妹たちはウィルキンと名づけて可愛がりますが、ウィルキンはたまらない。ミルクが七杯、ゆで卵が七つ出てくるんですからね。それで週に一度受け持ちを決めてもらうことにしました。月曜日おばさん、火曜日おばさんといった風にです。学校へ連れて行かれましたが、子どもたちからチビと馬鹿にされ、ウィルキンは二度と行きませんでした。

　十歳になったとき、煙突掃除の小僧になりました。一日に一ファージングもらえます。一ファージングとは一ペニーの四分の一です。それをその日の担当のおばさんにあげます。何しろ体が八〇センチから少しも大きくならないのですから、煙突掃除には向いているのです。一番高い煙突から顔を出すと、はるか下で子どもたちが遊んでいます。ヤーイ、ウィルミントン一の背高男だぞうと声を掛けると、子どもたちはどよめきます。しょっちゅうそれをやっているので、そのうちそれが仇名になっちゃった。

でも問題が生じました。ウィルキンは自分が真黒になって帰って来るだけじゃなく、煤を身につけて家に持ちこみます。おばさんたちは最初はウィルキンを洗って真白にするし、持ちこんだ煤もきれいに拭き取っていました。しかしそのうち、ウィルキンはいくら洗っても白くならず、煤も拭ききれずに壁や扉にしみつくようになりました。おばさんたちがいくら頑張っても、ウィルキンの煤には対抗できません。ある日おばさんたちの姿が揃って消えました。ウィルキンはもちろん、村人たちも懸命に探してくれたんですが、遂に帰ってこない。実はドーバー海峡の白亜の断崖に姿を変えていたのですね。それで断崖が七つあって、セヴン・シスターズと名がついているの。この時ウィルキンは二十五歳になっていました。

ウィルキンはウィンドオーバーの丘の上から海を見て、おばさんたちのことを考えていました。するとボートに乗って大男がやって来たのです。この男は海へ去ったというおばさんたちの弟でした。彼の話では、息子がいて生れたとき三〇インチもあった。これは大男になるぞと楽しみにしていたら、生後間もなく女房が三十個の洗濯ばさみと交換に、ジプシーにやっちゃった。おれはずっと息子の行方を気にしていたんだが、昨日のことだ。息子を連れて行ったジプシーの仲間の婆さんと出会った。息子は役に立たないから、魚鍋に入れてウィンドオーバーの丘に棄てたと言う。息子はもう死んでいるだろう。生まれたとき三〇インチあったんだから、そのあとずいぶん大きくなったに違いない。だからおれは大きな墓を作りかけているんだよ。ウィルキンは自分がその子だと男に告げました。七人のおばさんは本当の伯母さんだったのです。

ウィルキンはその後七十五年間煙突掃除を続けて、百歳になって死にました。彼が死んだときおばさんたちは断崖から出て来て、ウィルキンの枕頭に立ちました。あい変らず三〇インチの小男でした。おばさんたちがウィルキンの亡きがらを抱いてウィンドオーバーの丘まで来ると、ボートで弟がやって来ました。大きな墓がすでに掘ってあると言う。そこに小さなウィルキンを埋めました。そして姉妹はウィルミントン村の丘の側面に背高のっぽの絵を描きました。絵は今も残っています。

『エルシー・ピドック夢で縄とびをする』

もうひとつ紹介します。『エルシー・ピドック夢で縄とびをする』です。これはファージョンの作品で一番名の売れたものだそうです。ケイバーン山の麓にグラインドという村がある。そこにエルシー・ピドックという三歳の女の子がいて、縄とびがしたくてお父さんに作ってよと頼んだ。まだ早いよとお父さんは取り合わない。そうしたらエルシーは、お父さんのズボン吊りを使って縄とびの真似をしていた。そこでお父さんもとび縄を作ってやった。五歳のときにはもう近所でエルシーをとび負かす少女はいなかった。そういうエルシーに妖精の踊りの師匠が目をつけた。ひと月に一回、三日月の夜、一年間縄とびを教えてやろうというのだ。エルシーは七つだった。一年間フェアリーの先生に教えられたエルシーは、もはや隠れもない縄とびの名人とうたわれるようになった。そして長い歳月が過ぎた。

その間領主は何度も変ったが、いまは資本家が領主でケイバーン山に工場を建てたいと言い出した。山は村の共有地だと思っていた村民は領主と争ったが、向うは有能な弁護士を抱えていて、どうも領主の要求が通りそうである。村一番の縄とび名人のエレンが、林の中でもうケイバーン山でとべないと思って泣いていると、どこからともなく秋の落葉のような乾いた細い声がした。三日月の夜村中の人びとがみんなケイバーン山に集まって縄とびをしなさい。そしてそれが終ったなら工場を建ててよいという契約を領主としておきなさい。エレンが聞きます。「それなら終ったら工場が建つじゃないの」。乾いた声は言いました。「いや、終りません」。エレンは村へ帰って人びとに話しました。村人はそれに従って、工場主と契約を結びました。

さて当日、むろん村人は全部ケイバーン山に集まりました。妖精たちも、エルシーを教えた先生を含めてみんなやって来ました。領主は弁護士と友人たちを引き連れてやって来ました。縄とびが終ったら工場を建ててよいなんて馬鹿な取り引きを持ち出してきたものだ、もう工場は建ったも同然と思っていたのです。まず小さな女の子がとびました。しくじると次のが出て来ます。だんだん上手なのが出て来て時間が過ぎて行く。領主はイライラし始める。エレンが出て来て長々ととぶ。領主はもう我慢しきれない。しかしエレンも遂に疲れてとべなくなる。これで終りと領主が思ったら、今度は母親たちが出て来る。しかしだんだん年寄りが出て来て、最後に六十七歳のおばあさんがとぼうとして転んだ。さあ、終りだ、ケイバーン山はおれのものだと領主が思ったら、秋の枯葉が散るような乾いた声がした。「まだ、終ってはいません。私がとびます」。小さなおばあさんだった。「私はエルシー・ピドックです。長い間グラインド村から離れて暮して、もう百九歳になりました」。まわりはどよめいた。エルシー・ピドックの名はまだ憶えている人が多かったのだ。

おばあさんはとび始めるといっそう小さくなり、眠っているように見えた。それでも高とび、強とび、ひねりとび、見事な業を繰り出して終らない。一時間たった。二時間たった。三時間たった。もう夜が明けている。領主がいら立ってエルシーをつかまえようとした。エルシーはその親指と人差し指の間をすり抜けた。エルシーは延々と踊った。もう日が沈もうとしていた。遂に領主は叫んだ。「これはペテンだ。ペテンにもとづく契約は無効だ」。そしてシャベルで浅く穴を掘り、最初の煉瓦をそこに置いた。するとエルシーは強とびをしてその煉瓦を地中に押し込んだ。煉瓦とエルシーは地中深く消えた。領主もその穴に落ちこんだ。やがてエルシーは地中からとび出し、高々と空に登ったが、領主は遂に穴から出てこなかった。弁護士は首を振り、友人たちを連れて山から降りて行った。このようにしてケイバーン山は救われた。そのあとエルシーが、まだケイバーン山でとび続けているのを見たと言う人もある。

このふたつのお話に注釈はいりません。ただただすばらしいです。思想がどうのこうのとか言う人がいれば、その人に言いたいですね。現代的思想性がないですって、そうかも知れないが、こんなみごとなお話、あなた書けますか、書けなければ黙ってて下さいよ、そして話を楽しみましょうよ、と。ファージョンのいいところは話に不自然さがないということです。不思議ではあるけれど、話を作り立てる不自然さがない。今日のファンタジーの多くは人をアッと驚かすような奇想を競い合っているんだけど、作意がみえみえで興ざめです。読者はそんなに低級な訳じゃない。

メアリ・ポピンズを生んだトラヴァース

さて、トラヴァースについてお話しする時間があまりなくなりました。しかしこの人の『メアリ・ポピンズ』シリーズは読んでらっしゃる人がほとんどだと思うので、ストーリー紹介の手間が省けます。要するにこれは風変りな、正体はフェアリーであるようなナニーの話なんですね。このメアリがナニーだという点はあとで考えます。

パメラ・リンドン・トラヴァース（一八九九〜一九九六）は自分の生涯を語るのをいやがった人で、歳も一九〇六年生まれだと思われて来ました。亡くなったとき一八九九年生まれと初めて報道されたのです。従来通り一九〇六年生まれと報じた新聞もいくつかありました。本名はヘレン・リンドン・ゴフと言います。オーストラリアのクイーンズランド州生まれで、前は広々としたグレイト・バリア・リーフ、後ろはサトウキビ農園という環境で育ちました。お父さんは農場の監督、あとでは銀行の支店長もしたそうです。この人はアイルランド人、お母さんもスコットランド、アイルランド系です。お父さんは馬で帰って来ると「ジョージ・キャンベル様のお帰りだ」と言うし、お母さんは「やれ、ありがたや」と受ける。ジョージ・キャンベルというのはスコットランドの有名なバラッド（譚詩）の主人公です。お母さんは子どもたちに「騎士殿、いかがなされた」なんて物言いをしたそうです。お父さんは、パメラが七歳のとき書いた詩を見せられて「イェイツには及びもつかぬ」と言ったそうですから、アイルランド文芸復興運動のシンパだったんでしょう。しかし、この人は実はアイルランド人じゃなく、アイルランド熱が昂じて自分でそう思いこむようになったという説もあります。家にはシェークスピア、スコット、ディケンズが揃っていたそうですから、ホーム・ライブラリとしては第一級ですね。それに通いの子守りが変っていた。オウムの頭の握りのついたこうもり傘を持っている。メアリ・ポピンズの雨傘の出所はこれなんですね。そして、自分が見聞きしたとんでもない話を聞かせる。しかも、子どもには聞かせられない話なんて言って、全部は話してくれない。つまりメアリ・ポピンズの作者になるべき家庭環境にあったという訳です。

パメラは八歳の時父を失い、大学へは行けずにタイピストになり、やがて舞台に女優として立つことになります。二十五歳のとき渡英。やはり女優やら何やらやっていたらしいけど、ジョージ・ラッセル（通称A・E）に作品を送ったら、まだほかに書いたものがあればそれも見せてくれという返事をもらって舞い上っちゃった。このA・Eというのはアイルランド文芸復興運動のスポークスマンみたいな人で、あとではパメラの愛人になっています。彼女がいかにイェイツ一派に熱を上げていたか語るエピソードがあります。ダブリンまで汽車に乗ったら、イニスフリーの近くを通り衝動的に降りてしまった。イニスフリーというのはイェイツの詩のタイトルになっている湖中の小島なんです。船頭にイニスフリーへやってと言うと、そんな島知らないよという返事。説明すると、ああネズミ島のことかというんで連れて行ってくれた。島はナナカマドの盛りで、腕一杯ナナカマドを手折って帰りの舟に乗った。嵐にあって沈没するかと思った。ずぶぬれで

パメラ・リンドン・トラヴァース

ナナカマドを抱えた姿でイェイツの家のベルを押した。本人が出て来て眼をむいて一言もいわず引き込んだ。すると女中が出て来て、暖炉で服を乾かしてくれたりして、ご主人様がお会いになりますと言う。書斎に行くと、花瓶にナナカマドが一本だけ挿してあった。イェイツはまるで神であるか名優であるかのように語ったそうです。家庭環境やらイェイツに会った話などはみんな、あとで触れる講演の中で彼女自身が語っていることです。私はナナカマドというとパステルナークの『ドクトル・ジヴァゴ』を思い出しちゃう。あの物語の重要な場面にナナカマドが出て来るのね。もひとつ余談にわたると、ジョン・ウェインがやった『静かなる男』にもイニスフリーという地名が出て来るの。これは島じゃないけどね。『静かなる男』というのはアメリカでボクサーやってた男が故郷のアイルランドへ帰って来る話ですね。ジョン・フォードの名作です。

パメラはサセックスの古いマナーハウスを手に入れてそこで暮した。一六三二年の建造というから清教徒革命が始まろうとする時代。ボストンの家にはかなわないけど相当な歴史的建築物ですね。彼女はファージョン同様、サセックスの風土が大好きだった。シリーズの第一作 *"Mary Poppins"*（『風にのってきたメアリー・ポピンズ』）は一九三四年に刊行、翌年第二作 *"Mary Poppins Comes Back"*（『帰ってきたメアリー・ポピンズ』）刊行。一九四三年に *"Mary Poppins Opens the Door"*（『とびらをあけるメアリー・ポピンズ』）、一九五二年に *"Mary Poppins in the Park"*（『公園のメアリー・ポピンズ』）と続きます。あと彼女は八〇年代になって *"Mary Poppins in Cherry Tree Lane"*（一九八二年）と、*"Mary Poppins and the House Next Door"*（一九八八年）を書いていて、これは邦訳もあるんでしょうけれど私は読んでいません。というのは私が第四作まで読んでいるのは、訳本を長女に買ってやったからで、八〇年代と言えば長女はもう大学を出ていましたから、子どもの本を買ってやる歳じゃなかった訳です。

メアリ・ポピンズのシリーズ

メアリはバンクスさんの家に三度やって来るんです。バンクスさんは銀行員で桜町通り一七番地に住んでいる。家族は奥さんと、子どもが歳の順にジェイン、マイケル、それにジョンとバーバラの双児、あとではアナベルって子も生まれます。使用人は料理番のブリルばあや、女中のエレン、外まわりの下男ロバートソン・アイ。それにナニー、つまり子守りがいるんだけど、ちょうどその子守りばあやが辞めて困っているところ。広告にでも出して後任を探さなきゃというところに、メアリが風に乗って登場。若くてかわいい娘だから子どもたちは大歓迎。奥さんが保証人はと聞くと、当今保証人なんて古いですわと一言でアウト。休みは二週間おきの木曜でいいわねと言うと、いいえ一週おきの木曜にいただきます、それが現代のきまりですと、これもアウト。あなたのお部屋はお二階の奥よというと、それではと挨拶して階段の手すりをすべり上ってしまう。階段の手すりをすべり降りるのは子どもたちもやってるんだけど、すべり上るんですから二人の子どももはもうワクワク。メアリは大きなカバンを提げているんだけど、床の上に置いてある中味を見たらカラッポ。それなのにメアリはそれから次々と品物を取り出すんです。ジェインとマイケルはもう尊敬しちゃう訳です。

メアリは子どもたちの世話をするのが迅速。あっという間に着替えもさせてしまう。しかもきびしくて子どもに四の五の言わせない。彼女が来てバンクス家はすべてうまく行くようになります。別にメアリがブリルばあさんやエレンの仕事まで手伝う訳じゃない。それなのに不思議に万事秩序立ってうまく行ってしまう。しかしメアリはある日、何のことわりもなく立ち去ってしまう。途端に家の中は万事まずいことだらけになる。しかしメアリは帰って来た。マイケルが公園でタコ揚げしていたら、その糸の先から降りて来た。これが二度目の滞在。バンクス家はまた好調。しかしそのうちまたいなくなる。バンクス夫人は不平たらたら。「あの子ったら、いつも何の断りもなくいなくなる」。バンクス家は乱調を極める。しかし、メアリはまた帰って来てくれた。子どもたちが公園で花火を揚げていたら、最後の一発が何の反応もない。しかし花火が打ち上ったあたりの空からメアリが舞い降りて来た。これが三度目の滞在。しかしまたいなくなる。以上三回のメアリの滞在を述べたのが第一作から第三作までです。第四作の『公園のメアリー・ポピンズ』は、以上三回の滞在中の出来事で、書き洩らしたものを集めたという趣向。

『メリー・ポピンズ』は映画にもなっていて、観られた方は多いと思います。あれは原作にない話を大幅に作り加えていて、作者トラヴァースは不満だったそうです。映画じゃバンクス夫人は女権拡張論者で、デモに出かけてばかりいるでしょう。原作のバンクス夫人はおとなしいただの主婦です。でも映画自体はなかなかの出来で、原作の雰囲気がよく出ていました。これは何たって、ジュリー・アンドリュースのメアリがよかったんです。まさにぴったりのメアリでした。映画では例の「チム、チムニー、チム、チムニー」という煙突掃除夫のダンスが凄かった。でも原作に相当するものはありません。

さてメアリ・ポピンズとは何者かってことなんですが、これはまさしくフェアリーなんだね、フェアリーがナニーになっている。なぜナニーになるのか。子どもたちと接点を持つためにはナニーになるのが一番いい。ところが作品が書かれた一九三〇年代には、イギリスの普通の家庭にはナニーなんていない。家庭に三、四人の召使いがいて、その中の一人はナニーだというのは、ヴィクトリア朝後期の中流家庭の虚栄なんです。第一次大戦後になると、ナニーなんてなり手がない。だからバンクス家のあり方から見ると、これはどうしてもヴィクトリア朝後期、少くとも第一次大戦以前の物語なのです。そういう時代設定にせざるを得なかった訳です、作者は。

この物語の核心は、ひとりのフェアリーが子どもたちの驚異にみちた別世界への願望をみたしてやることにあります。物語はメアリがジェインとマイケルを散歩につれ出して、様ざまな不思議な体験をさせるといったお話の連続です。メアリは実に不思議な友人たちを持っています。言い換えたら、ロンドンには人知れずフェアリー一族が住んでいて、それがみんなメアリの知り合いなのです。知り合いというより、その中でメアリは名士らしいんです。その知り合いには、おかしいことを思いつくと笑いガスがたまって天井へ上昇してしまう小父さん、思ったことと反対のことをしてしまう小父さん、楽器の修理をしているんだが、そこにはオルゴールが沢山あって、それに乗ると廻り出してとまらないという小父さん、とにかく変な小父さんたちが沢山いる。またジンジャー・ブレッドを売っているおばあさん、彼女にはいつもめそめそしている大女の娘が二人いるんだけど、ジェーンとマイケルはメアリがこの三人と夜空に星を貼りつけているのを見てしまう。またノアの箱船みたいな変な家に住んでいる娘とその祖父がいて、その家には樹だとか花だとか雲だとか描いた板が一杯並べてあるんだけど、ジェインとマイケルはこの二人がメアリと一緒に、その板を木や空に張りつけて、長かった冬を一ぺんに春にする作業をしているのを見てしまいます。

正直なところを言うと、これら驚きのお話はあまり面白くありません。というのは驚異とか不思議というものをまさに頭で作り立てているからです。これはトールキンの『ロヴァランダム』でもそうで、あっというようなお話を作り出そうとしたら、月へ行ってそこの住人に会ったとか、海底に潜って魚の王様に会ったとか、とにかく型にはまってしまうのです。メアリと子どもたちが風船を買って空に舞い上ったり、砂糖菓子で出来ている杖を買って、それにまたがって空を飛んだりしても、ひとつも面白くありません。空想として平凡です。

むろんいい話もいくつかあります。公園のトリトン像が現実の男の子になる話や、三人の王子が一角獣とともに本の挿画からとび出して来る話は悪くはありません。一番いいのはジェインが公園の中で、地面に小さな公園を箱庭みたいに作りあげたところ、ジェインもマイケルもそれにメアリまでその世界にはいりこんでしまう話です。この話はずっと私の頭に残っていて、女の子が箱庭を作ったらそれが大きくなって自分がそれにはいりこんじゃったという話があったなあ、あれは何に出ていたのかなあとずっと考えていました。なやましい限りです。ちょうど夢の中の体験がだんだんおぼろになるみたいに、そのお話がおぼろになる。ところが今度メアリ・ポピンズを読み返したらあったじゃないですか、この話が。

でも、メアリ・ポピンズの物語がいいのは、何といっても主人公のキャラクターにあります。

この人が驚異的なのは、子どもたちに異次元の世界を開いてやる超能力を持っている点にある。しかしそれと同時に、この人はしっかり屋の、しかも少しうぬぼれ屋のかわいいナニーでもある。子どもたちが、ねえメアリ、風船で空を飛んで楽しかったねと言うと、何ですって、私が風船で空を舞ったですって、私を侮辱するのですかと来る。そしてショーウィンドウをのぞきこんで、自分の帽子が恰好いいのにニッコリする。お澄し屋さんであり、気どり屋さんであり、やかまし屋さんでもあります。そういうくっきりしたキャラクターがなかなかいいのです。しかし何たって彼女の本領は、この人といれば不思議な世界に出会えるということです。不思議にみちたアナザワールドは、この人がいないと顕現しないのです。つまりこの人はわれわれを異次元の世界と結びつけてくれるのです。

結びつける人

トラヴァースには『オンリー・コネクト』という題の講演があります。一九六七年、議会図書館でなされたもので、私がしている話の十倍くらい素晴しい、中味の詰ったレベルの高い講演です。これはおなじく『オンリー・コネクト』と題する三巻の児童文学論文集の第二巻に収められています。つまりこの論集がタイトルをトラヴァースの演題からいただいている訳です。しかもこの「オンリー・コネクト」というのはE・M・フォスターの『ハワーズ・エンド』のエピグラフ、つまり題銘です。オンリー・コネクトって、「とにかく結びつきなさい」って意味でしょう。トラヴァースはメアリを通じて、私たちにこの世以外のもの、あるいはこの世の最も深いところにあるもの隠されたものと結びつきなさいと言ってるんですね。

講演の中からランダムに言葉を抜いてみます。「メアリ・ポピンズは妖精物語と同じ世界から出現した。妖精物語は地方の人々の素朴な心にかなうように変えられた神話なのだ」。「人生そのものが神話を再生産しているのです」。これは納得できますね。そして次の言葉はむしろファージョンの物語にふさわしい気がします。「物語というものは、どんな人間もやがては自分自身の物語の主人公にならなくてはならぬことを、私たちが理解できるように語られねばならぬものなのです」。そして言います。「目のはしにちらりと見えたものが、同様にはかないものと結びつけられる——すべてが暗示であり提示である」。だとするとトラヴァースが目指したのは、まさにファージョンの世界だったことになります。

彼女の言葉にはこういうのもあります。「老婆になるというのは、女性にとって最後の希望であり、なりがいのあるものだと思われます」。私は若い頃、老女を美しいなんて思ったことはありません。ところが石牟礼道子さんが段々歳とって行くにつれ、七十代八十代の老いた女性がとても可愛く思われて来ました。今は可愛いなどころか、エロスさえ彼女たちから感じます。トラヴァースさんはわかっていた訳で、これもすごいなあと思います。

ところでみなさん。この人といれば何か起りそうだとか、何か知らないが楽しいという人がいるのじゃありませんか。ちょっぴりでいいから、そういうところを持った人がまわりにいませんか。それは結びつける人です。私たちはそんな結びつける人になれないでしょうか。ムリかも知れない。結果はいらんおせっかいと嫌われてばかりかも知れないけれどどね。

第十講　アーサー王物語とその周辺

英国の歴史

私の話はルイスとトールキンから始まっております。二人ともアーサー王物語の影響は受けている訳ですから、今日はその話を致しますが、まず英国史を少し思い出していただきます。ヨーロッパ大陸に広く棲んでいたケルト人がブリテン島へ移住したのが紀元前四、五世紀で、これがブリトン人と呼ばれます。紀元前五五～五四年にカエサルが征服の第一歩を印しますが、本格的には四三年にクラウディウス帝が四万の大軍を派遣し、ここにブリテン島のローマ時代が始まります。

ローマ帝国がブリテン島を最終的に放棄したのは五世紀の初頭でありますが、それ以前からアイルランドのスコット人（ケルト人の一派）のスコットランドとウェールズへの移住が始まる。これによって、このあと長くスコットランドとウェールズはケルト的世界にとどまる訳ですね。ウェールズに入ったスコット人の圧力で、デヴォンシャー・コーンウォルのブリトン人がアルモリカに移住する。アルモリカというのはブルターニュ地方のことで、「アーサー王物語」にブルターニュ地方がよく出てくるのもアルモリカが当時ブリテン島と一体の世界をなしていたからです。

ローマの撤退によって、ブリトン人は自主性を回復するんですが、すぐにアングル人、サクソン人の侵入が始まる。五世紀半ばのことです。しかしブリトン人は彼らにすぐ屈従した訳じゃなくて、ベイドンの丘でサクソン人に大打撃を与え、これによってしばらく平和が保たれたと言います。この戦いは五世紀の末か六世紀初めのことであったらしい。ベイドンの丘というのもどこ

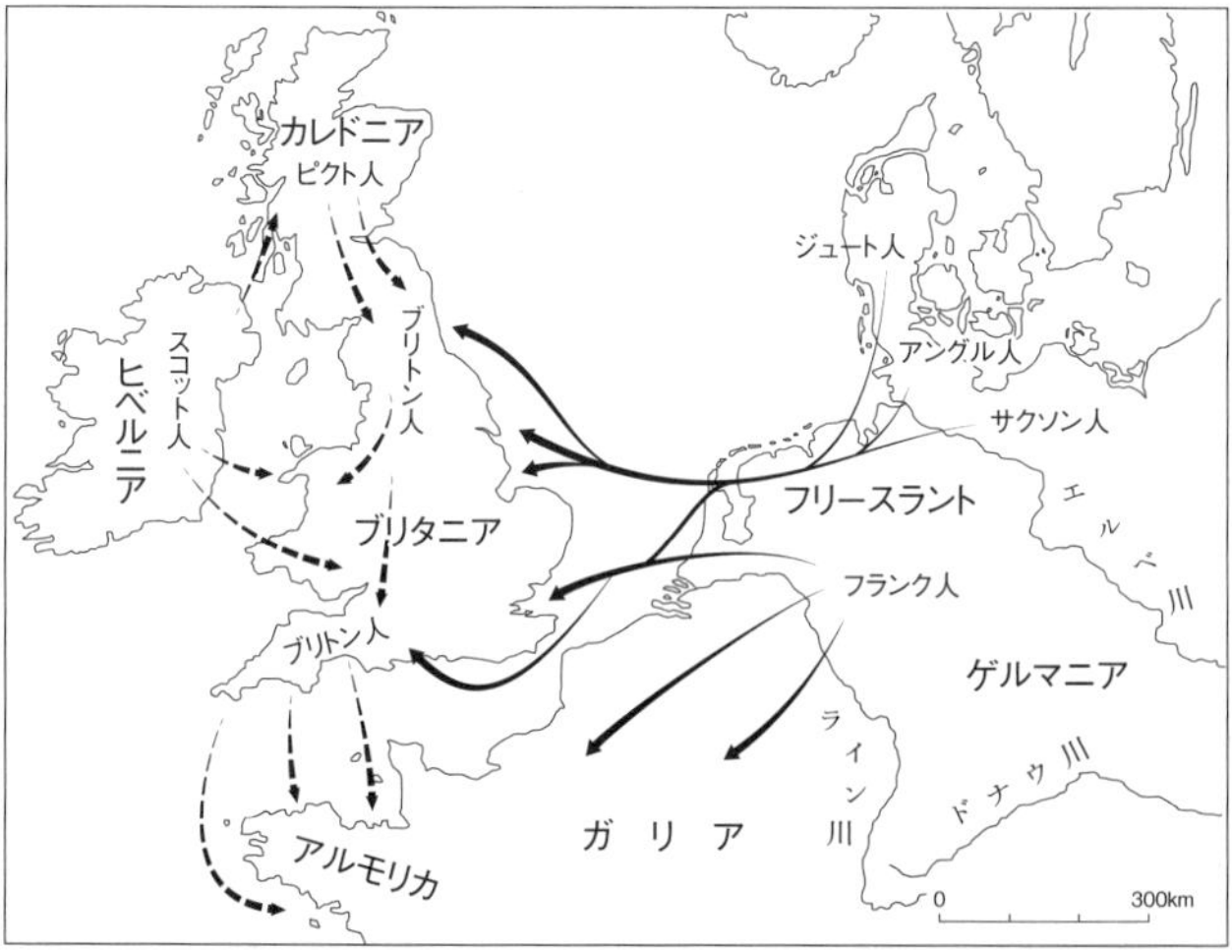

ケルト諸族の移動（『世界歴史大系 イギリス史１』山川出版社を参考に作成）

かわからないが、このことを記録しているのがギルダスという修道士の『ブリタニアの破壊と征服』（六世紀前半）です。この記録では戦捷を得た王の名はローマ名になっている。アーサーの名が出てくるのはネンニウスの『ブリトン人史』で、これは九世紀初めに書かれたものです。アーサーはベイドン丘の戦闘指揮官とされています。つまりアーサー王のモデルになったらしい人物が確認できるのです。

　ブリタニアを征服したアングロ・サクソンはいわゆる七王国（ヘプターキー）を建てますが、結局ウェセックス王国に統一され、ここで出て来るのがアルフレッド大王ですが、時はすでにデーン人（ヴァイキング）の襲来に移っている。デーン人は九世紀からブリテン島に来襲、イングランド東北部にデーン・ローという居住区を設ける

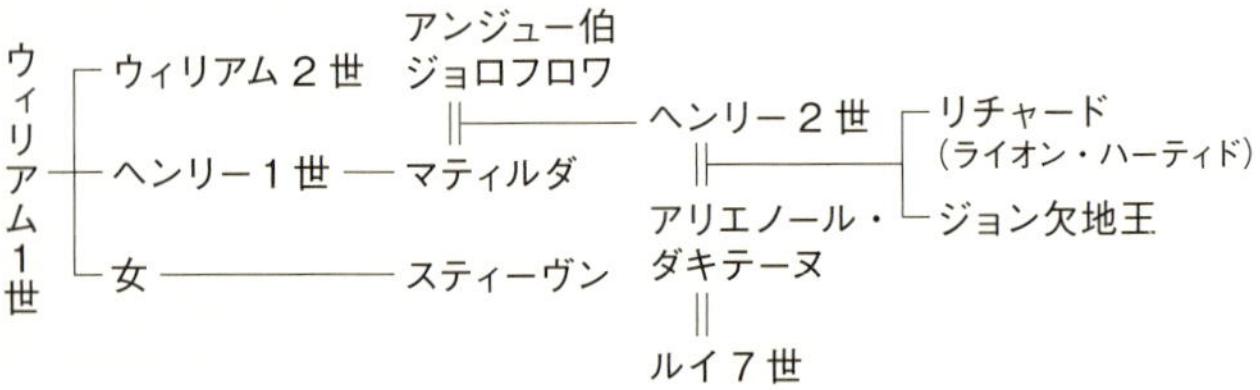

ノルマン朝の系図

のを認められますし、一一世紀初頭にはデンマーク王クヌートの海上帝国にブリテン島は飲みこまれてしまいます。しかしクヌートの海上帝国はすぐに崩壊し、独立を回復したかと思う束の間、ノルマンディ公ウィリアムのイングランド征服、いわゆるノルマン・コンクェスト（一〇六六年）となる訳です。

ジェフリー・モンマスが『ブリテン王列伝』を著わして、アーサー王伝説の骨格を形作ったのが一一三六年、ノルマン朝が始まって七十年たった頃でした。これはアーサーの数奇な出生から英国王推戴、さらにアーサーのローマ帝国征服まで述べたもので、ランスロットもトリストラムも聖杯も、まだ影も形も現わしません。

ところがヘンリー二世がワースに命じて『ブリテン王列伝』を仏訳させました。仏訳といってもかなり物語化されています（『ブリュ物語』）。ヘンリー二世の意図については、当時の王位継承事情が考慮されねばなりません。ノルマン朝の系図をごらん下さい。王位はウィリアム一世から二世、ヘンリー一世と継がれるのですが、ヘンリー一世の長子は海上事故で亡くなって（ホワイト・シップ事件）、王位継承権は娘のマティルダが握っている。彼女はフランスのアンジュー伯に嫁入っています。しかし彼女はきつい性格で、本国イングランドの貴族たちに嫌われている。

そこでいとこのスティーヴンと王位争いになるのですが、結局スティーヴンが即位し、その死後マティルダの子ヘンリーが即位するという約束ができる。それがヘンリー二世です。

これはアンヌ・ベルトゥロというフランス人学者の意見ですが、ヘンリーには課題が二つあった。ヘンリーはアキテーヌ公王女のアリエノールと結婚するんです。このアリエノール・ダキテーヌという人は傑出した女性で、最初カペー朝のルイ七世に嫁ぎ、いっしょにパレスチナまで十字軍出征をしているんだけど、ルイとの仲が悪くて、ヘンリーと再婚した。ヘンリーより十歳ほど歳上だった。ヘンリーはアリエノールと結婚することによってポワトゥー、アキテーヌ、ガスコーニュなど広大な領地の主となったのです。もともと英国王権のもとにあるノルマンディ、ブルターニュ、それに父から受け継いだアンジューを併せれば、フランス王国の東半分が彼の所領になった。これにイングランドの本領が加わるのですから、世にアンジュー帝国と称したのもむべなるかなですね。

しかし、実力はフランス国王を圧倒しているのに、フランス王国内に所領を持っているために、形はフランス王に臣従することになる。これが癪の種で何とかフランス国王の上を行く権威を身に纏おうとした。そのためにはアーサー王伝説がうってつけだった。何しろローマ帝国を征服したってんだからね。これがベルトゥロのいう動機のひとつです。もうひとつはヘンリーは征服王朝の立場ですから、先住民サクソン人の抵抗に手を焼いていた。サクソン人に征服されたブリトン人をひいきにして、サクソン人と対抗させようとした。アーサー王伝説はブリトン人の機嫌をとるのに絶好の手段という訳です。

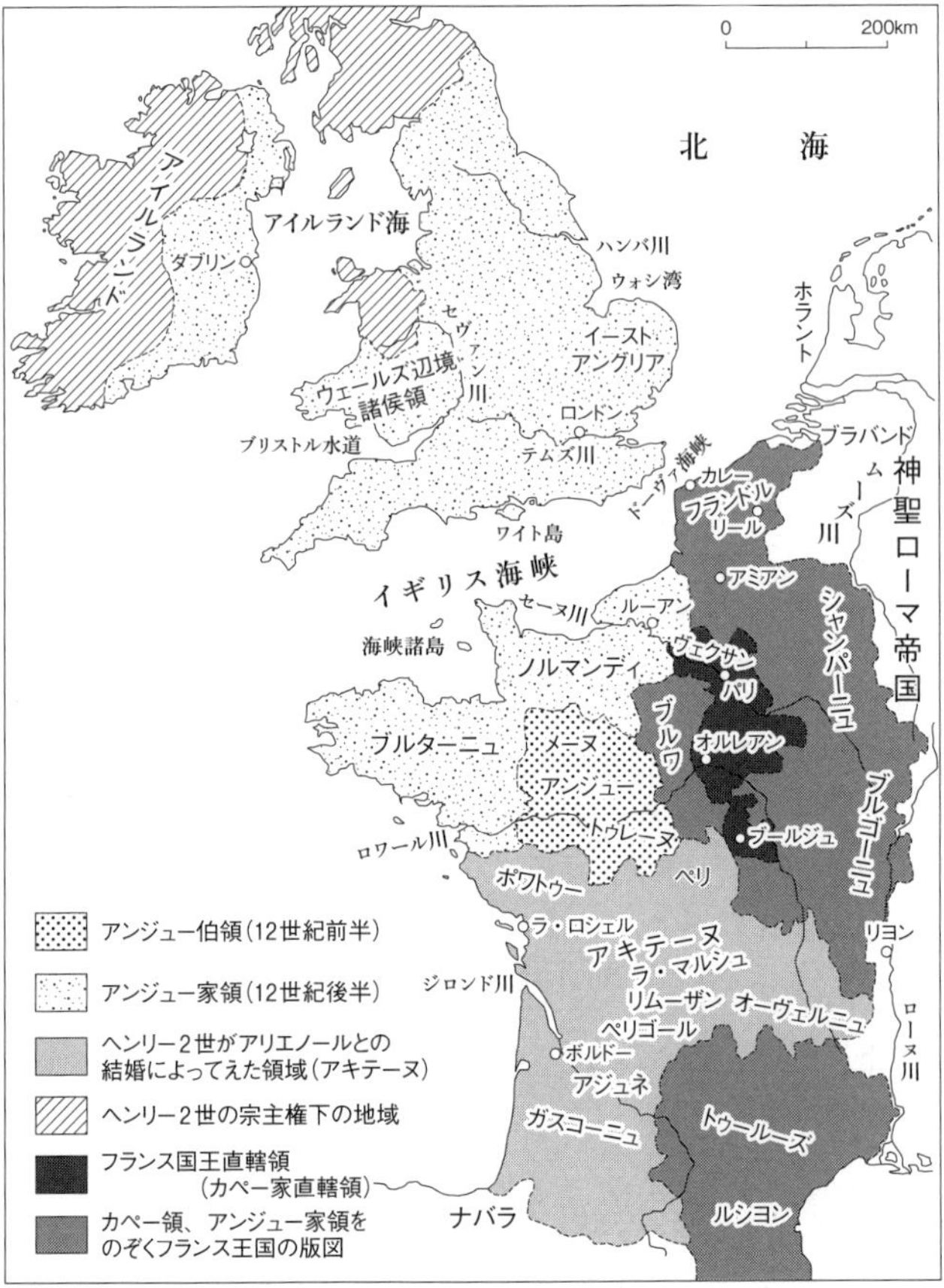

12世紀のアンジュー家領（『世界歴史大系 イギリス史1』山川出版社を参考に作成）

ここでちょっと脱線すると『冬のライオン』という映画があります。アリエノールはヘンリーの愛人を毒殺しようとしたと疑われて幽閉されていたんだけど、その幽閉が解かれて久しぶりにヘンリーを訪ねて来たところ。二人の愛憎に、ヘンリーと息子たちとの相剋が交差するドラマです。息子は一番上がリチャード。十字軍で有名なライオン・ハーティド（獅子心王）ですね。一番下がジョン。これは兄弟中ひとり領地をもらわなかったので、欠地王とあだ名されている。あとで王位についてマグナ・カルタを結ばされる人物です。ヘンリーはピーター・オトゥール、アリエノールはキャサリン・ヘプバーン、リチャードはアンソニー・ホプキンスがやっています。DVDで今でもごらんになれます。

アムール・クルトワについて

ここでアリエノールをめぐってくだくだ申し上げたのは、彼女がヘンリー二世の宮廷にトゥルバドールを導き入れ、それによってアーサー王伝説にアムール・クルトワ、英語でいうとコートリ・ラヴという重要な要素が加わったからです。トゥルバドールというのは南フランスのラングドック、プロヴァンス地方が生み出した詩人たちのことで、吟遊詩人などと訳されることがありますが、それは間違いです。彼らは領主や騎士であり、中には農民から成り上った者もおりますけれど、宮廷人であって町や村を吟遊など致しません。そういう吟遊する歌い手はまた別に居りまして、それはジョングルールと呼ばれます。トゥルバドールは詩人で、しかも自分の作った詩に曲をつけるのです。今でいうとシンガーソングライターです。その詩の主題は貴婦人に捧げる愛の詩です。つまりアムール・クルトワ、宮廷風恋愛がテーマです。

これには騎士道がからんでいまして、騎士たる者、ひとりの貴婦人を心に想い定め、彼女をあがめ奉って絶対的服従を誓わねばならぬのです。騎士には馬上槍試合がつきものですが、その際はわが想う貴婦人の名誉をかけて戦う。具体的には彼女がくれたスカーフなどを槍につけたりして、彼女の名のもとに戦うのです。この貴婦人は主君の妻であったり、とにかく人妻でなければならず、その面から言うと姦通です。でも建て前としてはプラトニック・ラヴ。西洋の近代文学というのは『アンナ・カレーニナ』にせよ『マダム・ボヴァリー』にしても、みんな姦通文学なんです。姦通を取り除いたら、あとは貧弱なものしか残らない。その始まりが宮廷風恋愛なのね。

このアムール・クルトワについては、C・S・ルイスが『愛とアレゴリー』(一九三六年、訳本「筑摩叢書」)でうまいこと言っていますから、読んでみましょう。まず宮廷風恋愛が一一世紀末突如としてラングドックで現われたことを述べ、トゥルバドールの詩の特徴を次のように言います。「恋人はつねに惨めな存在である。彼の愛する貴婦人の願いなら、どんな気まぐれであってもそれを励行し、不当な譴責には黙って耐えるのが、彼に許される唯一の美徳だからだ」。これはランスロットとグィネヴィアの関係にそっくり当てはまりますね。ルイスは次いでこういう愛はただそれまでのヨーロッパが知らなかったものであるばかりでなく、インドや日本は今に至るまで知らない種類のものだと言い、こう続けます。「そこにあった最も重要で最も革命的な要素が、八百年間にわたってヨーロッパ文学の背景をつくってきた事実だけは忘れられるべきではない。……彼ら(トゥルバドール)はわれわれの倫理、想像力、日常生活のことごとくを変革し、われわれと過去の古典時代や現在の東洋との間に越えがたい障壁を築いたのである。この革命に比べたら、ルネサンスなどは文学の水面を騒がすさざ波にしかすぎない」。

一九七六年の刊行ですから古いけれど、堀米庸三編の『西欧精神の探究――革新の十二世紀』（日本放送出版協会）という本があって、これはヨーロッパ中世の入門書としては大変いい本で一読なさる価値がありますが、この中で新倉俊一さんが「愛、この十二世紀の発明」という論文を書いている。このタイトルだけで、トゥルバドールがやったことがパッとわかりますね。新倉さんの言うには、その前は『ローランの歌』を見たってわかるように、女性はまるでやりとりする品物のように扱われていて、ひとりの人格として認められていない。トゥルバドールたちによって至高の愛の対象としての女性、人格としての女性が生まれたんです。なぜ南フランスに突然こんな愛の観念が生まれたのか、アラブの影響など指摘されたこともありますけど、結局は謎なんです。

ルージュモンというフランスの文学者がいて、一九三九年に『愛と西欧』という本を書いて評判になった。というより論争を巻き起した。この人が『トリスタンとイズー』を例に引いて言うには、トゥルバドールが発見したのは死に至る愛である。トリスタンとイズーは互いを愛してなどいない。自分の愛を愛し、それを至高のものに高めたいだけで、それは苦悩を愛することに通じ、愛を通して死に至るのを望む衝動であって、これこそ西欧の愛の特徴であるというんですね。この本は『愛について』というタイトルで岩波から訳本が出ています。ルージュモンの主張は極端だから、眉唾ものだと考えている人が多いようですけれど、こんな主張が出て来るほど、トゥルバドールが発明した愛は革命的だった訳ね。

私はこうした愛を西欧独特で他に見ないものとする考えを、実はどうかなと思っています。そりゃ違いを言い立てたらきりがないけれど、日本にだってそうした愛に通じるものは見つかるんじゃないかと思うのです。近松の心中物なんかとどう違うのでしょうかね。日本人の精神史については、津田左右吉さんの『文学に現はれたる我が国民思想の研究』とか、和辻哲郎さんの『日本倫理思想史』とか、唐木順三さんの『日本人の心の歴史』とか、すぐ胸に浮かびますけれど、日本人の愛の歴史という研究はないようですね。伊藤整さんがちょっとしてるかな。大変な仕事になるだろうけれど、誰かやってくれないかな。

アーサー王伝説と騎士道

話を戻しますが、最初のトゥルバドールといわれる人はポワティエ伯ギョーム九世です。この人はアキテーヌ公でもある。相当な色道の強者で、某子爵夫人を愛人としていて、教皇庁が警告しても別れぬものだから二度破門された。この人はアリエノールの祖父なのです。だからアリエノールがヘンリー二世と結婚すると、ヘンリーの宮廷にトゥルバドールがどどっとはいって来た。とともにアーサー王伝説が騎士道的な愛に染まってくるのです。

そういう動向の中心にあるのが、一二世紀後半のクレチアン・ド・トロワです。『ブルターニュ物語』四部作を書いて、ランスロットと聖杯を物語に導入した。この人はポワティエのアリエノールの宮廷に出入りしていたとレジーヌ・ペルヌーは書いています（『王妃アリエノール・ダキテーヌ』パピルス、一九九六年)。そののちいろんな作者がアーサー王物語をふくらませて行きますが、それらは『ランスロ聖杯物語群(流布本物語群)』として、一二二五年から三十年の間に、名の知られぬ詩人によって纏められました。そしてこういったフランスでひと化けしたアーサー王伝説がイギリスへ里帰りして来ることになるのです。

一三世紀の初めには、ラヤモンという人が『ブリュ物語』を『ブルート』というタイトルで英訳していますし、一一～一三世紀のウェールズの神話・伝説をまとめた『マビノギオン』にも、アーサー王伝説の古形が現われています。そして何よりも「パール詩人」が『サー・ガーウェインと緑の騎士』を書くのです。「パール詩人」というのは名が伝わっていないから、作品の名をとってそう呼ぶのです。大英図書館に一冊しか伝わっていない写本があって、それには『パール(真珠)』という詩、ほかに二篇の詩、それに『サー・ガーウェインと緑の騎士』がはいっているのです。『パール』は亡き娘との出会いを語るいい詩ですし、『緑の騎士』の方はあとでお話ししますが大変いい作品です。一四世紀に活動していた詩人で、チョーサーの同時代人に当りますが、トールキンはこれほどの詩人の名が伝わっていないという事実の前には粛然たらざるをえないと言っています。

一五世紀になりますと、トマス・マロリーが『アーサー王の死』を書きます。エドワード四世の治下九年目に書いたと著者自身が言っています。これは一四六九年か翌七〇年ということになります。イギリスに活版印刷術を導入したことで有名なキャクストンがこれを一四八五年に刊行して、アーサー王といえばマロリーみたいなことになった訳です。当時の記録には、殺人、強盗、強姦などで何度も投獄されたマロリーという人物が登場しますが、トマス・マロリーその人であることは今日定説になっています。エドワード四世というのはヨーク朝の創始者です。一五世紀後半英国では、それまで王位に在ったランカスター家に対してヨーク家が反乱し、バラ戦争と呼ばれる悲惨な内戦が三十年間続くのですが、それに勝利したのがエドワード四世です。

マロリーの『アーサー王の死』は井村君江さんが『アーサー王物語』のタイトルで全訳しており、筑摩書房から出ています。私は昨年ネットで買いましたが、全五巻で五万円でした。もとの定価の三倍以上です。しかしこの本をお買いになる必要はない。これはおよそ通読困難な代物です。騎士たちは出会うと必ず馬上槍試合になるし、また馬上槍試合大会も何度も開かれていて、誰が誰を突き落したとか、突き落されたら徒歩で戦ったとか、おなじような記述が延々と繰り返されます。しかも致命傷を負ったのに、あとはなぜかピンピンしています。ばからしくて読んでいられない。エピソードも同巧異曲なのが多い。登場人物がむやみに多くていちいち覚えておれないし、話も整理されていなくてゴチャゴチャしている。しかも伝説中大事な話が抜けている。伝説の集大成という訳でもない。

アーサー王物語は紹介本がいくつもありますから、そのどれかをお読みになればよい。井村さんの『アーサー王ロマンス』(ちくま文庫)でもいいけれど、私のおすすめは野上弥生子さんが訳されたブルフィンチ『中世騎士物語』です。これは一九四二年に岩波文庫で出ています。ブルフィンチの名は少年のときから『ギリシャ・ローマ神話』の著者として知っていました。だって岩波文庫読むでしょう。すると巻末の既刊目録も目に入って、そこには必ずブルフィンチ『ギリシャ・ローマ神話』って出ていましたからね。これも野上弥生子さんの訳で、野上さんはこれを大正年間に刊行して、岩波文庫が昭和二年に創刊されたとき、その一冊にはいったのね。

ところでブルフィンチってどんな人だろう。このたび岩波の『西洋人名辞典』と『世界人名大辞典（二巻）』を調べてみましたが、出てくるのは一九世紀のアメリカの建築家だけ。ワシントンの国会議事堂の設計をしたとありました。野上さんは『中世騎士物語』の前書きには、以前ブルフィンチの『ギリシャ・ローマ神話』を出したが、このたびは同じ作者の『中世騎士物語』を出すとしか書いていない。『ギリシャ・ローマ神話』の方には作者紹介があるかなあと思って、わざわざとり寄せたのよ。ところがアメリカの地方の大学教授としか説明してない。野上さん、ひどいよね。原著の『伝説の時代』はエヴリマンズ・ライブラリにはいっていて、漱石も持っていたそうだから有名な人のはずなのにね。建築家のブルフィンチと歳が三十くらいちがうから、ひょっとすればその息子かな。

ところが大収穫があったのよ。この訳本大正年間に出たと言っておきましたが、漱石が序文書いていて、その一部が岩波文庫版にも収録されているんです。これが実に情理ともに備わった名文。昔の人は語り口がいいのね。落語に大家さんというのが出て来るでしょう。こいつが店子に説教するとき、話のもって行き方が実にうまい。そんなうまさでね。その中で何と漱石はファンタジー論をやってるのよ。脱線するけど、ちょっと紹介させて下さい。まず野上さんの訳した原本は自分の書架にも収まってるんだけど、まだ読んでいないと前置してこう言っている。

希臘《ギリシア》のミソロジーを知らなくても、イブセンを読むには殆んど差支ないでせう。もつと皮肉にいふと、人生に切実な文学には遠い昔しの故事や故典は何《ど》うでも構はないといふ所に詰りは落ちて来さうです。あなたもそれは御承知でせう。それでゐてこんな夢のやうなものを八ケ月もかゝつて訳したのは、恐らく余りに切実な人生に堪へられないで、古い昔の、有つたやうな又無いやうな物語に、疲れ過ぎた現代的の心を遊ばせる積りではなかつたでせうか、もし左右《さう》ならば私も全く御同感です。其意味を面倒に述べ立てるのは大袈裟だから止しますが、私は自分で小説を書くと其あとが心持ちが悪い。それで呑気な支那の詩などを読んで埋め合せを付けてゐます。夫《それ》から大病中徒然を慰めるため絵（絵といふ名はちと分に過ぎるから、絵のやうなものと云つた方が適切ですが）其絵を描いて遊んでゐると、矢張り仙人だの坊主だの山水だのが天然自然題目になります。是もある意味に於てあなたの神話に丹精を尽したと同じ動機になるのではありますまいか。弱い神経衰弱症の人間が無暗に他の心を忖度して好い加減な事を申して済みません。もし間違つたら御勘弁を願ひます。

当時漱石は『明暗』を書いてたのね。午前中それを書いて、午後は山水画を描いていたというのは有名な話。漱石は西洋の小説はヤニっこいと言うのね。そのヤニっこい小説を日本に根づかせようとした。漱石って、あとになるほど西洋流の本格小説と取り組んだのよ。初期は東洋趣味に遊んでるのにね。でもしんどい。だから「夢のやうなもの」がほしくなる。これはファンタジー論なんですね。

大脱線したから話を戻します。もう一冊あげるとアンヌ・ベルトゥロ『アーサー王伝説』（創元社）です。これは物語成立の経緯をちゃんと書いているのがよろしい。あとはベディエ編の『トリスタン・イズー物語』（岩波文庫）と、先に紹介した『緑の騎士』をお読みになるといい。これはトールキンの現代英語訳の訳本が原書房から出ています。トールキンが現代英語訳したってのは、元の中世英語じゃ読めないの。同時代のチョーサーの『カンタベリ物語』の方は現代イギリス人も読める。というのは当時ロンドンで使われた英語で書いてあって、現代英語にもつながってくるから読めるのね。私たちが鎌倉時代に書かれたものでも何とか読めるようにね。ところが『緑の騎士』の方は、当時のミッドウェストの英語で書かれていて、これは現代英語と真直にはつながってこないほろびた言語だから、現代英国人には読めない。だからトールキンが訳したのです。

アーサー王の出生から円卓の騎士団まで

さて、アーサーの出生から円卓の騎士団が生まれるまでのことをざっとお話しします。ユーサー・ペンドラゴンという王がいた。一応イングランドに君臨する王ということになっていた。コーンウォル半島突端のティンタジェル城主が妻のイグレインを伴ってユーサーの宮廷を訪問、ユーサーはイグレインに恋着してくどいた。イグレインははねつけて夫にその旨告げ、夫婦はユーサーの許を立ち去った。ユーサーは軍を催してティンタジェルを囲んだ。この城跡は今も残っていて、本当に岬の先端にある要塞です。ティンタジェル公はテラビル城に籠り、イグレインをティンタジェル城に入れた。魔法使いのマーリンはユーサーが悶々としているのに気づく。イグレインが恋しくてどうにもならぬという。そこでマーリンはユーサー王と家臣の一人を、ティンタジェル公とその家臣に変装、というより変身させ、ティンタジェル城に乗りこませる。ユーサーは彼を夫と信じるイグレインと床を共にすることができた。一方ティンタジェル公はテラビル城から出撃し、ユーサーがイグレインと共寝する三時間前に討ち死にしていた。こうしてみごもったイグレインから生れたのがアーサーである。

マーリンとの約束で、ユーサーはアーサーをエクター卿に預けた。アーサーはエクター卿の長子ケイを兄と信じて育った。ユーサー・ペンドラゴン王が死に、カンタベリの大僧正は後嗣問題で諸王・諸公を集めた。当時の恒例として馬上槍試合が開かれることになり、アーサーとケイは会場に向ったが、ケイは「剣を忘れたので、アーサー、お前が取りに帰ってくれ」と言う。帰る途中、アーサーはカンタベリ大聖堂の前の石に剣が突き刺さっているのを見た。家へ帰ったが、みんな大会場に赴いていて、剣が見当らない。聖堂の前の不思議な剣のことを思い出し、それを抜いてケイに届けた。ケイがそれを身につけて会場へ行こうとすると、エクター卿はその剣はどうしたのだと問う。聖堂前の石に刺さっていた剣だと見破ったのだ。ケイが自分が抜いたと言うと、そんなはずはないとエクター卿は言う。わが子の力量を知っていたのである。そこでケイは白状した。エクター卿は三人で聖堂の石へ行き、剣を石に戻してケイに抜けと言う。抜けない。今度はアーサー抜いてみよと言う。アーサーは楽々と引き抜いた。エクターはアーサーの生れの秘密を明かした。ペンドラゴン王のあとをねらう諸公はみなこの剣に挑戦したが、アーサー以外

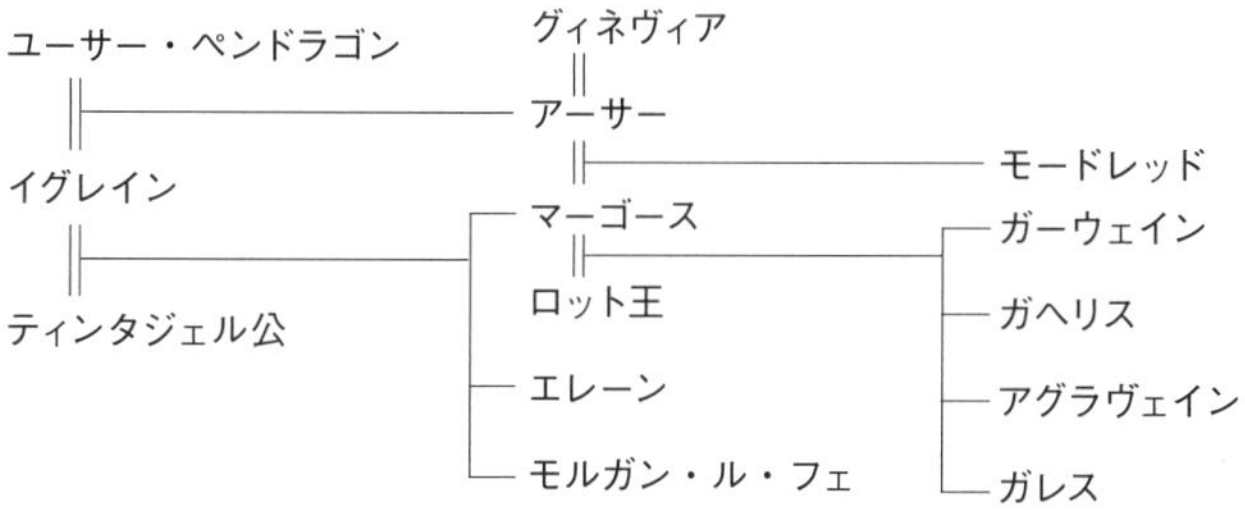

ノルマン朝の系図

誰一人引き抜ける者はいない。こうしてアーサーは王位に即くことになる。ケイは宮廷の世話役になった。

　だが、オークニーやスコットランドその他の諸王はアーサーの王位を認めない。たがいに兵を集めて激戦となったが、マーリンの智謀もあり、さらに大陸のバン王ボース王の味方を得て、敵を打ち破ることができた。このバン王、ボース王との関係はこのあと大きな意味を持って来ます。というのはバン王の息子がランスロットですし、ボース王の二人の息子は聖杯探求の際ひと働きするからです。

　アーサーには異父姉が三人いることも言っておかねばなりません。ティンタジェル公とイグレインの間に生まれた娘たちです。マーゴース、エレーン、モルガン・ル・フェです。マーゴースはオークニー国のロット王と結婚、ガーウェイン、ガヘリス、アグラヴェイン、ガレスと四人の男子を生む。この四人はアーサーの甥に当り、いずれも円卓の騎士になります。一方マーゴースはアーサーと不倫の一夜を明かすのです。この近親相姦から生まれたのがモードレッド。あとでアーサーの命取りになります。モルガン・ル・フェは妖姫と呼ばれるように魔法にたけていて、アーサーにあだをなそうと計る。エレーンはほとんど出て来ません。一応系図を示しておきます。

アーサーはカメラード王の娘グィネヴィアを見染めて妃に迎えます。マーリンはこの結婚に反対だったそうです。カメラード王の所有していた円卓もアーサーのものとなった。一説には十二人、また一説には百五十人が坐れるという。これに坐るのを許されたのがいわゆる円卓の騎士です。マロリーに出てくる数だけでもとても十二人じゃきかない。

マーリンはこのあと活躍せず、姿を消してしまう。というのは湖の妖精ニミュエ（ヴィヴィアンとも呼ばれる）に恋着して、彼女の言いなりになってしまうのです。湖の妖精というのは何人かいて、アーサーの保護者であるのは、名剣エクスカリバーを水中から差し出してアーサーに与えたのがこの妖精たちであることから、またアーサーが死に臨んでこの湖の妖精たちに引き取られることからも明らかですが、一方モルガン・ル・フェとも関係があるらしい。ニミュエは実は老人のマーリンがうっとうしくてかなわない。マーリンが執着を深めるほどいやになる。とうとうマーリンから教わった魔術を使って、マーリンを岩の中に閉じこめてしまう。このあとマーリンはずっと岩中に閉じこめられていて、わずかに何人かの円卓の騎士が、岩越しにマーリンと話をしたそうです。

アーサーもこのあとローマ皇帝を打ち破るという大活躍をしたあと、ほとんど何もしない。ただ騎士たちに鷹揚に肯いてみせるだけです。このローマ皇帝軍との戦いというのは誇大妄想的かつアナクロニックですけど、一応ローマ皇帝から貢租を要求されて拒んだのが発端となっている。何しろイタリアまで攻めこんで、ローマ皇帝位に就いたってんだから挨拶に窮する。ひとつも面白くない。ただフランスへ渡ってすぐ、近在を荒し廻っている巨人を退治する話に、ケルト的雰囲気が出ているとは言える。

女は誰でも自分の思いを通したい

アーサーの冒険については、ひとつだけこれはという話があります。あるとき若い婦人がアーサーに訴え出た。黒い騎士に愛人を捕えられ、彼女の所領も奪われたというのだ。アーサーは早速エクスカリバーを帯びて出かけるが、黒騎士の城につくと魔法がかかっていて、全身の力が抜けて捕われてしまう。黒騎士は謎をひとつ出すから、一年後またやって来てその謎に答えろ、答えられねばお前は俺の家臣になると言う。その謎とは「女性が最も望むものは何か」というのでした。さてアーサーは答えをたずね求めるが、富という人もいるし、優美な騎士という者もいるし、どうもどれが本当の答えかわからない。やがて約束の日限が来ようとする日、アーサーが森を通ると醜い婦人と出会った。顔をそむけて通り過ぎようとすると、「あなたは私を無視なさるが、実はあなたにかけられた謎を解いてあげられるのは私かも知れませんよ」とその女は言うのです。アーサーはその女から答えを聞き、代りに立派な騎士を彼女の夫とする約束をする。アーサーは黒騎士と再会し、答えらしいものを片っ端から並べ立てる。黒騎士がせせら笑って、これでお前の領土は全部自分のものだと言うと、アーサーはやっと女が教えてくれた答えを口にする。「女は誰でも自分の思いを通したい」。すると黒騎士は「妹の奴が教えたな」と叫ぶのです。

アーサーは女に約束していますから、誰か夫を見つけてやらねばならない。円卓の騎士たちを

が本当に好きなのは何かという答えを教えてくれれば救われる。ガーウェインは〔…〕

見廻すと、気の毒で誰に押しつけようもない。するとガーウェインが買って出るのです。結婚式が終ってガーウェインが溜息をつく。女が訳を訊く。「それはお前が年寄りで、醜く、生れがいやしいからだ」。「年寄りには知恵があります。醜くければ他の男から奪われることもありません。人の気品は生れではなくその人の性質によるのです」。そう答えると女は輝やくような美女に姿を変えていた。醜い姿は魔法をかけられていたからで、半分魔法が解けたのである。しかしまだ半分は解けないので、この本来の美しい姿は半日しか続かないという。「夜と昼と、どちらにします」。「夜、おまえと二人きりのとき美しい方がいい」。「でも私は昼間大勢の方々とご一緒のとき美しい方が嬉しいんですけれど」。「じゃ、そうしなさい」とガーウェインが答えると、魔法は完全に解けて、昼も夜も美しくあれるようになったのです。

アーサー王物語にはケルト伝承と南フランスの宮廷風恋愛の二側面があることはもう申し上げましたが、これはやはりケルト色濃厚なお話なんでしょうね。私はこの話には深い真実をつきとめたところがあると思うのです。それはむろん、「女は誰でも自分の思いを通したい」というところです。石牟礼道子さんというのはまさにそういう人でしたね。例えば何か欲しいとか何かしたいとおっしゃるでしょう。場合によっては私がそんなものは要らないとか、そんなことしない方がいいと言う。すると他の人間に頼んで、自分の意志を通してしまうのですよ。また私の知り合いの方《かた》には、イヤと言ったら、天地がひっくり返ってもイヤだという人がいる。つまり女の方が本源的というか、自己に忠実なんだね。男は何か事業をやりたいからね。そのためには自分の思いを抑えねばならない。嫌いな奴ともうまくやって行かねばならない。それからすると女は純粋、というか根源的なものを表わしてるんだろうね。そしてまた、女の執念というものにもつながるんだろうね。そういう訳で私はこの話がアーサー王伝説では一番好きなんです。

騎士ランスロット

ランスロットは円卓の騎士随一の勇士で、馬上槍試合でこの人にかなう者といえばトリストラムぐらいしかいない。高潔な人物であるのは言うまでもありません。彼にまつわる話はアーサー王伝説のひとつの柱なんですが、この人は湖の妖精たちに育てられているんですね。バン王の息子に生まれたんだけれど、隣国に攻められて落城、親子で落ちのびている時父は落命、母が父にとりすがっているときに湖の女にさらわれちゃった。円卓の騎士になってからの彼は王妃グィネヴィアの危難を救う話の繰り返し。とにかくグィネヴィアへの献身に尽きる訳です。一方グィネヴィアは大変高慢で、常にランスロットを罵っている。まあ、どんな無理言われても服従するというのは、ルイスも言う通りアムール・クルトワの定石なんですけれど。

たとえば、グィネヴィアが護衛もなしに森へ遊びに行って、日頃彼女を恋慕していた騎士に囚われてしまう。グィネヴィアは少年の従者に指輪を渡し、ランスロットに届けよと言う。指輪を受けとったランスロットは早速救援に赴くのですが、途中で待ち伏せにあって馬を失ってしまう。仕方ないから通りかかった荷馬車に乗って駆けつけた。そして救い出したグィネヴィアから散々罵られる。「罪人みたいに荷馬車に乗って。恥かしいったらありはしない」。

冤罪からグィネヴィアを救い出したこともある。宴席でグィネヴィアは大皿にリンゴなど果物を山盛りし、その一番上のをお気入りの騎士に与える習慣がある。ガーウェインを憎んでいる家臣が、グィネヴィアはそのリンゴをガーウェインに与えるものと考えて、それに毒を塗っておいた。ところがそれを口にして死んだのは別の騎士で、その弟がグィネヴィアを兄の毒殺のかどで告発した。アーサー王もその告発の前に、グィネヴィアを火刑に処すべく定めざるを得なかった。その時ランスロットは、他の女性のスカーフを巻いて馬上槍試合に出場したことをグィネヴィアになじられ、森に隠れ住んでいたが、彼女の危急を知って駆けつけ、彼女を告発した騎士と決闘して彼女の無実を証明した。

ランスロットは通りかかった町で、幽閉されて熱湯責めにされている乙女を救い出した。彼女エレーンはペレス王の王女で、ランスロットはペレス王の許で歓待される。エレーンがランスロットに激しい恋心を抱いているのを知ったブリーセンという侍女が、心得ている魔法を使って、ランスロットにエレーンをグィネヴィアと思いこませ一夜を共にさせた。エレーンは身ごもり、そして生んだのがガラハッドである。ガラハッドは長じて父を凌ぐ勇者となり、聖杯探求の唯一の成功者となります。

そのうちエレーンは大勢の騎士や侍女を連れて、アーサー王の宮廷を訪れる。ランスロットはすでに、エレーンとの間に一子を儲けたのをグィネヴィアに知られ、散々責められていたので、この度はエレーンを全く無視します。エレーンがランスロットの冷たさを嘆くと、ブリーセンが今夜私がうまく取り計らいますと言う。その夜グィネヴィアはランスロットに自分の床に来るよう使いを出していたが、彼は来ない。ランスロットはブリーセンの魔法で、エレーンをグィネヴィアと思いこみ、その床の中にいたのです。エレーンの寝室はグィネヴィアのそれの隣りだった。ランスロットの寝言を隣室で聞きつけたグィネヴィアは一切を知った。「裏切り者、宮廷から出て行け。二度と顔を見せるな」と罵られ、ランスロットは森に走りこむ。彼は気が狂って二年間放浪の旅を続け、聖杯と出会って正気に戻ったといわれます。

この聖杯というのがよく訳のわからん代物なんです。十字架にかけられたイエスの血を受けた盃というんですがね、それをアリマテアのヨセフという弟子の一人がヨーロッパへ持って来たというんです。この聖杯はときどき騎士たちの前に現われ、すっと消えてゆく。そうすると騎士たちの前に置かれている皿に食物がふんだんに盛り上がるというんです。ケルト伝説には食物が無尽蔵に湧く釜というのがあって、それに似た面もある。

騎士たちが聖杯探求に出かける動機もよくわからんところがあるんだけど、ガラハッドが成人して宮廷に現われ、円卓の騎士となったことがきっかけであるようです。彼は生れつき聖杯探求の任務を負っているらしい。アーサー王は騎士たちが旅に乗り出してゆくのを見て、これで円卓の交わりも終りを迎えようと悲しみます。探求の旅ではいろんな騎士がいろんなことに出会うんだけど、一切省略します。まずランスロットが落第。グィネヴィアとの関係を絶たねばダメという訳。ガーウェインも女出入りが多すぎて失格。結局ガラハッドとパーシヴァルだけが残って、最後はガラハッドだけが聖杯を目の当りにして法悦のうちに死ぬ。何たってガラハッドは童貞だったからね。パーシヴァルはガラハッドを葬り、僧庵にはいって死にます。

ランスロットはグィネヴィアと切れることが出来ない。二人の関係をあばくことに熱中する者

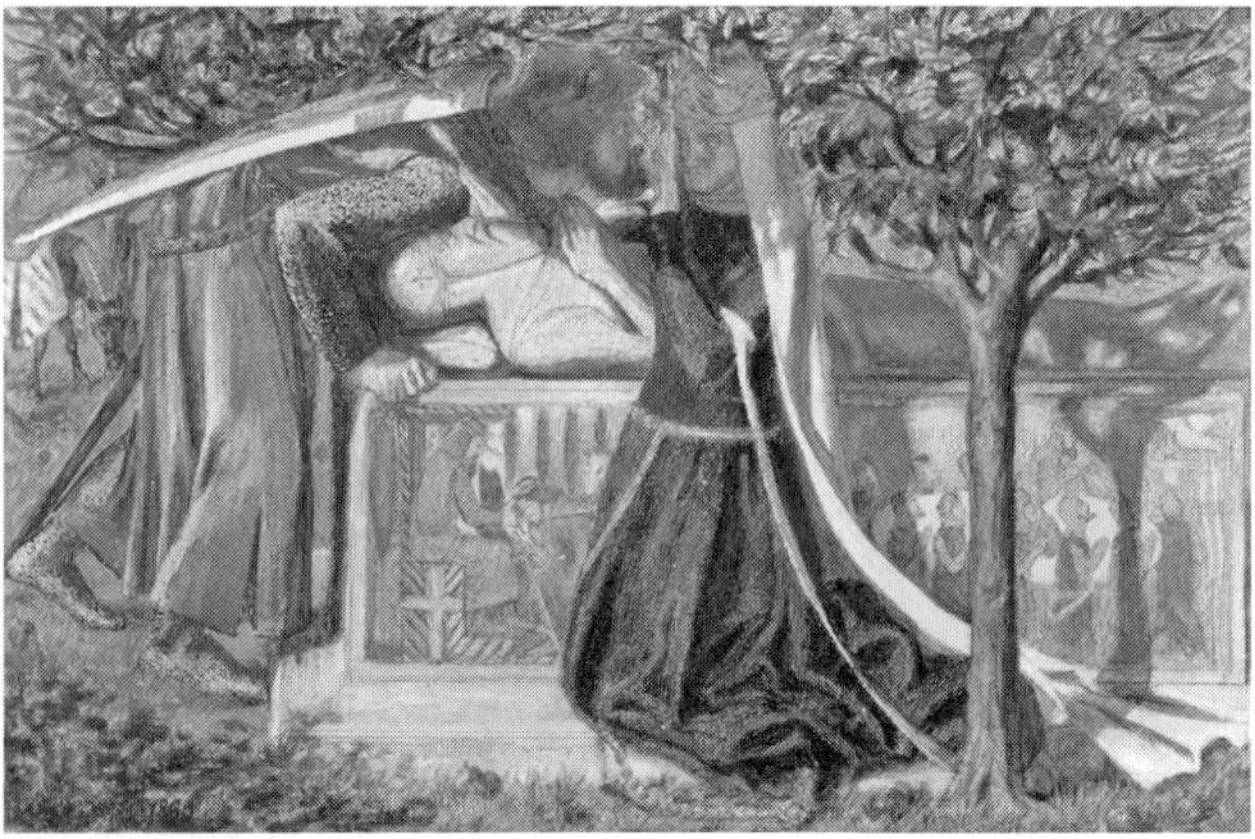

ロセッティが描いたアーサー王の墓。
ここでもランスロットとグィネヴィアは密会を続ける（CC BY-SA 4.0）

もいて、アグラヴェインとモードレッドがその筆頭である。彼らはアーサー王に「狩に出てごらんなさい。お留守の間に二人は必ず逢いますよ。そこをとりおさえましょう」と進言し、アーサーもその気になる。そしてその通りになっちゃうんですが、ランスロットは奮戦して囲みを破り、自分の城にグィネヴィアを連れて帰る。そこでアーサー王とガーウェインが軍勢を率いて、ランスロットの城を囲むことになる訳です。ランスロットは何しろドサクサの間ですから、それとは気づかずにガーウェインの弟のガヘリスとガレスを殺してしまった。ガレスはランスロットを崇拝していたのだし、二人は武装もしていなかった。それで兄のガーウェインは復仇を誓うのですね。

しかし、そのうちローマ教皇から和解を促す使いがやって来て、ランスロットはグィネヴィアをアーサーに返し、自分は本貫の大陸に移り住むことになります。しかし、ガーウェインが収まらない。アーサーを煽って、ふたたびランスロットのフランスの城を囲むことになる。ところが留守を預っていたモードレッドが反乱を起こし、グィネヴィアはロンドン塔に逃げこむ。アーサーは軍を返してモードレッドと戦い、ガーウェインは戦死し、アーサーとモードレッドは相打ちになる。モードレッドを倒し、自らも死に瀕したアーサーは、湖の妖精たちの出した舟に乗せられ、アヴァロンの島へ向かう。そこで死んだという人もいるし、いやまだそこで生きているという人もいる。ランスロットとグィネヴィアも運命とは言え罪深さを嘆きつつ世を去る。

ランスロットとグィネヴィアは貴女が崇拝者を屈従させる点で、宮廷風恋愛の典型なんです。でもこのアムール・クルトワって変なものなのね。だってランスロットはアーサー王に対して、二人は潔白な間柄だと何度も誓うのよ。まあ、グィネヴィアの立場を考えての嘘なんだろうけど、こうまでシャーシャーと嘘がつけるとはね。

トリスタンとイズー

トリストラムはランスロットと並ぶアーサー王伝説の柱ですけれど、トリストラム物語はもともとアーサー王伝説とは別なケルト系伝説で、あとで取りこまれたものだそうですね。なるほどマロリーの『アーサー王の死』では、トリストラムはランスロットとおなじほど紙幅が費してあるけれど、ほとんどが馬上槍試合、決闘の話。トリストラムはアーサー王の宮廷じゃ馬上槍試合の勇者というだけなんです。イソウドとの悲恋の話は十分に展開されていない。トリストラムを物語の主人公と考えれば、ランスロットが物語の主人公たるにはグィネヴィアが必要だったのとおなじく、イソウドとの悲恋が必須になる。それを美しく十分に語っているのはベディエ編の『トリスタン・イズー物語』なんです。だからこれに基いてお話ししましょう。フランス種ですから、トリストラムはトリスタン、イソウドはイズーになる訳ね。またマーク王はマルク王になる。

ベディエというのはフランス中世文学の権威で、数種類のテクストからベルールのそれを中心にして定本を作ったのですね。翻訳は岩波文庫にはいっています。これは美しくよくまとまった説話ですから、ご一読なさる価値はあります。ここでは他のテクストも勘案し、二人の恋については主としてベディエ本に基いてお話しします。

ベディエ本ではトリスタンはローヌア国の王子ということになっています。父のリヴァランはコーンウォル王のマルクを助けるため、海を渡って馳せつけたとあるから、このローヌア国はノルマンディあたりなのでしょう。しかし他のテクストでは一般にトリスタンはリオネス国の王子で、このリオネスというのはコーンウォル半島の突端にあり、今は沈んでシリー諸島に跡をとどめているとあります。彼が伯父のコーンウォル王のもとに身を寄せる次第は諸書で違いますが、フランスに留学して音楽を身につけ、狩猟の作法の権威となったというのは諸書に見えます。コーンウォルのマルク王はマロリー本では大変邪悪な人間になっていますが、ベディエ本では立派な人物です。住んでいる城はアーサーが数奇な生れ方をしたあのタンタジェル城です（ティンタジェル城の仏音）。

マルク王のもとにモルオルト（マロリーではマーハウス）卿というアイルランド王の使者がやって来て「滞っている貢物を納めよ、もしこの要求を不当というなら立ち合え」と言う。堂々たる勇士でみんな色を喪《うしな》うなかで、トリスタンが挑戦を受けてモルオルトを倒す。そのとき剣が刃こぼれし、かけらがモルオルトの頭に残った。モルオルトはアイルランドに送り帰されて死ぬ。一方トリスタンを刺したモルオルトの槍には毒が塗ってあったので、トリスタンは重症に陥り、毒の出所へ行って治すほかないというので、単身アイルランドに渡ります。治療してくれたのは王女のイズーでしたが、ある日イズーの母である王妃がトリスタンの剣に刃こぼれがあるのに気づき、それをモルオルトの頭に刺っていたかけらと合せてみたら、ぴたりと合った。そこでトリスタンは追放になるのです。

ところがマルク王がトリスタンからイズーの美しさを聞き、自分の妃に迎えたいからトリスタンに使いにゆけと言う。トリスタンは使命を果してイズーを連れ帰るのですが、その船上とんでもないことが起った。イズーの母はマルク王とイズーに飲ませるように薬酒をイズーの侍女に持たせた。つまりフィルトル（媚薬）でして、これを飲んだ二人は生涯離れられぬのです。それをトリスタンとイズーが誤って飲んでしまった。これが悲恋の始まりとされています。このフィルトルは物語を読む者が一様につまずく所でして、ベディエ本の訳者佐藤輝夫さんはこの恋はフィルトルのせいで始まったのじゃなく、フィルトルにおいて顕現したのだ、二人はその前から愛し合っていたのだと説いています。

とにかくイズーはマルク王と結婚したけれど、トリスタンとの恋はどうしようもない。二人はひそかに逢いびきしたりするし、家臣の中には二人に悪意を抱いて王に告げ口する者もいる。とうとう二人は森の中に逃れて、しばらく暮らす。二人が小舎に寝ているところをマルク王が発見するのは有名なシーンです。すやすやと眠る二人の間には剣が置いてあった。これを見て心搏たれたマルク王はその剣を自分の剣に取り替えて立ち去る。二人は眼がさめて剣が替っているのに気づき、マルク王が来たことを知るのね。このとき二人はどんな気持ちだったでしょうかねえ。まあ薬を飲んだから仕方がない、二人のせいじゃないと、物語にはちゃんと言い訳が設けてあるのね。しかも二人の間に剣を置いたのは、いつ見つかっても私たちはプラトニックな関係ですよと言い訳するためだね。しかし本当にプラトニックな訳がない。二人は森の隠者に説諭されるけど、心を変える気はない。つまり二人の愛はアムール・クルトワの域を超えているんです。だからこそ、剣を置くという工夫で二人の愛を守る。これ、ランスロットがアーサーに嘘をついたのとおなじかな。だとするとランスロットもアムール・クルトワを超えているということになるかしら。でもイズーとグィネヴィアとの違いが決定的ね。イズーは自分を崇拝してくれる男が欲しいんじゃない。薬のせいで無条件の愛になっている。この無条件というのが、アムール・クルトワと決定的に違うところ。フィルトルは無条件の愛を生み出すために使われている。

結局トリスタンはイズーをマルク王へ返すんだけれど、イズーが灼けた鉄の試煉を受けて身の潔白を証明するところの叙述がすばらしい。試しの場へ赴くには、川を渡らねばならない。イズーが船で渡って、もう少しで岸というところに巡礼が現われ、あわれな声で布施を乞うている。イズーは着物を濡らさずに岸に上がるにはどうすればいいだろうと、傍らの騎士にたずねる。騎士は巡礼に呼びかけ、イズーを抱いて岸へのぼらせた。トリスタンだと知ったイズーは、そこに倒れ伏せるように言う。イズーは試煉を受ける前、朗々と誓う。「およそ女人の腹から生れました男子にして、わが主マルク王さまと、たったいまここに居並ぶみなさまのご面前にて倒れ伏しました、あの巡礼をほかにして、わたくしをその両の腕《かいな》に抱いたものはござりませぬ」。

何という狡知でしょうか。いや、狡知と結果的に一致してしまう誠実と言ってよろしいでしょう。イズーは嘘をつかずに、堂々と自分の愛を天に対しても地に対しても明らかにしたのです。

トリスタンは諸国放浪ののち、ブルターニュのオエル国王の急を救い、その王女と結婚します。この人もイズーという名なので、この人は「白き手のイズー」と呼ばれ、トリスタンの以前の恋人は「美しきイズー」と呼ばれます。トリスタンは美しきイズーが忘れられず、姿を変えてイズーを訪れ、その愛を確かめたりします。しかしその辺の入り組んだ話はみな省略します。トリスタンは近隣の敵と戦ううち、毒槍を身に受けて死に瀕します。彼は最期に美しきイズーにひと目逢いたくてたまらない。白き手のイズーの兄に、タンタジェルのイズーの許に行き、連れ帰ってくれと頼みます。そして、船がブルターニュの岸に近づいたら、もしイズーが同行していれば白い帆、同行していないならば黒い帆を掲げてくれと言うのです。兄は無事トリスタンの願いを果して、美しきイズーを乗せた船は岸辺に近づきます。白き手のイズーが船に気づきます。トリスタンは白い帆か黒い帆かとたずねる。白き手のイズーは黒い帆と答える。実は船は白い帆を掲げていたのです。トリスタンは絶命する。美しきイズーも屍にとりすがって果てた。二人は並んで葬られたけれど、トリスタンの墓からはいばらが萌え出て、イズーの墓にはいりこむ。三度切ったけれどその都度新芽が萌えて、イズーの墓へ這う。マルク王はその枝を二度と切ることを禁じた。

『サー・ガーウェインと緑の騎士』

以上がトリスタンとイズーの概要で、まさにアーサー王伝説中の精華と言うべきですが、もうひとつ『サー・ガーウェインと緑の騎士』を紹介して話を終えることにします。

アーサー王の宮廷では、何か心踊るような出来事が起らないと夕食を始めないという習慣があったのですが、そんな風に何か起らぬかしらと皆が思っていたある夕食時、突然全身が緑ずくめ、髪毛も鬚も緑、乗っている馬も緑、そして手には刃渡り一メートル以上はあろうかと思う大斧をひっ提げた騎士が闖入して来ました。ものすごい巨人です。そして居並ぶ勇士たちに、この大斧の一撃を身に受ける者がいるか、ただし自分が先に一撃を受けようと挑戦するのです。ガーウェインが挑戦に応じると巨人はガーウェインの名を聞きただし、そなたの一撃を受けるのは嬉しいぞ、ただし今日は新年の祝い日だが、来年のおなじ日にガーウェインは自分のところへ来て、返礼の一撃を受けるのだと言うのです。緑の騎士は首を差し出し、ガーウェインが一撃を加えると、首はころころと床を転がる。騎士はそれを拾い上げ馬に乗る。手に提げられた首はこんな言葉を吐いた。「必ず来いよ。でないとおまえは卑怯者だ。目標は緑の礼拝堂《チャペル》だ。探せば必ず見つかる」。

ガーウェインは諸聖人の日（十一月一日）の翌日に、緑のチャペル探索の旅に出た。未知の国をさまよい、ドラゴンやトロール、狼や熊とも戦わねばならなかった。そしてクリスマスイヴにみごとな城館の下に出た。そしてこれ以上は考えられぬほどの歓待を受けた。城主はみごとな大男、奥方は気品ある美人、それにもう一人身分あり気な老女がいた。毎日が楽しく過ぎたが、十二月二十八日の夜、ガーウェインは城主に自分が緑のチャペルを守る騎士と会わねばならぬこと、期日に間に合うには明日立たねばならぬことを告げる。すると城主は、そのチャペルならここから二マイルしかない、当日の朝でかけて十分間に合うと言うのです。そして自分は明日から狩をするが、獲物は全部あなたに進呈する、その替りあなたはその日自分が得たものを全部自分に返してほしいと提案します。

翌日、城主は狩に出て鹿を仕とめます。一方、ガーウェインは豪華なベッドでまどろんでいると、奥方がはいって来てベッドに腰かけ、私のからだはあなたのもの、十分楽しんで下さいと誘う。ガーウェインはとても受ける訳にはいかない。いろいろと儀礼にみちたやりとりがあって、結局キスが一度交わされる。領主は帰館して、獲物の鹿をガーウェインに進呈する。ガーウェインはお返しに一度キスする。翌日、領主は猪を狩るが、その間また奥方がガーウェインの床に来て誘惑する。こんどは二度キスされてしまった。帰館した城主はガーウェインに猪を進呈。ガーウェインはお返しに二度キスする。三日目は領主は狐を狩る。奥方の誘惑はいよいよ激しく、ガーウェインはほとんど罪に陥ちそうだったが、辛うじて三つのキスでとどまる。奥方はガーウェインに緑色の絹の帯を贈る。ガーウェインは断わろうとするのだが、この帯をつけている限り何者にも傷つけられないというので、明日に迫った死期を考え、つい受け取ってしまう。奥方はこのことを決して主人に洩らしてはならぬと言う。帰還した城主はガーウェインに狐を与える。ガーウェインは口づけを三つ返したが、帯のことにはついに触れなかった。

翌日ガーウェインは緑のチャペルに赴き、そこで例の緑の大男と出会った。大男が大斧を構えると、ガーウェインはわずかに肩を引っこめてしまった。大男はおまえは本当に名高いガーウェインかと、さんざん嘲る。ガーウェインは「二度はひるんだが、もうこれ以上みじんも動かぬぞ」と首を差出す。大男は斧を振りおろしたが、ガーウェインの首に当る直前にさっと引上げる。ガーウェインは身じろぎもしなかった。「よし、心の揺れが去ったな。今度こそ喰らわせてやる」。「さっさとやれ、いつまで生殺しにする」。斧は今度こそ振りおろされたが、わずかに首の片側をかすって傷つけただけだった。

緑の大男はよくみると城主だった。そして言う。一度目の戯れはそなたが約束通りわが妻から得たキスを返したからであり、二度目の戯れは二日目のキスを正直に返したからだ。しかし、そなたは三日目にしくじった。戦斧が首をかすったのはそのためじゃ。そなたの帯びているのは、わしのものだ。妻がそれを与えたことはもちろん知っている。そなたは三つのキスとともにそれもわしに返すべきだった。しかし、それも命惜しいだけのこと、悪い企みではない。ガーウェインは恥じた。からだががたがた震えるほど恥じた。城主は彼を慰め、また城館で楽しく過そうと誘った。ガーウェインは感謝したが受けずにアーサー王の宮廷へ帰った。そして緑の帯を恥の記憶として一生身につけていた。

まことにみごとな語り口だと思われませんか。それに文章も立派です。緑の騎士はガーウェインが挑戦に応じたとき、すでに彼に好意を抱いていたのです。城館で歓待したのも真心からだったし、いろいろと彼を試したのも好意あってのことです。そしてガーウェインがその好意に値する男であったのは、彼が心底恥じたことで明らかです。物語の焦点はガーウェインが心底恥じたことにあります。そこに焦点が当ることによって、これはアーサー王物語中随一の気高い物語になりました。なお、城主が明かしたところでは、奥方につねに伴っていた謎の老女はモルガン・ル・フェだということです。緑の騎士をアーサー王の宮廷に送ったのもモルガンで、緑の大男が自分の生首をぶら下げて話すのを見れば、グィネヴィアが泡吹いて死ぬだろうと考えたのだそうです。

さて、マロリー以後の伝説の展開でありますが、一六世紀ではシェークスピアはこの伝説を一切使っていません。知らなかったはずはない。同時代のスペンサーは『フェアリ・クイン』にアーサー王を登場させているのですから。一八世紀には伝説は一時忘れられたようです。古典主義の時代ですから、好みに合わなかったのでしょう。一九世紀になり、ロマン主義とともに伝説はまた復活、とくに桂冠詩人テニソンが『国王牧歌』（一八四二～五九年）でこの伝説を歌い上げて、教科書にも採られるようになりました。ラファエル前派の画家もまた度々画題にしています。伝説をファンタジー化したのはT・H・ホワイトの『永遠の王』で、一九三〇年代のことです。以来、何回となく映画化され、ファンタジー化の洪水となりました。しかし、この伝説のよさはやはり時代相応の古拙さが与える慰めにある訳で、やたらに魔法や幻想を乱用するエンタテインメントを読んだって、騒々しい感覚の刺戟を受けるだけで、慰めは得られませんね。

第十一講　エッダとサガ

ヴァイキングの躍動

エッダとサガはアイスランドで生まれた特異な中世文学なのですが、何よりもゲルマン神話の古形を保存したという点で貴重です。というのは古ゲルマンの神話はドイツ・フランスではいうまでもなく、スカンディナヴィア諸国でも、キリスト教の伝来以来、いとうべき異教として滅されて来ました。ハイネが『流竄された神々』で述べている通りです。ところがアイスランドにその古形が残った。これも歴史の面白さであります。だから、エッダとサガをお話しするには、アイスランドの植民から話さねばなりませんが、それを話すにはノルマン人、いわゆるヴァイキングの活動から説かねばならない。そんなことはみなさん高校の世界史で習っていらっしゃるんだけれど、もうお忘れでしょう。

八世紀にノルウェイ・デンマーク・スウェーデンの住民がいわゆるヴァイキングとなって、ヨーロッパ各地を劫略し始める。その原因は人口過剰など、いろいろ言われていますが、特にイギリスとフランスの被害が甚だしかった。イングランドは当時アングロ・サクソンの七王国がウェセックス王国に統一され、アルフレッド大王が出現する前夜なんですが、何とか彼らと妥協してデーン・ローという地域を分け与えたりしたものの、デンマークのクヌート大王が出現して、その海上帝国に一時呑みこまれてしまいます。一方フランスは川を遡ってくるヴァイキングにパリは荒らされるわ、ずっと内陸の修道院まで掠奪されるわで、とてもかなわんというので、カロリング朝末期の王が、ロロという族長にノルマンディを与えて公に封じるのですね。このロロの後裔ウィリアムが一〇六六年、イングランドを征服することになります。いわゆるノルマン・コンクェストです。

　ノルマン人の一派は地中海にも進出しています。首領は有名なロベール・ギスカールで、最初ナポリあたりに領地を獲得し、ロジャー二世のときシチリア島を併せて、「両シチリア王国」を建設する。これも大学受験のとき、あなた方記憶したはずでしょう。一方、ノルマン人はロシアにも侵入する。首領はリューリックでノヴゴロド王国を建設します。脱線するけど、日露戦争のときロシアはウラジヴォストークに艦隊を置いていたのね。これが日本海に出没して日本軍の輸送船を襲う。二隻撃沈されて、上村中将の第二艦隊は何をしてるんだというんで、中将宅にものが投げ込まれる騒ぎになった。そのウラジヴォ艦隊の巡洋艦がリューリック号なのね。こんなことはどうでもいい雑知識みたいだけど、リューリック、あああのロシアの巡洋艦と思うと、歴史に対する興味の湧き方が違ってくるよね。

　ところでワリャーグたちは、ワリャーグというのはロシアに侵入したヴァイキングのことなんだけれど、彼らは南下してキエフに都を築く。一応王は戴いているけれど、王はワリャーグ貴族中の第一人者というだけで、実情は貴族共和制。だから一九世紀のロシア革命思想家ゲルツェンは『ロシアにおける革命思想の発達について』という著書の中で、キエフ王国を讃美するのね。これはモンゴルに滅されて、モンゴルの支配から脱する過程でモスクワ大公国が出現し、ロシア帝国になる訳だけれど、ツァーリの専制に反対するゲルツェンとしては、キエフ共和国はロシア史における挫折した夢だったの。

　ノルウェイ人のアイスランド植民はこのヴァイキング活動の最終局面なんですね。九世紀後半、ノルウェイにはハーラル美髪王というのが現われて、当時豪族が割居していたノルウェイの統一に乗り出す。この王は統一の志成るまで髪を刈らぬ誓いを立て、統一成ったあと髪を刈って洗ったらみごとな金髪だったというので、美髪王と称されるのね。ところがハーラル王に臣属するのを嫌う豪族たちがいて、これがアイスランドに逃れた。アイスランドの存在は知られていたけれど、何しろ北極圏にある島だから、アイルランドから来たごく少数の修道僧が住んでいるだけだった。

ちょっと言っとくけど、間違えないでね。ある人にアイスランドって言ったら、ああジョイスみたいに文学者を沢山出してるとこねとおっしゃる。それはアイルランド。資料に地図つけといたからよく見てね。アイスランドはずっと北の方、グリーンランドの沖合いだよ。

アイスランド移住は八七〇年頃から始まり、九三〇年頃にはほぼ終結した。しかし注目すべきことに、アイスランドから更に西の海へ向うヴァイキング活動が続き、一〇世紀にはグリーンランドを発見、その南端に植民地が作られ、またさらに西航しておなじ頃、ヴィンランドを発見した。このヴィンランドとは北米大陸であったというのが今日の定説で、つまりコロンブスより五百年早く彼らは新大陸を発見している訳です。ただしここに植民地を築こうという企図は、先住民の襲撃などあって挫折してしまう。一方グリーンランド植民地も一五世紀の末に滅亡します。

アイスランドに移住したノルウェイ人たちは、もともとが統一王権に従属するのを嫌って逃れて来たのだから、植民後も豪族たちが割拠する状態で、当然その間に紛争も生じる。あとで詳しく見ますけれど、この豪族たちの抗争がサガのテーマになっているのです。豪族ったって有力な家族といった程度で、広汎な地域を支配する大豪族は出現しない。彼らの抗争は賠償金の形で解決される。それで解決しないと武力抗争となるんだけど、それじゃ戦国時代になっちゃう。そこで九三〇年にはアルシングという年一回の全島集会が設置されるんですね。これは主として抗争の裁定を行なうんだけれど、この国民議会の成立をもってアイスランド共和国の誕生と称する訳ね。何しろギリシャ以来初めて共和国が誕生したのよ。この豪族連合の実態については、熊野聰さんの『北の農民ヴァイキング』（平凡社、一九八三年）に詳説されておりますので、関心のある方はご一見下さい。

紛争を賠償金で解決するというのはゲルマン族の慣習で、これはフランク族のサリカ法典などにも賠償規定が明記されているんだけど、面白いのはアイヌがそうなのね。アイヌのそういう慣習が記録されたのは一八世紀末幕吏たちによってだけれど、日本人がアイヌの慣習に違反すると、何かにつけて「つぐない」を取られる。同族間の殺害事件なども「つぐない」で解決される。その「つぐない」を払うために、彼らは日頃宝をためこんでいる訳です。統一する王がいない、いや地域を支配する大豪族もいない、豪族といってよい有力者はいるんだけど、集落集会では他の集落民と同格で、ただ有力者として発言力が強いというだけです。これはアイスランド共和国における豪族たちのありかたに大変似ています。賠償で片がつかぬと決闘、あるいは追放ということになるのも同様です。

このののちアイスランドは一二六二年にノルウェイの支配下にはいり、一三八〇年にはデンマーク領となりますので、一一世紀から一三世紀がアイスランド独特の文化が栄えた時期、エッダ・

サガの成立もその時期です。

北欧神話エッダ

エッダというのは一二世紀から一三世紀の文人スノリ・ストゥルルソン（一一七九〜一二四一）の著作の名前なんです。この人はまた大政治家でもあり暗殺されるのですが、スノリの死によってアイスランド文学は衰退に向ったと言われています。「エッダ」の語義はいろいろ説があるのですが、この本は要するに詩学の教科書で、ケニングという独特な修辞法を説明し、作例として作品を収録している訳で、その中に北欧神話や英雄伝説が含まれているのです。当然、当時存在していた写本群をもとにして書かれたと考えられるのですが、その写本群のひとつと思われるものが、ずっと遅れて一六四三年に発見されました。そこでこれを「古エッダ」あるいは「韻文エッダ」と称し、スノリの著を「新エッダ」あるいは「散文エッダ」と称することになった訳です。この両エッダによって往昔の北欧神話がその全貌を現わしたのですが、このようにゲルマン神話がアイスランドにのみ残ったのは、アイスランドが一〇〇〇年にキリスト教化したのちも、教会が異教の神話・伝説に対して敵対的な態度をとらなかったからだとされています。絶海の孤島でローマ教皇庁なんて遠い遥かですし、独立不羈の気象を持つ島民に受け入れられるためには、教会側も島民のスカンディナヴィア的伝統を尊重せざるを得なかったのでしょう。

一方サガは一二、三世紀に書かれた散文の物語で、語源は「語る」から来ています。これもいくつかに分類することができまして、「王のサガ」は王朝史、つまり歴史ものでありますし、「伝説のサガ」は英雄伝説でロマンス味濃厚、「アイスランド人のサガ」は土豪たちの抗争の物語で最も現実感に溢れ、サガの本領を示すものとされています。この「アイスランド人のサガ」中、傑作とされるのが、いわゆる五大サガで、『ニャールのサガ』『エギルのサガ』『ラックス谷のサガ』『エイレの植民記』『グレティルのサガ』です。

まず「エッダ」に歌われた北欧神話について、ごくごくあらましを申しあげます。最初に存在したのはギンヌンガガップと称する巨大な空隙だった。その北にニヴルヘイムがありこれは寒気を吹き出している。また南にはムスペルスハイムがあって熱風を吹きあげている。ニヴルヘイムの霜がムスペルスハイムの熱気に溶けて生まれたのが、ユミルという巨人と巨大な牝牛です。ユミルはこの牛の乳を飲んで育ちました。ところが牝牛が岩についた塩をなめておりますと、そこからブリという神が姿を現わした。ブリの孫がオーディンとその兄弟で、彼らは巨人ユミルを殺害し、その身体を利用して世界を造成するのです。この屍体から世界が生まれるという神話は世界中いたるところにあるんですね。

オーディンが主宰する地域がミッドガルド、トールキン風に言うと中つ国ですね。そしてその中で神々の住まうところがアスガルド、これがギリシャ神話のオリュンポスに当る訳ね。オーディンは最高神で、知恵の神でも裁きの神でもあるんだけど、これが片眼。そのいわれは、ミッドガルドの中央にはユグドラシルという宇宙樹があって、その根っこに泉がある。そのひとつは知恵の泉で、オーディンはその水を一杯所望した。ところが番人が片眼をくれなければ飲ませぬと言う。そこでオーディンはわが眼を片方くり抜いたというのです。オーディンの肩にはいつも二

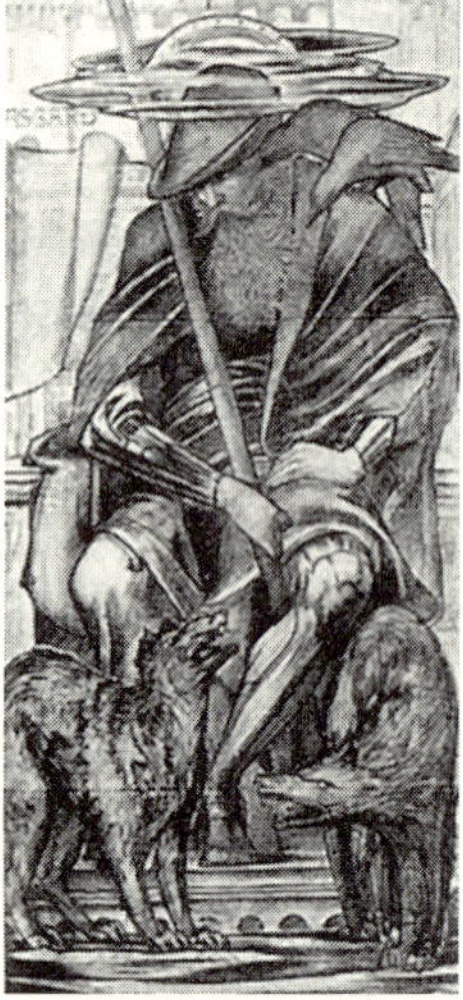

バーン＝ジョーンズが描いたオーディン（山室静『アイスランド』紀伊國屋書店新書より）

羽の鴉がとまっていますが、この二羽は世界中を翔び廻って、あらゆる情報をオーディンに伝えるのです。ラファエル前派の画家バーン＝ジョーンズのオーディン像がありますから、資料に掲げておきました。帽子を真深にかぶっているのもオーディンの特徴です。オーディンの妻はフリッグです。

トールは軍神です。武器はミョルニルと称する槌。これは敵に投げつけて倒したあと、トールの手に戻って来る。ブーメランだよね。それに力帯。これは帯びると力が何倍にもなる。それに鉄の手袋。フレイルは豊穣の神。大地から稔りをもたらします。フレイヤはその妹で美の化身。まずは北欧のアフロディテといったところだね。あといろいろ神様がいるんだけど省略します。

ゲルマン人はむろんインド・ヨーロピアン語族だよね。この印欧語族というのは、一八世紀末にジョーンズという英国の学者が、サンスクリットとギリシャ・ラテン語が酷似していることを発見したのがきっかけになって成立した概念だけど、デュメジルというフランスの神話学者によると、印欧語族の主神は祭司神・軍神・豊穣神から成り、それは印欧語族の社会が司祭・戦士・農民の三身分から構成されていたことの反映だというのです。吉田敦彦さんによると、この三神構造は日本神話にも認められる。もちろん日本人は印欧語族じゃないけれど、アルタイ系騎馬民族を介してこの三神構造が日本神話にもはいりこんだというのです。対照表を掲げておきましたのでごらん下さい。

北欧の神々の中にはロキという特異な神がいます。これは巨人族の血を受けた神であるらしい。大変な知恵の持ち主ですが、それも悪知恵と言ってよく、神々を助けることもあるけれど、結局は悪意の化身のような存在です。フェンリルという巨大な狼、ミズガルズという大蛇、死の女神ヘルは一説によるとロキの子とされます。

フェンリルはアスガルドで飼われているうちに巨大な手のつけられぬ存在となったので、神々は何とかしてこれをつなぎとめようとする。まず頑丈な足枷を示し、こんなものは簡単にこわせるだろうと言ってフェンリルにつけさせる。フェンリルはすぐにこわしてしまう。次にこれはどうだとさらに頑丈なのをはめさせる。フェンリルはこれもすぐこわす。最後に小人たちになわせた紐を示して、こんな奴は何でもないよねとフェンリルにつけようとする。フェンリルはさすがに警戒して、自分をだまさぬ保証として誰か自分の口に手を入れろと要求する。チュルが応じて右手を入れる。フェンリルは紐をひきちぎろうとするができない。小人たちの魔術の産物だから切れない。フェンリルはこうしてつながれてしまったけれど、チュルの手は嚙み切られてしまった。

神々は人間も創造するのですが、人間は北欧神話の中ではほとんど何の

	北欧	ローマ	日本
祭司	オーディン	ユピテル	アマテラス
戦士	トール	マルス	スサノオ
農民	フレイル	クィリヌス	オオクニヌシ

三機能神

働きもしません。問題はミッドガルドの外、つまりウトガルドに巨人族の国ヨツンハイムが存在することです。ご承知のようにギリシャ神話でも最初は巨人族が世界を支配するのですが、オリュンポスの神々が巨人族と戦い、これを滅して神々の世となる。しかし北欧神話では巨人族はアスガルドの神々に滅されることなく、それとずっと併存するのです。だから神々の世界は巨人族やフェンリルやミズガルズやヘルによって、絶えず脅やかされている訳で、これがギリシャ神話との大きな違いです。

トールと巨人族

巨人族からミッドガルドを防衛する大任は主としてトールが受けもつ訳ですから、トールと巨人族に関わる話はいくつかあります。そのうちのひとつを紹介しましょう。トールがヨツンハイムを訪ねて旅に出て、大きな森の中に小屋を見つけて泊るとその夜大地震が起ります。一夜明けると巨人がかたわらに寝ていて、やおら目をさまして「俺の手袋はどこだ。何だ、こんなところにあった」と拾い上げたのが、トールの泊った小舎でした。ヨツンハイムへ行きたいなら俺が案内してやろうてんで、いっしょに旅をするんですが、トールは気味悪くて、この巨人をやっつけてしまいたい。一夜ねむっている巨人に自慢の槌を振りおろすと、巨人は目をさまして「何だ、木の葉が落ちたのかな」と言う。次の夜またねむっているところに槌をお見舞いすると、今度は「ドングリでも落ちたのかな」。その次の夜お見舞いすると、「木の枝でも落ちて来たのかな」だって。

とうとう巨人国の王城に着き王のウトガルザロキと会う。ウトガルザロキはまず一杯とトールに酒をすすめる。「一口で飲めたら大したものだが、まあ三口ぐらいかかっても仕方がないかな」と言われて、何くそと飲み干そうとするが、一口飲んでも酒は全然減っていない。ふた口三口と飲んで、やっと少し減ったかなというくらいで、飲み干すなんて及びもつかぬ。次に、じゃこの猫を持ち上げてみろと言われる。力帯をしめて持ち上げてみても、片足しかあがらなかった。それならこの老婆と角力を取ってごらんと言うので、やってみたら自分の方が片膝つかされた。トールは面目を失って城を出るが、出たところでウトガルザロキが言う。

「実は自分は君がいっしょに旅した巨人なんだ。君は三発槌を喰らわせただろう。あんなもの一発でも受けたらたまらんよ。それで俺は山に受けさせた。彼方の山を見てごらん。三カ所凹んでいるだろう。それからあの酒盃ね。あれは海につながっているんで、とても飲み干せるしろものじゃないんだよ。それを君がぐいぐい飲んだから、海には干潮って奴が生じることになったんだ。そしてあの猫ね、あれは実は大蛇ミズガルズなんだよ。そいつの片足を持ち上げたんだから、俺たちはおどろきだよ。そしてまたあの婆さん。あれの正体は老齢なのさ。そいつと取組んで、片膝しかつかなかったんだから大したものだ。とにかくもう君にはこの城に来てほしくない」。

こういう話にも、巨人族を絶えず意識して、その存在からプレッシャーを受けつづけるミッドランドの神々の緊張感がうかがえます。また神々の世界の中にも、ほろびにつながるものが日々産れているのです。美の女神フレイヤの話をひとつ紹介しましょう。

美の女神フレイヤ

フレイヤにはオードルという愛する夫がいた。あるとき神々の宴会が催されることになったが、フレイヤは身につける飾りをひとつも持っていない。女神たちがどんなに着飾って来ることかと思うと、フレイヤはたまらない。夫が君はそのままで一番美しいよとなだめてもダメ。妖精の国の王である兄フレイルに何かねだろうと思って出かけるのですが、いつのまにか地底の小人の国へさまよいこんでしまった。するとと四人の小人が一心に何か作っている。見るとみごとな宝石の首飾りです。その名はブリシンガメンというのでした。フレイヤはこんな素晴しい首飾りが自分のものにならぬのなら、生きていても詰らないと思う。すると小人たちはそれをフレイヤに進呈し、フレイヤが首にかけるとどっと笑った。

フレイヤは自分の宮殿にとんで帰ったが、夫のオードルがいない。どんなに探してもいない。フレイヤは夫が恋しくて、方々尋ね廻るけれど、みな知らないと言う。一夜野辺でまどろむと何か黒い影が這い上って来て、「お前がブリシンガメンを求めたのは正しかったのだ。お前を見捨てたオードルなんかより、ブリシンガメンの方がずっとすばらしいじゃないか。泣くことはない」。こうささやいたのは実はロキでした。フレイヤが夢からさめて「ああ、ブリシンガメンが私を引きずりこむ」と叫ぶと、地底からどっと笑い声が湧き、ロキはどこかへ逃げてしまいました。フレイヤはとうとう海辺に着きました。すると九人の海神の娘たちがフレイヤの話をしています。フレイヤは夫より自分の方を愛した、もうオードルが帰って来ることはないし、フレイヤが泣きやむことはないでしょう。フレイヤは気を失って倒れ、それを神々の一人がアスガルドへ連れ帰ってくれます。その後フレイヤの涙の乾く日はなかった云々。

禍いの神ロキとバルドルの死と復活

ロキが禍いの神であるのは、バルドル殺しの一件で明白です。バルドルはオーディンの子で光明の神ですが、あるとき自分が死ぬ夢を見る。母のフリッグはこの世のありとあらゆるもの、生きものは言うに及ばず、山から川から岩から、さては雨から風から、何ものも残さずすべてのものから、バルドルを害しないという誓言を得ます。神々は試みに、いろんなものをバルドルに投げつけてみるが、ひとつも当らない。ロキはその光景を見てムカッと来るのです。そして女に変装してフリッグを訪ね、あなたは万物に誓いを立てさせたそうですが、残らずですかと尋ねる。フリッグの答えるには「そうね、西の果てに宿り木があって、あんまり若いので害をなすはずもないから、それからは誓いは受けなかったわね」。

ロキは早速その宿り木を尋ね当て、それから矢を一本作って、神々がバルドルを射て何事も生じないのに興じている現場にやって来た。ヘズというバルドルの兄弟がいて盲目であった。ロキが「どうして君はやってみないの」と問うと、ヘズは「だって目が見えないんだもの。バルドルがどこにいるかわからないよ」。ロキがヘズに矢を渡し、この方向へ射よと言うと、矢はバルドルを射通し、バルドルは死んだ。

オーディンは息子の一人を死の国へ遣わし、バルドルを呼び戻そうとする。女王ヘルはもしすべての人々がバルドルのよみがえりを望むなら、その望みを叶えようと答える。オーディンが国中に使いをやると、すべての人々がバルドルの再生を望んだ。ところがたった一人、老女がそれを望むいわれがないと答えた。この老女はロキの変装であった。これでバルドルの再生の望みは断たれた。ロキはこの一件で神々の怒りを買った。しかし彼は不屈の悪神で、神々の宴会に姿を現わして、神々をひとりひとり罵倒する。これは『ロキの口論』というエッダ中の一篇をなしています。ロキはついに捕われ、かのプロメテウスのように岩に縛りつけられます。

バルドルの死と復活の挫折は、ミッドガルドに暗い影を投げました。やがて冬が三年続き、ラグナロクつまり神々の黄昏れがやってくる。これはワーグナーの歌劇で有名ですね。巨人族、フェンリル、ミズガルズらが押し寄せ、神々と激戦になり、世界は滅亡するのです。オーディンはフェンリルに呑みこまれ、オーディンの子がフェンリルの顎を引き裂く。トールはミズガルズと相討ちになります。この世界の終末は北欧神話特有です。ヘブライにも終末論はありますけれど、ラグナロクは旧約聖書の終末論のような神義的意味合いは一切持ちません。ただ、この世には必ず終末が来るという厳しい感覚があるだけです。それはやはり苛烈な自然環境の中で生き抜くうちに育った生の感覚、はかなくもいとしい生への痛切鋭敏な感覚が生んだ終末意識だと思います。

みなさんもお感じだろうと思いますが、この北欧神話の雰囲気は実にトールキンの『指輪物語』のそれに似ておりますね。雰囲気だけじゃなく、巨人にしろ小人にしろ、中つ国という表現にしろ、トールキンは北欧神話の影響をとても受けていると思います。

　さて、サガの世界へ移りたいのですが、エッダは再話が容易なまとまりを持っていますが、サガはまとまりのない、まるで尻取りみたいにえんえんえんと続くお話で、とても再話できたものじゃありません。ストーリーというのはまとまった筋をもつものでしょう。誰がこうしてこうなったというまとまりがあって、それがそれなりのテーマをなす訳でしょう。それは近代小説だけじゃなく、昔話から始まって物語一般のもつ共通の性格でしょう。ところがサガはそういうまとまったお話じゃないの。始めがあって終りがあるというお話は、サガではひとつの挿話であって、そういう挿話が尻取りみたいな感じでずっと並列されて行くだけ。全体の一貫した構成とか筋というものがない。大体、話の主人公から始めればいいのに、その先祖から話を始める。主人公らしきものに到着するのに、いくつもいくつも話が重なる。こういう連想作用による挿話の尻取り的連続構造、それは構造とさえも呼べないのですが、それからすると『イーリアス』とか『オデュッセイア』がいかに偉大な作品かわかる。というのはこれらは統一した構想のもとに統制された作品です。だから絶対に天才的な作者がいたに違いない。ホメロスが伝説であろうと、ホメロスに当る天才は絶対いたはずです。ところがサガには全篇を構成して作り上げた作者はいないように思われます。いろんな人間が作った話をいろんな奴がつないで出来上ったものだと思います。だから主人公みたいなのがいないし、いても次々と交替して行くし、人物相互の関係、親族関係など、入り組んでいて、絶えず前の方に戻って確かめねばならず、うるさいったらない。それも人物がわやわや出て来て、しかも人名が似通っているから、そのうち区別がつかなくなる。

　と言うといかにも取柄がないみたいだけど、もちろん特有の魅力はあります。その魅力はやはり人物たちが雄々しく戦う独立独歩の人間で、しかも悲運に陥っても運命を甘受する覚悟があるからです。しかも人間の性格や行動の表現の仕方が簡潔で力強い。しかもサガの登場人物は、男女ともに我意がつっぱっている。容易に人の言うことをハイと聞く奴じゃない。そういう魅力はあるんだけど、何しろ全体構造が散漫で読み通すにはかなり苦労がいります。サガを作りかつ耳にした昔の当人たちは、そんなものをどうして我慢できたかと思うけれど、それは部分部分の挿話が楽しまれたのであって、全篇通して語るのを聞くなんてことはなかったのでしょう。そういう断片をある人がつないで一篇にしたのでしょう。

『ニャールのサガ』

五大サガ中でも最高作と言われている『ニャールのサガ』を紹介しましょう。と言っても粗筋だけでも全部話したら二、三時間じゃ利かないし、みなさん全員居眠りなさるでしょう。山場みたいなところだけ紹介します。この『ニャールのサガ』を世界文学の最高作のひとつとか、近代リアリズムの走りとか言う人がいるんですけれど、とんでもない過褒で、特にリアリズムという点では、なるほど題材はリアルで語り口も飾り気がないけれど、近代リアリズムとは描法が全く異なります。やはり中世の説話です。

ホスクルドとフルートという異父兄弟がいた。ホスクルドにはハルゲルズという大変美しい女の子がいた。ホスクルドが「どうだ、可愛いだろう」と言うと、フルートは「うん。だが盗っ人の眼をしている」と答えた。フルートはウンという女と婚約したが、ノルウェイの遺産を継ぐために三年間結婚を保留し、ノルウェイに渡る。王に気に入られ、王母の情人になる。フルートがアイスランドへ帰るとき、王母はまじないをかけた。自分が最も愛する女とは交わりが持てぬというまじないだった。フルートはウンと結婚したが、ウンと交わろうとすると、一物が巨大になって不可能。ウンは不満で離婚し、父に持参金をフルートから取り戻してくれと頼んだが、父はフルートから決闘で脅かされて取り戻せなかった。

ハルゲルズは父のすすめる相手と結婚したが、不平満々。金づかいが荒いと夫から平手打ちを受けると、養父のショーストルーヴに夫を殺させた。この養父というのがよく分からないんだけど、名づけ親みたいなものなのかね。名家の子弟はみな養父というのを持っていたと解説には書いてありますけど、あります。次に結婚した男もハルゲルズを平手打ちして、ショーストルーヴに殺される。

グンナルという剣も弓も達人という勇士がいた。ウンのいとこで、持参金をフルートから取り戻してよと頼まれる。グンナルにはニャールという親友がいた。法律にくわしく、賢明で平和を好んだ。グンナルはニャールから策を授けられ、フルートからウンの持参金を取り戻してやる。ウンはヴァルゲルズという陰険な人物と再婚し、モルズという根性の曲った子が生まれる。

グンナルはノルウェイに渡って数々の武勲を立て、アイスランドへ帰ってハルゲルズをめとる。ニャールは災いの女だと忠告するが、グンナルはきかない。ハルゲルズはニャールの妻ベルグソーラと角突き合いを始める。ハルゲルズがベルグソーラの下僕を殺し、ベルグソーラは仕返しにハルゲルズの下僕を殺す。こういう妻同士の反目にもかかわらず、ニャールとグンナルはその度賠償金を支払い、その仲はひとつも変らない。ハルゲルズはニャールを嘲弄する詩を詩人に作らせる。ニャールの長男スカルプヘジンはその詩人を殺す。スカルプヘジンは日頃寡黙で感情を表に現わさないが、決断したことは即座にやりとげるおそろしさを持っている。

　飢饉の年が来て、ハルゲルズはオトケルという男から食料を盗む。グンナルはハルゲルズを平手打ちする。グンナルはオトケルと争って殺す。この一件は賠償金によって解決された。グンナルには次々と紛争相手が現われ、その度に勝利を収めるが、殺人のかどで民会で追放に処せられる。港へ向う途中、丘の上からわが村とわが家を眺め渡して、こんなに美しいところであったのかと感動し、亡命を取りやめてわが家に留ろうと決意する。ここのところは物語中、最も感動的な場面のひとつです。グンナルに恨みを持つ連中はグンナル屋敷を襲う。グンナルは弓を取って次々に敵を射殺すが、ついに弦が切れた。ハルゲルズにお前の髪の毛をくれ、弦にすると頼むと、ハルゲルズは以前平手打ちされた恨みを晴らすのはこの時とばかり断わる。グンナルはついに討ち死にした。スカルプヘジンがその仇をとる。

　スラーインという男がいて、ハルゲルズの娘と結婚していた。ノルウェイに渡って武勲を立てるが、ノルウェイ王と紛争を起こし、同行していたニャールの子、つまりスカルプヘジンの弟たちも迷惑を蒙る。一行がアイスランドに帰り、スカルプヘジンは兄弟の蒙った損害の賠償をスラーインに求めるが、応じないばかりかハルゲルズがニャールとその息子を散々嘲弄する。スラーインとニャールの息子たちは戦い、スラーインは殺される。

　ニャールはその賠償を払い、スラーインの遺児ホスクルドを養子にして大変可愛がり、ある地域の首領職につけてやる。ところがウンの子モルズがホスクルドから地盤を喰われたというので恨みを抱き、ニャールの息子たちにホスクルドがあんたたちを嘲っているよと散々吹き込む。最初は取り合わなかった兄弟たちもだんだん疑心が生じてくる。彼らはついにホスクルドを殺した。

フロシはホスクルドの妻の父であったが、一族を集めてニャール屋敷を襲い、焼打ちにする。ニャールと妻のベルグソーラは従容として死に就く。スカルプヘジンはいわゆる弁慶の立ち往生よろしく、立ったまま焼死する。この焼打ちの場面は、古来出色の出来として賞讃されて来たところです。このあと話はニャールの娘婿カーリがフロシ一族に復讐しようとし、結局和解するいきさつになりますが、これも長いので省略します。

さて、いかがでしたか。物語中面白いところ、感動的なところはいろいろとあるのね。ハルゲルズという災いの女の造型もなかなかなのね。要するに虚栄心と自己愛が強いだけだけれど、我の強さは一流で、ちょっとあきれてしまうほどです。ウンという女は浪費癖が強いだけだけれど、一体このサガには女性に対する憧憬などかけらも見られない。同時代のフランスの宮廷愛の世界とは全く違う、荒々しい世界ですね。しかも面白いのは、賠償金について実に詳しく記述されていることで、これがいわゆるサガのリアリズムである訳です。ですから、私のこの一連の講義はファンタジーとその周辺なんだけど、この『ニャールのサガ』なんてファンタスティックなところは何もないんです。先立って、サガの物語構造が尻取りみたいな散漫な連想によって成り立っていると申し上げましたが、その点もこの『ニャールのサガ』でおわかり下さったと思います。

『ヴォルスンガサガ』

次に「伝説のサガ」から一篇『ヴォルスンガサガ』を紹介します。これはファンタスティックな雰囲気がみちみちています。もしみなさんが読んでみようと思われるなら、斎藤忠さんの『北欧神話』が一番よろしいです。というのは昔風の名文で、作品の雰囲気と文章がとてもよく合っているのです。この本は元々社というところから昭和三十年に出ています。斎藤という人は学者でも文学者でもないの。読売新聞の論説委員をしていた人で、外交と軍事問題の専門家なんです。北欧文学はあくまで趣味としてやったのね。

この話も第一の主人公シグムントがなかなか登場せず、そのひいおじいさんの話から始まるの。オーディンの子にシーギってのがいて、非行を犯して追放されるのね。しかし、勇武すぐれているものだからフン国の王になっちゃう。

フンと言うのはおわかりね。五世紀のヨーロッパの民族移動というのを習ったでしょう。フンはアジア系遊牧民で、これが侵入したものだから、黒海の北あたりにいた東ゴート族が西へ逃げ出し、球撞きみたいに西ゴート族が動き出すって訳ね。西ゴートはスペインにはいって建国、東ゴートは北イタリアに建国、ヴァンダル族はアフリカまで動いちゃった。だけど、こんな物語の中でフン王とかゴート王ってのが出て来ても、現実のフンとかゴートとかと照合する必要はないんです。あくまで異国ってイメージね。このシーギの子がレーリル。それも謀反が起ってどうしたこうしたの末、レーリルが即位。ところが妃がなかなか懐妊しない。そこで二人が神に祈ると、フレイヤがそれを聞き届けたのよ。あれ、ラグナロクで滅んだんじゃないのなんて言わないこと。

巨人の娘リョドにリンゴを届けさせる。それをたべた妃は目出度く懐妊。ところが六年経っても生まれない。遂に死と引き換えに産み落したのがヴォルスング。フレイヤが先にリンゴを持って行かせたリョドをヴォルスングに配して妃にした。二人の間にまずシグムントとシグニの双児、あと九人の息子が生れた。シグニは女の子です。

美しく成長したシグニに、ゴート王シゲールが求婚し、めでたくヴォルスングの宮殿で婚礼となる。宮殿の大広間には槲《かしわ》の巨木が屋根を貫いて立っている。宴たけなわの頃、老人が現われる。帽子を真深にかぶり、片眼がつぶれている。いわずと知れたオーディンです。手にした剣を槲の木に深々と突き刺し、これを抜いた者が持ち主だと告げて姿を消す。抜くことが出来たのはシグムントだけであった。シゲール王は宝を積んでその名剣を譲るように頼むけれど、シグムントは神意だからと承知しない。このときシゲールは深く含むところがあった。シグニはシゲールに連れられて国を去るのがいやだと言う。父王がやっと説き伏せた。

シゲールはヴォルスングの一家をわが王国に招待した。一家が海岸に着くと、シグニがやって来て、夫はあなた方を皆殺しにするつもりだ、早く逃げてくれと告げる。ヴォルスングは敵にうしろを見せるなどとんでもないというんで、おし寄せる大軍と戦って討死する。シグムント以下十人の王子は捕われます。シグニは夫に、十人をすぐ殺しても面白くないでしょう、生かしておいてうんと苦しめてやりなさいと言う。そこでシゲールは十人を森の木につないだ。

シゲール王の母は魔女で、夜になると狼に変身して一晩に一人ずつ王子を喰らう。残るはシグムントひとりとなったとき、シグニは使いに蜜を持たせてシグムントのところへやり、彼の顔と口の中に蜜を塗らせる。やって来た牝狼は甘い匂いに誘われてシグムントの顔をなめる。ついで口の中の蜜もなめようと舌を差し入れたので、シグムントはそれを嚙み切って危機を逃れます。シグニは森に穴ぐらを設けて、シグムントを隠しました。

シグニはシゲール王との間に二人男子を儲けますが、上の子が十歳になると森の兄のもとへ送ります。シグムントがその子に食事の用意をしておけと命じて狩に出かけ、帰ってみると用意はできてない。鉢の中のものをこねようとしたら、何か生きものがうごめいているので気味が悪くてこねられなかったと言う。そのことをシグムントがシグニに言うと、そんな子はあなたのお役に立ちませんから殺して下さいと言う。シグムントはその通りにした。二番目の子が十歳になると、シグニはまた兄のもとへ送った。しかしこれも全く同じ結果で、シグニの言うとおりシグムントはその子を殺す。シグニのところに魔女が訪ねて来た。シグニは彼女と姿をとり替え、魔女にはシゲール王にはべってもらい、自分は兄のかくれ家を訪ねた。可憐な乙女がいとしくて、シグムントはその娘と三夜をともにした。そしてシグニから生れたのがシンフェトリである。シンフェトリが十歳になると、シグニは兄のもとへ送った。シグムントは例のテストを課したが、シンフェトリはすり鉢の中にうごめくものを全く気にせず挽いてしまった。それは実は毒蛇だったのだ。この間二十年以上の歳月が経っていて、シグムントもシグニも初老になっちゃいそうなものだが、お話だからそんなことには一向頓着しません。

シグムントとシンフェトリは狼に変身する術を得て、旅人を襲ったりしながら暮します。そして今や時やよしというので、シゲールの城に攻めこむけれど逆に捕われてしまう。シゲールは深い穴を掘らせ、真中に岩板を立ててふたつに仕切り、シグムントとシンフェトリが行き来出来ぬようにして埋めます。しかしそのときシグニが例の宝刀を穴に投げ入れてくれたので、それで岩板を切断して二人は脱出することができた。そしてシゲール王の宮殿に火をかけ、今度はみごとに復讐を果した。しかしシグニは、父の仇をとるためとは言いながら、わが子を手にかけた自分がどうして生き残れようと言って、焔の中に身を投じるのです。

シグムントはフン王となり、ボルクヒルトを妃とします。二人の間にはヘルギという勇者が生まれ、これが長じてまた一国の王となるのですが、ヘルギの話はこれだけ孤立していてあとにつながりませんから省略しましょう。さてシンフェトリですが、これは方々を遊歴して勇名を馳せるのですが、ボルクヒルトの弟と決闘して殺してしまう。ボルクヒルトが恨んでシンフェトリを毒殺したので、シグムントは彼女を追放する。

エイリミ国にヒョルディースという美姫がいた。フンディング王の王子などが求婚していたが、ヒョルディースは「私はあのおじいちゃんの方がいいわ」って訳でシグムントの妃となった。収まらないフンディング王子は大軍を催して攻め寄せる。シグムントは例の宝剣をふるって奮戦したが、突然片眼の老人が現われ、シグムントに槍を差し向ける。むろんオーディンですね。シグムントが剣で払うと、剣は粉々に砕けてしまった。シグムントは死に瀕しながら、ヒョルディースに剣の破片を渡し、鍛え直せと遺言して死ぬ。ヒョルディースは海岸をさまよううちにデンマーク王の王子に救われ、デンマークに連れて行かれて王子と結婚する。しかしそのときヒョルディースはすでにシグムントの子を宿していた。これがシグルトである。

ジークフリート伝説

話はこれでやっと半分くらい来た訳で、あとは第二の主人公シグルトつまりジークフリートの話になります。ジークフリート伝説はワーグナーあたりを通してご存知でしょうから省略します。ジークフリート伝説といえば『ニーベルンゲンの歌』が有名ですが、これと『ヴォルスンガサガ』とどちらが伝説の古形を伝えるのか、私はよく知りません。ただ『ヴォルスンガサガ』は以上紹介したのでおわかりのように、非常に面白いのですが、サガ一般の特徴、つまり筋が主題に添ってきちんと構成されていなくて、いくつもの話が時の推移に従って数珠玉みたいにつながってゆく点で、散漫であり間延びもしています。『ニーベルンゲンの歌』は違います。これは作者名はわかっていませんが、相当の才能を持ったある一人の作者の作品であることは、その構成が劇的に緊迫していることからわかります。

さて『ヴォルスンガサガ』ですが、これは何たってシグムント・シグニの双児の復讐譚が面白いというか、感銘深いですね。魔術的雰囲気がプンプンしているのもいいところです。話は残酷だけれど美しいです。これは実はシグムントとシグニの近親相姦の話なのね。きょうだいの恋というのはインパクトがあるのよ。鹿児島に井上岩夫さんという作家・詩人がいらっしゃって、『衛門』という小説を書いているの。これが姉と弟の恋物語で、弟はびびってるんだけど、姉さんの方は肝が坐ってる。これは『ヴォルスンガサガ』もおなじね。シグニの方が肝が据わっている。このシグニってのは北欧文学最高のヒロインだと思うね。

エッダとサガの参考書でありますが、いろいろとありますが、谷口幸男さんの『エッダとサガ』（新潮選書）など、標準的でしょう。またグレンベックの『北欧神話と伝説』（新潮社）も、包括的ではあります。また筑摩の『世界文学大系』の『中世文学集Ⅱ』に『グレティルのサガ』と「エッダ」数篇がはいっていて、これは「ちくま文庫」にもなっています。『ニャールのサガ』は植田兼義の訳本がありますが（朝日出版社、一九七三年）、それも含めた五大サガは谷口幸男の訳で『アイスランド・サガ』（新潮社、一九七九年）に全部はいっています。これには『ヴォルスンガサガ』もはいっていますから、この一冊でサガの主だったものは読める訳ね。それに山室静の『赤色のエリク記』（冬樹社、一九七四年）もあって、これには五大サガにはいらぬ短いサガが十二篇収められています。

ですが私はまず、山室静さんの『アイスランド』（紀伊國屋新書）と荒正人さんの『ヴァイキング』（中公新書）をおすすめしたい。ふたつとも古い本ですけれど、エッダ・サガも含めアイスランド文学の全体像を知るには好適です。荒さんというのは『近代文学』のスターだったのよ。『近代文学』というのは戦後文学を形作った重要な雑誌ですけど、荒さんは『第二の青春』とか『負け犬』とか書いて、『近代文学』の一番手だったの。平野謙さんはあとじゃ文芸批評家として荒さんより大物になったけれど、当時は荒さんにつぐ二番手。だけど荒さんはこの『ヴァイキング』なんか書いて、横道にそれちゃった。もともとこの人は航海ものが好きでね、戦争中は赤木俊というペンネームでキャプテン・クックの航海記を訳してたの。

山室さんも『近代文学』の同人だけど、この人はひとり変っていてね。『近代文学』の創刊当時の同人ったら、荒正人、平野謙、埴谷雄高、本多秋五、佐々木基一、小田切秀雄、それに山室さんの七人だけど、山室さんだけがマルクス主義の影響がない。この人は児童文学もやっていて、『近代文学』の中じゃ毛色の違う人です。以上は余談。これで終ります。

第十二講　アイルランドと妖精

「イェイツと妖精」と講題を予告しておきましたが、「アイルランドと妖精」と変更しました。というのは、イェイツの名がアイルランド文芸復興運動、ひいてはアイルランドの妖精と結びついているのは四十代までで、以後はそういう枠組を超えたもっと大きな詩人になっているのです。詩集の中で最高といわれる『塔』が出たのは六十三歳のときです。ところが私はそういうイェイツの詩人としての全貌を知らないのです。そもそもイェイツ自体をアイルランドナショナリズムと神秘的幻想的傾向の側面でしか知らない訳で、名前の発音もずっとイエーツと言っておりました。ところが尾島庄太郎さんによると、イェイツは自分の名は gates と韻をふむと尾島さん宛の手紙で言っているそうで、それならイェイツと発音せねばならない。そんなことを今頃知った訳で、イェイツについてえらそうな話が出来る筈がない。

イェイツはあくまで詩人ですから、彼の詩がちゃんと読めないと話になりません。ところが詩は翻訳で読んだって仕方がない。といって英語で読んでも、私のようなものにはよさがわかりません。日本の詩なら、近頃の詩は難しいから別にしても、昭和前期までの詩なら、ちょっと読むと一流か二流三流かはすぐわかる。英詩はそうはいかない。詩は意味がわかったって仕方がない。そこに美というか、戦慄的な語感というか、それが感じられないと意味がない。ところが私程度の英語力では、ざっとした意味がわかるだけです。むかし桑原武夫さんが、フランス語の読みがやっと下《くだ》る程度で、スタンダルは何とか版じゃないとダメだなんて言うのはおこがましいと書かれたことがあります。全く昔の人はうまいこと言うもので、私の英語はやっと読みが下る程度なのです。ですからイェイツが偉大であるゆえんを作品に即して理解することはできません。

ですから講題を変更したのですが、と言ってアイルランドについても私は素人にすぎない。困りましたね。しかしそもそも、この講義自体が人の受け売りをしているので、私自身の研究業績でも何でもない。大体が読書案内みたいなことをやっている訳ですから。アイルランドについてもまああなたたちよりちょっと知っているかなという程度でお話をすることになります。まずアイルランド史の概略を申し上げますが、これは本当に概略のさらに概略でして、最低これだけはご存知じゃないとあとの話が出来ないものですから、自分自身が素人なのを棚に上げてあえてお話しいたします。

アイルランドの歴史

アイルランドについてまず知るべきなのは、キリスト教修道院文化の源流のひとつがここに在るということです。五世紀に聖パトリックの布教が行われており、これはヨーロッパの中でもとても早い。六世紀後半になるとコロンバヌスがガリアへ渡っていくつか修道院を建て、最後はイタリアにも建てている。有名なスイスのザンクト・ガレン修道院はコロンバヌスの弟子が建てたものです。またコルンバはスコットランドのアイオナ島に修道院を建て、そこからさらにノーサンブリアのリンディスファーンにも修道院が生まれた。アイルランドは当時何十という豪族たちが割拠し、修道院長も歴代豪族の一族が占めるという実態で、信仰の内実については問題もあるらしいけれども、あとで述べます独特な写本聖書の誕生など、アイルランドの精神文化の基層をなしております。

アイルランドはローマの進攻を免れましたが、一二世紀になってヘンリー二世の侵入を受けました。つまりノルマン・コンクェストが、イングランドより一世紀遅れた訳です。イングランドがアイルランドを屈服させる大波はあとふたつありまして、ひとつはエリザベスの時、ひとつはクロムウェルの時です。特にクロムウェルはアイルランドにとって虐殺者でありまして、カトリック住民はシャノン川以西の不毛の地コナハトに強制移住させられました。明治の青年にはクロムウェル崇拝の気分があったのですけれど、彼らはこんなこと何も知らなかったのね。名誉革命になって、退位させられたジェームズ二世がアイルランドに進攻して敗れると、カトリック処罰法が実施される。カトリックは人口の八割以上を占めているんだが、一切公職には就けない。プロテスタントは一割弱で国教派と非国教派に分れている。イングランドから来たプロテスタント、アングロ・アイリッシュが支配者、土着のカトリックが被支配者という構造です。

当然土着のカトリックたちの抵抗が生れてくる訳で、一七九一年にはフランス革命の影響を受けてユナイテド・アイリッシュメンという組織が生れ、九八年に反乱を起こすんだけれど、鎮圧されて逆に連合王国になっちゃった。というのは、それまでイングランドとアイルランドはいわゆる同君連合なのよ。それぞれ別な議会があって、それが同一君主を戴いている構造。ところが連合王国法によってアイルランド議会は廃止。イングランドの議会中に議席を持つことになった。下院の場合定数六百五十八のうち、百がアイルランドに割り当てられた。この時現われたのがオコーネル（一七七五〜一八四七）で、彼はカトリック処罰法廃止運動の先頭に立ったけれど、本志は連合撤廃にあったと言われています。

一八四五年から四九年にかけて、アイルランドはジャガイモ飢饉に襲われる。アイルランド農民の常食はジャガイモなのに、それが胴枯れ病でやられた。一八四一年に八百万を越していた人口中、一八四五年から一八五〇年にかけて死者・移民はそれぞれ百万以上と推定されており、移民は次の五年でさらに九十万を数えています。このあと小作人の地主に対する争議が頻発、あるところにボイコットという土地差配人がいて、村人はこいつに物の売り買いはもちろん一切の交際を断った。ボイコットという普通名詞はここから生まれたの。

一九世紀後半の指導者はパーネル（一八四六～一八九一）で、彼はグラッドストーンと組んでアイルランド自治を実現しようとした。というのはグラッドストーンの自由党はディズレーリの保守党と議席数が僅差なので、政権を維持するためにパーネルの国民党と組んだ。国民党の支持を得るために「アイルランド自治法」を提出するんだけど、上院がその都度否決してしまう。パーネルは不倫問題で失脚。このパーネルの失脚は当時のアイルランドじゃ大問題で、ジョイスの『若き日の芸術家の肖像』にも、家庭内で大議論になり、ジョイスの母親が「夕食の度にもめなくちゃいけないのかねえ」と嘆くシーンが出て来ます。

第一次大戦になると、ドイツから武器を密輸して蜂起しようという動きも出て来る。それを扱っているのがデイヴィド・リーンの『ライアンの娘』。これは失敗作なんて言われるけれど、観ておいていい映画ですよ。西海岸の自然も実に壮麗で、こんな風景はやはり日本にはないね。場所はディングル半島です。映画ついでに言っちゃうと、ジョン・フォードの『静かなる男』。これはアメリカでボクサーやってた男が里帰りする話。アイルランド人気質がよくわかります。場所はメイヨーです。キャロル・リードの『邪魔者は殺せ』、これはアイルランド共和国軍（IRA）の資金調達の話。場所はベルファストです。

一九一六年四月二十四日、ダブリンでイースター蜂起が起ります。共和国を宣言したものの鎮圧され、十六人が刑死しました。一九二二年アイルランドは自治を得ます。英国政府としては、カナダやオーストラリアみたいに帝国内自治領にしたつもりだったのに、アイルランド側は国際連盟に加入するなど、どんどん既成事実を作って、事実上独立国とみなされ今日に到っている訳です。

アイルランドの文人たち

さて、アイルランドはもともと文人を数多出しています。一八世紀にはスウィフト、バーク、バークリーがいます。バークは政治哲学者、フランス革命批判で有名、西部邁さんがバーク、バークでしたから、みなさんご存知でしょう。バークリーはイギリス経験論を代表する哲学者のひとりね。一九世紀末から二〇世紀になると、オスカー・ワイルド、バーナード・ショー、それにイェイツ、ジョイスって大変な顔ぶれね。おまけにドラキュラの作者ストーカーまでいる。新しいところではベケット。

そこでウィリアム・バトラー・イェイツ（一八六五～一九三九）だけど、お父さんはラファエル前派の画家なのね。七歳までスライゴーの母方の祖父母のところで育った。そして使用人やら近在の農民やらから、フェアリー・テールをたっぷり聞かされたのです。最初の詩集が『オシーンの放浪』（一八八九年）。オシーンは伝説の英雄であり詩人であるのですが、ニーアヴという女の妖精に誘われて、ティル・ナ・ノーグへゆく。これは常若の国、つまり老いるということのない世界。アイルランドには古くから西の彼方に常若の国があるという言い伝えがあるのです。オシーンがそこから帰って来たら、三百年経っていてもう知る人もなかった。つまり浦島伝説のアイルランド版ですね。

イェイツはこの処女詩集を出す前後に、アイルランドの伝説集を二冊出しているんです。"*Fairy and Folk Tales of the Irish Peasantry*"（一八八八年）と"*Irish Fairy Tales*"（一八九二年）です。これはそれまでいろんな人物が集めた伝説やフェアリー物語を、自分で集めたものも少し入れて編集したものです。つまりイェイツはアイルランド農民世界の伝承から出発している訳で、アイルランド文芸協会（一八九二年）、アイルランド文芸劇場（一八九九年）、アベイ座（一九〇四年）といったふうに、いわゆるアイルランド文芸復興運動の担い手になって行ったのも不思議ではありません。この運動の協力者にはオスカー・ワイルドの母がいる。この人自身が詩人です。またグレゴリー夫人がいる。しかし最も重要な人物はシングです。

ウィリアム・バトラー・イェイツ

ジョン・ミリントン・シング（一八七一〜一九〇九）はダブリンのトリニティ・カレッジの出身です

ジョン・ミリントン・シング

が、パリでフランス文学の研究をしているとき、イェイツと知り合った。アイルランドの民衆の生活を描きなさいと言われて、一八九八年から一九〇二年まで連年アラン島へ渡り、その体験『アラン島』を一九〇七年に出版しました。アラン島はアイルランド西岸の孤島で、ゲール語の世界です。当時はゲール語復興がブームで、ゲール語を日常語としている希少な土地のひとつとしてアラン島は注目されていた。だから島民は学者たちが来島することに慣れていた。島人はアイルランド本土のことも知らないし、ましてや世界のことは何もわからない訳だから、島の外の世界の人びとは何をしてるんだろうなと考える訳ね。そして思いつくの。「あー、彼らはゲール語の研究をしてるんだ」って。シングが見出した島人の生活は、本当に自然と膚接して、というより人間そのものが岩であり風であり波であるような世界なんですね。アラン島は一九三四年になって、ロバート・フラハティという人がドキュメンタリ映画にしてるの。当時ヴェニス映画祭で賞もとっている。この映画は確か戦後上映されたはずで、私も見た記憶があります。

シングは『海へ騎《の》り行く人々』『西の国の人気者』といったお芝居で、アイルランド文芸復興の一翼を担った人だけれど、これは徹底した現実暴露的な農民劇で、後者などはダブリン初演の際、観客が騒ぎ立てる事件になった。しかし若松美智子さんという研究者によると、シングは世界をシンフォニーと考えていたんだね（若松美智子『劇作家シングのアイルランド』彩流社、二〇〇三年）。その交響楽は山川草木のすべてが奏でる壮大かつ渾然たるもので、人間はそのパートのひとつを担っているにすぎないってんです。つまり今日のいわゆるネイチャー・ライティングからして、大変興味ある考え方をしている人なんです。しかし惜しいことに若死しました。

ジョイスはイェイツより十七歳歳下で、アイルランド文芸復興にもゲール語復興にも批判的だった。批判的というより冷めていた。地方的なもの、ナショナリスティックなものに対して冷めていました。二十歳のとき、ダブリンでイェイツに初めて会った時、吐いたと言われる有名な言葉があるのね。「あなたは私の影響を受けるにはあまりに年をとりすぎています」。ところが実はジョイスはこの問題に関しては二重思考的なところがあるんです。一般にはジョイスは国際派で芸術派、アイルランド独立運動にもアイルランド文芸復興にも無関心、アイルランド独立なんぞより文体の方が重要と考えていたと思われていますね。ところが桶谷秀昭さんの『ジェイムズ・ジョイス』（紀伊國屋新書、一九六四年）によると、そう簡単な話じゃないんだね。むしろ自分の中に在るアイリッシュ的なものから逃げられなかったからこそ、アイルランド民族運動に過激に反応せざるを得なかったらしい。

アイルランドの妖精

これは吉本隆明さんの農村嫌いに似ているね。あの人は農本主義が大嫌いだし、「兎追いしかの山」みたいな田園生活への郷愁を、都市化の波に悲鳴をあげた大衆に対して人為的に提供された、極めて退行的幻想的なイメージだと批判なさいましたね。ところが一方じゃ、日本近代で真に思想家の名に値するのは柳田と折口だとおっしゃるの。柳田・折口といえば、日本の農民社会の中に沈殿して来た古層にずっと注目して来た人だよね。まあ吉本さんは、お母さんのお腹にいるころ東京へ出て来て、両親は東京下町の生活に適応すべく苦労しているのに、もうろくした爺ちゃんが「おれは天草へ帰るばえ」なんて両親を困らせてるのを見て育った人だからね。

アイルランドの妖精に話を進めましょう。彼らの特徴はイェイツが子どもの頃には、彼らを見た、彼らと話をしたという人が身の廻りに沢山いたということね。つまり当時の農民あるいは漁民のほとんどが、妖精との接触経験を持っていたし、従ってその実在を確信していたことが大事です。これは日本の村でも、戦後しばらくまでは似たようなことがありました。つまり河童や狐のすることが信じられていました。だけどそれは爺さん婆さんの囲炉裏話の中のことでしょう。アイルランドでの妖精の存在性というものは、そんなものじゃないんですよ。とってもリアルで遍在的なんです。当時アイルランドのコナハト地方、これはアイルランドでも最もケルト的なものが残った地方ですけど、そこでアンケート調査したら、生涯で妖精を見た、もしくは出逢ったという人は九十数パーセントに上ったんじゃないでしょうか。

つまり妖精というのはこの世と別なアナザーワールドの存在じゃないんです。もちろん妖精の居住空間というのはあるんだけれど、それは人間の生活空間と隣接している、いや混在していると言ってもよい。妖精とは日常的に極めて親しい近しい存在であるのです。妖精には二種類あって、集団をなすものとひとり暮しをするものに分れるそうですが、集団で暮しているのは円形土砦（ラース）という塚みたいなところで、そこへ行けば彼らが歌ったり踊ったりしている物音が聞けるのです。彼らはきまった時間に人間の家の近くを通り過ぎることになっているので、その時刻汚い水を外に撒いちゃならんとされています。妖精に連れ去られて帰って来ない人もいます。七年間誘拐されていて、帰って来たある女には足指がなかったそうです。つまり踊り続けて磨り減ってしまった。チェンジリングというのもあります。妖精が赤ん坊を連れ去って、替りに醜い赤児を置いて行く。取り替えっ子です。赤ん坊の様子が今までと変っておかしくなって来る。これは取り替えっ子の公算大で、そのときはしかじかの処置をすると、その赤子は逃げ出し、本当の子が帰って来ると言われています。

いろんな人が妖精の分類をしているんですけれど、ここではいくつか特徴のあるものを紹介しておきましょう。プーカ、これは動物霊が妖精になったものです。メロウ、これは上半身人間、下半身魚、つまり人魚だけど男も女もいます。パンシーというのは家つきの妖精で、その家で死人が出る前、予告して大変な泣き声を立てます。妖精は人間に対して善意を示すときも悪意を持つ場合もあって、一義的に言い切れません。イェイツは彼らの世界を「ケルトの薄明」と言っています。薄明とはわが国の言葉で言うと、彼《か》は誰《たれ》どき、誰そ彼《がれ》、ということですね。夕方で、誰か向うに立ってるんだけど、それが誰であるかは分らないという世界ね。

フェアリー・テールズのかたち

妖精話（フェアリー・テールズ）は多彩で、グリムなんかと共通の話もあるし、日本の昔話に似ているのもあります。日本の昔話・伝説に似ている例をふたつ紹介しましょう。ひとつはコブ取り爺さんとそっくりな話です。コブを背負って苦しい思いをして来た男が、ラースの傍を通ったら、妖精たちの歌声が聞えた。「月曜・火曜」「月曜・火曜」と繰り返して大そう楽しげである。男は思わず「それまた水曜」と声を掛けてしまった。ところが妖精たちがよろこぶこと。出て来て男のコブを取ってくれた。それを聞いたもう一人のコブ男が、俺も取ってもらおうって訳でラースへ出かけて行った。なるほど、「月曜・火曜」と楽しげにやっている。そこで「それまた水曜、それまた木曜」とやっちゃった。すると余計なことまで言うってんで、妖精たちからまたひとつコブをつけられちゃったという話です。

もうひとつは女性器の露出です。アルスター王子のク・ホリンはアルスター地方の統一のため戦った英雄ですが、ある日激しい戦闘のあと身体から激しい熱を発散しながら帰城した。王はこのまま城へ入れたら火事になると案じて、王妃に命じて、百五十人の侍女とともに性器を露出して立たせた。ク・ホリンが顔をそむけて立ちどまった時に、桶三杯の水をかけて冷やしたという話です。日本ではアマノウズメが天の岩戸の前で性器露出して舞いましたし、天孫降臨の際、道に立ちはだかったサルタヒコも性器露出でひるませました。ク・ホリンはコナハト女王メーヴの雄牛捕り遠征を阻止するクー・フリンと同一人物なのかな。この話は栩木《とちぎ》伸明という人が紹介してるんだけど、（『アイルランド紀行』中公新書、二〇一二年）、雄牛一匹が欲しくてたまらずにアルスターへ遠征するなんて可愛い話だね。美女が惹き起こしたトロイ戦争と較べても、それこそ牛一匹を持つかどうかに生存がかかっていたアイルランド農民らしい伝説です。

妖精の話をもう少し紹介しましょう。川のほとりの芝草の上で妖精たちが浮かれて踊っていた。すると一人が坊主がやって来ると叫び、みんないっせいに隠れた。なるほどホリガン神父様が仔馬に乗ってやって来た。神父はデルモット・リアリの家で立ちどまり、「祝福を」と言って中へはいった。女房は食事を出そうにもジャガイモしかなく、何か付け合わせが欲しかった。デルモットが川に仕掛けた網のことを思い出して見に行くと、みごとな鮭が一匹かかっていた。とり出そうとすると、横合いから網を引っ張る者がいて、鮭は逃げて泳ぎ去ってしまう。妖精の仕業に違いないから、デルモットがペテン師野郎お前なんぞと罵ると、妖精たちが出て来て、「そりゃ違うねえ、おれたちゃ、二十人ばっかりで引っ張ったのさ」と言う。そして「夕食のことなんぞ、気にせずともいいんだよ。おれたちが豪勢な食事をあっという間にテーブルに出してやる。その代り神父さんにひとつ質問をして、その答えを聞かせてくれないかな」。その質問というのは、最後の審判の際、自分たち妖精の魂も救われるのかどうかというのです。デルモットが家へ帰って神父さんにそう言うと、「わしのところへじかに聞きに来い、そうすれば何でも答えてやると言え」とおっしゃる。デルモットがそれを伝えると、妖精たちはどっと逃げ去ってしまった。それで神父さんにはジャガイモの夕食しか出ませんでしたって話。これなんか可愛らしいお話だけど、次のはちょっと怖いよ。

パット・ダイバーといういかけ屋がいて、イニシュオエンという村を廻っていた。暮れかかって来たからある家の戸を叩くと、老夫婦が炉を囲んでいる。一夜の宿を乞うと「話が出来なさるかな」ときかれる。「出来ません」と答えると、そんなら泊めることはできないとピシャリ断わられます。しかし納屋があったので、パットはそこの麦藁の山にもぐりこんで眠りました。ところが夜中四人の大男がはいって来て、死骸を天井から釣り下げ、火を起してあぶり始める。そのうち一人が、一番背の高い男に「疲れたから替ってくれ」と言う。するとその男「パット・ダイバーがそこの麦藁に隠れている。そいつにやらせろ」。パットは引きずり出されて死骸をぐるぐる廻す仕事をさせられました。そのうち四人は出て行く。縄が焼け切れて死骸が落ちる。パットは逃げ出して草に覆われた溝に隠れました。すると四人の大男が死骸を担いでやってくる。一人が一番背の高い奴に「疲れたから替ってくれ」と言う。男は言う。「パット・ダイバーが溝に隠れている。そいつにやらせろ」。パットは引きずり出されて、死骸を担わせられました。墓地に着くと四人は穴を掘り始める。パットは近くのサンザシの木に登って隠れました。シャベルを握っていた男が例の大男に「疲れた。お前の番だ」と言う。大男は「パット・ダイバーがサンザシの木に隠れている。あいつにやらせろ」。そこでパットはシャベルを手にして掘り始めましたが、そのとき一番鶏が鳴いた。連中が言う。「ちょうどいい時に鶏が鳴いてくれたな。そうじゃなきゃ、お前はこの穴に死骸と一緒に埋められるところだったのだぞ」。

それからふた月が経ちました。パットはドニゴール地方をあちこち廻っていたが、ラフォーの市であの大男に出会った。男は腰をかがめ、いかけ屋の顔をのぞきこみながら言った。「元気かね、パット・ダイバー」。「お見それしました。あなた様は一体どなたで」。「おれを知らないのかい」。男はささやくような小声で言った。「イニシュオエンに帰ったら、話して聞かせる話があるだろうが」。何とも奇妙な味の話ですね。大男はパットが老夫婦に聞かせる話がないので宿泊を断わられたのを知っている訳です。老夫婦はこの大男とどんな関係があるんですかね。

人魚のお話

メロウのお話をひとつ紹介しましょう。ジャック・ドハティという男がいて海辺に住んでおりましたが、ある日クーマラという爺さんのメロウと知り合った。ジャックのおじいさんと仲良しだったそうで、「お前の親父はダメな奴だったけどな」なんて言うのです。メロウはつばのついた三角帽子をもっていて、それをかぶっているので水中に潜れるのです。メロウはあるときその帽子、つまりコホリン・ドリューをひとつ余分に持って来て、それをジャックにかぶせ、海底の自分の家に招待し、いたれり尽せりの歓待をします。そのうちジャックは棚に籠がずらりと並んでるのに気づいた。遭難した水夫の魂がはいっているのだと言う。家へ帰ってもジャックはその籠にはいった魂が気になってしょうがない。何とか解き放ってやりたい。ジャックはクーマラを自分の家に招待し、さんざん飲ませて酔い倒れたのを見届けると、コホリン・ドリューを失敬して海底のクーマラの家へ行き、籠の中の魂を全部解き放ってやった。そんなことがあっても、クーマラとジャックの仲は変らなかった。クーマラを呼び出すには、あるきまった岩の上から石を投げこむといいのだが、遂に石を投げこんでも応答のない日が来た。ジャックはクーマラは死んだか、住みかを変えたかしたのだろうと思った。

女のメロウが人間と結婚する話もあります。これは日本の羽衣伝説によく似ていて、人間の男と一緒になって子もなしたメロウが、ある日夫が隠したコホリン・ドリューを発見し、それをかぶって故郷へ帰ってゆくのです。

最後に、これは妖精話じゃなく、妖精を詩にして唱う村の農民詩人の話です。一八世紀の中頃の話だというのですが、赤毛のハンラハンという男がいて、村の生け垣学校の教師をしていた。一九〇四年に出版した『赤毛のハンラハン』を紹介しておきます。一八世紀は初等教育が一般化した時代ですが、カトリックの農民は公教育を受ける機会がなく、もっぱら私塾に頼っていた。私塾といっても校舎がなくて、生け垣の陰で開かれたりしたから「生け垣学校」と呼ばれていたのです。ハンラハンは大酒呑みだし、女たちといろいろ色恋沙汰を起こすし、神父様の説教ではいつも名を挙げて非難されていました。よし、そうまで言うなら魔法使いにでもなってやるぞと思って、ハンラハンは村のよろず屋の窓に一冊だけ陳列してあった書物を買って帰った。魔法の本で、精霊を呼び出したいなら、コウモリの血でその名を書き、そのまわりにおなじ血で三角とか何とか印を描き、その名を唱えつつ燃やせと書いてある。その通りやったら波のクリーナが現れた。波のクリーナは妖精中でも美しさで知られています。クリーナはハンラハンに、あなたがラースのかたわらで詩を学んだ時以来、私はあなたをずっと見て来たのですよ、そしてあなたをいとしく思って来たのですよと告げる。ハンラハンは虫の居所が悪くて、「女なんかもううんざりだ」と答えてしまう。するとクリーナはお前は今後いたるところにバラを見て、それを手にしようとすると消えてしまうだろうと呪いをかけるのです。そのうちハンラハンが大酒呑んで家へ帰ると、小屋は嵐で吹き飛んでいた。村人は彼をさんざん殴った末に村境まで連れて行き追放した。

ハンラハンは西へ向かった。そこではまだ、ゲール語で唱う詩人を尊敬してくれる人びとがいると思ったのです。ある家を訪れると、ちょうど五月祭前夜で人びとが溢れていた。ハンラハンは中へはいりこみ、その家の若い娘の隣りに坐った。そして人びとが踊ったり飲み食いしたりするのをよそに、ひたすら娘に甘く夢見るような言葉を語り続けた。娘はうっとりと聞き惚れている。母親は危険を感じた。しかし、詩人を追い出すと呪われるかも知れない。友だちに知恵をつけられて、ハンラハンに言った。「私は縄をないたいのです。私が干し草を繰り出しますから、あなたがそれを縄になって下さい」。よろしいですよという訳でハンラハンは、女房が繰り出す干し草をない始めた。縄が長くなるにつれて、ハンラハンはあとしざりする。とうとうドアを越え、道路の半ばまで達した。女房はすかさずドアをぴしゃりと締めた。この縄ないのエピソードは実は歌にもうたわれていて、イェイツの独創じゃないんだけれど、イェイツのこの作品で一躍有名になり、一幕物の芝居にも仕組まれることになります。

旅を続けるうちに、ハンラハンはマーガレット・ルーニーに出会った。彼の若き日の恋人である。ルーニーは四十歳くらいのうば桜になっていて、なかなか様子がよろしい。気の合う女友達と二人暮らししているから、あなたも一緒にどうぞと言う。ハンラハンはマーガレットの家で大変楽しく暮らし、詩も沢山作った。彼一代で最高の詩作期だったという。

だがある日、泣いている娘と出会った。親がちっぽけな土地に目がくらんで、パディ・ドゥといういやな爺さんのところへ嫁にゆけと言う。それで泣いていた。娘に頼まれてハンラハンはパディを嘲弄する詩を作った。その中にパディだけじゃなく、ほかのすけべ爺さんたちの名も詠みこんだ。生け垣学校の先生をしていたから、生徒たちにその詩を覚えこませ、方々で歌わせた。するとパディを始め爺いたちが棍棒を手にしてやって来て、ハンラハンは逃げ出さぬ訳にはいかなかった。

また放浪が始まった。山中で石小屋を見つけて泊ることにした。谷間に幽鬼の行列が現われた。死んだ恋人たちの行列である。そのうちにハンラハンは老女と出会った。五十年前妖精にさらわれたという女で、いまは狂女フィニー・バーンとして名高い。ハンラハンはつかんだ木の枝が折れて、岩にぶつかり転倒した。気づいたら石小屋にいて、フィニーが看病してくれていた。ハンラハンはフィニーに看とられて死んだ。フィニーの正体は死の直前に現われた。波のクリーナだったのである。

ケルトの装飾

以上でフェアリー・テールとそれに関わる歌い手の話はひとまず終えて、最後に最初申上げたケルト系修道院の話に戻ります。この修道院が生み出した最大の遺産が福音書の装飾写本です。写本は最初は巻子本でしたが、冊子本（コーデックス）になって独立した挿画のページがとれるようになった。写本聖書に挿画がはいるようになるのはケルトだけの話じゃありませんが、ケルト系写本の場合その装飾性は際立っている。ケルト系写本では『ダロウの書』というのが六八〇年頃の成立で、一番古い。ダロウというのは修道院の名前です。それに『リンディスファーン福音書』『ケルズの書』を併せて三大装飾写本と称される。『ケルズの書』はアイオナで着手され、ヴァイキングの襲来から逃れてケルズで完成されました。三写本中の最高作とされています。

ケルト系装飾写本における装飾ページは三つに分れます。まず象徴ページ。その章を代表する意匠が描かれる。その場合でもケルト写本はふつうの写実的画像じゃなく、徹底的に図案化されている。『ダロウの書』のマタイ像をごらん下さい。装飾性が一番強いのがカーペットページ。ページ一杯に図案が書きこまれ、まるでカーペットを敷いたみたい。そして三番目が文字装飾。つまり飾り文字で、見本に出した「H」など、わかり易い方です。

この装飾聖書については、私は鶴岡真弓さんの『ケルト／装飾的思考』（筑摩書房、一九八九年）に基づいてお話ししているのですが、鶴岡さんはこれはイラストレーションじゃなくイルミネーションだ、つまり「視える世界の形象を直写するのでなく、抽象作用を通して非在的な形象を表わす欲求」なのだとおっしゃっています。

『ダロウの書』のカーペットページ

『ダロウの書』のカーペットページ

をごらん下さい。まさに渦巻、組紐が絡み合い、ねじれ、反転し、増殖する流動的世界です。装飾文字にしてもおなじことですが、これはキリスト教の呈示するはずの秩序立った世界とは何の関係もありません。非常に原始的な、あるいは原基的な生命力そのものの運動の様相が表わされているというしかないでしょう。修道院の中で、しかも聖書を書き写す作業に、こんな風な図形の流動・増殖が生じるというのは、やはりケルトの心性が自然に発露した結果であります。

この一切が流動・変転の中に置かれる、しかもだから果敢ないというのじゃなく、逆に異様に生命感がみなぎるような世界の受けとり方は、装飾写本だけじゃなく、ケルト十字架にも、タラ・ブローチが代表するような金属工芸にも現われていると鶴岡さんは言うのですが、そこまで詳しく紹介する時間はありません。アイルランドの神話・伝説そしてフェアリ・テールも、こういうケルト的装飾思考と関連づけて考察する必要があるかと思いますが、そこまでの用意が私にある訳でもありません。

最後にひとつエピソードを紹介しておきましょう。ジョイスは建て前としては反ケルト的モダニストでありますが、実は『ダロウの書』の覆刻本をずっと手許に愛蔵していたのです。友人にその中の図柄を示して、「これこそぼくが自分の作品でやっていることなんです」と語ったという話もあります。今日の話は何だかまとまりが悪くて、アイルランドに関していろいろ取り集めただけみたいになってしまいましたが、このジョイスのエピソードで話がいくらかでもこじつけられたことになれば幸いです。

第十三講　ウィリアム・モリスの夢

ウィリアム・モリス

ウィリアム・モリスは普通、詩人・ロマンス作者、美術工芸のデザイナー、社会主義者の三つの側面で語られます。今日ではこの第二の面、いわゆるアーツ・アンド・クラフツ運動の生みの親たるアート・ディレクターとして最も評価されているのですけれど、モリスが生きている頃はそうじゃなく詩人としての評価が最も高かった。つまりモリスはテニスン、ブラウニング、スウィンバーンなど当時の一流詩人に並ぶ存在と思われておりました。だからテニスンが死んだとき桂冠詩人のお鉢が廻って来た。モリスはこれを辞退していますが、桂冠詩人というのは、イギリス王室からお給料もらって、王室の大事の際には慶弔の詩を作る人のことで、世間的には詩人の第一人者である訳です。

トールキンもルイスもモリスは少年の頃から読んでいて、大いに影響を受けていますが、二人の場合愛読したのはモリスが晩年に書いたファンタジーなんですね。そしてモリスが訳したサガにも影響を受けた。モリスはアイスランド語を勉強し、アイスランドへ旅行して旅行記も書いているし、サガも訳しています。モリスは一八三四年生れですから、トールキンやルイスよりふた世代上の人だということにもご留意下さい。

モリスのお父さんは証券仲買人で、コーンウォルの銅山株に投資して大儲けした。一株一ポンドで買ったのが八〇〇ポンドまで値上りしたんです。財産は今の日本のお金に換算すると二百億円くらいあったそうで、モリスは跡とりですから（兄は夭折）父の遺産で一生喰うに困らなかった。モリスが生まれたのはロンドン北東のウォルサムストウ村の通称「楡の館」というお屋敷でした。裏手にはエッピングの森が続いていて、幼時から絶好の遊び場になった。六歳の時、エッピングの森にさらに近いウッドフォード・ホールに移ります。これは三階建ての堂々たる大邸宅で、モリスはここに六歳から十四歳までを過します。というと少年時代を貴族並みのお館で過したわけですね。しかも彼は四歳からスコットの歴史小説を読み出した。『アイヴァンホー』とか『ケニルワースの城』といった中近世の騎士道的世界ですね。これは『ウェイヴァリ小説』と総称されているんだけど、モリスは七歳の頃にはそのほとんど全部を読み上げていたそうで、まあマセた読者というのはいるもんで、私だってそうとうマセた読者だったけれど、これには完敗ですね。小学二年でスコットの『ウェイヴァリ』をみんな読んじゃうというのは、ちょっと考えられることではありません。

エドワード・バーン＝ジョーンズと北フランスに出会う

一八四七年、モリスが十三歳のときお父さんが亡くなって、翌年一家はまたウォルサムストウ村に戻ります。ウィルトシャーのパブリック・スクール・モールバラ校に入学したけれど、のちにここでは「ほとんど何も学ばなかった」と回顧しています。そしてウォルサムストウへ帰って、ガイ博士という人の個人指導を受けた。この点ルイスの履歴に似ていますね。オックスフォードを受験し合格、翌一八五三年に入学しました。同級にエドワード・バーン＝ジョーンズがいて終生の友となります。
翌年姉とベルギー、北フランスを旅行し、ルーアンという中世都市、それにシャルトルを始め各地のカテドラルに圧倒的な感動を体験しました。すでにラスキンを読んでいましたから下地はあったのです。北フランスはその翌年、今度はバーン＝ジョーンズと旅行して、この時も感動の連続でした。後年次のように回想しています。

四十年たらず前——三十年前だとおもう——私は当時その外貌において中世の一片であったルーアンの町を初めてみた。その美と歴史とロマンスの混合がいかに私の心をとらえたかは言葉にもあらわしがたいほどだ。過去をかえりみて、それが最大の快楽であったということができる。ところが今ではそれは誰もふたたびもつことのできない快楽である。それは永久にこの世から消えてしまった。当時、私はオックスフォードの学生だった。あのノルマンの都ほどに驚嘆すべき、ロマンティックな、一見して中世的な町ではなかったが、その頃のオックスフォードはなお昔の美しさを多く保っていた。当時の灰色の街路の思い出は私の生涯の変らない力であり快楽であった。今日のオックスフォードの有様を忘れることさえできるならば、その感は依然として深いであろう。このことはオックスフォードの所謂学問なんかよりもはるかに重要なことなのだ。（「芸術の目的」一八八七年）

この二度の旅行は実にモリスの生涯の方向を決定したと言ってよいでしょう。中世の街並みと建築はなぜこのように美しく霊的であるか。それに引き換え現代の産業文明の街並みと建築はなぜこのように醜いのか。こういう一生を支配する問いにモリスはわしづかみされたのです。バーン＝ジョーンズは画家に、モリスは建築家になると、このとき誓いを立てました。

オックスフォードに帰って建築家ストリートに弟子入りします。ここで知り合うのが兄弟子ウェッブで、この人も終生の友となります。しかしモリスの建築家修業は長続きしなかった。この一八五六年に彼はダンテ・ゲイブリエル・ロセッティを知り、バーン＝ジョーンズともどもロセッティのとりこになってしまうのです。

ロセッティとラファエル前派の渦へ

ロセッティはラファエル前派を組織した画家としても、また詩人としても当時一流の芸術家ですが、英国人ではありません。彼の父はイタリアのカルボナリ、つまり炭焼党員の有名な一員なのです。炭焼党員というのはスタンダルの『パルムの僧院』などでご存知だろうと思いますが、要するにイタリア独立をめざす革命党員で、フリーメーソンのような徹底した秘密結社であったことで有名です。結局母国に居れなくなってロンドンに亡命しました。その子がダンテ・ゲイブリエルなのです。ですからD・Gの小さい頃から、家には亡命イタリア人が一杯やって来る。のちにはナポレオン三世となるルイ・ボナパルトもロセッティ家の客となったそうです。つまり陰謀の巣窟みたいなところで育ったのね。

ダンテ・ゲイブリエル・ロセッティ

一八四八年彼はミレイ、ハントらとともにラファエル前派（P・R・B）を結成し、既成のアカデミズム画壇に挑戦します。その趣旨は絵画は存在するものをただ巧みに写実するものじゃない、存在の彼方にある詩を描くのだということです。ですから中世趣味ゆたかなロマンティックな絵柄といってもよい。世評から叩かれて、それに対してラスキンが擁護に立つという騒ぎになった。モリスとバーン＝ジョーンズがロセッティと知り合いになった時はもうラファエル前派は社会的地位も獲得していたのですが、それにつれて結成時の熱気は失われつつあった。ロセッティはバーン＝ジョーンズとモリスという歳下の弟子を見出して、ここに第二次P・R・Bというべきものを再結集したつもりだった。

このラファエル前派、とくにそのリーダー・ロセッティは明治三十年前後の日本にも大きな影響を与えていますから、それをちょっと紹介しておきましょう。詩人としてのロセッティを紹介したのは上田敏と蒲原有明です。上田敏は有名な訳詩集『海潮音』に、ロセッティの訳詩を載せています。「小曲は刹那をとむる銘文、また譬ふれば、／過ぎにしも過ぎせぬ過ぎしひと時に、却の「心」の／捧げたる願文にこそ。光り匂ふ法《のり》の会《ゑ》のため」といった調子です。蒲原有明は明治文語定型詩の頂点に立つ詩人ですが、作風にロセッティの影響を決定的に受けたのは自認している通りです。彼もロセッティを訳しています。「そのかみここにはありけむ／いつぞ、いかにと語りあへねど／さながらなりや外《と》の面《も》の面《も》微《を》草《ぐさ》」といった具合です。美術面を紹介したのは岩村透です。ラファエル前派は神話的画題を好んだのだけれど、藤島武二にしても青木繁にしても、その影響で日本神話と取り組んだのね。

モリスはロセッティに君には画才があるなんておだてられて、建築家志望から画家志望に移っちゃった。ロセッティはオックスフォード大の学生集会所の壁画を依頼されたので、バーン＝ジョーンズ、モリスらはその仕事に参加することになる。ところがロセッティはフレスコ画の技法をマスターしていなかったのね。だから彼らが描いた壁画はすぐ褪色してしまった。しかし失敗に終ったこの経験も、モリスには大変貴重なものだった。つまり仲間とともに仕事するよろこびを強烈に味わった訳で、この仲間とともにということはモリスの一生の主題になります。

画描きにはモデルとのスキャンダルがつきものです。ラファエル前派が作り出した女人像は「宿命の女」と言われます。謎めいたまなざしを持ち、憂愁にみちた美女です。ロセッティの「宿命の女」はエリザベス・シダル、通称リジーです。お針子をしていたのですが、ロセッティの目にとまってモデルとなり恋人となった。ところがロセッティという人は一種の性格破綻者で、性的に放縦極りないだけでなく、人となり傲慢、一切が自己中心、画代を前取りして、なかなか描こうとしない。借金魔であるばかりか、どうしようもない酔払い。しかも麻薬まがいの薬を常用する。リジーを讃美しつつ、ファニーというこれは豊満型の美女モデルに執着する。そういうロセッティとモリスが一八五七年、ジェイン・バーデンという新しい「宿命の女」に出会った。

レッドハウス（By Ethan Doyle White, CC BY-SA 3.0）

運命の女、ジェイン

ジェインは辻馬車の駆者の娘で、謎めいた大きな眼、我の強そうなあご、塔のようにみごとな首を備えた美女で、ロセッティは油絵からデッサンまで、何十枚という画像を描いています。一方リジーへの愛もあったんだけど、一八六〇年まで正式に結婚しなかった。ジェインへの想いがあって、ぐずぐずしていた。ところがモリスがジェインに惚れて、一八五九年に結婚しちゃった。そこでロセッティもリジーと結婚したという訳だけれど、このリジーという人は生来病弱な人で、おまけに同棲しているロセッティが何かというとファニーのところに泊りこむもので、憂を払うためにアヘンチンキを多用するようになり、ついに過剰摂取で死んでしまう。一種の自殺といっていい。このあとロセッティの住むところ、リジーのお化けが出没するようになり、女中が長続きしなかったという話もあります。

モリスはジェインと結婚後、新居としてケント州アプトンにいわゆる「赤い家（レッドハウス）」を建てました。これはウェッブの設計で、内装・家具はロセッティ、バーン＝ジョーンズらが手伝い、モリスの理想通りの家が出来上ったのです。ここで過した五年間は、仲間との親密なつきあいに明け暮れ、モリスの最も幸せな時期だったと言われています。

モリス・マーシャル・フォークナー商会

一八六一年、モリスは友人らと工芸品製作販売の会社「モリス・マーシャル・フォークナー商会」を作ります。もともと彼にはいわゆる「レッサー・アート」への思いがあった。レッサー・アートとは、絵画・彫刻・建築をグレイター・アートとした場合、生活の中で使われるより小さな工芸品のことで、モリスは生活を美しくすることは、日常生活を彩るこういう小さな工芸品を美しいものにすることでしか実現しないと考えていました。そういう日常接する美しいものを実際製作し、またそれが企業としても成り立つことを実証しようという次第です。ロセッティ、バーン＝ジョーンズらはみな株主として参加します。名前の出ているフォークナーは数学者でオックスフォード以来の友人、マーシャルは測量技師。レッド・ライオン・スクエアに店舗・工房を構えました。

商会が手がけた作品の最初の売れ筋はステンド・グラスでした。国教会の改革を図ったいわゆるオックスフォード運動の担い手が、地方の聖職者となり、ゴシック風の教会堂新築あるいは改装を行なったので、ステンド・グラスへの需要が高まっていたのです。次いで壁紙、チンツ（更紗木綿）。この両者でモリス特有の図柄が出現するわけです。さらにタペストリ、絨毯と拡がる。モリスの本領たるアート・ディレクターとしての才能が開花してゆくのです。

それが詩人モリスの開花でもあったのは注目すべきことです。『イアソンの生と死』（一八六七年）、『地上楽園』（一八六八〜七〇年）によって詩人の地位は確立しました。『地上楽園』は二十四篇の物語詩を含み、その半分がギリシャ神話、残る半分が仏独のロマンスや北欧神話に拠っています。冒頭で申し上げたようにモリスは特に『地上楽園』の詩人として名声が確立したのです。

商会の事業が盛大に赴くにつれ、レッドハウスからロンドンの工房まで通うのが苦痛になって来ました。やむなくモリスは一八六五年レッドハウスを手放し、ロンドン・クウィーンズ・スクエアに新居を構え、商会の店舗・工房もここに移しました。

モリスは一八七一年、グロスターシャーのケルムスコット領主館をロセッティとの共同名義で借り受けます。いわゆるコッツウォルズ地方の美しいマナーハウスです。妻ジェインと二人の女児はここで暮すことになります。この年二カ月のアイスランド旅行に出かけたので、残るのはロセッティとジェイン母子。ロセッティはジェインをずっとモデルに使い続けていて、少くとも一八六九年には彼女と性関係を持つに至ったらしい。モリスがアイスランドへ旅立ったあと、二人はケルムスコットで夫婦気取りで暮らすことができた。

モリスは二人の関係を承知していました。そしてそれを黙殺しました。ロセッティとは激しく口争いをするようになったとのことですが、それも家賃を全く負担せずモリスだけに出させるようなロセッティの身勝手な態度に関してのことでしょう。ジェインのことで責めることは全くなかった。伝記作者たちはこのモリスの寛大さをいろいろと論じていますが、モリスにとって一番大事なのは自分の思想的芸術的事業を仲間たちと遂行することで、女出入りで仕事の同志関係をこわしたくなかったというのが妥当な解釈かと思います。さらにモリスはこの頃すでに、ジェインに自分の事業に対する関心も理解もないことをよく承知し、その点では諦めていたようなのです。しかし夫として父親としては、妻と子どもたちを一貫して大切にしていました。

ロセッティが描いたジェイン・モリスの肖像

ジェインはヘンリー・ジェイムズを初めいろんな人物から、その神秘な美貌を賞讃されていますけど、実像は決して「宿命の女」などではなく、ごく普通のありきたりの女性だったようです。ロセッティからは女神みたいに崇められて気分よかったでしょうが、決して愛した訳じゃないらしい。七三年には早くも秋風が立って、ロセッティはジェインの冷たさを嘆くようになります。ロセッティは一八八二年に死にますけれど、その三年後からジェインはウィルフリッド・S・ブラントという男といい仲になっている。この男は外交官で旅行記を著わすなど、一応文人の仲間入りをしているんだけど、とにかく女に対してはマメな男だった。ジェインはこの男を心から愛したようです。モリスを愛したことは一度もなかったとか、ロセッティに対してもあなたに対するほど許したことはなかったなどと、ブラントに語っています。要するにジェインは平凡な女たらしの方がよかったので、自身もやはりごく平凡な女だったのです。

ロマンスや詩で、あれほど天上的な恋をうたいあげたモリス、妻に裏切られたモリスに、他の女性を求める気持はなかったのでしょうか。実はそれがいたのです。ジョーン＝バーンズの妻ジョージアーナです。でも彼女はモリスのコンフィダントにとどまりました。コンフィダントというのは心のうちを何でも打ち明けられる友という意味です。そういうコンフィダントはもう一人いたそうです。

一八七五年、モリスは商会を自分の単独名義に改組します。そして染色・織物に手を拡げてゆきます。当時の工業染料にいいものがないので、自然染料をいろいろと試みた。つまり志村ふくみさんみたいなことをやった。織物も試みた。一八七八年にはハマースミスに転居し、その家をケルムスコット・ハウスと名づけます。これはジョージ・マクドナルドが住んでいた家なんです。そしてこの家の近くに印刷・製本工房を作るんですが、これは後述します。

社会主義者としてのモリス

さて、モリスの第三の貌、つまり社会主義者としてのモリスについてお話ししましょう。モリスはかなり早い時期に自分の思想的主題を確定しています。一言でいうとそれは、労働は楽しいものであるべきだし、楽しい労働から作り出される作品は美しくないはずがないというものです。

この考えはラスキンに基くところが大きいのですが、モリスの全く身についた信念になっていて、単純ではあるがとても強力な命題であります。逆をいうと楽しさを全く欠いた労働から産み出される品物は醜いということになります。そしてヴィクトリア朝後期の英国の産業主義文明はまさにそのことの実証であって、非情な貧困の中で苦役にすぎない労働に従事している労働者が、機械の奴隷として生み出す商品はいずれも醜いのです。では労働がよろこびであれるような社会とはどんな社会なのか。それが社会主義だという訳で、モリスの社会主義とはそれ以上のことを意味しません。

ところがモリスが一八八三年に加盟した社会主義組織は、ハインドマンの「民主連盟」（翌年「社会民主連盟」と改称）なんです。ハインドマンはマルクスの家に出入りしていた人で、最初にマルクス主義者になったイギリス人の一人です。マルクス自身はハインドマンをあまり評価していなかったのだけれど、ハインドマン自身は自分はマルクスの正しい理解者だと思っていた。英国にはすでに労働組合もあれば、オーウェン以来の社会主義者もいる。ところがマルクス主義政党というのはハインドマンが最初に始めた。モリスはそれを承知で加盟したので、つまり自分をマルクス主義者と考えた訳です。

これは何だか笑いたくなるけれど、あながち誤解の産物とも言えない。モリスは『資本論』を仏訳で二度読んだと言っています。むろん第一巻です。そして「歴史的叙述は大変面白かったが、純粋に経済学のところを読む際には、頭脳の混乱という苦痛をなめさせられた」と言っているのもモリスらしい。モリスがマルクスから学んだことはふたつあると思います。ひとつは生産手段が資本家に独占私有され、労働大衆は法的には自由なのに実態は売るべき労働力しか持たない機械の奴隷だということ。もうひとつはこの事態を変えるには暴力を含む階級闘争しかないこと。モリスのマルクス主義って、この程度のことだけど、勘どころはつかんでるね。

モリスは翌年にはハインドマンの独裁に反対して、エリノア・マルクスたちと一緒に「社会民主連盟」から脱退し、「社会主義同盟」を結成。機関紙「コモンウィール」の編集を担います。エリノアはマルクスの三女なんです。マルクスには六人子が生れたのだけど、ひどい貧乏の中で上三人は子どものうちに死んでしまい、残ったのが娘三人。上の二人はフランスの社会主義者と結婚、エリノアは父の死を看取り、エヴリングという男と同棲した。ところがこのエヴリングというのが本物の悪党で、心を傷つけられたエリノアは自殺してしまう。まあこれは余談ですが、とにかくモリスはマルクスの娘の同志で、エンゲルスともむろん知り合いだった。エンゲルスの方は「センチメンタルな社会主義者」とモリスを軽く見ていましたけどね。

「社会主義同盟」はだんだんアナキストの勢力が強くなって、モリスはこれと縁を切って、ハマースミス地区に自分たちの小さな組織を作るんだけれど、こういうコミットメントは真剣で、もの凄い回数の講演・演説を毎年こなしています。モリスは『ユートピア便り』を見ても地域連合の自治、国家不要という点で、むしろクロポトキンなどのアナキストと一致しているんだけど、実際運動でアナキストを嫌ったのは、彼らのテロリズム信仰のためで、モリスはあくまで労働大衆への言葉での働きかけを重視したのです。

『ジョン・ボールの夢』

モリスの社会主義を理解するには、『ジョン・ボールの夢』（一八八八年）と『ユートピア便り』（一八九一年）を読み解かねばなりません。これはふたつともまず「コモンウィール」に連載されました。"*A Dream of John Ball*"というのはジョン・ボールがみた夢という意味じゃないの。このofは「〜についての」という意味。つまりジョン・ボールについてみた夢という意味です。これはハマースミスでモリス本人が見た夢ということなんだけれど、その夢というのがとても現実的なのね。気がついたらワット・タイラーの乱の農民の中にいたの。まわりは武装した農民たちで、その服装が質素だけどとても美しい。家の中に招じ入れられるのだけど、その室内が簡素で美しいこと。建物もむろん美しい。わあ、現代のイギリスと大違いとまずモリスは思うのね。農民たちは長弓（ロング・ボー）を持っている。百年戦争で勇名を馳せた英国農民兵の長弓です。百年戦争ってのは一三三七年にエドワード三世が始めたんだけど、その長男の黒太子（ブラック・プリンス）がクレシーでフランス騎士軍に大勝を博した（一三四六年）。その勝利をもたらしたのが農民兵のロング・ボーだったたんです。

一四世紀の英国農民は農奴制から脱け出しつつありました。賦役は現物あるいは貨幣地代に替り、いわゆる独立自営農民（ヨーマン）層が成立しつつあった。ペストの流行も、労働人口の減少、農業労働力の貴重化につながった。そこに戦費をまかなうための人頭税を、従来の四ペンスから一挙に一シリング、つまり三倍に引き上げたものだから一揆が起こった。一三八一年、ケントとエセックスの農民が蜂起、獄につながれていたジョン・ボールを救出してロンドンになだれこむ。時の王様は黒太子の子のリチャード二世、まだ十代だった。ワット・タイラーを指導者とする一揆勢は農奴制廃止、自由契約による労働、生産物売買の自由、地代はエーカー当り四ペンスを要求、国王はことごとくこれを飲んだ。しかし国王の叔父ジョン・オヴ・ゴーントら大貴族は弾圧に転じ、タイラーは刺殺され一揆勢は散り散りとなり、ジョン・ボールは絞首刑に処せられる。ボールは修道僧であるが、早くから農奴制を批判し、度々投獄されている。この一揆はボールの「アダムが耕しイヴが紡いでいたとき、ジェントルマンはどこにいたか」という名句で有名です。

さてモリスの見た夢でありますが、そのうちジョン・ボールの説教が始まる。一同の気勢が上るさなか、領主軍が攻めて来る。一揆勢はそれを撃退する。モリスが勝利を祝う宴席にいると、ボールがやって来て、あなたは現世の人ではないようだ、もしそうなら話を聞きたいという。そこで聖堂で夜を徹して二人は語り合うのです。モリスは一九世紀の賃銀奴隷制について説明するのだけれど、ボールにはなかなかわからない。モリスは来るべきボールの運命を知っているのですから、この会話には切ないところがあります。

さてこの物語、モリスとしては現代の賃銀奴隷制の根本的なおかしさを説きたかったのでしょうけれど、読む方としては、一四世紀農民ののびのびとした美しい姿の方が印象に残ります。そしてボールの説教がとても感動的です。「仲間との連帯は天国であり、それを失うことは地獄だ。仲間との連帯は命であり、それを失うことは死だ。そして、君たちがこの地上で行うことは仲間との連帯のために行うのだ」。モリスはこれを言いたかったのでしょうね。これがモリスの「社会主義」なのです。

『ユートピア便り』

『ユートピア便り』は一八九〇年「コモンウィール」に連載したのですが、執筆の動機はエドワード・ベラミーの『顧りみれば』を読んだことにあります。ベラミーはアメリカのジャーナリストで、この本は一八八八年に出て、翌年までに三十五万部売れた。アメリカでも当時空前のベストセラーだったそうです。内容はユートピア物語で、時は二〇〇〇年。すべての企業が合同して、単一の国家企業となり、国民はその従業員だという設定です。もちろん国民は生活面でゆたかだというのですが、モリスはこんな国家社会主義的構想に本能的な嫌悪を覚えたのだと思います。『ユートピア便り』はこのような合理的ユートピアの社会計画とは全く対立する考え方を提示するために書かれました。

ユートピア文学には遡ればプラトンの『国家』以来の伝統がある訳ですが、ふつうモアの『ユートピア』が起点とされます。これは全く合理的に設計された社会で、その人工性は大陸から人為的に切り離された島だという点に表われています。全島に五十四の都市があり、それぞれの都市は四十人の単位の共同体から成っており、その半数は田園にあって農耕に従事し、定期的に交替する。食事は共同、結婚するには互いに全裸を見せ合い、健康と証明されねばならない。モアは一六世紀の人ですが、一七世紀人のカンパネラの『太陽の都』となると何重もの城壁で防護され、その人工性計画性は悪夢の域に達しています。とにかくユートピアを描いた作品は山ほどあるんだけど、設計され計画された合理的社会プランという点は変りがありません。むしろそれは陶淵明の『ユートピア便り』はほかの一切のユートピア文学と違っています。主人公は夢の中でテムズ川を遡り、また降《くだ》るばかりです。『桃花源記』に近いのかも知れません。その間いろんな人間に会い、その人間像が描かれるだけです。と言って描き方はごく一般的で、顔貌も美しく体軀ものびやかで健康、率直で親しみやすく、着ているものも美しい。岸辺に建つ建物もみな美しい。要するにモリスはこの社会の仕組みなどではなく、その中に生きている人びとの質感を伝えているのです。掌でさわってみて、ザラザラしているかなめらかか、そういった触感を伝えようとしているのです。社会の仕組みという点では、主人公がパイプと煙草が欲しいと言えば、デパートみたいなところへ連れて行かれる。店番の少年少女から最上の品を渡される。お金を取り出すと理解不能で、つまりタダである。しかし、少年少女はそこでずっと働いている訳じゃないらしい。気が向いたとき店番をするらしい。誰がそれをしてもいいらしい。道路で鶴《つる》嘴《はし》を使っている男たちがいる。体がなまって来たと思う奴が、まるでジムで運動するみたいにそういう仕事をするという。政府はない。鉄道は廃止されている。恋敵を殺してしまったという男がいる。逮捕もされていない。自省してしかるべき途を自分でとるだろうという。自由と友愛の雰囲気がみちみちているだけである。どういう仕組みでそんなことになっているのか。生産や分配の仕組みはどうなっているのか、一切語られない。ただ、人びとの生活のしあわせそうな質感が示されるだけである。

老人がいて、こういう社会になった経緯を語ってくれる。一九五二年にトラファルガー広場で労働者が集会を開いているのを騎馬警官が襲って、千数百人の死者が出、それから二年間の内戦が続き、それに倦んだ人びとが話し合った結果、今のような社会になった。以来百五十年くらい経ったという。このトラファルガー広場云々はモリスの体験を踏まえておりまして、一八八七年、現実にその広場で同様の事件が起こり、死者一名負傷者多数を出している。「血の日曜日」と称される事件で、モリスもその場に居りました。

要するにモリスは、人間にとって労働が自発的によろこびを感じられるようなものになれば、一切の社会問題は解決すると考えていたのです。それがモリスにとっての社会主義なのです。だとすると演説したり新聞を出したりするのも社会革命への道であるけれど、それに劣らず、モリスとその同志が美しいものを産み出す工房を、職人たちとともに営んでゆくことが、まさに社会革命そのものになって来る訳です。

その工房の最後の営みが印刷・製本でありました。彼はハマースミスの自宅の近くに、ケルムスコット・プレスという書籍作製工房を設け、まずは活字の字体から工夫し、用紙、レイアウト、挿画、装飾のすべてにおいて工夫を重ねています。むかしの書籍編集者はまずモリスの法則というものを習ったと小野二郎さんが言っています。つまりいわゆる版面《はんづら》の上下・左右にはアキが生じる訳ですが、そのアキをどれくらいとれば一番美しいかという点に関する法則です。ケルムスコット・プレスは五十三種の刊本を出しており、中でもチョーサー著作集は傑作とされています。

モリスのファンタジー

最後にモリスの書いたファンタジーについて触れておきます。彼はファンタジーと呼ぶのがふさわしい物語を五つ書いております。みな晩年の五、六年に集中しています。

『輝く平原の物語』(一八九一年)
『世界のかなたの森』(一八九四年)
『世界のはての泉』(一八九六年)
『不思議なみずうみの島々』(一八九七年)
『サンダリング・フラッド』(一八九七年)

モリスは一八九六年に六十二歳で死んでおりますから、最後の二冊は死後出版です。死の前年から体調を崩していて、医者は「死因は当人がウィリアム・モリスであったこと」と言ったそうです。つまりあまりに多産あまりに過労であった、そういう生き方しか出来なかったと言っているのです。そういう晩年の中で五つの長篇ファンタジーを書いている。自分の楽しみのため書いたのだという説もある。そりゃそういう面もあったかも知れないが、それだけではとてもこれだけの量のものが書けたはずはない。彼は自分でもよく分らない衝動に、生涯の最後につかまったんじゃないかと思う。それは幼少時、エッピングの森でエリザベス女王の狩猟小屋を発見したとき、さらにはスコットを読み耽ったとき、心の底深く根をおろした衝動ではなかろうか。考えてみれば、彼が世で名を成した『地上楽園』にしても、サガへの関心、翻訳にしても、ファンタジーでしか表わせない衝動の露頭だったのではないでしょうか。私はモリスに関する論考に通じている訳じゃないから断言は出来ないが、晩年の一連のファンタジー群について論じたのを見たことがない。レッサー・アートへの情熱・社会主義運動への没入という彼の生涯の課題からして、このファンタジーは何とも異様で、モリス論者たちは自分自身の楽しみとでも解するほかなかったのではないでしょうか。

　このファンタジー群の特徴としてまず申し上げておかねばならぬのは、何とも異様なお話だということです。出て来る人物や事件が異様だというのではありません。ファンタジーですから少々異様な人物が出て来たり、異様な事が起こったりするのは当然で、そんなことはみなほかのファンタジー作者もやっています。モリスの場合異様だというのは、なんで話がこういうふうに展開して行くのよ、といった異様さです。忠臣蔵読んでるつもりだったのが、天保水滸伝になっちゃったという感じかな。ストーリーの展開が何とも納得のいかない、妙な展開の仕方をするのです。ですから、一体何のお話でしたかねという狐につままれたような感じになる。これは一見サガに似ている。『ニャールのサガ』にしろ『ヴォルスンガサガ』にしろ、何しろ話が何代にもわたって長いものだから、一貫したストーリーの構成が感じられず、話がどんどん変貌してゆくのに眩惑感を覚えます。それにちょっと似ているかも知れない。

　五篇の中で一番まとまっているのは『サンダリング・フラッド』です。これはまず首尾一貫していると言ってよろしい。またモリスの思想的主題とのつながりもよろしい。sunder というのは切り離すという意味、flood はこの場合洪水じゃなくて川のこと。北の山岳地帯から川が流れ出し、ずっと南まで蛇行しつつ海へ注いでいる。この川がサンダリング・フラッドなの。河口にはサンダリング・フラッド市がある。主人公はこの川の最北部東岸に点在する農場のひとつで、祖父母と暮している。勇気のある子で、羊を襲う狼を退治して名を挙げる。このあたりは川岸が深いから、川の東と西とは往来ができないのだけれど、両岸がぐっと接近してくるところが一ヵ所あって、そこである日少年は対岸に少女の姿を認める。渓谷は深くてとても渡れないけれど、大声をあげると話が出来る。そうやって二人は仲良くなった。少年が贈り物をしたいときは、矢にそれを結びつけて対岸まで飛ばす。少女はそれを受け取る。二人は手を取り合うこともできず、ましてや相い抱くこともないが、いつしか深い恋仲になった。

ところが山賊が西の谷を襲い、少女は連れ去られる。少年はそのことを西の谷の住民から、川越しの会話で知る。少女を取り戻すには、川をくだって南の地帯で西岸へ渡らねばならない。少年は南へ旅して戦士として武名を挙げる。功名心からではない。自分の噂が囚われの少女に伝わることを望んだのだ。いろいろとあって結局、若者となった主人公は恋人と再会する。しかし、彼の望みは恋人とともに戦士の暮しをすることではなかった。彼の心はあくまで自分の故郷、山麓の小さな農場に在った。そこでの仲間たちとの連帯に在った。二人は北へ帰る。

これは大変よくまとまっていて、さらにモリスの思想的課題ともつながりがよろしい。ですが、まずは普通のファンタジーである。まあ五つのうち最後の作品だから、技法的にも成熟したのかも知れませんが、あとの作品の奇妙な味わいはない。何とか話がつながったという点では、次には『世界のはての泉』が来る。

ある王国に四人の王子がいたが、王はある日上の三人に旅費を与え、旅をして好きなように修業して来いと言い渡す。そして末子には、お前は、自分と妃の慰めのため残れと言う。しかし少年はそれが不満で、王宮をとび出して旅に出る。それからいろんな都市、いろんな国を経めぐる冒険の話になるが、途中から世界の果てに生命の泉があるということになって、旅の途上出会って恋人となる女とともに遂にそこへ到達して泉の水を飲む。帰途にもいろいろとあって、最後は侵略軍に攻囲されて落城寸前という両親の城を救うことになる。

何とか話の辻褄を合わせているけれど、変なところが沢山ある。まず主人公が森の中で危難から救ってやる魔女とも女神ともつかぬ女。この女は生い立ちから語られていて、それは大そう面白いし魅力的でもある。また主人公がこの女に憧れ、恋仲になるプロセスもなかなかよくて、あとで恋人になる少女よりずっと強力な女性像が造型されている。しかしこの女は殺されてしまう。だから、話の全体の中で、主人公とこの女との出会いにどういう意味を持たせたいのかがわからない。また生命の泉を飲んだと言ったって、たかだか元気に長生きできるというだけで、あまり飲んだ甲斐もなさそうだし、探索のテーマとするにも足りない。いったい主人公は冒険に何を求め、この世に何を期待しているのだろうか。旅の答えは出たのだろうか。さっぱりわからない。とにかく謎めいている。

『輝く平原の物語』に至っては、話が何でこんな風に展開してゆくのか、何ですかこれはと言いたくなります。出来損ないじゃないかという気さえする。主人公の恋人が突如海から現われた船で誘拐されます。主人公はさらって行った一行の一味らしい男を見つけ、その男の小舟に乗ってランサムという島に着く。そこで彼は老人と知り合いになり、島の小さなお城のようなホールで催される一夜の宴に加わる。しかし、恋人の姿はない。老人は若さを取り戻すために「輝く平原」の国へ舟出する。主人公も同行する。その国に着くと老人はたちまち若返って青年になる。主人公はこの不死の国の王に会う。この国に彼が探し求める乙女はいないらしい。主人公は森から木を切り出して舟を造り、ランサム島へ帰る。そしてかのホールで彼女を取り戻す。

以上は粗筋をさらに乱暴に要約している訳で、本当はいろんな話がもっと出て来るんですが、問題は誘拐された恋人の探索行に、なぜ不死の国の話が長々とはさまるのかということですね。探索行自体からすると、恋人はそこにいなかったんだから、不必要なことなんです。主人公は別に不死を求めているんでも何でもない。ただ恋人を取り戻したいだけです。しかもランサム島の連中がなぜ恋人を略奪したかもわからない。全篇わからぬことずくめと言ってよい。さらにモリスにとって、不死とはそれほど重要な心を唆る問題だったのか、それも疑わしい。だとすると何で彼はこんな筋の通らない話を書いたんでしょう。これはあらゆるファンタジーの中で、最も筋の通らない不思議な物語だと思います。

『世界のかなたの森』も筋が通らない、何でこんな話の展開になるのという点で、『輝く平原の物語』とおっつかっつです。主人公は妻から嫌われていて、妻は不義の子を宿している。この出だしはジェインとの関係を率直に語っているものと読めます。ああ、モリスはジェインに対して、こんな気持でいたのだなとわかります。だから切実です。そこで主人公はちょうど父の持ち船が出航するのに乗って旅に出ます。ところが船に乗る前に奇妙な三人組を見かける。一人は邪悪そうな小人、一人は花のように美しい乙女、一人は威圧するような美貌の貴婦人。三人は別の船に乗りこみ幻のように消え去りました。

主人公の乗った船は方々の港に立ち寄りますが、ある港で父の書記と出会い、その後父が死んだと聞かされます。それも妻の不義の一件で、妻の一族と争って殺されたという。本来なら主人公はここで取って返し、仇討ちの話になるはずだね。ところがそうはならない。その港で主人公はまたもや例の三人組を見かけ、深く心をとらわれてしまう。帰国をめざす主人公の船は嵐に遭って見知らぬ土地に着く。その浜辺には家が一軒あるだけ。老人が一人で住んでいて、他に住人はいない。ただ先の方のけわしい崖の彼方に住む熊族が、時々物々交換にやって来る。しばらくその老人と暮している間、主人公は断崖の裂け目が気になって仕方がない。老人はその裂け目を通る道を絶対に行ってはならぬと言う。だが主人公はあえてその道へ踏み出す。すると荒野を通って、前に会った三人組が暮している館に出るのです。

その三人の関係は貴婦人が女王で、小人は護衛、娘は侍女なのです。女王には若い恋人もいる。主人公は女王の新しい愛人にされそうになるが、結局娘が女王を殺し、主人公が小人を殺して、主人公と娘は自由になる。もちろんこの二人は恋仲になっているのです。ところがその後の展開がまたすさまじい。二人は熊族の国を熊の神といつわって通り抜け、またひとつの王国に着いて、二人は王と妃になるのです。一体これはどういう展開なのでしょうか。すべてがその都度その都度の思いつきによる展開みたいです。何がテーマなのかほとんどわからない。ただ挿話や情景には心唆るものがあります。

『不思議なみずうみの島々』というのも変な話です。魔女が貧しい母子からその子を奪って育てる話から始まります。むろん下女としてこき使われるのですが、森の妖精がこのみなし児に援助を与えてくれます。この魔女に育てられる少女というのは『世界のはての泉』にも出て来て、モリスの心に棲みついたひとつの強迫観念なのかも知れません。そのうち娘は魔女の船の秘密を知って、その船で脱出します。いろいろ島を経めぐるうちに、魔女の姉にとらわれている三人の高貴な娘たちと出会い、彼女らを救出することになります。そのあと話はまだ長々と続くのですが、紹介はこのくらいにしておきましょう。この物語もなんでこんな展開になるのといった点ではおなじですけれど、細部にはいろいろと魅力があります。

作品として言うと、モリスのファンタジーはそれほど成功した作品ではありません。しかしストーリーがどう展開するか予断を許さないそのスタイルは、モリスの社会主義志向とかアート・ディレクター的才能のもっと奥の方、底の方にある憧れの正体を暗示しているのではないでしょうか。そもそも最もモリスらしさを発揮している草木の図柄は、変転し変化しやまない自然万象、同時にそれは心象でもありますが、その象徴でなくて何でしょうか。モリスのファンタジーはそういうすべて生成し変貌してやまない生命の原像への憧れを示しているのではないでしょうか。ストーリーが問題なのではなく、作品のたたえる雰囲気がすべてなのではないでしょうか。すべては夢の中であります。とらえようのない夢なのかも知れませんが、モリスは最終的に自分の一生は夢みる一生だったと自覚し、それがこういうちょっと得体の知れないファンタジー群に結像したのではありますまいか。モリスはエッピングの森をさまよっていた少年の日に還ったのかも知れません、モリスの死ぬ頃はもうその森の破壊が進んでいたのですけれど。モリスが決して放棄しなかった社会主義にしても、今日の高度産業主義社会の現実から顧りみれば、エンゲルスの言う科学的社会主義なんてものこそ空想そのものであり、彼が空想的社会主義と規定したものの方が、社会主義の本質を表わしていることがわかります。モリスの社会主義は空想なのです。空想でしかない、夢でしかない、だからこそ永遠の訴求力を持つのです。

第十四講　チェスタトンの奇譚

チェスタトンという人は巨人です。生涯八十冊を超える本を書いている。しかもそのすべてが最高の知的密度を持っています。翻訳されたものに限っても、読みあげるだけで大事業です。しかも著作は多方面にわたっておりますから、その全貌を一回でお話しするのは大変むつかしい。今日は多少長くなるかも知れませんが、ご辛抱下さい。

巨人・チェスタトン

彼は一八七四年ロンドンで、家屋差配人を父として生まれております。名はギルバート・キース、ふつうG・Kと略して呼ばれます。明治七年、宮崎滔天の三つ歳下です。家屋差配人というのは、家主の意を受けて借家を管理する職業で、つまりG・Kは典型的な中産階級の家庭に生まれた訳です。しかしこのお父さんは大変な教養人で、シェークスピアを始め文人・詩人の名句をつねに朗唱する。人形芝居を手作りして子どもたちに見せる。チェスタトンは幼少時、文芸の古典が耳からはいる環境で育ったのです。

学校の方はパッとしない生徒だったらしい。何考えているかわからないといった感じね。パブリック・スクールで出来た親友がエドマンド・ベントリーです。推理小説が好きな方は『トレント最後の事件』の作者としてご存知でしょう。学友はみなオックスブリッジへ進んだのに、チェスタトンはロンドン大学を選んだ。この大学にはスレード美術学校が付属していて、そこがお目当てだった。つまり画描きになりたかったのです。しかしこの志望はまもなく放棄して、新聞・雑誌に書評やらエッセイやら書くようになった。そのうちジャーナリズムから足が抜けなくなって、フリート街の常連になっちゃった。そしてこの頃終生の同志ヒレア・ベロックと知り合う。もちろん時事問題も扱うのだけど、ちょうどボーア戦争が再開されたころで、たちまち親ボーア派として名を挙げた。G・K・チェスタトンとは何者だと評判になるデビューぶりだった。何しろ筆が立ったのね。親ボーア派という点では、後年次のように弁明しています。

> ある種の知識人は自分たちは親ボーア的なのではなくて単に平和の愛好者、平和主義者なのだと言った。しかし私は断然親ボーア的であって絶対に平和主義者ではなかった。私の言わんとするところはボーア人たちが戦うのは正当だということで、誰であろうと戦うのは間違っているというのではなかった。私はボーア人たちの国が極めて国際的な性質の何人かの資本家が命令するままに国際的な一つの帝国に侵略された時は、ボーア人の農民が自分たちの畑とそれが集まって出来ている自分たちの小さな国を守るために馬に乗り銃を取る完全な権利を持っていると考えた。

G. K. チェスタトン（By Ernest Herbert Mills National Portrait Gallery）

チェスタトン独特の愛国主義が早くも顔を出しています。愛国主義と言ってもむしろ愛郷心に近い。自分がそこで育ちそこで死んでゆく地域、もしそれが国であるのならなるべく小さな国がいいのですが、とにかくそういう自分の国に忠実であるというのが彼の愛国主義で、ですから帝国主義には絶対反対なのです。この点「右であれ左であれわが祖国」と言ったジョージ・オーウェルによく似ています。

このようにジャーナリストとして立った時点で、すでに彼は自分の思想的立場を確立している。しかし最初からそうだったんじゃなくて、彼は亡くなる直前に書いた『自叙伝』で、自分が青春期に精神病院にはいりかけたと言っている。というのは唯物論的不可知論的な現代思想にいかれて、信じられるのは自分だけという狂人になりかけたというのです。どうやってそこから脱出したかは書いていないけれど、ジャーナリズムで頭角を現わすようになった頃は、もうそういう現代ニヒリズムを克服していたのですね。

フリート街というのは新聞社が集まっている地域だけれど、チェスタトンは生計を新聞・雑誌への寄稿に依存している訳だし、フリート街のジャーナリストの世界に入り浸るようになった。クラブやパブで深夜まで酒を飲んでは議論する、締切りに迫られて徹夜で原稿を書く。ずいぶん不規則で不摂生な暮し方だったけれど、チェスタトンはそれが肌に合ったらしい。一流紙に定期的に書くようになり、名も上る。文人はもちろん政治家ともつき合いが出来る。そして夜を徹して議論する。そういう議論のうち、日本に関するものがありますから紹介しておきましょう。ウィンダムというのは政治家です。

……ジョージ・ウィンダムはいろいろな風変りで独創的なことを思いつき、話題を一つ設定して試験かゲームのように集まった者一人一人に意見を言わせるというのもそういう彼の風変りな癖の一つだった。ある時彼はその日の話題を日本についてだと何か宣告している調子で決めて先ず私から手短に意見を述べるように言った。私は「日本はわれわれの一番悪い面を真似ているから私は日本を信用しない。われわれの中世紀やフランス革命を真似たのならばわかるが日本はわれわれの工業主義や物質主義を真似ている。何かこっちが鏡を見てそこに猿が映っているのに似ている」と言った。……それからウィンストン・チャーチル氏は彼が面白いと思うのは日本が美しくて礼儀正しい国だった時は人びとが日本を野蛮国として扱い、醜い低俗な国になってしまった今は日本が尊敬されていることだとか、何かそういう意味のことを言った。

チャーチルはむろんまだ大臣にもなっておりません。こういう日本観は当時の英国では普通で、そのことは『逝きし世の面影』に書いておきました。それにしてもチェスタトンにしろチャーチルにしろ、オールコックやミットフォードの日本報告をちゃんと読んでいたらしいね。

チェスタトンは一方、詩人への志向もあって、一九〇〇年に詩集を出しています。しかしこれは全く評判にならなかった。詩人と言っても、彼の場合志向するのは諷刺詩・ナンセンス詩なんですね。特にナンセンス詩が好きで一生作り続けています。そのナンセンスという点では、彼はキャロルよりむしろエドワード・リアを高く買っていました。リアのことは前にもお話ししました。リメリックという五行詩型を駆使した『ナンセンスの本』の作者です。

彼は一九〇一年にフランシス・ブロッグという女性と結婚します。これは本当にうまく行った結婚で、彼が「一人の女を守るということは、一人の女に本当に出会うという大事に比べては、まことに小さな代償というべきだ。一夫多妻制は性を本当に成就できない男のすることだ」と書くことができたというのは、それほどフランシスとの仲がうまく行ったということです。チェスタトンには妻以外の女との出入り話が全くありません。羨むべきことです。彼は長年の不摂生がたたって、一九一四年に倒れて死にかけるんですけれど、フランシスの懸命の看護で救われています。

チェスタトンの一生は沢山本を書いたという以外、ほとんど劇的な事件がないのです。この点伝記作者泣かせです。セシルという弟がいて、大変愛していた。といっても小さい時からずっと二人で議論ばかりして来て、いわば絶好の論争相手だったそうです。そのセシルがベロックと組んで一九一一年に『ウィットネス』(目撃者)という雑誌を出した。G・Kもむろん協力したのですが、そのセシルが召集されて一九一八年に戦死してしまったので、G・Kがあとを引き継ぎました。そのあとは一九二二年にカトリックに改宗したくらいで特記すべき出来事はない。この改宗も、ずっと以前からカトリック志向を表明していたのだから、遅すぎたと言ってよい。そして一九三六年に死にました。

さてG・Kの仕事でありますが、彼は一貫して自分のことをジャーナリストと規定しておりました。しかし日本の場合、ジャーナリストと言えば新聞記者とか編集者とか、あるいは時事評論家といった感じですが、G・K自身がジャーナリストという場合、大学人でもなく文学者でもなく、ずっとなまなましいジャーナリズムの上で仕事をして来たという意味で、決して日本語で言うジャーナリストとは言えない。じゃ何かというと三つの面がある。ひとつ目には思想家、ふたつ目には文芸批評家、三つ目には小説家です。その三つの面で超一流の仕事をしている。

保守主義者・チェスタトン

まず思想家の面でありますが、これは当時の唯物論的・俗流進化論的・不可知論的な思想風潮との闘争と言ってよろしい。その闘争は伝統、とくにキリスト教信仰の擁護に向かうものでありますから、この面で保守主義者としてのチェスタトン像が出来上ってくる訳です。しかもこの思想的闘争においてチェスタトンが採った文体が逆説でありまして、この逆説的な説き振りが退屈な保守主義的硬直から彼の論文を救っております。

当時の英国の思潮について長々と説く余裕はありませんが、ベンサム以来の功利主義に加えて、俗流ダーウィニスムというべき粗雑な進化論、いわゆる生存競争説が全盛を誇っておりまして、加うるにイプセンやニーチェの道徳批判がもてはやされ、「人生なんて生きるに値いしないよ」「真実だって？　そんなものどこにあるのさ」といった言説が、何か非常に恰好のいい発言のように、夜会か何かで受け取られるという知的風俗が一世を風靡しておりました。

チェスタトンはこれら一切を精神病院行きの思想と宣告し、真正面から論破しようとした訳で、そのような論説を一九〇五年に『異端者の群れ』という本に纏めました。ところが、人の立場を批判する君自身の立場は何なのだという批判に接して、一九〇八年『正統とは何か』を出したのです。これは原題は『オーソドキシー』でありますから、単に「正統」ということですが、日本では訳本のタイトルで知られています。このずっとあと彼はさらに『人間と永遠』(一九二五年)を書いて、自分の思想的立場をいっそう深く表現しておりますが、今日はそこまではとても追い切れませんので、『正統とは何か』から肝心なところを抜き出しておきます。私が自分なりに纏めるより、G・Kの言葉を直接味わっていただくのがよいと思います。

……私が立証しようとしていない前提とは何か、一般読者と共通の土俵にしようとしている前提とは何かといえば、それはつまり、活動的で想像力にあふれた生き方こそ望ましいという信念である。波瀾万丈、山あり谷あり、詩的興趣に満ち満ちた生活こそ望ましい。少なくとも西欧世界では、古来連綿としてそう考えられてきた。

この「立証しようとしていない前提」というのは、幾何学でいう「公理」ですね。証明の必要のない「公理」ということです。

……私が経験したもっとも強大な感情は何かと言えば、人生は驚異であると同時に貴重だという感情だったのだ。それは一つの恍惚であった。なぜならそれは冒険だったからである。そしてそれが冒険であったのは、それが一つの偶然であったからだった。

……つまりわれわれは、実際的ロマンスとでも言うべき生活を必要とするという前提である。不思議なものと、確実なものとの結合——われわれは、驚異の念と親和の念と、その二つを結びつけてこの世界を眺めなければならぬのだ。この宇宙という不思議の国にあって、単に住みなれて安閑としているばかりでなく、真に幸福でなければならぬのである。私が以下本書で追求しようとするのは、何よりもまず、いかにしてこのことを成し遂げるかという一事につきる。

……私の最初にして最後の哲学、私が一点の曇りもなく信じて疑わぬ哲学——私はそれを子供部屋で学んだ。それをおおかた子守りから学んだ。つまり、民主主義と伝統につかえる巫女、厳粛にして抗しがたい女官から学んだのである。当時最も深く信じたもの、そして今も私が最も深く信じているものはおとぎ話なのだ。おとぎ話は、私には完全無欠に理屈にあったものに思われる。おとぎ話は空想ではない。おとぎ話に比べれば、ほかの一切のもののほうこそ空想的である。……現実の人間の歴史を通じて、人間を正気に保ってきたものは何であるのか。神秘主義なのである。心に神秘を持っているかぎり、人間は健康であることができる。神秘を破壊する時、すなわち狂気が創られる。平常平凡な人間がいつでも正気であったのは、平常平凡な人間がいつでも神秘家であったためである。薄明の存在の余地を認めたからである。一方の足を大地に置き、一方の足をおとぎの国に置いてきたからである。

……狂人とは理性を失った人ではない。狂人とは理性以外のあらゆる物を失った人である。

……現代思想は、私の少年時代の根本的な信条と、もっとも本質的な二つの原理において対立していた。今まで説明してきたように、おとぎ話は二つの確信を私の中に植えつけていた。第一に、この世界は実に不思議な驚くべき世界であって、今とはまったく別様になっていたかもしれない世界、しかし同時にまったく異様に歓びに満ちた世界だという確信。第二に、この不思議と歓びを前にしては、これほど異様な親切を示されている以上、そこにどれほど異様な制限があろうとも、われわれはすべからくその制限に謙虚に従わねばならぬという確信。この二つである。ところが気がついてみると、驚いたことに現代の世界は、この私の二つのやさしい心根目がけて高潮のように攻めよせているではないか。

……思想を破壊する思想がある。もし破壊されねばならぬ思想があるとすれば、まずこの思想こそ破壊されねばならぬ思想だ。これこそ究極の悪であり、あらゆる宗教的権威はこの悪と対決することを目的としたのである。

……ごく簡単に、私の言う民主主義の原則とは何かを説明しておこう。それは二つの命題に要約できる。第一はこういうことだ。つまり、あらゆる人間に共通な物事は、ある特定の人間にしか関係のない物事よりも重要だということである。平凡なことは非凡なことよりも価値がある。いや、平凡なことのほうが非凡なことよりもよほど非凡なのである。

……私が今までいつも変わらず持ちつづけてきた傾向は、日々の仕事に精を出す大衆を信じることであって、私がたまたま末席をけがしている文壇というこの特殊社会の、気むずかしい先生がたを信じる気にはどうもなれないのである。平凡人の空想や偏見のほうが、非凡人の明晰明快な論証よりも私には好ましく見えて仕方がない。平凡人は人生を内側から見ているからだ。ところが非凡の人びとは人生を外側からかしか見ていない。

……民主主義の第一原理とは要するにこういうことだ。つまり、人間にとって本質的に重要なことは、人間がみな共通に持っているものであって、人間が別々に持っていることとではないという心情である。……要するに民主主義の信条とは、もっとも重要な物事は是非とも平凡人自身に任せろというにつきる。

……私はまず、私自身としては民主主義と伝統とを一つものと考えていることをはっきりと認めておく。

……伝統とは、民主主義を時間の軸にそって昔に押し広げたものにほかならぬではないか。……つまり、伝統とは選挙権の時間的拡大と定義してよろしいのである。伝統とは、あらゆる階級のうちもっとも陽の目を見ぬ階級、われらが祖先に投票権を与えることを意味するのである。死者の民主主義なのだ。単にたまたま今生きて動いているというだけで、今の人間が投票権を独占するなどということは、生者の傲慢な寡頭政治以外の何物でもない。

私はG・Kの思想を最も率直にまた最も素朴に表明している箇所を抽出してみました。G・Kはもっと入り組んだ議論もしていますけれど、基本は以上を出ないと思います。そして単純のようですが、これが今日ニヒリズムへの最上無二の反論であり続けていると思います。もちろんチェスタトンの正統主義によって、近代以来のニヒリズム思想が克服された訳じゃない。それは今日では相対主義の形をとっておりますし、前世紀の八〇年代以来のポストモダニズムも、G・Kが直面した狂気の新しい展開であります。一時期ディコンストラクショニズムが流行ったけれど、人間はルネサンス以来ずっとディコンストラクションをやって来た訳で、一言でいうとポジティヴで神聖なものをずっと打ち壊し続けて来た。何のために？　自由と解放と平等のためにです。人生なんて何の意味もないとか、道徳なんて時代とともにどんどん変化する習慣にすぎぬとか、人間は実在から遠くへだてられているとか、こんなことは新しい言説でも何でもなく、近代以来ずっと言われ続けて来たことです。そしてそういう懐疑思想がG・Kの反論によって終止符が打たれるといったものではなく、これからも再生産され続けることは疑うべくもありません。なぜかというと、近代以来の人間の生活のありようは、そういう懐疑を生み続ける構造になっているからです。しかし、そういう思想で人間は本当に生きられる訳じゃない。だとすると何をもって生の拠り所とするか。そうなるとG・Kの言ったことは今日、新しい光の下に生き返ってくると思います。

G・Kは『オーソドキシー』において、キリスト教について語っています。彼のいうオーソドキシーとはキリスト教に他ならぬのですから、それは当然です。ですが私はその部分は省略しました。というのは私はクリスチャンじゃない訳で、G・Kのキリスト教論はそれなりに面白いけど、そこで言われているのは絶対神・人格神で、私は一人の日本人としてそういう信仰の素地を持たない。そしてそれを、かつての日本知識人のように恥ともマイナスとも思わない。だからその辺のG・Kの議論にはあえて触れませんでした。

文芸批評家として

第二の文芸批評家の面に移ります。G・Kが文芸批評家として注目されたのはブラウニングの評伝（一九〇三年）によってです。これはマクミランが出している英国文人叢書の一冊で、各紙の書評で絶讃されました。これは何と言っても、ブラウニングの人柄・個性というものがズバリつかまれ活写されている。その手腕にはうならされます。しかも詩の読みがしっかりしている。さらに一九〇六年には『チャールズ・ディケンズ論』を出しています。これも画期的なすばらしいディケンズ論です。私は十数年前に「熊本日日新聞」にディケンズについて何回か書いたんですけれど（『細部にやどる夢』所収）、そのあとG・Kのディケンズ論を読んで、こりゃ敗けたと思いましたね。構えを建て直さないと、もうディケンズは論じられませんという感じでした。G・Kはほかにチョーサー、スティーヴンソン、ブレイクなどについても秀れた本を書いています。文学者だけじゃなく、トマス・アクィナスについても一冊書いていて、エティエンヌ・ジルソンから絶讃されました。これは一九三三年刊で、カトリックに入信してからの著作ですね。聖トマスはご承知のように『神学大全』の著者で、中世スコラ神学の大成者です。ジルソンは聖トマスについて書かれたもののうちたとえようもなく秀でたもので天才的だ、何十年も聖トマスを研究して来た学者は、チェスタトンの機智の前に面目丸つぶれだとまで言っています。中世学芸の最高権威であるジルソンにこう言わせたのですからすごい。

それに私の眼を決定的に開いてくれたのは一九一三年に書かれた『ヴィクトリア朝の英文学』です。冒頭にウィリアム・コベットが一八三五年に死んだあと、その椅子を埋める者がいなかったのが、ヴィクトリア朝文学の悲劇だという趣旨のことが書いてある。コベットとともに「自然への復帰としてのデモクラシー」「田園的共和思想」「イギリス的愛国的デモクラシー」が死んだという。ところが、この本を読んだ時の私、つまり十数年前の私はコベットと言われても、「そりゃどなたですか」ってもんで、一切知らなかった。これはショックでしたね。そこでちょっと調べたら、トレヴェリアンの『イギリス社会史』にもちゃんと出ていた。そのほかすでに読んでいる本で、コベットの名を挙げているのが沢山あるとわかった。

ここでコベットについて長話をする訳にはいかぬけれど、この人は農民出身のジャーナリストで、軍上層部の腐敗を糾弾してアメリカに亡命したり、投獄されたりした人です。一八世紀末から一九世紀の英国農村は、オープンフィールド制に基づく農村共同体が解体され、農民が大都会のスラム街に賃銀労働者として追い出された激動の時代です。コベットは幼少期に知っていた農村に晩年また定住するようになって、その激変に驚愕した。つまりかつてのメリー・イングランドは影も形もなかったのです。そこで彼は馬に乗って東西南北、農村を廻り始めた。その記録が『ルーラル・ライド』です。メリー・イングランドなんて幻想であり作り話だとレイモンド・ウィリアムズは言うけれど（『田舎と都会』）、そしてそりゃそうかも知れんけれど、かつての農民生活が決定的に解体されたのは事実です。

G・Kは農民民主主義に基づくイギリス革命が起こらなかったのが、ヴィクトリア朝文学の性格を決定したと言う。いやそれは起こらなかったんじゃない。ラッダイトをも含めて一九世紀初頭の英国には革命の機運がみなぎっていた。その機運が土地貴族と産業資本の結託によってつぶされたのだとG・Kは言うのです。それもトーリーじゃなく、ホイッグがつぶしたんだと言う。トーリーといえば保守党、ホイッグは自由党だね。G・Kの時代にはまだホイッグの進歩性をたたえる言説が盛んだったから、G・Kのこの観方は独特です。

私はチェスタトンのこの独自の歴史的見解、未発のイギリス革命を惜しむ心情に非常に啓発されました。そう言えばワット・タイラーの一揆やラングランドの詩からチャーチストまで、ずっとつながって来るものがある、モリスがワット・タイラー一揆の指導的牧師ジョン・ボールについて書いたことも納得される。モリスからチェスタトンへのルートも見えてくるし、チェスタトンからオーウェルへのルートも見えてくる。これは私のひとつのテーマで、余生あればちゃんと調べてみたい。もうその時は残されていないようですけれど。

作家として

第三の面、つまり作家としてのチェスタトンに移ります。彼の小説はいずれも幻想性の強いものですけれど、いわゆるファンタジーではありません。彼はジョージ・マクドナルドもイェイツもモリスも愛読したんですけれど、夢の国のお話は書かなかった。彼は革命のモチーフを失った文学は、ジョージ・マクドナルドの夢の国へ行くか、トマス・ハーディのような散文的な悲惨へ行くかしかないと言っていて、救済を与えてくれるような夢想に浸る気質ではなかった。あくまで現実批評的であるのが彼の本領です。

彼の小説は未訳もありますが、大方は訳されています。年代順に挙げると次のようになります。『ノッティングヒルのナポレオン』（一九〇四年、邦訳題『新ナポレオン奇譚』）、『奇商クラブ』（一九〇五年）、『木曜日の男』（一九〇八年）、『ブラウン神父の童心』（一九一一年。以下一九三五年まで続篇四冊)、『詩人と狂人たち』(一九二九年)、『ポンド氏の逆説』(一九三六年)。このうち『木曜日の男』と『ノッティングヒルのナポレオン』について、やや詳しくお話ししたいのですけれど、その前に他の作品にざっと触れておきます。

チェスタトンの小説はいずれも奇想天外といった趣きがありますが、その特徴がはっきり表われているのは『奇商クラブ』でしょう。これはある話者を設定していて、その話者が以前裁判官をやっていたが奇行によって辞職したバジルという人物と懇意で、その周辺でいろいろと変った事件が起って、世の中にはこんな奇妙な商売があるんだと披露してゆく趣向になっています。

まず第一話ですが、ブラウン少佐という男がある日散歩していると、前から花屋がやって来て、車にみごとな三色菫を積んでいる。少佐がそれを買い占めてしまうと、花売り男が、「旦那、こんな花がお好きなら、この塀を乗り越えてごらんなさい。英国一の三色菫が見られますよ」と唆かす。少佐が塀を乗り越えると、なるほど素晴しい花壇があった。そして何と「ブラウン少佐に死を」と綴った花文字が読まれた。屋敷があるのではいってゆくと、婦人がいる。そして「あなたはあの忌わしい地券のことで来られたのでしょう」と言う。「ブラウン少佐、山犬はなぜ死んだ」という声がどこからとなく聞える。地下室に化物のような男がいる。とびこんで行って乱闘になり、男は逃げ出す。男が落した紙切れをひろって元の部屋へ戻ると、婦人の姿はない。

そこでブラウン少佐は私立探偵のルパートのところへ相談にゆく。ルパートはバジルの弟なので、結局バジルと語り手も謎ときに乗り出すことになります。紙片に書きとめられたアドレスを訪ねるとそこは事務所で、少佐は一四ポンド六シリング請求される。ここは珍事冒険周旋社という会社で、一切はブラウン氏の依頼で仕組まれたのだった。ブラウン少佐は依頼人のブラウン氏と間違われたのである。ブラウン少佐は一応訳は呑みこんだものの、山犬とか地券とか一体何だろうと一生考えたということです。

次の話は語り手のところへ、ブラウン少佐の紹介だと言って牧師がやって来る。語り手はパーティへ出かけるところなのに、ぜひ自分の話を聞いてくれと言う。信者の婦人の集まりに出かけたら、そのご婦人たちが実は男で、彼らから縛りあげられて云々。思わず引きこまれて、とうとうパーティの時刻を過ぎてしまった。そして、パーティに出るのを妨げる商売があって、自分はその会社の社員なのだ、あなたにパーティへ来てもらいたくない男がいて、その依頼だったのだとその男は打ちあける。これも珍商売ですね。樹上住宅だけを貸す不動産屋もある。そういう奇妙な商会が集まって奇商クラブというのを作り、バジルが会長をやることになります。

『詩人と狂人たち』

『詩人と狂人たち』の第一話は、街道が移ってさびれた宿屋の話。そこに利口で抜け目なさそうな小男と、夢をみているような背高ノッポの二人連れがやって来る。小男は宿屋の主人と早速商売をたて直す相談を始め、詩人だというノッポはぼおっとしている。誰が見ても気違いの詩人を、小柄な律気者が世話しているようにみえる。ところがそのうち主人は宿の看板につり下げられ殺されそうになる。犯人は小柄な律気者で、これが実は狂人。詩人が彼の面倒を見ているのだった。

詩人のガブリエル・ゲイルは自分の住む村の権力者たちの非行を諷刺する絵を、自分の家の塀に描くのを常としていた。権力者たちは医者を買収して、ゲイルを精神病院に入れようとする。危く医者たちに捉ろうという間際、ピストルを片手に闖入した男に救われた。精神病院を脱走して来た男だったのである。ゲイルは一生この狂人の面倒を見た。彼は狂気について独特の嗅覚を持っていて、いろんな狂人たちと出会う。それが何とも奇妙なお話の連続になってくる訳です。

『ポンド氏の逆説』

『ポンド氏の逆説』はポンドという礼儀正しい紳士がいるんだが、この人不気味なところがあって時々とんでもない逆説を弄する。しかもその逆説がみんな物語の形をとるのです。たとえば、二人の友人同士が徹底的に議論して意見が一致したので、一人が他の一人を殺したというんです。意見が一致しなかったからというのならわかりますけどね。それをみごとにお話にしてしまうからすごい。『ブラウン神父』のシリーズについてはもう省略します。有名なシリーズですから、紹介するまでもないでしょう。

以上紹介しただけで、チェスタトンの作風はおわかりかと思います。彼は人生は驚きの連続だと言うのですけれど、彼の世界は幻想というより冒険に近いですね。それは常に狂気と接しているところで生じるのです。これは平凡で何事も起きない日常生活の中に、つねにあるクライシスを感じとる精神なのかも知れません。そして冒険は思想に結晶してゆくのです。それをはっきり示しているのが『木曜日の男』と『ノッティングヒルのナポレオン』です。

『木曜日の男』

『木曜日の男』はグレゴリーとサイムという二人の詩人が、パーティで議論するところから始まります。グレゴリーはアナキストですが、サイムはアナキズムなんて言葉の遊びだと言う。それに激昂したグレゴリーは「遊びなんかじゃない、よしこれからある所へ連れて行こう。そうすれば自分の言うことが信じられるだろう」ってんで、実際にサイムをある地下室に連れてゆく。そこには爆弾、ピストルなど武器がずらりと並んでいる。そのうち沢山男たちが現れて、木曜日の男が死んだから替りを選出しなければならぬと言う。アナキストの最高指導部は七人居て、それぞれ曜日の名がついているのです。サイムはうまいこと言って新たな木曜日の男に選出されてしまう。

実はサイムはロンドン警視庁の刑事だったのです。というのは、ふとしたことからある巡査から無政府主義対策の新刑事部が出来たと聞かされ、暗い部屋の中で巨大な男に会って刑事に採用されるのです。巡査によると、新刑事部はロシアやアイルランドで起きている爆弾テロを取り締るんじゃない、あれは迫害された人たちがどうにもならずに起こした事件だ、われわれが対処するのは一つの大きな哲学的運動で、彼らの目的は解放とか自由の名の下にまず人類をほろぼし、次いで自分自身をほろぼすことだというのです。ここにG・Kのはっきりした考えが出ていますね。つまりこの小説でサイムが対決して行くのは、現実のアナキストのテロリズムじゃなくて、『オーソドキシー』で名指しされているような思想的風潮だという点を、まずはっきりつかんでおかねばなりません。ただしサイム自身はその点をはっきり自覚しないで、ウロウロしているんですけどね。

日曜日の男が主宰する最高指導部は、ホテルのテラスで開かれていて、サイムは初めてそこに出席する。日曜の男は巨漢で、顔も異様に大きく、表情もとらえようがなくて、ただひたすらおそろしい。月曜は笑うと片方の頰だけがひきつる不気味な男。これがナンバーツーらしい。火曜はポーランド人、水曜は侯爵、金曜は老いぼれた教授、土曜が医者。その日、近くロシア皇帝がフランス大統領を訪問するので、その際二人を暗殺すると議決され、さらにポーランド人が潜入した刑事だというので叩き出されます。

散会すると、教授がサイムのあとをつけて来る。ヨタヨタした老人だから、足を速めると引き離せるはずなのに、どうしても引き離せない。とうとう居酒屋で顔を合せたら、教授は自分は刑事だと言って、サイムも持っているカードを取り出す。二人で医者を訪ねると、医者も同じカードを持っていて、刑事仲間とわかった。それがわかった以上、すでに暗殺の使命を帯びてフランスへ渡っている侯爵のあとを三人で追わなくちゃならぬ。三人で海峡を渡り、サイムは侯爵に決闘を強要して彼を倒そうとする。ところがまた侯爵も刑事だとわかった。みな暗い部屋で巨大な人物と会ってスカウトされたのだ。

月曜が男たちを引き連れてやってくる。自分たちの正体がばれたらしい。四人は馬車に乗ったり自動車に乗ったりして逃げる。しかし到頭つかまってみると、月曜も刑事で、彼が引き連れているのは警官たちだった。さあ、そうなると、アナキストの最高指導部とは何だろう。それを主宰している日曜日とは何者なのか。しかも暗い一室で自分たちをスカウトした巨漢、顔もよくわからなかった男こそどうも日曜その人らしい。一同は帰国して日曜を問責することになります。ところが日曜はいつものホテルの会場から馬車に乗って逃げ出す。そのうち動物園にはいりこんで象に乗って逃げる。あげくは気球に乗って姿を消してしまう。その間ずっとナンセンスなからかいの手紙を送りつけるのです。そのうち一同は立派な館に招じ入れられ、野外の宴会になる。七つの立派な席が設けられている。噴出する問いに対して、日曜の男はこんな風に答えます。

私は大変な戦いが何世紀もつづいて、その中で君たちはみな英雄だったことしか覚えていないような気がする。――叙事詩に叙事詩がつづいて、そして君たちはいつも戦友だった。……とにかく、私は君たちを戦場に送った。……

しかし君たちは男だ、君たちは宇宙全体が拷問の機械になって君たちを引き裂こうとしても、男であり、人間である名誉を忘れなかった。

つまり日曜日の男は、自分がスカウトした刑事たちでアナキスト最高指導部を作り、その追っかけっこを自作自演のナンセンスとしてやらせたのですが、結局何が言いたいのかというと、最初に巡査がサイムに言ったように、問題は爆弾テロなどの陰謀にあるのではない、アナキストという幻影をとって現われる現代のニヒリズムこそ闘うべき相手なのだ、諸君たちは実体のない陰謀（ツァーリ・大統領暗殺）に踊らされた道化みたいだが、そうじゃなく、その際諸君が見せた勇気こそ、現代の虚無思想との戦いに必要なのだ……とでもいったことになりますかね。最後にまたグレゴリーが登場して、否定的言辞を振りまくのですが、それもまたこの小説のテーマがどこにあるのか、示しているようです。

もちろん、こんな風に解釈してみても、作中辻褄の合わぬところは残ります。グレゴリーが案内したアナキストの集会所、ここは爆弾あり謀議ありな訳ですから、テロリズムは決してナンセンスな狂言じゃなく、現実の危険性を帯びています。しかもグレゴリーの現代不可知論的言説、反権力的言説は、「哲学的運動」が現実のテロリズムと結びついているのを示しています。しかし、この小説をあまり思想的に詰めて行くと、その面白さを損いかねません。私が二十代にこれを初めて読んだとき、何よりひきこまれたのは、その超現実的な浮遊感でした。この度『アルテリ』から私が二十代の終りに書いた小説を刊行して下さることになりましたが、主としてカフカの真似をしたその小説にも、『木曜日の男』のそういう浮遊感が漂っているかも知れません。

『ノッティングヒルのナポレオン』

次に『ノッティングヒルのナポレオン』ですが、これは真に傑作の名に値いする作品だと思います。思想的な含蓄も実に深い。しかも非常にユーニークで、これに似た小説というのはちょっと思いつきません。彼自身にこんな不思議な小説を発想したきっかけを述べた文章がありますので、少し省略しつつ引用しておきます。

ある日私はノース・ケンジントンをぶらぶらと歩きながらスコットの小説に倣って騎士の時代の突撃戦や攻囲戦の物語を空想し、それを周囲の荒涼とした煉瓦や漆喰の町並に当てはめようとしていた。私は城砦という意味での一つの都市にするにはロンドンはすでにあまりに大きくて茫漠としすぎていることに気が付いた。すると灯りのともった小さな店の並ぶある街角の様子が訳もなく私の目を把えたのである。私はこの一群の店だけが荒地の中にある村のように維持されて守られなければならないという仮定を楽しんだ。薬屋があり、本屋があり、食料品屋があり、飲み屋があるというふうに、そこに一つの文明の基本的なものが集まっていることに気が付いて胸がときめくのを感じた。最後に私をひどく喜ばせたのは剣や矛を一杯並べた古い骨董屋である。それはすべて神聖な町を守って戦う衛兵を武装させるためのものに違いなかった。ふと上を見ると、遠くの方にぼんやりと灰色に、それでもやはり非常に高く私の生まれた街の近くにある水道局の給水塔が聳えているのが見えた。すると突然、給水塔を占領するということは谷を水で溢れさせるという作戦を意味するということが頭に浮かんだ。そしてその激流と滝の幻想とともに『ノッティングヒルのナポレオン』という空想的な物語の最初の構想が私の胸に湧き上がったのである。

物語の時代は今より八十年後ということになっています。一九〇四年に刊行されていますから、一九八四年ということです。ご存知のようにオーウェルの有名なアンチユートピア小説のタイトルが『一九八四年』ですね。オーウェルはG・Kのこの小説はむろん読んでいるはずですから、ひょっとすればと思ったんですけれど、オーウェルの『一九八四年』は執筆された年の一九四八年の四八をひっくり返しただけなのだそうで、だとすれば奇しき暗合ということになります。

八十年後と言ってもロンドンは、つまり英国は一九〇四年当時と全く変っていないとされています。ガス燈のもと馬車が走っているのです。そしてそれは、英国人が革命への信仰を失ったからだというのです。革命というのはポジティヴで神聖なものが存在するから起こる訳で、それが失われた以上革命の意欲もありえないのです。そして王制は続いていますが、王は国民の中から順番に当った者が選ばれるのです。王なんて誰がなってもいいし、ただその誰かに専制権力を託するだけなのです。こういうとちょっと未来の専制国家といったアンチユートピア的イメージになって来ますけれど、そういう暗いイメージじゃなくて、政治なんて冗談よといった雰囲気なんです。

そういったロンドンを三人の官吏が歩いています。二人は背が高く、一人はチビでいつもナンセンスな冗談ばかり言っている男です。ところが途中で、ニカラグア共和国の大統領だったという男が出現するのですね。からしのポスターから黄色い部分をはぎ取り、手を傷つけてハンカチを血で染め、その赤黄二色の切れ端を胸につけて昂然としている。この二色はニカラグアの国旗の色かなんからしい。ニカラグアは四、五年ばかり前に、英雄的抗戦ののちに滅んだのです。そこで三人と元大統領が話を交わすのですが、「公共の福祉によれば」という言葉を口癖にしているバーカーが、「国際的文明」をしきりに説明すると、元大統領は「その意味はすべての国民があなたの国の真似をせよということだ。ニカラグアが文明化されたとき、世界から何かが失われたのだ」と答えます。これはまさにG・Kの信念ですね。この元大統領はこのあと三日して死んだとなっていますが、注意深く読むとその亡霊のごときものがこのあとも出て来ます。

　ところがある日また三人が散歩して、チビつまりオーベロン・クィンが逆か立ちしたりばかなことばかりやっていると、厳粛な面もちの男が二人やって来て、オーベロンが国王に選ばれたと通知します。オーベロンというのはそもそも妖精の国の王の名ですからね。妖精めいたいたずら者が国王になっちゃった。

　国王になったオーベロンが散歩に出かけると、ノッティングヒルあたりで、頭に紙で作った三角帽をかぶった少年が、木の剣でオーベロンの胸を突いた。オーベロンは「男《お》の子よ、そなたが由緒あるノッティングヒルを雄々しく守りおること、朕は嬉しく思うぞ」とか何とか喋っているうちにひらめいた。そうだ、ロンドン郊外に古き中世都市の誇りを復活させるのだ。オーベロン国王は「自由市憲章大宣言」を発布した。ロンドンの各自治区は城壁を築き、市旗・紋章を定め、市長を選び衛兵を備える。各自治区は馬鹿馬鹿しくは思ったが、まずは遊び、冗談として我慢した。しかし問題が発生した。ノッティングヒルの十九歳の若き市長アダム・ウェインはこれを本気で受け取ったのだ。かの三角帽の少年の十年後の姿がこのウェインだった。

　ノース・ケンジントンの市長、反物屋のバックが、ノッティングヒルに広大な道路を通そうと立案した。ベイズウォーターのウィルソン、サウス・ケンジントンのバーカー、かの「公共の福祉」のバーカー、ウェスト・ケンジントンのスウィンドンみな賛成である。しかし、ウェインが首を縦に振らない。補償金をいくら積みあげてもうんと言わない。いくら御前会議を開いても埒が明かぬ。バックらは実力行使を決意する。ノッティングヒルの総兵力はたかだか二百を出まい。こちらは倍の四百くらいすぐ集まる。

御前会議ではオーベロンとアダムの間に興味深い会話が交わされます。オーベロンは一切は遊びとしてやっているのに、何もそうムキになることはないじゃないかと説得するのですが、アダムは「ノッティングヒルは人びとがそこで生れ育ち、恋をして結ばれ、子を育てて死んでゆく聖なる土地だ」と言って聞かない。「誰がそんな考えを吹きこんだのか」。「陛下です」。そう答えられてオーベロンは絶句する。冗談のつもりが本物の情熱を生み出してしまったのでした。

アダムは防衛態勢を作るべく、ポンプストリートの薬屋やら床屋やら訪問するのですが、はかばかしい反応が返って来ない。しかし玩具屋のターンブルのところで熱烈な反応を得た。この男何と、ニカラグアの首都ダービッシュ陥落のポスターを持っており、鉛の兵隊で最後の決戦の有様を再現していたのです。その上アダムが「ノッティングヒルの防衛」と一言口にするや、積木でノッティングヒルの市街を再現したものを見せ、防衛計画はかねて考えているとのこと。しかもターンブルはアダムから五ポンド受け取って、四十人の小僧に半クラウン（二シリング六ペンス）ずつ与えて馬車を四十台傭わせます。その馬で騎兵を作ろうというのです。

バック、ウィルソン、バーカーたちは六百の兵を率いてノッティングヒルに攻めのぼります。オーベロンは観戦に出かけるのですが、木蔭で食卓を前にして一杯やっていると、前方の垣根が崩れて攻囲軍の兵士たちがなだれを打って潰走して来る。ノッティングヒルの騎兵隊にやられたのでした。バックはたちまち再起します。今度はノッティングヒルの中核ポンプストリートに通じる道九つに、それぞれ二百を配して攻めました。計千八百の兵です。ところが急に街燈が消えて真暗闇になり、訳のわからぬ同士討ちが始まってしまいました。かくして第二回総攻撃も失敗。オーベロンはにわか新聞記者に変身、第三回総攻撃の様子は刻々オーベロン特派員の記事の形で伝えられることになります。それによると、バックは自腹を切って四千の兵を投入、それは籠城軍と攻囲軍の両方を併せても打ち破れる軍勢だったとあります。

いかに何でも今回の総攻撃は功を奏し、ウェイン軍は給水塔によじ登った形で包囲されてしまいます。そろそろ降伏の使いがやって来てもいい頃です。事実、それはやって来ました。ところが何とそれは逆に、バック・ウィルソン・バーカー勢に降伏を勧告する使いだったのです。使者いわく「自由なる市の自由人たるノッティングヒル市長は、攻囲軍が直ちに武器を放棄することを勧告する。貴下たちは降伏後も自由な自治を保障される。もし降伏せねば、拒絶の回答を得次第、市長は貯水槽を開き、貴下の立つ谷全体を三〇フィートの水底に沈めるつもりである」。バックたちは降伏しました。だって五万トンの水がなだれ落ちて来るからには、そうするしかなかったからです。表題の「ナポレオン」の意味はここでおわかりでしょう。ウェインは作戦のみごとさでナポレオンに擬せられている訳です。もっともウェインの蔭には、名参謀ターンブルがいたのですけれど。

かくしてノッティングヒル帝国が始まったとG・Kは書きます。ノッティングヒルは段々専制化し、他の自治市に干渉するようになった。かくて二十年が経ち、各自治市のノッティングヒル帝国への反抗は頂点に達します。ウェインが暴君になった訳じゃありません。彼はもうこの頃は、古い剣を傍らに炉端で夢に包まれているばかりでした。暴君化したのはノッティングヒルの市議会と市民たちなのです。遂にノッティングヒル対他の自由市連合の戦さが始まり、ウェインは英雄的な死を遂げますが、戦さが始まる前ウェインは感動的な演説をします。その中で「何かひとつ良いことをやってのけると、必ずそれが邪悪なものに転じてしまわずにはいられないというのか」と、悲壮な嘆きを発するのですが、私はイヴァン・イリイチの最晩年の言葉を思い出します。それは「最悪のものは最善のものから生じる」というのです。G・Kはおなじことに、八十年前気づいていたのです。

注目すべきなのは、オーベロン国王がノッティングヒル軍に参加し、ウェイン同様討死を遂げたことです。闇に包まれた戦いの跡に、不思議なふたつの声が聞えて来ます。ひとつの声は「あれはすべて冗談のためにしたことだったんだよ。それがこんな結果になるとは」といい、またひとつの声は「その冗談が現実的情熱をひき起こすことをご存知なかったのですか」と応じる。小さな影と大きな影がむっくり起き上って来ます。ウェインの最後の言葉は次の通りです。「私たちは狂っています。私たちはふたりの人物ではなく、ひとりの人物であるがゆえに狂っているのです。私たちは同じ大脳の二葉であり、その脳がふたつに割けてしまったがゆえに狂っているのです。……私はその対立を変えるものを知っています。それは、私たちの外部にあり、あなたと私が生涯を通じて、おそらくその価値にほとんど気がつかなかったものです。永久に変わることがない平凡な人間こそ、その対立を変えるでしょう」。

これはG・Kの政治哲学の核心を示す言葉ですが、これとてそれを現実に応用しようとすると、限りなく問題が生じて来ます。ですが、こういう問題群に対してどういう姿勢をとるかという点で、オリエンテーションになり得ていると思います。

さて、これで私の半年の講義、講義の名に値しないおしゃべりは終ります。本当はジョージ・オーウェルまでやりたかったのですが、もう疲れました。しかし私が疲れる以上に、お聴き下さる方がずっとしんどかったと思います。詰らん話を半年聞いて下さって本当にありがとうございました。

最後に一言。大体、ものごとを知るというのに限界はありません。もっと知りたい、もっともっとと切りがありません。それで私は、知るべきことはこんなにあるのよ、ファンタジーに限っても切りがないのよと言いたい訳です。だから、私の話をきっかけに勉強して下さいねという気持ちなんです。でも、知ったからといってどうなるんだということはあります。何のための知かということです。それは最初に申しあげたように、私たちは大変複雑化した世の中に生きている。何しろアウストラロピテクス以来、実はそれ以前から、蓄積されて来た厖大な知を背負っている。ですから生きるためには、自分がどんなポジションにいるか、見当をつけねばならない。もっともそれはスタートラインに立つにすぎない。でもあたりを見廻して見当をつけてスタートしなくちゃならないんで、それから何をするかは別として、どこへ向ってスタートするかわからなくっちゃ話にならない。勉強とは私にとって、そういうもの以外の何ものでもありませんでした。物知りになろうってんではなかったんです。

あとがき

熊本市に「オレンジ」というカフェがある。書店も兼ねていて、「橙書店」ともいう。店主の田尻久子さんとは、「熊本日日新聞」で『気になる人』という対談シリーズをやったとき、ご登場いただいて親しくなった。「橙書店」=「オレンジ」はそれ以前から、伊藤比呂美さんの「熊本文学隊」の本拠だと承知していたが、対談後、私が雑誌を出そうと言い出し、結局『アルテリ』という雑誌が、田尻さんの主宰で出ることになり、はや八号を重ねている。

その橙書店で月二回お話をするようになった経緯は、お話の第一回で語っているので、ここで繰り返すこともない。一月から七月まで月二回やったので、計十四回の「講義」が出来上った。録音をとって起こすのは却って面倒なので、お話をした翌日、翌々日、大体二日くらいで、お話しした通りを思い出して文章化した。お話に当っては、かなり詳しい資料を作って配布しておいたので、それに基いて話を復元するのは容易だった。それに語りの口調で書けば、文章を書く場合よりずっと楽だ。

そういう次第で文章化は楽だったけれど、話の下調べには相当労力を費した。知っている範囲で話せば苦労はないはずなのに、私は一旦何か始めると凝る癖があって、読み直したり、新たに読んだり調べたり、間《あいだ》の二週間があっという間《ま》に過ぎた。つまり、また勉強させてもらった。だから半年たったら、息が上ったのである。初めはファンタジー論が終わったら他の領域をやり、死ぬまで続けてもいいななんて思っていたのだけれど、これやってたら他に何も出来ないと気づいた。そこで半年で打切りとなった次第だ。

私は日本の近代化、つまり俗に言う開国・維新史を書きたい念願がずっとあって、文献もそれなりに集めている。一時はもう諦めていたが、これをやり遂げないという思いがどうしても抜けない。そのためには、「講義」なんてしている余裕はないのだ。もう書けないかも知れない。それでも集めた文献だけでも読みたい。

最後にお礼を申し上げたい。まずは話を聴いて下さった方々へ。人の話を聴くというのはしんどい仕事だ。よくも半年出席していただいたと思う。そして編集者の足立恵美さんへ。これでもう六冊の本を出して下さったことになる。本当にご苦労様でした。

二〇一九年八月二十一日

著者識

解説——石牟礼道子さんと宮﨑駿と『ゲド戦記』と

鈴木敏夫

1

渡辺京二さんは、『苦海浄土』を書いた石牟礼道子さんのことをその著書『肩書きのない人生』の中で〝天才〟と呼んでいる。彼は天才のそばで半世紀を生きた。編集者、友人、同志として。そして、彼女を看取るところまで付き添った。

ひと口に半世紀というが、恐ろしく長い年月だ。渡辺さんは何故、そこまで彼女に付き添ったのか？　彼を突き動かしたものは何だったのか？

それぞれに家庭を持つ身だったふたりを、世間はとかく男女という穿った目で見がちだが、それは単純すぎる。だからといって、愛だなどと安っぽく言いたくもない。誰しも長く付き添った人のことを思い浮かべれば、自ずと答えは見つかる。男女だろうが男同士であろうが、愛憎は必ず相半ばする。

愛と憎しみの相対する感情を半分ずつ。同じ対象に対して、愛しいという気持ちと憎らしいという気持ち——誰しも体験することだが、人間関係も長く深くなると自然とそうなる。しかも、その相手が天才の場合は格別だ。

ぼくのそばにも稀代の天才、宮﨑駿がいる。彼との付き合いも、それこそ半世紀近くになった。4年くらい前に、渡辺さんに一度だけお目に掛かったことがある。問われるがまま宮さんのことを話すと、こんな風に言われた。

「ふたりの友情は非常に濃い。というか、強い……」

「ふつう、男同士は長続きしない」

「女の方が楽だ」

そこで、言葉が途切れた。渡辺さんの方を見ると、目が遠くを見ている。亡くなった石牟礼さんがその場に立ち現れたのだろう。

言わずもがなだが、石牟礼道子さんと宮﨑駿は似ている。ふたりとも〝自己中〟だ。どうでもいいことは、周りが全部やってくれると思っている。

天才とはいったい何なのか？

かのデカルトは「われ思う、ゆえに、われ在り」と言ったが、この思考が存在に先行するという思想が近代の始まりだったと堀田善衞さんは指摘する。そして、この言葉が、13世紀の哲学者アキナスの「われ在り、ゆえに、われ思う」という思想をひっくりかえすものであったとも。

堀田善衞さんの指摘で、ぼくは、天才とは、「われ在り、ゆえに、われ思う」の人、つまり、この現代に紛れ込んだ前近代人だと思うようになった。近代人と前近代人の違いは、近代が作った理屈が通じるか通じないかだ。宮﨑駿に当たり前の理屈は通用しない。だから、いろいろな人に迷惑をかけて生きている。「男はつらいよ」の渥美清演ずる寅さんがそうであるように。

渡辺さんは、天才石牟礼道子の公私に亘る世話をしながら、自分の仕事も成し遂げた。というか、腸《はらわた》が煮え繰り返ることも彼女に対して多かったはずだが、その彼女への憎しみを大きなエネルギーに変えて自分の仕事にぶつけた。だから、その代表作『逝きし世の面影』を初めとする名著の数々が誕生した。それが証拠に、渡辺さんのこんな証言もある。

「ああいう天才の仕事を手伝えたというのは、本当に幸せなことだったなあと思っているんです」

渡辺さんが自著で選んだ近代と前近代という大きなテーマは、石牟礼道子の存在なくしてはあり得ない。石牟礼道子さんもまた、存在そのものが前近代の人だった。近代人の渡辺さんは石牟礼道子を〝生きたモデル〟として前近代を学んだのだろう。

天才亡きあと、渡辺さんはめっきり気弱になった。ついつい、彼女に対する愚痴も公然と、しかし、微笑ましく口にするようになった。そこにふたりの関係の本質が垣間見える。

「石牟礼さんとは、長い付き合いで、付き合いというよりも、兎に角、見ちゃおれんわけですよ。ほっとけないの」

ぼくにしても、渡辺さんと話しながら、宮﨑駿のことを考えた。そして、宮さんを看取る決意を新たにした。それを成し遂げて見えてくる風景を見てみたい。

愛憎相半ばする。

2

この言葉、連想ゲームでいうと、『ゲド戦記』に通じるとふと思った。
『ゲド戦記』の冒頭に、こうある。

ことばは沈黙に
光は闇に
生は死の中にこそあるものなれ
飛翔せるタカの
虚空にこそ輝ける如くに
『エアの創造』(清水真砂子訳)

再び、連想ゲーム。
学生時代、好きだった寺山修司の言葉。

生が終わって死が始まるのではなく、
生が終われば、死も終わるのだ。
死はまさに、生のなかにしか存在しないのだから。

戯曲『血は立ったまま眠っている』

逢うは別れのはじめなり。

出会いそのものが別離を孕んでいるという、きわめて実存的な思想。
こういう考え方は、日本的だと思っていたので、『ゲド戦記』との出会いはぼくには衝撃だった。『ゲド戦記』という本をぼくに教えてくれたのは宮崎駿だった。

3

渡辺京二さんとファンタジーと聞いて、最初、違和感を覚えた。何かの間違いではとすら思った。思想史家、歴史家として著名な渡辺さんとファンタジー!?　しかし、この本を読んで、自分の不明を恥じることになる。
読み始めて納得。というか、最初は、渡辺京二さんがジブリに近づいてきてくれたと勝手に解釈し、素直に嬉しかった。しかし、読み進むうちに、怖くなった。

渡辺さんは、ファンタジーの本を余技として語ったんじゃない。この人は、〝本物の読書人〟だと。そういえば、大学を卒業した渡辺さんが最初に勤めた会社が確か、日本読書新聞だった。

〝本好きな人〟といっても、そのほとんどが読みっぱなし。しばらくすると忘れてしまう。かくいうぼくもそのひとりだが、この人は違う。本を読んだ後、反芻し、考え、そして、体系づける。読み終わるごとに、この本は何だったのか？　それを毎回、整理整頓する。

この本でいえば、19世紀の世界文学も、根本はファンタジーだという指摘が鋭い。しかし、一方で、こういう言い方も忘れていない。

「19世紀のヨーロッパ文学は、ある歴史的な産物で、もう二度と出現しない。すでに滅んだ」

だから、渡辺さんの書くものは懐古趣味に陥らない。あの名著『逝きし世の面影』もそうだ。あの時代がよかったという懐古の本ではない。そういう時代があったという事実を渡辺さんは書きたかったのだ。

世界の三大ファンタジーと言われる『ナルニア国物語』『指輪物語』そして『ゲド戦記』。その中で『ゲド戦記』だけが違う。それは自我を主題にしている点だと渡辺さんは指摘する。渡辺さんの解説は明快だ。

「自分は何者か、人としてこの世に生まれるとはどういうことなのか」

宮﨑駿が『ゲド戦記』を好きだった理由もここにある。ものの二面性だけじゃない。渡辺さんが言うように、自我が主題だったからだ。

「近代小説はみな自我という一点から発しておりまして、自然や社会に没入せず、それらを客体として精密に描写しながら、その客体に主体として立たざるをえない自分とは何者か問うのです」

宮崎駿にしても、人一倍自我が強い。でなければ、『君たちはどう生きるか』のような自我の話を映画にはしない。象徴的なのが、マヒトの自傷シーンだ。石を拾って、自分を傷つける。それが何を意味するのか?

この映画もまた、宮崎駿が作り続けた作品と同様に『ゲド戦記』の影響を大きく受けている。『ゲド戦記』の映画化については、ぼくと宮崎駿のふたりで、ポートランドに暮らす著者のアーシュラ・K・ル゠グインさんのご自宅を訪ねた。いつものことだが、宮さんの話に前置きはなかった。

「ぼくの作品はすべて『ゲド戦記』の影響を受けています。息子の吾朗が作るが、作品の内容についてはぼくが責任を持ちます」

だが、帰国後、この父と子が、作品の内容について具体的に話し合うことは、ただの一度もなかった。宮崎駿に悪気はない。宮さんは今゠ここの人。すべてを忘れる名人だった。

宮崎吾朗が作った『ゲド戦記』を見て、宮崎駿は大きなショックを受けた。試写の後、茫然自失。誰にも気取られないように、小さな声でぼくに言った。

「鈴木さん、俺が作っても同じ内容の映画になったよ。何故?」

同じ内容になった点については理由がある。この映画を作るにあたり、ぼくは、吾朗君に『シュナの旅』を元に作るように提案した。何故なら、『シュナの旅』こそが、宮崎駿が『ゲド戦記』

を翻案したものだとぼくが知っていたからだ。

※

渡辺さんの肉声がポッドキャストに残っている。ぼくは、東京FMで『鈴木敏夫のジブリ汗まみれ』というラジオ番組を17年余やっているが、便利な時代になった。過去の番組をすべて聞くことが出来る。渡辺さんにゲスト出演してもらったのは2020年1月〜2月。渡辺京二「ファンタジーを語る」前後編だ。久しぶりに聞いた。艶やかな声だ。もうすぐ90歳とは思えない。話の内容もさることながら、声がいいので説得力がある。興味のある方はぜひ、聞いてほしい。

この解説は、平凡社の林理映子さんに促されるままに書いた。会話の中で、いろいろなヒントを貰った。この場を借りて感謝したい。

（すずき　としお）

平凡社ライブラリー化にあたり、旧字は新字に改め、明らかな誤字は訂正しました。

本書には、差別的との誤解を招く可能性のある表現がありますが、作者が故人であること、またそのような意図で使用していないことを鑑み、初版のままとしています。

[著者]
渡辺京二（わたなべ・きょうじ）
1930年京都市生まれ。大連一中、旧制第五高等学校文科を経て、法政大学社会学部卒業。熊本を拠点に、評論家、日本近代史家、思想史家として活躍する。主な著書に『渡辺京二評論集成』全4巻（葦書房）、『北一輝』（毎日出版文化賞、ちくま学芸文庫）、『評伝 宮崎滔天』（書肆心水）、『逝きし世の面影』（和辻哲郎文化賞、平凡社ライブラリー）、『黒船前夜——ロシア・アイヌ・日本の三国志』（大佛次郎賞、弦書房）、『バテレンの世紀』（読売文学賞、新潮社）、『もうひとつのこの世——石牟礼道子の宇宙』『幻のえにし——渡辺京二発言集』『肩書のない人生——渡辺京二発言集2』『小さきものの近代』1、2（以上、弦書房）など多数。
2022年12月25日没。

平凡社ライブラリー 978
夢《ゆめ》ひらく彼方《かなた》へ ファンタジーの周辺《しゆうへん》

発行日…………2024年12月5日　初版第1刷

著者……………渡辺京二
発行者…………下中順平
発行所…………株式会社平凡社
〒101-0051　東京都千代田区神田神保町3-29
電話　(03)3230-6573[営業]
ホームページ　https://www.heibonsha.co.jp/

印刷・製本……藤原印刷株式会社
ＤＴＰ…………平凡社制作
装幀……………中垣信夫

ISBN978-4-582-76978-4